Beyond a tent, ~~the still dark~~ f... branche
stars. The moon gone down, ...
...n urinate uplooking at the ... not risen
of Southern Cross and the uncross-like b...

profundity of initial urination and thus each morning in the
publicity of constellations, reflect upon ...
listen to the ..., and not awake you
night move lightly past you.
then walk to where Pap sits before the fire,
pipe comforted, his vestures perched, loving the
time before daylight and the windless burning o...
dead branches he says, "How are you, governor
" No worse than you."

The sky is very high there and branche
some between, ~~the still dark~~ from under whi...
beyond a tent, you step out to see too many
stars. The moon gone down, the breeze not risen
...n urinate uplooking at the uncross-like
of Southern Cross

profundity of initial urination and thus ea...

Ernest M. Hemingway.

ERNEST HEMINGWAY

海明威文集

海明威短篇小说全集 ㊦

Complete Short Stories

〔美〕海明威 著 陈良廷 蔡慧 等译

上海译文出版社

第二部

“首辑四十九篇”后发表于书刊上的短篇小说

蔡慧 译

过海记

送冰车还没有来给酒吧间送冰，流浪汉都还靠在大楼外的墙上睡大觉，这哈瓦那一大清早的景象你见过没有？告诉你，那一回我们从码头上出来，穿过广场到三藩珠咖啡馆去喝杯咖啡，就见到广场上只有一个乞儿没在睡觉，正在供喝水的喷嘴跟前接水喝。不过我们到咖啡馆里一坐下，发现那三个人却早已在那里等我们了。

一等我们坐定，其中一位就走了过来。

“怎么样？”他说。

“这事我办不到，”我对他说。“不是不肯帮你们的忙。我昨儿晚上就对你们说过了，我办不到。”

“你自己开个价吧。”

“不是价不价的问题。我就是办不到。就是这么回事儿。”

那另外两位也早已走了过来，三个人站在那里，都显得很不高兴。他们人倒都是一表人物，帮不上他们这个忙，我觉得真是遗憾。

“一千块一个怎么样？”其中一位英语讲得很流利的说。

“别惹我恼火啦，”我对他说。“我不跟你们说瞎话，我真的办不到。”

“等以后时局变了，好日子就有你过的。”

“这我知道。你的话我完全相信。可我就是办不到。”

“为什么？”

“我得靠这条船谋生哪。没了船，我也就断了生计。”

“有了钱再买一条好了。”

“坐了班房还买它干吗？”

他们一定以为只要多费些口舌就准能把我说动，因为那一位还是一个劲儿说下去。

“你可以到手三千块，这以后的好日子就有你过的啦。你要知道，眼下这局面是长不了的。”

“听着，”我说。“这儿由谁当总统跟我不相干。反正我抱定了宗旨：只要是会开口的，就别想搭我的船到美国去。”

“你的意思是说我们会说出去？”一直没有开过口的一位说。他发了火了。

“我说的是，只要是会开口的就不许上。”

“你以为我们是 lenguas largas[①]？”

“没那个意思。”

“你可明白什么叫 lengua larga？”

“明白。意思就是舌头很长的人。”

“你可知道碰上这种人我们是怎么对付的？”

“不要对我这样凶嘛，”我说。“是你们来找我相商的。不是我凑上来找你们的。”

“别多嘴，潘乔，”原先出面说话的那位对发怒的那位说。

“他说我们会说出去，”潘乔说。

“听着，”我说。“我对你们说了：只要是会开口的，就不许上我的船。酒装在麻袋里不会开口。柳条筐里的酒坛子也不会开口。不会开口的东西多得很。可人就是会开口。”

“唐山佬也会开口？”潘乔气鼓鼓地说。

“会开口，可他们说的话我听不懂，”我对他们说。

“这么说你不干？”

“还是昨儿晚上那句话：我办不到。”

“可你该不会说出去吧？”潘乔说。

他是对一句话产生了误解，才这么气鼓鼓的。还有，心里的想头落了空，我看也是他生气的原因之一。因此我干脆就没有答

---

① 原文是西班牙语。

理他。

“你该不是个 lengua larga 吧？”他又问，还是气鼓鼓的。

“听着，”我对他说。“大清老早的，不要这样凶嘛。我相信你杀过许多人就是。可我今天连咖啡都还没有喝上呢。”

“这么说你是看准我杀过人了？”

“得了，”我说。“我才不管你呢。可你办事就不能别生那么大的气吗？”

“我现在就是生气，”他说。“我还要杀了你呢。”

“唉，真是活见鬼，”我对他说。“你就少说两句好不好。”

“好了好了，潘乔，”那头一位说。然后又回过头来对我说道：“我非常抱歉。我还是希望你能送我们去。”

“我也很抱歉。不过这事办不到。”

那三个人于是就准备走了，我看着他们走去。他们都是些漂亮后生，衣着讲究，谁也没戴帽子，看上去都是些很有钱的人。至少都是些开口就是钱的人吧。他们说的那种英语也是只有一些有钱的古巴人才说的。

这里边有两个看起来像是兄弟俩，另外还有一个就是潘乔了，此人个子略微高些，不过模样儿也是一个样。也是细挑身材，衣着讲究，头发梳得亮光光的。我看他的为人未必会像他说话那么粗鄙。大概就是脾气相当急躁。

就在他们出门向右一拐时，我看见有一辆关上了窗子的汽车穿过广场迎着他们驶来。紧接着只听得一声响，一方玻璃碎了，射进来一颗子弹，打在右边壁框里那个样酒柜内的一排酒瓶上。我听见那枪还是一个劲儿地打，啪！啪！啪！靠墙的一排酒瓶纷纷给击得粉碎。

我赶快去躲在左边的卖酒柜台后面，从柜台边上探出头来看得很清楚。汽车早已停下，汽车旁边有两个家伙趴下了身子。其中一个拿着支汤姆生式冲锋枪，另外一个拿的是一把锯短了的自动猎枪。那个拿汤姆生式冲锋枪的是个黑人。另一个穿一件汽车司机的白工作服。

三个后生里有一个摊开了手脚，面孔朝下，扑在人行道上，就在打碎的大玻璃橱窗外边不远处。另外两个隐蔽在隔壁丘纳德酒吧门前的一辆送冰车后面。丘纳德酒吧的门前停着两辆这样的“热带啤酒”送冰车，拉车的马一匹已是连着马具倒在地下，脚还在那里踢腾，另一匹则扬起了后蹄，在拼命挣扎。

一个后生在送冰车后尾的角上开枪还击，子弹都打在人行道上飞了出去。那个开冲锋枪的黑人脸儿几乎都抠进了路面，贴地向上给了送冰车尾部一梭子，果然撂倒了一个，那人冲着人行道摔了下去，脑袋伸出在人行道的边儿上。他手抱着头扑在那儿，汽车司机就拿猎枪对着他打，让黑人趁此机会换上一盘子弹，但是枪法不准一枪未中。只见人行道上一点一点尽是大号铅弹的印子，宛如银水四溅。

那另一个后生拉着这中弹后生的腿，把他往送冰车后面拖去，我看见那黑人把脸儿又压到了路面上，给了他们一梭子。过了会儿我看见那潘乔老兄从送冰车后面转了出来，闪在那还没有倒下的马后。他一迈腿离开了马的掩护，脸色白得像条脏被单，手里拿着把大号鲁格尔手枪，另一只手也帮着把枪稳稳把住，一下就把汽车司机打中了。他又一步步逼过去，对那黑人连打了三枪，两枪从黑人头上飞了过去，一枪又打低了。

他却把个汽车轮胎打中了，因为我看见轮胎里的气喷出来，在街上扬起了一股尘土。那黑人等他来到十英尺处，抬起手里的冲锋枪一枪打中了他的肚子。那肯定是他枪膛里的最后一颗子弹了，因为我看见他打了这一枪就把枪扔了。那潘乔老兄费劲地一屁股坐下来，随即就朝前一头栽了下去。他死死地抓着那把鲁格尔不放，还想撑起身来，可是他的头已经抬不起来了，那黑人就乘机拿起司机身旁那支搁在车轮上的猎枪，一枪把他的脑袋掀掉了半个。这黑炭可真够厉害的。

我看见近旁有开了瓶的酒，管它是谁的拿过来就往喉咙里灌，到今天我还说不上当时喝的是什么玩意儿。眼前的一切，叫我看得心里不好受极了。我在柜台背后跑得飞快，穿过后面的厨房往外一溜。我老远的从广场的外沿绕过，对咖啡馆门前迅速聚拢的人群连一眼都不去看，就进了码头大门，来到码头上，上了船。

那个包船的客人已经在船上等着了。我就把碰到的事情对他说了。

“埃迪在哪儿？”这个叫约翰逊的包船人问我。

“枪一打起来我就没有再见过他。”

“你看他会不会挨了枪子儿？”

“绝对不会。打进咖啡馆来的子弹都打在样酒柜上，那我包你没错儿。那时候汽车正从他们背后开来。那第一个家伙就是在这个当口给打死在玻璃橱窗跟前的。他们来的方向是这样一个角度……”

“你看来好像挺肯定似的，”他说。

“我当时看着哪，”我对他说。

这时候我一抬眼，看见埃迪从码头上来了，看上去似乎比原先更高大、也更邋遢了。走起路来好像全身的关节都散了架似的。

“他来了。”

埃迪的脸色非常难看。他今天一大清早脸色就不大好看，可现在简直难看透了。

“你在哪儿啦？”我问他。

“趴在地上。”

“你都看见了吗？”约翰逊问他。

“别提了，约翰逊先生，”埃迪对他说。“这事儿我一想起来就直想吐。”

“你还是来喝一杯吧，”约翰逊跟他说完，便回过头来问我：“好啦，是不是该开船啦？”

“你决定吧。”

“今天的天气怎么样？”

“跟昨天差不多。也许还要好些。”

“那就出发吧。”

“好吧，鱼饵一到马上起锚。”

我们这条漂亮游艇去湾流里钓鱼已经有三个星期了，除了他事先预付过我一百块钱，让我付清领事费用、办好结关手续、买上一些吃的、把汽油加足以外，我还没有见过他一个子儿。船上应用的一切都由我提供，他则付三十五块钱一天的包租费。他晚上睡在一家旅馆里，每天早上到船上来。这桩包船生意是埃迪介绍给我的，所以我还得带上他，给他四块钱一天。

“船得加油了，”我对约翰逊说。

“加吧。”

“那我就得支点儿钱了。”

“要多少？”

“两毛八一加仑。四十加仑总是少不了的。那就得花十一块两毛。”

他掏出十五块钱。

“多余的钱要不要给你买点啤酒和冰？”我问他。

“也好，”他说。“反正在我的欠账里扣除就是了。”

我心里想：让他赊三个星期的账，时间是长了一点，不过他既然付得起账，晚一些付又有什么关系？按说是一个星期一付最妥当。可现在我却让他包一个月再问他拿钱。我虽说有些失算，可是先让他包满一个月也好嘛。只是剩下了这最后几天，看着他我有些不放心了，不过我也不便说什么，免得惹他生我的气。只要他付得起账，包的日子愈长就愈好。

“要不要来一瓶啤酒？”他打开了冰箱，问我。

“不用了，多谢。”

就在这时，我们手下那个专弄鱼饵的黑人从码头上跑来了，我就叫埃迪准备解缆起航。

黑人带着鱼饵上了船，我们就解缆出发，出了港口。那黑人一直埋着头在拿两条鲭鱼做饵：他先拿鱼钩插进鱼嘴，穿腮而出，又从这边鱼腹刺进去，那边鱼腹扎出来，然后把鱼嘴并拢系住在接钩绳上，把鱼钩也给系得牢牢的，一不能让鱼钩脱落，二要使鱼饵能在水里平稳浮游，不致打转。

他真是个名副其实的黑炭，人很机灵，却老阴着个脸，衬衫里的脖子上挂着一串蓝色的伏都教念珠，头戴一顶旧草帽。在船上他就爱做两件事：睡觉加看报。不过他装得一手好鱼饵，而且手脚麻利。

"这样装鱼饵你就不会吗，船长？"约翰逊问我。

"会。"

"那你为什么还要带个黑炭来干这活儿呢？"

"等大鱼成群来了，你就明白了，"我对他说。

"这话怎么说？"

"这黑人装起饵来比我快。"

"埃迪就干不了？"

"不行。"

"我总觉得这笔开销花得没有必要。"他给这个黑人一块钱一天，那黑人就夜夜去跳伦巴。我看得出他这会儿就已经觉得有点困了。

"这人可是少不了的，"我说。

这时我们的船早已过了泊在茅屋村前的那批带有鱼舱的渔船，也已过了靠在莫洛堡附近专捕水底羊味鱼[①]的那批小艇，于是我就把船向海湾中的分水处驶去，看得见有一条深色线的所在那就是了。埃迪把两只大诱饵[②]放了出去，那黑人的鱼饵也已装了三钓竿了。

---

① 产于西印度群岛及美国佛罗里达一带的一种食用鱼，因味如羊肉而得名。

② 所谓诱饵是拖在船尾的若干鱼饵，上无鱼钩，仅起引诱鱼类来追逐的作用。

湾流已经快要漫到近岸水域了，船向分水处驶去时，看得见湾流的水色是近乎紫红的，还不断卷起一个个旋涡。海上吹起了微微的东风，我们惊起了不少飞鱼，个儿大的飞出去时，看着真仿佛看林白[1]飞越大西洋的影片一样。

那些大飞鱼的出现，是最好不过的迹象了。这时极目望去，就可以看到有一小摊一小摊萎黄的果囊马尾藻，那说明湾流主流已到，在前方还可以看到有飞鸟在那里乱啄成群的小金枪鱼。金枪鱼跃出水面都看得见，不过那都是些小鱼，才两三磅一条。

"现在就可以放竿了，"我对约翰逊说。

他束好腰带，系上保险绳，把那根装着哈代式绕线轮子的大钓竿放下水去，绕线轮子上绕有三十六号线六百码。我回头一望，见他的饵料好端端的拖在船后，随波上下，那两个诱饵也时而入水，时而出水。看这速度大致正好，我就把船向湾流里驶去。

"把钓竿把儿插在椅子上的插座里好了，"我对他说。"那样把着钓竿就不觉得重了。线轮上的制动螺丝可别拧紧，这样鱼上了钩你就可以由着它去使劲。要是拧上了的话，上钩的鱼一使劲，就非把你甩到大海里去不可。"

这番话我每天都得跟他说一遍，不过我倒也并不怕唠叨。这帮包船钓鱼的客人，五十个里头只有一个才是懂得钓鱼门道的。就是懂得些门道的吧，头脑也简单得很，总不肯用结实些的线，线不牢碰到了大鱼哪能吃得住呢。

"这天色你看怎么样？"他问我。

"好得不能再好了，"我对他说。今天准是个响晴天，错不了。

我让那黑人代我掌会儿舵，叫他就沿着这湾流的边缘向正东行驶，自己便回到约翰逊那儿，见约翰逊正坐在那儿看钓饵一路随波

---

① 查尔斯·林白(1902—1974)，美国飞行员。1927年5月20日他从纽约出发，经33小时30分飞抵巴黎，是世界上单身飞越大西洋的第一人。

上下，向前漂游。

“要不要我再放一根钓竿出去？”我问他。

“不了，”他说。“我就喜欢这鱼儿得由我亲手钓住，亲自经过搏斗，亲自捉到手。”

“好，”我说。“那你看要不要叫埃迪把钓竿放出去，要是有鱼上钩，就叫他把钓竿给你，由你来亲自拉钩？”

“不要，”他说。“我看还是只放一根钓竿的好。”

“好吧。”

那黑人还是把船在朝外开，我一看，原来他发现在上流的那个方向，前边不远处突然出现了一大片飞鱼。回头望去，只见哈瓦那在阳光里好不壮观，此刻刚好有一艘船过了莫洛堡出港而来。

“我看你今天鱼儿上钩有望，该可以搏斗一下了，约翰逊先生，”我对他说。

“是时候了，”他说。“我们出海有几天了？”

“到今天正好三个星期。”

“三个星期才钓到鱼，也够长久的了。”

“这里的鱼很怪，”我告诉他说。“平时不见，来了才有。但是不来则已，一来便是一大片。从来也没有断过线。这会儿要是还不来的话，怕是从此就不会再来了。可月亮很好呀。湾流的势头也不错，况且又吹起了好风。”

“我们刚来的时候倒还有些小鱼。”

“是啊，”我说。“我不告诉你了吗。小鱼少了，不来了，就该大鱼登场了。”

“你们在游船上当船长的老是这一套。不是来早了，就是来晚了，要不就是风向不对，或者月亮不好。可钱你们还是照拿不误。”

“不过，”我对他说，“事情麻烦就麻烦在你们这些主儿往往不是来早，就是来晚，再加风向也常常不对劲。好容易有了个十全十美的好天，偏又兜揽不到一个主儿，出不了海。”

“可你看今天准是好天？”

“这个嘛，”我对他说，“今天我这就已经够忙乎的了，可我敢担保你今天也闲不了。”

我们就定下心来守着钓竿。埃迪到船头去躺下了。我可是始终站在那儿，看船后有没有尾随的鱼儿出现。那黑人有时会打起盹来，对他我也得看着点儿。没说的，他晚上一定闹得够厉害的。

“请你给我拿一瓶啤酒好不好，船长？”约翰逊对我说。

“行，”我说。于是就从冰块底下替他挖出一瓶冰透了的。

“你不来一瓶？”他问。

“不了，”我说。“等晚上再喝。”

我开了瓶子，正给他递过去，忽然看见有那么个褐色的大家伙，身子比人的胳膊还长，头上像是挺着把长矛，高高的蹿出了水面，猛地向那做了饵料的鲭鱼扑来。看这大家伙的身围，简直像一根没有锯开的大圆木。

“不要硬拉！”我高声叫道。

“鱼还没有上钩呢，”约翰逊说。

“那就等一等。”

那大家伙是从深水里蹿起来的，所以没有一下子咬住。我知道它一定会回头再来。

“作好准备，它一咬住，你就把线儿松开。”

这时我看见那大家伙伏在水下从背后追上来了。只见那鱼鳍张得开开的，仿佛紫红的翅膀，褐色的身体上尽是一道道紫红的条纹。那样子就像来了一条潜水艇，背顶上的鳍突起在水外，一路划开水面，浪迹清楚可见。不一会儿它就来到了饵料的背后，那长矛也出了水面，像是还甩了甩水。

“快送过去让它咬住，”我说。约翰逊按在绕线轮子上的手一松，轮子呼呼直转，那该死的马林鱼就一扭身沉了下去，我看到它闪烁着一身灿灿的银光，侧向一个转身，就飞快地朝海岸的方向游去。

“把螺丝拧紧点儿，”我说。“不用拧得很紧。”

他就把制动螺丝拧了拧紧。

“别拧得太紧了，”我说。眼看钓鱼线愈来愈斜了，我才又说：“快使劲拧紧，给它点厉害瞧瞧。得给它点厉害瞧瞧。这家伙会不乱蹦才怪。”

约翰逊把螺丝拧紧了，眼光又回到了钓竿上。

“快给它点厉害瞧瞧，”我对他说。“得给它点苦头吃。把线多提几下好把它钩住。”

他狠命使劲，把线又连提了两三下，这时钓竿弯下来了，绕线轮子吱吱直叫，嘭的一下，那大家伙蹿出水面来了，朝天一蹦蹦得好高，映着阳光银鳞闪闪，随即泼刺一声落到水里，好似一匹马给推落悬崖一般。

“把螺丝松开，”我对他说。

“给它跑啦，”约翰逊说。

“会跑了才怪，”我对他说。“快快把螺丝松开。”

我看到钓线荡了下来。那大家伙接着又是一蹦，这一蹦可蹦到了船后，往出海的方向游去了。过了会儿工夫它又露出了水面，把海水劈得白浪纷飞，我终于看清了，它的口腔壁叫鱼钩钩住了。那一身条纹也越发显得鲜明了。真是条好鱼，此刻看去是一派灿烂的银光，遍体紫红的条纹，身围简直就有一根圆木那么粗。

“给它跑啦，”约翰逊说。看钓线并没有张紧。

“绕线，把它拉过来，”我说。“钩子分明钩得很牢嘛。开足马力赶上去！”这是对那黑人嚷嚷的。

于是一次、两次，那大家伙直撅撅像根桩子一样冒出了水面，整个身子向我们直扑而来，每次一落到水里，就高高的溅起一大片浪花。钓线渐渐紧了，我发现它又是在向海岸的方向游去了，而且我看得出它正打算要转身改向。

“它想要逃跑了，”我说。“只要钩子没脱，我就跟着追上去。螺丝不要拧紧。线只管放好了。”

那要命的马林鱼改朝西北方向去了，凡是大家伙一般总是往那个方向去的，可是朋友，别忘了它的身上还挂着个鱼钩呢。它连蹦带游，一蹦就是老远，每次溅起的浪花真不亚于海上飞驶的高速快艇。我们一路紧追，我一转过弯来以后，便不让它超出船尾。这时已是我在亲自掌舵了，我嘴里还不住向约翰逊嚷嚷，要他螺丝别拧紧，线要绕得快。冷不丁我看见他的钓竿猛一弹，钓线顿时都松了劲。钓线在水里总是弯弯的有股拉力，没有经验的话，钓线松了劲你是看不出来的。可我就看得出来。

“给它逃跑啦，”我对他说。那大鱼还在往前蹦，一直蹦到看不见。真是一条好鱼，没说的。

“我还觉得它在拉我的线呢，”约翰逊说。

“那是线本身的分量。”

“可我简直绕也绕不动。会不会它死了呢？”

“你看它，”我说。“还在那里蹦呢。”远远望去它已到了半英里以外，依然蹦得水花冲天。

我摸了摸他的制动螺丝。原来让他给拧得紧紧的。钓线一点也拉不出来。难怪要扯断了。

“我不是叫你别把螺丝拧紧吗？”

“可它一个劲儿把线往外拉。”

“往外拉又怎么啦？”

“所以我就只好拧紧了。”

“听我说，”我对他说道。“鱼儿一旦这样上了钩，你不放线的话线准得给扯断。再牢的线也拉不住它们。它们要拉着线跑，你就得放线。你就只能把螺丝松开。那些靠捕鱼吃饭的渔民，用的是鱼叉绳呢，都还不见得一定拉得住。我们就只能用船去追它们，等它们逃到筋疲力尽，拖垮为止。它们逃到逃不动了便只好潜入海底，那时你把制动螺丝紧一紧，就可以收线了。”

“这么说我这次要是不断线的话，就准能把鱼逮住咯？”

“很有可能。”

“那样的话它这会儿大概也支不住了吧？”

“它到底会怎么样这很难说。反正要等到它逃跑了，搏斗才算开始。”

“好吧，我们就逮它一条，”他说。

“你得先把这钓线绕好，”我对他说。

我们得鱼失鱼，却始终没有把埃迪闹醒。直到这时这位埃迪老弟才回到了船尾。

“怎么回事？”他问。

埃迪以前并不是个酒鬼，他原先倒是干船上活儿的一把好手，可如今已是啥也不中用了。我对他瞧瞧：高高个子，双颊凹陷，站在那儿，嘴唇松松下垂，眼角里还挂着白兮兮的眼屎，一头头发早已晒得光泽全无。我知道他一醒过来就犯了酒瘾憋得难受。

“你还是喝瓶啤酒吧，”我对他说。他就从冰箱里取出一瓶啤酒来喝了。

“哎呀，约翰逊先生，”他说，“我看还是让我把这个盹打完了吧。多谢你的啤酒啊。”这埃迪可真有他的。钓得到鱼钓不到鱼，在他看来根本无所谓。

后来，到中午时分我们又钓上了一条，结果偏又给它挣脱了。这家伙挣脱钩子的时候，看得见钩子反弹到空中，足有三十英尺高。

“我这回又是哪儿干得不对啦？”约翰逊问。

“没有什么不对，”我说。“就是不巧给它挣脱了。”

“约翰逊先生，”又醒过来喝了瓶啤酒的埃迪说道，“约翰逊先生，你的运气就是不好。不过说不定你在女人身上就有好运气。约翰逊先生，今儿晚上咱们出去玩玩怎么样？”说完就又回去躺下了。

四点左右，我们正在逆流返航途中，船已快靠近海岸了，湾流正急得像磨坊里水车的出水，太阳正直晒在我们的背上，就在这时一条大得真让我开了眼界的黑黑的马林鱼撞到了约翰逊的钩子上。

早些时我们拿一只毛乌贼做饵，钓到了四条那种小金枪鱼，那黑人就拿了一条做饵给他装在钩子上。拖在水里虽说重了些，却能在船后溅起一大片水花。

约翰逊把系在绕线轮子上的保险绳给解下了，以便能把钓竿就搁在膝头上，因为老是用手把着，他胳膊都发酸了。由于鱼饵重，拉力大，他的手老是要按住绕线的轮轴，按得都累了，因此他趁我没看着，就把制动螺丝偷偷拧紧了。我却始终不知道他已经上紧了螺丝。我虽然觉得他那个样子把竿不对头，却又想老是数落他也不好。再说，反正螺丝没拧紧，钓线放得出去，也不至于有什么危险。不过这样钓鱼总有些吊儿郎当吧。

当时是我在掌舵，船正沿着湾流的边缘，行驶到那老水泥厂的对面。这儿一带已是十分近岸，而海水还是很深，往往要卷起些旋涡之类，所以小鱼总是很多。就在这时我看见海面上冲起了一股水花，好像投下了一颗深水炸弹，随即便出现了一条黑马林鱼的长矛，眼睛，张大的下颌，终于整个脑袋都探了出来，黑里夹着紫红。背顶上的鳍完全突起在水面外，看去真有一艘大帆船那么高；镰刀尾巴整个儿出水一甩，大家伙就猛地向那金枪鱼饵扑了上来。只见那长长的嘴有棒球棒那么粗，朝上翘起；一口把鱼饵咬住时，简直就把海水给劈成了两半。它浑身都是黑里夹着紫红，眼睛有一只汤碗那么大。真是奇大无比。我看称起来一千磅是准有的。

我大声叫约翰逊放线，可是话都还没有出口，就看见约翰逊像被塔吊吊了起来一样，屁股离了椅子，一下子腾起在空中，那钓竿在他手里只攥了一秒钟，样子弯得像把弓，紧接着就是钓竿柄一家伙打在他肚皮上，那上面的机件一股脑儿掉进了大海。

只怪他把制动螺丝拧紧了，鱼一冲上来，那股势头就把他干脆从椅子里掀了起来，他哪里顶得住？结果钓竿柄压在他的一条腿下，钓竿落在他的膝头上。如果保险绳还系在上面的话，连他也得一起掉进大海。

我关掉了引擎，又回到船尾。他肚皮上挨了钓竿柄一家伙，这时还捧住了肚皮坐在那里。

“我看今天就到此为止了吧，”我说。

“那是个什么家伙？”他问我。

“黑马林鱼，”我说。

“怎么会弄成这样？”

“你先把账算一算，”我说。“绕线轮子是我花了两百五十块钱买来的。现在还不止这个价呢。钓鱼竿买来是四十五块。还有三十六号线六百码不到些。”

就在这时候埃迪过来拍拍他的背。“约翰逊先生，”他说，“你实在是运气不济。说真的，我活了一辈子，这种事以前倒还从来没有见过。”

“你这个酒鬼，给我少说两句吧，”我对他说。

“约翰逊先生，”埃迪还是往下说，“我敢说那是我这辈子见过的最最希罕的一件事了。”

“碰到这种情况，不是我钓住了鱼而是鱼钓住了我，我该怎么办呢？”约翰逊说。

“你不是说喜欢亲自搏斗吗，这就得全靠你自己搏斗了，”我对他说。我感到恼火透了。

“这种鱼太大了，”约翰逊说。“哎呀，搏斗起来我只有吃苦头的份儿。”

“告诉你，”我说。“这么大的鱼，还会要了你的命呢。”

“不是也有人能捕到吗？”

“要会钓鱼的人才捕得到。可也别想得太美，他们照样要吃苦头。”

“我见过一张照片，有个姑娘就捕到了一条。”

“是有，”我说。“那叫静钓。鱼儿吞下了鱼饵，肚子都给拉了出来，于是就浮到水面上，死了。我说的可是鱼儿给钩住了嘴，一路拖在船后。”

“可这种鱼实在太大了，”约翰逊说。“要是钓起来没劲，又何必要来呢？”

“就是这句话，约翰逊先生，”埃迪说。“要是钓起来没劲，又何必要来呢？我跟你说，约翰逊先生，你这句话可是说到点子上了。要是钓起来没劲——又何必要来呢？”

我见了那条鱼，到此刻还心有余悸，再加丢了钓具，心里很不痛快，所以对他们的话可实在听不下去。我叫那黑人把船朝莫洛堡驶去。我跟他们不言不语，他们也就在那儿干坐着，埃迪拿了瓶啤酒坐在一张椅子里，约翰逊手里也是一瓶啤酒。

“船长，”过了会儿他对我说，“你给我来一杯威士忌，掺上点水好吗？”

我给了他一杯，没说什么，然后自己也来了杯不掺水的。我心里在想：这个约翰逊钓了半个月的鱼[①]，终于钓上了这么一条打鱼人一年也难得碰上一回的大鱼，他却把这么条大鱼丢了，还丢了我那么多钓鱼用具，还出尽了洋相，如今倒还坐在那儿自得其乐，跟个酒鬼一块儿喝酒。

船靠上了码头，那黑人却站在那儿等着，我就说：“明天怎么样？”

“我看就算了吧，”约翰逊说。“这样钓鱼，我钓得胃口都快倒了。”

“这黑人你打算付清工钱打发他走了？”

“我该给他多少？”

“一块钱。乐意的话再给点小费。”

约翰逊就给了那黑人一块钱，外加两个古巴硬币，两毛钱一个的。

“这算什么？”那黑人把硬币冲我一亮，问我。

“赏你的小费，”我用西班牙语说。“你活儿干完了。这点钱他赏给你。”

---

① 日期有差异，原文如此。

“明天就不要来了？”

“不要来了。”

那黑人收拾好他用来系鱼饵的麻线球，拿起他的黑眼镜，戴上草帽，连声再见也没说，就管自走了。他是个黑人，可从来也不把我们几个放在眼里。

“你打算什么时候跟我结账呢，约翰逊先生？”我问他。

“明儿早上我去银行，”约翰逊说。“就下午把账结清了吧。”

“你算过总共是几天吗？”

“十五天。”

“不对。连今天是十六天，两头再各加一天，总共是十八天。还得赔偿今天钓竿、钓线和绕线轮子的损失。”

“钓鱼用具是你的事。”

“不能这么说。给你这样弄丢，就不是我的事了。”

“我每天付给你租金的。所以这是你的事。”

“可不能这么说，”我说。“如果东西是给鱼儿弄坏的，责任不在你，那是另一回事。现在是由于你的疏忽，才把全套钓具都弄丢了。”

“是鱼儿从我手里把东西拖走的。”

“因为你把制动螺丝拧上了，而且又没把钓竿插在插座里。”

“你没有权利要我赔偿。”

“如果你租了一辆汽车，把车子摔下了悬崖，请问你该不该赔？”

“我要是人在车里就用不到赔，”约翰逊说。

“你这话说得可妙了，约翰逊先生，”埃迪说。“你明白那个意思了吧，船长？他要是人在车里，他也就摔死了。所以就用不到赔了。这话真妙极了。”

我没有睬这个酒鬼。“钓竿、钓线、绕线轮子，总共得赔两百九十五块钱，”我对约翰逊说。

“这个嘛，其实是没有道理的，”他说。“不过既然你是这样的意见，那就大家相让点儿吧。”

“本来我至少也要你三百六十块。现在我钓线的钱就不问你要了。这样的大鱼，再结实的线也未必是它的对手，所以那不怪你。可惜眼下只有个酒鬼在这儿，不然谁都会来告诉你，我这样对待你真说得上一声天公地道了。我知道这看起来似乎是一大笔钱，不过我买那副钓鱼用具也费了这么一大笔钱哪。再好的钓鱼用具你就没处买了，要不你能钓得这样自在啊？”

“约翰逊先生，他说我是个酒鬼。也许他说对了。不过我可以告诉你，他这话没错。没错，而且在理，”埃迪对他说。

“我不来跟你争，”约翰逊最后说道。“我照付就是，尽管你的说法我并不同意。这样我就付给你三十五块钱一天的租金，总计十八天，外加两百九十五块。”

“你预付过我一百，”我对他说。“我把支付的费用也开一张清单给你，没有吃完的东西我会作价扣除的。不过来回路上的吃喝得由你支付。”

“这也不算过分，”约翰逊说。

“你听我说，约翰逊先生，”埃迪说。“你要是知道他们平日向陌生客人要起价来有多狠，你就明白了，这岂止是不算过分啊。你知道那叫什么？那叫破格优待。船长待你就像待他的亲娘一样呢。”

“我明天去银行，下午来付钱。后天我就坐船走了。”

“你跟我们一块儿回去，省掉一张船票吧。”

“不了，”他说。“坐船去节省时间。”

“那也好，”我说。“来一杯怎么样？”

“好，”约翰逊说。“现在心里还对我有气吗？”

“哪儿的话呢，”我对他说。这样我们三个人就坐在船尾，一起喝了一杯加水的威士忌。

第二天我在汽艇上忙乎了一上午，给主机上了油，还有这样那样的事反正够我忙的。中午我就在郊区一家华人餐馆里吃了饭，在这种馆子里只要花上四毛钱就能饱饱地吃上一顿了。然后我又去买了些东西，好带回国内，送给我的妻子和三个女儿。不外是一些香水，几把扇子，还有两把高高的发梳。买好以后，顺路拐进多诺万酒吧，喝了一瓶啤酒，跟老板聊了几句，然后就步行回三藩码头，一路上又拐进三四家小酒店坐了坐，来瓶啤酒喝。在丘纳德酒吧我请弗兰基喝了两瓶，于是就开开心心回到了船上。回到船上，口袋里也只剩下四毛钱了。弗兰基跟我一块儿上了船，我们于是就在船上坐等约翰逊，我从冰箱里取出冰啤酒来，跟弗兰基又喝了两瓶。

埃迪一夜没有露面，白天也一天不见踪影，不过我知道他早晚会来的，只要钱用完了马上就来。多诺万告诉我，说昨天晚上埃迪跟约翰逊一起到他的酒吧里来坐过一阵，埃迪还挂了账买酒请他们喝呢。我们等着等着，我倒犯了疑了：约翰逊别是不来了吧。我给码头上早就留过话：他要是来了，请他们让他到船上来等我，可是他们说他没有来。不过我还是假定他昨天晚上回旅馆晚了，说不定一觉睡到了中午才起来呢。银行到三点半打烊。我们看到航班机都飞走了。到五点半左右，我早已开心不起来了，心里倒是愈来愈焦急了。

到了六点钟，我打发弗兰基上旅馆里去看看约翰逊在不在。我到这时还以为他大概不是出去玩乐，就是还在旅馆里，身体不舒服，起不了床了。我等着等着，等到很晚。可是心里却愈来愈焦急了，因为他还欠我八百二十五块钱哩。

弗兰基去了半个小时多一点才回来。我见他来时脚步匆匆，一边还直摇头。

“他搭班机走了，”他说。

好啊，原来如此。领事馆已经关门。我身边就剩了四毛钱，此刻飞机却早已到了迈阿密。我连个电报都打不出去。好个辣手的约翰逊先生，我算是认识你了。都怪我自己。上了当了。

“算了，”我对弗兰基说，“我们还是去喝一瓶冰啤酒吧。那还是约翰逊先生买的呢。”还剩下三瓶“热带啤酒”。

弗兰基也跟我一样不痛快。我不知道他是怎么会的，不过看他的样子是真的很不痛快。就知一个劲儿地来拍我的背，把头直摇。

局面就是这样摆在面前。我成了个穷光蛋了。五百三十块钱的包船费泡了汤，价值三百五十多块的钓鱼用具丢了没钱再买。我心想：经常在码头附近一带闲荡的那帮子家伙，里边有几位听到了这个消息该有多高兴啊。那肯定会使一些“海螺”[①]兴高采烈的。就在前一天，我本来只要答应把三个外国人送到诸基列岛[②]，就有三千块钱可得，可是我却硬是拒绝了。其实也不一定要送到诸基列岛，只要弄出这个国家，到哪儿都行。

好，这一下我怎么办呢？我也不好贩一船酒回去，因为贩酒得有本钱，再说现在贩酒也根本无利可图。自己家乡镇上已是酒满为患，没有人要买了。可我要是两手空空的回国，就得在那个镇上挨上一夏天的饿，那可怎么得了啊！何况我还有个家得养活呢。出港手续费倒已经在入港时付清了。一般都是预付给代理报关行的，入港出港手续都由他们代办。哎呀，可我连加油的钱都还没呢。没说的，我这个霉算是倒定了。好个辣手的约翰逊先生！

“我总得运点货回去呀，弗兰基，”我说。“我总得想法赚俩钱呀。”

“我来想想看，”弗兰基说。弗兰基平时常在码头附近闲荡，找点零活干干，他耳朵相当背，每晚喝酒总是过量。不过要论朋友的义气、心地的善良，比他还好的人就没处找了。我第一次把船开到这儿来就跟他认识了。那阵子他常常帮我装货。后来我虽然添了设备，改成游艇，做起这招揽顾客来古巴钓箭鱼的生意来，但是在码头附近、在咖啡馆酒吧间里，我还是常常跟他见面的。他样子似

---

① 西印度巴哈马群岛上土生土长的白人及其在佛罗里达南端一系列礁石小岛上的后裔往往被叫做“海螺”。一说是因为当地盛产海螺，另一说是因为他们爱吃海螺肉。

② “基”是礁石小岛的音译，所谓诸基列岛是佛罗里达诸基列岛的简称，即佛罗里达南端的一系列礁石小岛，其中以基韦斯特最为著名。

乎有点傻，对人往往并不答话，却报以一笑，不过那其实是因为他耳背的缘故。

“你什么都肯运？”弗兰基问。

“对，”我说。“我现在还有什么办法呢。”

“什么都肯？”

“对。”

“我来想想法子看，”弗兰基说。“我上哪儿去找你呢？”

“我在佩拉[①]，”我说。“我总得吃饭哪。”

在佩拉，只要花上两毛五就可以饱饱地吃上一顿。菜单上的菜都是每道一毛，汤只消五分。我跟弗兰基一同走到咖啡馆才分手，我拐了进去，他还是继续往前走。临走前还跟我握了握手，又一次拍了拍我的背。

“别急，”他说。“我弗兰基计谋多，会办事，爱喝酒，没有钱，可是够朋友。你别急。”

“再见，弗兰基，”我说。“老兄，你也别急。”

我走进佩拉，找了一张桌子坐下。被子弹打碎的橱窗已换上了一方新的玻璃，样酒柜也已全修好了。卖酒柜台上有好些西班牙佬在喝酒，也有几个在吃饭。一张桌子上早已玩起了多米诺骨牌。我要了一客黑豆汤、一客土豆炖牛肉，那只花了一毛五。加上一瓶“喝脱伊”啤酒，总共两毛五。我向招待问起那天枪击的事，他一句也不肯说。他们全都吓破胆了。

我吃完饭，往后一靠，抽上一支烟，心里烦躁得要命。就在这时我看见弗兰基进门来了，背后还跟着个人。运“黄货”！——我心里暗暗想道。原来是运“黄货”！

“这位是辛先生，”弗兰基说完，面露一笑。他果然办事奇快，自己也很得意。

---

① “佩拉”一词在西班牙语中是“珍珠”的意思。这里也就是指三藩珠咖啡馆。

“你好，”辛先生说。

辛先生可以说是我生平见过的最最圆滑的一个“八面光”了。他是个唐山佬那是没有问题的，可是他说起话来完全像个英国人，身上穿一套白西装，配着绸衬衫、黑领带，头上戴一顶值到一百二十五块大洋的巴拿马草帽。

“喝杯咖啡好吗？”他问我。

“可以陪你来一杯。”

“多谢，”辛先生说。“这儿没有外人吧？”

“要是这咖啡馆里的人都不算外人那就没有外人了，”我对他说。

“那好，”辛先生说。“你有一条船吧？”

“三十八英尺长，”我说。“一百匹马力，克尔麦思型。”

“啊，”辛先生说。“我还以为是条小帆船哩。”

“装两百六十五只货箱绰绰有余。”

“你愿意租给我吗？”

“你肯出什么价？”

“你自己用不到去。船长水手我自备。”

“不行，”我说。“船到哪儿我得跟着到哪儿。”

“哦，是这样，”辛先生说。他转过脸去对弗兰基说：“请你回避一会儿好吗？”弗兰基却是一副听得津津有味的样子，冲他一笑。

“他耳背，”我说。“英语也懂得不多。”

“哦，是这样，”辛先生说。“你会说西班牙话。叫他过一会儿再来。”

我用大拇指对弗兰基做了个手势。他就站起来到卖酒柜台那边去了。

“你不会说西班牙话吗？”我说。

“啊，会，”辛先生说。“请问你究竟碰到什么情况了，怎么也会——怎么倒肯考虑……”

"我没钱了。"

"哦，是这样，"辛先生说。"船有什么欠账吗？会不会有人要求扣押抵债？"

"没有的事。"

"这就好，"辛先生说。"你的船上可以接纳多少我那可怜的同胞呢？"

"你是说可以装多少人？"

"正是。"

"多远的路程？"

"一天的路程。"

"这倒很难说，"我说。"没有行李的话装上十二三个人总还可以。"

"他们不带行李。"

"你打算把他们运到哪儿呢？"

"这个由你决定好了，"辛先生说。

"你是说，把他们卸在哪儿由我决定？"

"你就装上他们，把船往托图加斯[①]开，自有一条帆船会来把他们接去的。"

"你听我说，"我说，"托图加斯的洛格海基岛上有座灯塔，里面有个电台，那可是跟两头都有联系的。"

"是啊，"辛先生说。"自然谁也不会那么傻，把他们去卸在那儿。"

"那又怎么样呢？"

"我刚才说了，你装上他们，把船往那儿开。你的事就是运送他们这一程路。"

"这以后呢？"我说。

"你完全可以见机行事，把他们卸在哪儿合适就卸在哪儿。"

---

① 全称应为德赖托图加斯，是佛罗里达最南端基韦斯特西北的十个小岛。

"帆船会到托图加斯去接他们吗？"

"这哪儿会呢，"辛先生说。"那也太傻了。"

"出多少钱一口？"

"五十块，"辛先生说。

"那不行。"

"七十五块成了吧？"

"你得多少钱一口？"

"哎，那跟这个不相干。你要知道，我所以能发出这些通行证，牵涉的方面多得很，或者是不是可以说，关系复杂得很。可不是到我为止的。"

"是啊，"我说。"何况我去干那档子事儿又是不需要付出什么代价的。是不是？"

"你的意思我完全理解，"辛先生说。"那就一百块钱一个好不好？"

"你听我说，"我说。"我干这个事要是给逮住了，你可知道我得坐多少年的牢？"

"十年，"辛先生说。"至少十年。可这又怎么会弄到坐牢呢，我亲爱的船长。你唯一的风险，就是把旅客弄上船。其他一切，都可以由你看情况处理。"

"要是给你原船送回呢？"

"那也很简单。我可以对他们说是你不好，坏了我的事。我可以退还一部分钱，把他们再运出去。他们还有不明白的吗，走这条路出去可是不容易的。"

"我怎么样呢？"

"给领事馆捎个信儿我想我还是应该的。"

"哦，是这样。"

"船长，一千两百块在眼下可不算个小数目啦。"

"我什么时候可以拿到钱？"

"你同意的话先付两百，人上了船再付一千。"

“我要是拿了这两百块一走了之呢？”

“那我自然也没办法，”他笑笑说。“不过我知道你是不会做这种事的，船长。”

“两百块你带着没有？”

“当然带着。”

“放在盘子底下。”他照办了。“好，”我说。“我明儿早上办好出港手续，天黑以后开船。那么我们在哪儿装货呢？”

“巴库拉瑙怎么样？”

“好吧。你那边都安排好了？”

“好了。”

“装货的事我们也得事先说好了，”我说。“你在岬角上亮出信号：两个灯光，一上一下。我看见以后就把船开进港。你们也坐一条船出来，货就从你的船上卸下直接装到我的船上。你亲自来，把钱也带来。我不拿到钱一个也不让上船。”

“行，”他说。“你动手装货，先交一半，货全部装完，余数一起付清。”

“好，”我说。“那也在理上。”

“这样就都说定啦？”

“该都说定了吧，”我说。“不带行李，不带武器。枪支，刀子，包括剃刀，一概不许带。这一点也得讲清楚。”

“船长，”辛先生说。“你还信不过我吗？你难道还看不出你我的利益是一致的？”

“你敢担保？”

“请别这样难为我啦，”他说。“难道你还看不出你我的利益是完全一致的？”

“好吧，”我对他说。“你们什么时候到那儿？”

“午夜以前。”

“好吧，”我说。“我想就这些了。”

“你要大票还是小票？”

"百元票好。"

他站起身来，我看着他出去。临出门的时候，弗兰基还冲他一笑。没说的，这是个八面玲珑的唐山佬。好一个出色的唐山佬。

弗兰基来到了我的桌子上。"怎么样？"他说。

"你是在哪儿认识辛先生的？"

"他是运华工的，"弗兰基说。"做大生意的。"

"你认识他有多久了？"

"他来这儿有约莫两年了，"弗兰基说。"本来在他以前运华工是另有个人的。这人叫人给打死了。"

"辛先生早晚也会让人打死的。"

"是啊，"弗兰基说。"怎么不会呢？他做的生意大着哪。"

"生意不小，"我说。

"大着哪，"弗兰基说。"华工运出去都是一去不来的。他们只听别处的华工写信来说那边好得很。"

"那好嘛，"我说。

"这种华工都不识字哪。识字的都赚上大钱了。他们却连吃的都没有。他们是吃大米的。这儿总共有几十万华工。却只有三个中国女人。"

"怎么？"

"政府不让来。"

"真是糟糕，"我说。

"你跟他生意做成了？"

"可能。"

"做生意好，"弗兰基说。"比搞邪门儿强。赚的钱多。这生意做起来大着哪。"

"喝瓶啤酒吧，"我对他说。

"你这该不着急了吧？"

"哪还会着急呢，"我说。"这生意大着啦。多谢你啊。"

"那好，"弗兰基说着拍了拍我的背。"我听了比什么都高兴。

我只要你快活就行。华工的生意不错吧，呃？”

“太好了。”

“我听了也高兴，”弗兰基说。他见问题已经顺利解决，开心极了，我看他简直连眼泪都快要流出来了，因此我就拍了拍他的背。弗兰基是挺不错的。

第二天早上我第一件事就是抓住了报关行里的代办，要他替我办好船的出港手续。他问我要船员名单，我对他说一个也没有。

“你一个人过海吗，船长？”

“对。”

“你那个伙伴怎么啦？”

“他喝醉了，”我对他说。

“一个人过海挺危险的哪。”

“反正只有九十英里的路，”我说。“你以为船上带个醉汉就不危险了吗？”

我把船开到港口对岸的美孚石油公司码头，把两个油舱都加满了油。我这条船要是把油加足的话，足足可以装下将近两百加仑。我本不愿意出两毛八一加仑的价钱在这儿加足，可是我这条船此去哪里，心里都还没有底呢。

我自从见到那个唐山佬，收下了那笔定金以后，心里就一直为这桩买卖感到不安。晚上觉也睡不香了。我把船驶回到三藩码头，见埃迪正在码头上等着我呢。

“喂，哈利，”他向我挥手招呼。我把船尾的缆绳扔给他，他拴好以后，就跳上船来：看去个头更高了，那双睡眼更蒙眬了，醉得也更厉害了。我一句话也不对他说。

“约翰逊那家伙就这样溜走了，你打算怎么办呢，哈利？”他问我。“你听到了什么消息没有？”

“你给我滚开点儿，”我对他说。“你让我看着就觉得恶心。”

“老兄，为了这事我不也跟你一样觉得心里老大不痛快吗？”

“你给我下船去，”我对他说。

他却舒舒服服往椅子里一靠，两腿一伸。“听说我们今天要过海了，”他说。“是啊，我看留在这儿也不顶什么事了。”

“你不去。”

“怎么回事，哈利？生我的气有什么意思呢？”

“没意思吗？你给我下船去。”

“喔，别发火嘛。”

我一拳揍在他脸上，他站了起来，后来终于离船上了码头。

“换了我就决不会这样对待你，哈利，”他说。

“我船上不要你，”我对他说。“就是这么回事。”

“那也何必打我呢？”

“打了你你才相信。”

“可你让我怎么办呢？留在这儿挨饿？”

“挨饿？放屁！”我说。“你可以到渡船上去打工嘛。在船上打工不就可以回国了吗？”

“你这样待我也太不讲公道了，”他说。

“你又对谁讲公道啦，你这个酒鬼？”我对他说。“连自己的老娘你都会出卖呢。”

我这话可没有说错。不过打了他我还是感到很后悔。打了个酒鬼心里是什么滋味，不说你也清楚。不过眼前既已摆着这样的局面，我这船上可就不能再带上他了，想带也不能再带了。

他顺着码头走了，那样子看去就像至少已饿了三顿饭似的。可是没走几步他又转了回来。

“让我带上几块钱怎么样，哈利？”

我从唐山佬给的钞票里抽了一张五块的给他。

“我本来就知道你是挺够朋友的。哈利，你为什么不带上我呢？”

“你是个晦气精。”

“你这是气话，”他说。“没关系，老伙计。往后你还会愿意跟我见面的。”

手里有了钱，他脚下步子也快多了，不过即便如此，看他走路还是真觉得恶心。瞧他那模样儿，就像全身的关节都装反了似的。

我就上了岸，到佩拉去跟报关行的代办碰头，他把证件给了我，我还请他喝了一杯。我随即就在那里吃午饭，这时弗兰基进来了。

“有个人让我把这个交给你，”他说着交给我一卷东西，像是一根什么管子，外面用纸包着，还结上了一根红绳子。一打开，看看像是一张照片，我想大概是码头上有谁给我的船照了个相，于是就展开来看。

好哇。真是张照片，拍的是近景，可上面赫然是个死黑人的脑袋带胸膛，脖子打横里整个儿割断了，而后又精心缝好，胸前还有张纸片，上面用西班牙文写着：“我们就是这样对付 lenguas largas 的。”

“是谁给你的？”我问弗兰基。

他指了指一个常在码头上打杂的西班牙小伙子。小伙子站在便餐柜台前，啤酒喝得都快有点醉了。

“请他过来。”

小伙子过来了。他说那是在十一点钟左右由两个年轻人交给他的。他们问他可认识我，他说认识。后来他就叫弗兰基把东西交给我。他们还给了他一块钱，叫他一定要把东西送到我手里。据他说，他们都是衣着很讲究的。

“这事不善，”弗兰基说。

“就是，”我说。

“他们以为你告诉警察了：出事的那天早上你正好跟那几个小子在这儿碰头。”

“就是。”

“这事可不善，”弗兰基说。“你还是走了的好。”

“他们留下什么口信没有？”我问那西班牙小伙子。

"没有，"他说。"就叫把这交给你。"

"我现在是不得不走了，"我对弗兰基说。

"这事可不善，"弗兰基说。"真是不善。"

我把报关行代办给我的一应证件卷成一卷，付了账，出了那咖啡馆，然后穿过广场，进了码头大门，直到过了仓库，来到码头上，这才舒出了一大口气。那帮小子肯定盯上我了。他们也太蠢了，我怎么会把他们对手的秘密泄露给人家呢。那帮小子也跟潘乔一样。他们一受惊吓就直冒火，一冒火就要杀人。

我上得船去，把引擎先热起来。弗兰基站在码头上看着。脸上始终挂着聋耳人的那种古怪的微笑。我就又回到他的跟前。

"听着，"我说。"这件事你可千万别卷进去，免得招来麻烦。"

他听不见我的话。我只好对他大声嚷嚷。

"我从来不做坏事，"弗兰基说。他解开了船的缆绳。

弗兰基把船头的缆绳往船上一扔，我就向他挥挥手，把船开出了泊位，顺着航道驶去。一艘英国货船正要出港，我就从它的旁边超了过去。出了港，过了莫洛堡，我就把船头转向正北，朝基韦斯特的方向驶去。我丢下了舵轮，去到船头，把缆绳绕好，再回来把舵，哈瓦那先还展现在船尾，转眼就给远远地抛在背后，迎来的是一脉青山。

过了会儿莫洛堡看不到了，又过了会儿国家大旅馆也看不到了，最后只剩了国会大厦的圆顶还依稀可见。跟我们出海钓鱼的最后一天比起来，今天的水流不算急，风也只是些微风。我看见有两只小帆船正向着哈瓦那的港口驶来，船是从西边来的，所以我知道水流还是比较平缓的。

我闭上开关，关了引擎。白白地浪费汽油没有意思。我由着船儿漂流。等天黑以后，我反正望得见莫洛堡的灯光，就是漂得远了些，考希马尔的灯光总该望得见吧，那时我再把船驶向岸边，一直开到巴库拉瑙。要是按照这样的水流速度，我估计到天黑船足可漂出十二英里远，正好到巴库拉瑙一带，那时我该可以望见巴拉考阿的灯光了。

关了引擎以后，我就爬上船头，向四下观望。茫茫中只见到西边有两条小帆船在向港口驶来，老远的背后那白白的是国会大厦的圆顶，矗立在大海的边缘。湾流里漂着一些果囊马尾藻，有一些鸟儿在那里啄鱼，不过不多。我在舱顶上坐了一阵，用心观望，可是除了有一些褐色的小鱼逐着马尾藻浮游以外，就再也看不到别的鱼了。朋友，别听人家胡诌，以为哈瓦那和基韦斯特之间的海不大。我这还只是在那片大海的边缘呢。

好一会儿我才又回到下面的舵手舱里，没想到埃迪竟在那儿！

“怎么回事？这引擎怎么啦？”

“坏了。”

“你怎么没有把舱门关上呀？”

“哎，真见鬼！”我说。

你知道他玩了什么花样？原来他又溜了回来，悄悄钻进了前舱门，在船舱里睡大觉呢。他还带来了两瓶酒。当时他是一看到酒店，就快快买了酒到船上来了。我船开动的时候，他醒过一下，可是随即又睡着了。我开到海湾里关了车，船有点随浪摇晃，这才把他惊醒了过来。

“我知道你会带上我的，哈利，”他说。

“带你个屁，”我说。“船员名单上根本没有你的名字。我倒真想叫你赶快往海里跳呢。”

“你真会说笑话，哈利，”他说。“我们这些‘海螺’有了难处应该拧成一股绳才对啊。”

“你呀，”我说，“就你这张嘴最坏。你头脑一发热，你这张嘴还有谁敢相信？”

“我可是个好人，哈利。不信考验我好了，看看我这个人有多好。”

“把两瓶酒拿来给我，”我对他说。不过这时我的心里却另有所思。

他把酒拿了出来，我拿起已经打开的一瓶喝了一口，把两瓶酒一起拿去摆在舵轮旁。他还站在那里，我对他看看。我心里很可怜他，也为自己免不了要这样对待他而感到难过。唉，我刚认识他那会儿，他可真是个好人哪。

“这机器怎么啦，哈利？”

“没什么。”

“那这又是怎么回事？你干吗老是这样瞅着我呀？”

“老弟，”我对他说，心里真觉得可怜他，“你大祸临头啦。”

“你这是什么意思，哈利？”

“我现在还说不上来，”我说。“到底是长是短，还理不清楚。”

我们在那儿坐了一阵，我真不想再跟他多说。一旦起了这个念头，跟他说句话都觉得很难出口。后来我就下去把一直藏在船舱里的一支气枪和一支三零三零[①]温切斯特取了出来，连着枪套挂在舱顶底下平时挂钓竿的那个所在，也就是在舵轮的上方，我一伸手就拿得到。我一直把枪上足了油保藏在短羊毛长枪套里。在船上，要防枪生锈只有用这种方法。

我打开气枪上的气筒，拉了几下，然后重又关上，把一颗子弹推上了膛。我把那支温切斯特枪也在枪膛里上好子弹，并且把弹盒装满。我又从垫子底下抽出一把史密斯韦森点三八特制手枪，那还是当年我在迈阿密当警察时用的，我拿来擦过一遍，上好了油，然后上了子弹，佩在腰带上。

“怎么回事？”埃迪说。“到底是怎么回事？”

“没什么，”我对他说。

“要那么些该死的枪干什么？”

“这几把枪我是一向带在船上的，”我说。“有鸟儿来啄鱼饵的

---

① 三零三零是一种口径为0.30英寸、弹药重30格令的来复枪。

话可以用来打鸟，诸基列岛一带常有鲨鱼出没，遇上了也可以自卫。”

“真要命，到底是怎么回事？”埃迪说。“是怎么回事？”

“没什么，”我对他说。我坐在那儿，船一晃，我那支点三八就往腿上啪的一撞。我对他看看。心里又琢磨开了：现在干这一手又有什么意思呢。我现在倒是很需要他呢。

“我们要去办一件小事，”我就说。“约好要到巴库拉瑙。到时候我会告诉你该怎么办的。”

我不想过早告诉他，告诉了他他会愈想愈着急、愈想愈害怕的，那时他就屁用也没有了。

“你再也找不到比我更好的帮手了，哈利，”他说。“你用我准没错儿。不管去干什么我都帮着你。”

我对他看看：高高个子，睡眼蒙眬，哆哆嗦嗦的。我什么也没有说。

“你听我说，哈利，你就让我喝一口好不好？”他求我。“我不会喝得发酒疯的。”

我给他喝了一口，我们就坐在那儿等天黑。夕阳很美，还有快意的微风，等落日完全下了山，我就发动引擎，把船缓缓向陆地驶去。

到离岸约一英里处，船就在黑暗里停了下来。太阳一落山，水流早已又加急了，我看那流向正是涨潮。我看得见远在西边的莫洛堡灯塔的灯光，以及哈瓦那的一抹红晕，我们对面的灯光则是林康和巴拉考阿两个灯塔。我就把船顶着水流驶去，驶过了巴库拉瑙，几乎快到了考希马尔。然后我就由着船顺流而漂。天已经相当黑了，可是船到哪儿我都认得出来，决错不了。我的船上没有一点灯光。

“这到底是要干啥呀，哈利？”埃迪问我。他又渐渐害怕起来了。

“你看呢？”

“我不知道呀，”他说。“你真急死我了。”我看他简直快要发酒疯了，他身子挨近我时，我只闻到一股口臭，臭得简直跟秃鹰一样厉害。

“几点钟了？”

“我下去看看，”他说。回来说是九点半。

“肚子饿吗？”我问他。

“不饿，”他说。“你知道我就是没有吃的能耐，哈利。”

“那好，”我说。“你就喝一口吧。”

等他喝过一口我再问他感觉如何，他说他这就觉得心里痛快了。

“稍过一会儿我再给你喝两口，”我对他说。“我知道你不喝酒就没有胆量，可船上酒又不多。所以你还是省着点喝。”

“告诉我到底怎么啦，”埃迪说。

“听着，”我就在黑地里对他说。“我们要去巴库拉瑙接十二个唐山佬。一会儿我叫你来掌舵，你就来掌舵，我让你干什么，你就干什么。我们把十二个唐山佬接上了船，就把他们关在前面船舱里。现在你先上船头去把舱门从外面闩上。”

他去了，衬着夜空我看见了他黑黑的身影。他一回来便说：“哈利，现在可以让我喝一口了吗？”

“不行，”我说。“回头我得靠酒来壮你的胆量。不能让你成个窝囊废。”

“我可是个好样的，哈利。你瞧着好了。”

“你是个酒鬼，”我说。“听着。回头有个唐山佬会把那十二个人带来。他开头会先给我一笔钱。等他们都上了船，他还会给我一笔钱。你见他第二次出手给钱了，你就开足马力，掉过船头往海上开去。你压根儿别理会这边发生了什么事。不管这边发生什么事，你就管你把船一直开出去。明白了吗？”

“明白了。”

“一旦船开到了海上，要是有哪个唐山佬砸破船舱冲出来了，或者从舱门里逃出来了，你就摘下那支气枪来打，他们一出来你就把他们打回去。气枪你会使吗?”

“不会。你教给我好了。”

“教给你你也记不住。那把温切斯特你会使吗?”

“只要一扳枪机开枪就是。”

“对，”我说。“可别在船身上打出窟窿来啊。”

“你还是让我把酒喝了吧，”埃迪说。

“好吧。我给你喝一小口。”

我事实上给他喝了一大口。我知道他现在喝下去不会喝醉了，心里这样害怕，喝下去哪能醉得了呢。不过，每次喝上一口，起的作用也只能维持短短的一刻儿工夫。这回埃迪酒下了肚，说话的口气似乎挺快活的：“这么说我们要去运唐山佬了。嗨，真个的，我不是常说的吗，我要是有一天落得两手空空，我就去运华工。”

“可你以前难道就从来没有两手空空过?”我对他说。这人还是挺有趣的。

我又给他喝了三口，算是把他的胆量撑到了十点半。看他是件有趣的事，看了他也就忘了想自己的心事了。我事先倒没有考虑到还要等这么大的工夫。我就算计好天黑以后出发，把船先开到海上好避人耳目，然后可以沿着海岸一路漂流到考希马尔。

十一点不到一些，我看到岬角上出现了两点灯光。我稍等了一下，然后就把船缓缓驶去。巴库拉瑙是个小港湾，以前那里有过一个装沙的大码头。还有一条小河，雨季里河水上涨，冲开了河口的沙洲。到了冬天，北来的大风一吹，沙都堆积起来，把河口堵死了。

以前还有人驾了帆船溯河而上，把沿河出产的番石榴运出来，当地一度还形成了一个小镇。可是飓风把小镇扫荡一空，如今那里就只剩了一座房子，那是原来的棚屋被飓风刮倒后一些西班牙佬在废墟上盖起来的，他们把这儿作为一个俱乐部的会所，逢星期天就从哈瓦那来这儿游泳野餐。另外还有一座房子是代管员的住宅，不过那离海滩就远了。

在那一带的沿海，像这样的小地方都有一个政府委派的代管员，不过我想那唐山佬肯定用的是自己的船，而且肯定买通了关节。船进港湾时，我闻到了海葡萄[1]的气息，还有从陆地上飘来的那种灌木丛的芳香。

“到船头去，”我对埃迪说。

“尽量靠这边走就不会撞上什么了，”他说。“船往里开，暗礁都在那边。”你瞧，他本来可是个挺不错的人。

“注意啦，”我说完，就把船开到港湾的里边，来到一个估计他们能看得见的地方。要是没有浪花拍岸的话，这引擎声他们也该听得见。我吃不准他们到底看见了我们没有，可我又不想多等，因此我就把航行灯亮了一次，只亮了红绿两色的，开了一下便关掉了。然后我又掉过船头，往港湾外开去，让船就停在港湾的口外，引擎并不熄火。很有些小小的浪头在一阵阵打来。

我叫埃迪：“快到我这儿来一下。”我让他喝了一大口。

“这玩意儿是不是先要用大拇指扳上扳机？”他悄悄问我。他现在坐在驾驶座上了，我已经把挂在舱顶下的两只枪套都打开了，枪柄拉出了半尺来长。

“对。”

“嘿，好家伙，”他说。

真了不得，他酒一下肚就不一样，而且变得这样快。

船就停在那儿，远处可见树丛里透出一丝灯光，这就是那个政府代管员的住宅。我看到岬角上的那两点亮光低了下去，其中一点在岬角上移动起来。另外一点准是被他们吹灭了。

不大一会儿工夫，我就看见小港湾里出来了一条船，迎着我们而来，船上有个人在摇橹。我从他前一俯后一仰的身影看得出那是在摇橹。我敢断定这把橹还很不小。我心里好不高兴。既是摇橹，

① 这是长在当地沙滩上的一种植物，结出的浆果带蓝色，可食。

那就说明一个人就行。

他们到了船边。

“晚安，船长，”辛先生说。

“到船艄来，并排靠拢，”我对他说。

他对摇橹的人说了两句什么，可是摇橹不能倒退，因此我就抓住船舷的上沿，把他那条船朝我船艄上拉过来。船上有八个人。六个唐山佬，辛先生，加上那摇橹后生。我把那条船朝我船艄上拉过来时，我是等着天灵盖上挨一家伙的，可是天灵盖上倒太平无事。我就直起腰来，让辛先生抓住了船艄。

“让我看看钞票可是真货，”我说。

他把钞票交给了我，我接过来拿到埃迪掌舵的地方，开亮了罗经柜里的灯。我把钞票仔细看过，看不出有什么毛病，就把灯关了。埃迪在那里直打哆嗦呢。

“你就自己拿来喝一口吧，”我说。我看见他拿过瓶子来就往喉咙里灌。

我又回到了船艄。

“行，”我说。“让这六个人上船。”

浪尽管不大，那辛先生和摇橹的古巴人还是费了好大的劲，才把自己的小船勉强稳住，免得碰撞。我听见辛先生说了句唐山话，小船里的唐山佬就一齐向船艄上攀来。

“一个一个来，”我说。

他又说了句什么，于是六名唐山佬才一个个依次爬上船艄。他们高高矮矮大大小小都有。

“领他们去，”我对埃迪说。

“请跟我到这边来，各位，”埃迪说。嘿，我知道他这一口喝得可是够瞧的。

“把船舱锁上，”一等他们都进了舱，我就说。

“明白，”埃迪说。

“我再去把下一批送来，”辛先生说道。

“去吧，”我对他说。

我把他们的船往外一推，跟他一起的那个后生就摇着橹，把船摇走了。

“听着，”我对埃迪说。“这酒你就不要再喝了。你现在的胆量已经够大的啦。”

“行啊，老大，”埃迪说。

“你这是怎么啦？”

“我觉得这个挺好玩的，”埃迪说。“你说只要用大拇指这么往后一推就行？”

“你这个讨厌的酒鬼，”我对他说。“把瓶子拿过来让我喝一口。”

“瓶子空啦，”埃迪说。“对不起啊，老大。”

“听着。你现在的任务，就是一看见他给我钱，就把好舵轮，加大马力开。”

“行啊，老大，”埃迪说。

我探手上去，把另一瓶酒拿来，又取来开塞钻，拔出了瓶塞。我喝了一大口，重又回到了船尾。那瓶酒又给拧紧了塞子，藏在两只满盛着水的柳条筐水壶背后。

“辛先生来了，”我对埃迪说。

“明白，”埃迪说。

小船向我们摇来了。

他让小船靠上了我们的船艄，这回我让他们自己用手拢住。辛先生抓住了我们装在船后的滚轮，我们捕到大鱼都是拉到这滚轮上再拖上船的。

“让他们上船，”我说。“一个一个来。”

又是六个各色各样的唐山佬，从船艄上了船。

“打开船舱，领他们去，”我对埃迪说。

“明白，”埃迪说。

“把船舱锁上。”

“明白。”

我看见他把着舵轮了。

“好啦，辛先生，”我说。“把余下的钞票拿来看看吧。”

他把手伸进口袋，拿了钱向我递过来。我伸过手去接，却没有接他手里的钱，而是一把攥住了他的手腕子，他身子往前一冲，冲上了我们的船艄，我就又拿另一只手卡住他的脖子。我感觉到船开动了，打起了螺旋桨出发了。虽说对付辛先生还忙不过来，我还是看见了那古巴人一直手抓着船橹站在小船船艄上，眼睁睁看着辛先生这样蹦跳扑腾。辛先生的那个蹦跳扑腾，真比钩住在拉钩上的海豚还厉害。

我把他的胳膊扭到背后，用足了力气往后扳，可是我扳过头了，因为我感觉到他的胳膊折断了。他胳膊折断的时候嘴里还发出了一个古怪却不大的声响，尽管脖子等等都叫我给抓着，他还是向前冲来，在我肩上咬了一口。我呢，一感觉到他胳膊断了，就把他的胳膊放开。这条胳膊对他已经起不了作用了，我就用双手揪住他的脖子，朋友，那个辛先生扑腾起来可简直像条鱼一样，真的，连那条断臂都在那儿直晃荡，但我还是把他向前按倒，压得他扑通跪下了，我两个大拇指深深地掐进了他的嘴窝后，他脖子里那些管管儿什么的全让我给拗弯了，最后吧嗒一声扭断了。真的，是有吧嗒一声的，听得可清楚了。

他的身子瘫在我手里不动了，过了会儿我才把他放下。他面孔朝天，一动不动的就横在船艄，身上依然穿得漂漂亮亮，两脚直伸到舵手舱里，我于是就撇下他走了。

我从舵手舱的地板上把散落的钞票一一捡起，拿来放在罗经柜上，点了数。然后我就接过舵轮，叫埃迪到船艄去找找可有什么铁块没有，以前我们在斑礁区或岩底深水区捕水底鱼时，不敢冒险直接把锚抛下，往往就拿这种铁块当锚使用。

“我啥也找不到呀，”他说。他是怕到辛先生那边去呢。

“你来掌舵，”我说。“继续向外海开。”

下面船舱里有一些动静，不过我一点也不担心。

我找到了两块合用的——那是我们在托图加斯的老煤码头上弄来的铁块——我又找了些大号的钓鱼绳，把两个重重的大家伙拴在辛先生的脚踝上。等我们的船开到了离岸约两英里处，我就把他推下了海。拖到滚轮上一推，他就顺顺当当地滑到海里去了。我连他的口袋都没去翻看。我真不想再去摆弄他了。

他横在船艄时鼻子里嘴里流过些血，我就打了一桶水，从船尾底下拿出板刷来把血迹擦得干干净净。为了打这桶水我差点儿给摔到海里——船开得太快了。

“开慢点，”我对埃迪说。

“他要是浮起来怎么办？”埃迪说。

“我把他扔到七百来英寻[1]深的水下去了，”我说。“他要一路往下沉，沉到那么深。七百英寻可深着哪，老弟。不到产生气体抬他上浮他是不会往上浮的，何况在这段时间里还有水流推他走，还有鱼儿来把他当点心。算了吧，”我说，“辛先生是用不着你为他操心的了。”

“你到底有什么事跟他过不去？”埃迪问我。

“没什么，”我说。“这样好打交道的人，我这辈子还是第一次遇到呢。不过我总觉得这里边有些不对头。”

“你干吗杀了他呢？”

“可以免得去害死另外十二个唐山佬，”我对他说。

“哈利，”他说，“你得让我喝一口了，我觉得肚子里的东西全涌上来了。我见了他那颗散了架的脑袋就直恶心。”

我就给他喝了一口。

“那帮唐山佬怎么办？”埃迪说。

“我要尽快放他们跑，”我对他说。“免得那么大的气味污了我的船舱。”

---

① 合一千二百八十多米。

"你打算把他们弄到哪儿去呢?"

"马上把他们送到个能靠岸的地方,"我对他说。

"船这就向陆地开?"

"对,"我说。"慢慢儿开过去。"

船慢慢通过礁区向陆地驶去,驶到一处,看得见有隐隐发亮的海滩。礁区的水还是相当深的,再往里水底就都是沙砾地了,坡度也一路向上,直至岸边。

"到船头去向我报告水深。"

他拿了一根鱼叉杆,不断探测水深情况,杆子一指就是要我继续前进。后来他回来示意让我停下。我就把船倒退了一下。

"现在大约是五英尺深。"

"我们得下锚了,"我说。"到时候万一来不及起锚的话,砍断锚缆、把锚拉脱都可以。"

埃迪把锚缆一点一点往外放,一直放到觉得绳子不再拉紧了,这才把那一头给拴牢。这么一来,船尾的方向就正对着陆地。

"你也知道,这里的水底可是沙砾地,"他说。

"船尾的水深有多少?"

"不超过五英尺。"

"你把来复枪拿好,"我说。"可要多加小心哪。"

"让我喝一口吧,"他说。他紧张极了。

我给他喝了一口,自己就摘下了气枪。我开了锁,打开舱门,说了声:"出来吧。"

没有一点动静。

后来有一个唐山佬探出头来,一见埃迪手拿长枪站在那里,马上又缩了回去。

"出来吧。没有人会伤害你们的,"我说。

还是没有动静。只听见一片喊喊喳喳声,说的都是唐山话。

"嗨,出来出来!"埃迪说。我的天哪,我知道他准又去喝过酒了。

“不许再喝酒了，”我对他说，“要不我就一枪送你下大海。”

“快出来，”我这又对他们说，“不然我可要向你们船舱里开枪啦。”

我看见他们中间有个人朝门角里瞅了下，显然他看见了陆地，因为他咭咭呱呱说开了。

“来吧，”我说，“不然我可要开枪啦。”

他们到底出来了。

其实我告诉你说，真要把这样一帮唐山佬杀掉的话，不是个全无心肝的人那是下不了手的，就是干起来肯定也是够棘手的，更别提那个麻烦了。

他们出来了，他们虽然个个都很害怕，而且一把枪都没有，可究竟有十二个人哪。我端着气枪，步步倒退，一直退到船尾。“下水里去吧，”我说。“不会没了你们的脑袋的。”

没有人动一动。

“下去。”

还是没有人动一动。

“你们这些吃了耗子肉的胆小的外洋佬，”埃迪说，“快下水里去。”

“闭上你的嘴，醉鬼，”我对他喝一声。

“不会游水，”一个唐山佬说。

“用不到游水，”我说。“水不深。”

“快，下水里去，”埃迪说。

“你到船艄来，”我说。“你一只手拿枪，一只手拿鱼叉杆，量给他们看看水就这么深。”

他量给他们看了。

“用不到游水？”还是那个人问我。

“用不到。”

“真的？”

“真的。”

“这是在哪儿？”

“古巴。”

“你们这些该杀的骗子手呀，”他说着就走到船边上，先还赖着不跳，一会儿才松手跳了下去。他脑袋沉到了水下，但是随即又探了起来，下巴露出在水外。“该杀的骗子手呀，”他还在嚷嚷。“该杀的骗子手呀。”

这气疯疯的家伙，倒也够勇敢的。他用唐山话说了句什么，其余的人也都到船艄纷纷跳下水去。

“好啦，”我对埃迪说。“起锚吧。”

我们的船出海时，月亮升起来了，因此看得见那班唐山佬都露出了个脑袋，在蹬水上岸。还看得见那隐隐发亮的海滩，以及背后一带的小树丛。

船过了礁区，来到海上，我回头看了一眼，见海滩和山峦都显出轮廓来了。我于是就把船朝基韦斯特的方向驶去。

“你现在可以去睡个觉了，”我对埃迪说。“不，等等，先到船舱里去把舷窗都打开，让气味散掉，再把碘酒给我拿来。”

“怎么回事？”他拿来了碘酒，问我。

“手指割破了。”

“要不要我来把舵？”

“去睡个觉吧，”我说。“回头我来叫你。”

他就在舵手舱内、油箱上方的那张嵌壁床上躺了下来，才一眨眼的工夫就睡着了。

我用膝头顶住舵轮，脱开衬衫，看见了给辛先生咬一口留下的痕迹。这一口咬得可真够狠的，我就在上面涂了些碘酒，后来我坐在那儿掌舵时，心里就老是想着：给个唐山佬咬一口不知会不会感染上些什么毒素？听机器运转得这样平稳，海水哗哗地刷着船身，我悟过来了：啐，不会的，给他咬一口不会感染上什么毒素的。像辛先生这样的人，一天大概要刷上两三遍牙哩。好一个辛先生。作为一个生意人他实在算不得精明。不过也可能他本来倒是个精明人。只是轻信了我罢了。说真的，我实在猜不透他。

好了，现在其他问题都很简单了，就还剩下一个埃迪了。埃迪是个酒鬼，一来劲就都会说出去。我坐在那儿掌舵，对他看看，心想：嗐，他这样活着，倒还不如死了强哩，他死了我也可以不用担心了。我刚发现他在船上那阵子，本来是拿定了主意非把他干掉不可的，可是后来一切进行得那么顺利，我也就不忍心了。不过现在看他躺在那里，我心里又不免一动。但是再一想：干这种事以后要后悔的，一干反倒把好端端的事弄坏了，何苦呢？我这时又想起：船员名单中根本没有他的名字，把他带到国内我还得付一笔罚款呢，我真不知道留着他到底算是好呢还是算坏。

好吧，这事反正还有充分的时间可以考虑，我就只管开我的船，时而还端起酒瓶来喝上一口。这酒还是他带上船来的，瓶里已经所剩不多，我喝完以后，就打开自己还剩下的仅有的一瓶。说真的，我觉得把舵挺带劲的，而且今晚又是过海挺理想的夜晚。几次觉得这一趟出海真是倒够了霉，但是结果终于证明了，这一趟出海出得才好着哩。

天亮了，埃迪也醒了。他说他觉得难受极了。

“你代我把会儿舵吧，”我对他说。“我想去走走看看。”

我重又来到船艄，浇些水把船艄冲冲。可是船艄早已没一点脏迹了。我又用刷子把船边上擦了擦。我把枪退了子弹，在舱里藏好。不过腰带上的枪我没有卸下。船舱里的空气一派清新，十分可意，闻不到一点气味。只是右舷窗里进了一点水，把一个床位打湿了，因此我就关上了舷窗。现在，世上再也没有一个海关官员能嗅出我这船上搭过唐山佬了。

我看见在装行船执照的镜框下，那结关证就连网兜在那儿挂着呢，那是我上船的时候匆匆搁在那儿的，我就去取出来看了一遍。看完便赶紧来到舵手舱里。

“我问你，”我说。“你的名字怎么会上了船员名单的？”

“我遇见了报关行的代办，正好他要去领事馆，我就对他说我也要同船去。”

“上帝真会照应酒鬼，”我对他说完，便取下了腰里的那支点三八，拿到船舱里藏好。

我在船舱里煮了一些咖啡，又上来掌舵。

“下面有咖啡，”我对他说。

“老兄，咖啡可帮不了我的忙啊。”见了他谁也不能不感到可怜。他那个脸色可实在是难看。

九点钟左右，我们就在正前方一带看到了桑德基的灯塔。海湾里北上的油船我们早些时就已见到了。

“快要到了，”我对他说。“我也跟约翰逊一样，付给你四块钱一天吧。”

“你昨儿晚上这一手得了多少？”他问我。

“才六百块，”我对他说。

我不知道他信不信我的话。

“这里就没有我的一份？”

“我刚才说的那个数，就是你的一份了，”我对他说。“昨儿晚上的事你要是说出去，别打量我会不知道，到那时可就别怪我要把你干掉了。”

“你知道我不是个爱在背后说闲话的人，哈利。”

“你是个酒鬼。可不管你喝酒喝得有多糊涂，只要你有一句话说出去，看我说的话算不算数。”

“我诚实可靠，”他说。“你这样对我说话可不该啊。”

“谁的嘴巴能有那么紧，能保证永远诚实可靠？”我对他说。不过我对他已经不再担心了，因为他的话有谁会相信呢？辛先生已经不会来告我了。那班唐山佬是不会来告我的。那个摇船送他们出来的后生自然也不会。埃迪倒说不定迟早会说出去，可是酒鬼的话有谁会相信呢？

对了，这一切又有谁能拿得出半点证据？不然的话，人家一看到船员名单里有他，风言风语肯定要多得多。我这确实还是幸运的。我当然也可以说他掉在大海里了，可是那样的话闲言闲语绝少不了。埃迪也算他福星高照。真是福星高照。

后来我们的船就来到了湾流的边上，海水不再是蓝色的了，而是淡淡的，带点儿绿了，朝陆地的方向望去，我就能看见长礁和西干岩两处的标桩了，就能看见基韦斯特的无线电天线杆了，还有那高高耸起在一大片低矮建筑之上的贝壳大旅馆，那野外焚烧垃圾的滚滚浓烟。桑德基的灯塔如今已近在眼前了，灯塔边上的船库和小码头也看得见了，我知道如今还只剩下四十分钟的路程了，我感受到了归家的快乐，我如今得了一大笔外快，可以好好地过一个夏天了。

“来喝口酒怎么样，埃迪？”我对他说。

“啊呀，哈利，”他说。“我就知道你是挺够朋友的。”

买卖人的归来

他们是在夜间过海而来的，海上吹的是强劲的西北风。太阳升起以后，他见到了一艘从海湾里南下的油船，寒气凛冽，阳光当头一照，那油轮看去白晃晃的当空直立，真像大海上耸起了一座高楼。他对那黑人说："我们到底到了哪儿啦？"

那黑人撑起身来一看。

"迈阿密的西边没有这种景象啊。"

"我们的船不是朝迈阿密的方向开的，这你又不是不知道，"他对那黑人说。

"我的意思不过就是说，在佛罗里达诸基列岛是没有这样的高楼的。"

"我们的行船方向是桑德基。"

"那这会儿也该看见了呀。就是看不见桑德基，美国沿海的暗礁群也应该看见了。"

过了一会儿他才看清那是一艘油船，不是高楼，又过了不到一个钟点，他看见了桑德基的灯塔，直挺挺的，细细的，一身褐色，矗立在海中，一点不差还是在那个老地方。

"在船上掌舵总得有信心，"他对那黑人说。

"我本来倒是信心很足，"那黑人说。"可是走过了这一趟我已经信心缺缺了。"

"你的腿怎么样？"

"老是痛啊。"

"不要紧，"那人说。"只要当心别沾上脏，别让绷带掉了，自会好的。"

现在他就把船朝西开去，打算向沃曼基靠近，到岸边的红树丛中去躲过一个白天，什么人也别见，就在这儿等着，到时候该会有船来接他们的。

“你会好的，”他对那黑人说。

“谁知道哇，”那黑人说。“痛得可厉害了。”

“到了家我会好好替你治的，”他对他说。“你的枪伤不算重。别担心。”

“我挨了枪了，”那黑人说。“以前我可从来没有挨过枪。反正挨了枪就是倒了霉了。”

“你是吃了点惊吓罢了。”

“什么话呢。我挨了枪了。痛得可厉害了。一阵阵抽痛，整整痛了一夜。”

那黑人一直不断这样唧咕，他总忍不住想要解开绷带来看看伤口。

“别去动，”掌舵的那人对他说。黑人躺在舵手舱里的地板上，四下到处堆着一麻袋一麻袋的瓶酒，就像一只只火腿。他是在麻袋堆里腾出个地方来躺下的。他只要一动，麻袋里就会响起破瓶碎玻璃的声音，流出的酒酒气四溢。这酒也泼得满处都是。船现在是直向沃曼基驶去了。沃曼基如今已经可以看得清清楚楚了。

“我痛啊，”黑人说。“痛得愈来愈厉害了。”

“我也很为你难过，韦斯利，”那人说。“可是我得掌舵。”

“你待个人还不如待条狗好呢，”黑人说。他渐渐没有好声气了，不过那人还是很为他难过。

“我会想法照应你的，韦斯利，”他说。“你现在还是安静点儿躺着。”

“你根本不管人家是死是活，”黑人说。“你简直没有一点人性。”

“我会好好替你治的，”那人说。“你还是安静点儿躺着吧。”

“你是治不好我的了，”黑人说。那个叫哈利的人这时不言语了，因为他喜欢这个黑人，可眼下除了给他补一枪以外，实在没有一点办法可想，他下不了这个手啊。那黑人只顾说他的。

“他们一开枪，我们就赶快停下，不是挺好的吗？”

那人没答腔。

“难道一个人的性命，还不如一船酒值钱？”

那人只顾专心掌他的舵。

“我们只要赶紧停下，让他们把酒拿去，不就行了吗。”

“不行，”那人说。“酒和船没收了不算，人还得要坐班房。”

“坐班房我不怕，”那黑人说。“我就是不愿意挨枪子儿。”

他渐渐吵得那人有点心烦了，那人不想再听他说下去了。

“到底谁的枪伤厉害？”他问他。“是你伤得厉害，还是我伤得厉害？”

“伤是你的厉害，”那黑人说。“可我以前从来没有挨过枪啊。我真没想到会挨枪子儿。我不是给雇来挨枪子儿的。我也不愿意去挨枪子儿。”

“不要激动嘛，韦斯利，”那人对他说。“这种话说得再多也帮不了你的忙。”

这时他们已经快到沃曼基了。船已经进了岛外的暗礁群，他把船开进航道时，水面上一派阳光，照耀得东西都很难看清。那黑人八成儿是精神错乱了，要不就是因为受了伤，所以就虔诚地祈求起上帝来了；总之他的嘴里一直叨叨个不停。

“他们为什么现在还要贩私酒呢？”他说。“禁酒法已经废止了嘛。他们为什么还是非要干这样的买卖不可呢？他们为什么不就用渡船把酒运进来呢？”

掌舵的那人却目不转睛地瞅着航道。

“大家为什么不老老实实地做个正派人，正正派派地干个老实营生呢？”

尽管太阳耀眼，看不清岸上，那人还是看得出哪儿有来自岸边的平静的涟漪，他就把船转了个向。他是单臂转动舵轮，把这个弯拐过来的，这一下航道就开阔了，于是他就把船缓缓靠到红树丛的边上。他打起了倒车，把两个离合器都脱开了。

“下锚我抛下一只还可以，”他说。“可是要起锚我就没法起了。”

“我是根本就动弹不得了，”黑人说。

“看你这光景确实是够呛的，”那人对他说。

他在十分艰苦的情况下，把小锚搬出来，再提起投下，不过锚好歹算是抛下了。他放出了好长一段锚缆，船马上打了个转，撞到了红树丛上，树枝都直戳到舵手舱里。他于是就又下了甲板，回到舵手舱。心想：没错儿，舵手舱里果然弄得一塌糊涂。

昨天晚上他替黑人包扎了伤口，黑人也给他的胳膊上了绷带，弄好以后他就一直在那里看着罗盘把舵，整整一夜没有停过，到天亮时，只见黑人就躺在舵手舱当中的麻袋堆里，可是那时他又要看海上，又要看罗盘，还要寻找桑德基的灯塔，所以对面前的这一摊子始终没有细细看过一眼。如今一看，这个烂摊子!

那黑人抬起了腿，躺在满装瓶酒的麻袋堆当中。舵手舱给打了八个弹孔，都裂开了好大的口子。挡风玻璃也打碎了。他不知道有多少货色给打烂了，凡是那黑人的血没有淌到的地方，就准有他自己的血迹。可是根据他此刻的感觉，最叫人受不了的还数那酒气。酒气简直淹没了一切。如今船虽然静静地停泊在红树丛下，他却依然感觉到脚下似乎有波涛在汹涌，海湾里风大浪高，他们的船昨晚颠簸了整整一夜。

“我去煮一点咖啡，”他对那黑人说。“煮好咖啡我再来照应你。”

“我不想喝咖啡。”

“我可想哩，”那人对他说。可是一到船舱里他就感到头发晕，因此又来到了甲板上。

“算了，就不喝咖啡了，”他说。

“我要喝点水。”

“好。”

他从一个水壶里倒了一杯水给黑人。

“他们都开了枪了，你为什么还要一个劲儿逃呢？”

“他们干吗要开枪呢？”那人答道。

“我得找个医生看看，”那黑人对他说。

“医生能够做的我还有什么没有替你做到呢？”

“医生能治好我的伤。”

“等今儿晚上接应的船来了，你就有医生了。”

“我可不想就这样一直等到船来。”

“好吧，”那人说。“那我们先来把这些酒处理掉吧。”

他就把酒往水里扔，可是凭他单手独臂那是够艰巨的。袋瓶酒虽说只有四十来磅重，可是他扔了才不多几袋，就又感到头晕了。他在舵手舱里坐下，后来干脆躺下了。

“你这是自己不要命了，”那黑人说。

那人头枕着麻袋，不作一声地躺在舵手舱里。

舵手舱里有红树的枝桠伸进来，把影子撒在他身上。他听得见树梢顶上的风声，抬眼朝高高的寒天望去，看得见那北风推来的淡淡的褐云。

“风这么大，不会有人来了，”他心想。“他们料不到我们会冒着这么大的风出来。”

“你看他们会来吗？”那黑人问。

“会来啊，”那人说。“为什么不来？”

“风太大了。”

“他们就等着我们来呢。”

“这么大的风，哪儿能呢。你何必还要拿假话来哄我呢？”黑人这话几乎是嘴巴直对着麻袋说的。

“不要激动嘛，韦斯利，”那人说。

“老大说得轻巧，不要激动，”黑人又接下去说。“不要激动。什么事不要激动？死得这么惨还不要激动？我还有条命在这儿，你来呀。来把我往船外扔呀。”

“不要激动嘛，”那人还是和和气气地说。

“他们不会来了，”黑人说。“我知道他们不会来了。我冷你难道不知道？你难道不知道，这又痛又冷的，我实在受不了啦。”

那人坐起身来，只感觉到心窝儿里像掏空了，坐也坐不稳。黑人目不转睛地看他晃荡着右臂，拿一个膝头抵着地往上挺了挺，左手抓住右臂下吊着的手，把它给按在两个膝头的中间，然后扶住船舷边上钉着的木板，使劲地站起身来。他站在那儿，望着黑人，右手依然夹在两条大腿中间，心里在想：什么叫做痛，他这才算真正尝到滋味了。

“我只要硬是挺住，不去想它，倒也不是痛得那么厉害了，”他说。

“我给你用吊带绑起来吧，”黑人说。

“我这胳膊肘儿弯不过来了，”那人说。“就那样直僵僵的动不得了。”

“我们怎么办呢？”

“扔酒啊，”那人对他说。“手够得到的，就提起来往船外扔，你不能来一下吗，韦斯利？”

那黑人刚挪了挪身子，想去抓住一个麻袋，却又哼了一声，重新躺了下去。

“你痛得那么厉害，韦斯利？”

“哎呀，天哪，”那黑人说。

“一动反倒不是痛得那么厉害了，你就没有这种感觉？”

“我挨了枪了，”那黑人说。“我不能动了。我挨了枪老大还要我去扔酒。”

“不要激动嘛。”

“你再说一句不要激动我可要发疯啦。”

“不要激动嘛，”那人还是口气平静地说。

黑人吼叫一声，手在甲板上一阵乱摸，在舱口围板下摸到了那块磨刀石，便抓了起来。

“我要杀了你，”他说。“我要挖出你的心肝。”

“就凭这么块磨刀石你能挖？”那人说。“不要激动嘛，韦斯利。”

黑人脸贴着麻袋哇哇直哭。那人依旧慢慢地提起一麻袋一麻袋的瓶酒，往船外扔去。

正在这样把酒往船外扔时，他听见了一阵引擎声，一看，见有一条船绕过了小岛的端头，正沿着航道在向他们驶来。那条船船身是白色的，舱面室漆成了浅黄色，有挡风玻璃。

“有船来了，”他说。“快来干吧，韦斯利。”

“我动不了。”

“从现在起我可要记你的账啦，”那人说。“先前的事就不跟你计较了。”

“你去记吧，”那黑人对他说。“我也不是什么都不记在心上的。”

那人还是用他那只好手提起一袋袋瓶酒来往船外扔，如今他干得可快了，干得脸上汗水直流，也根本顾不上去看看顺着航道缓缓而来的那条船。

“翻过身去。”他一伸手抓住黑人头下的那个麻袋，手一甩扔到了船外。黑人撑起身来看了看。

“他们来了，”他说。来船的方向几乎就直对着他们船的船舷。

“是威利船长，”黑人说。“船上还有游客。”

那条白船的船艄有两个穿法兰绒、戴白布帽的人坐在钓鱼椅里，在那里钓鱼，另外有个身穿防风茄克衫、头戴毡帽的老头在那里掌舵，船就在酒船所在的这片红树丛跟前开了过去。

“你好啊，哈利？”船过的时候那老头招呼了一声。那个叫哈利的人举起没坏的胳膊挥了挥作为回答。船开了过去，那两个钓鱼人把目光向酒船投来，还对那老头说了些话。哈利听不见他们讲的是什么。

“他开到口子上要掉过船头开回来的，”哈利对那黑人说。他到船舱里拿来了一条毯子。“我来替你遮起来。”

“是快到你替我裹起来的时候了①。可这酒他们不会看不到呀。我们怎么办呢？”

“威利可是个好人，”那人说。“他会去告诉镇上的人我们在这儿。那两个钓鱼的家伙碍不了我们的事。他们何必要来管我们的闲事呢？”

他现在真有些惴惴不安了，他就在驾驶座上坐了下来，把右臂紧紧地夹在两条大腿之间。他的膝头在发抖，这一抖，便感觉到上臂的骨头断处擦得嘎嘎有声。他就把两个膝头分开，拉出那条手臂，由它挂在一旁。就在他这样挂下了手臂坐在那儿时，刚才那条船又顺着原航道回来，从他们跟前经过了。坐在钓鱼椅里的两个人在那里说话。他们已经收起了钓竿，其中一个在用望远镜对他们瞧。隔着这样的距离，他听不出他们在说些什么。就是听得见，他又能怎么样呢？

那条叫“南佛罗里达号”的包租游船，是因为礁区外风浪太大，才到沃曼基的航道里来作钓鱼游的。船上的威利·亚当斯船长当时心里在想：原来哈利昨儿晚上过海来了。这小伙子倒真有cojones②。那阵狂风他肯定碰上了。论船，他那一条倒是经得起海上风浪的。可你说他的挡风玻璃怎么会打碎了呢？换了我才不会在昨儿那样的晚上过海呢。我才不会到古巴去贩运私酒呢。酒现在都从马里埃尔运来了！进进出出，自在得很。大概那里是根本不查不禁的吧。“你说什么，老板？”

“那条船是条什么船？”坐在钓鱼椅里的两个人中有一个问。

“那条船？”

“是啊，那条船。”

---

① 表示自己快到死时了。
② 西班牙语：胆量。

“喔，那是一条基韦斯特的船。”

“我问你的是，船是谁的？”

“这我也不知道啊，老板。”

“船主是个打鱼人吗？”

“这个嘛，有人说他是。”

“什么意思？”

“他什么行业都干一点。”

“你不知道他姓什么吗？”

“不知道。”

“你不是叫他哈利吗？”

“我没呀。”

“我明明听见你叫他哈利。”

威利·亚当斯船长对跟他说话的这个人仔细看了一眼。此人高高颧骨，薄薄嘴唇，脸儿有点胖鼓鼓的，灰眼睛眍得好深，嘴角带着轻蔑的表情，帆布帽下射出两道目光正瞅着他。威利·亚当斯船长哪里会知道，正是此人，在华盛顿许许多多女人的眼里可是个招人心爱的美男子咧。

“那一定是我乱叫的，”威利船长说。

“你看看吧，那个人身上有伤，博士[①]，”那另一个人说着，把望远镜递给了同伴。

“我不用望远镜就看得出来，”被称为博士的那个人说。“这个人是谁？”

“我也不知道，”威利船长说。

“哼，会让你知道的，”嘴角带着轻蔑表情的那个人说。“把船头的号码抄下来。”

“我抄下了，博士。”

① 英文中“博士”跟“医生”是同一个词，所以下文威利船长以为他是医生。

“我们过去看看，”博士说。

“你这位博士是做医生的？”威利船长问。

“不是做医生的，”那个灰眼睛的人对他说。

“如果你不是个医生，那我就不开过去。”

“为什么？”

“他要是需要我们帮忙，他早就招呼我们了。他要是不需要我们帮忙，我们也用不到管他的闲事。我们这里的人都抱定了一个宗旨，就是莫管他人的闲事。”

“好吧。你不管你就甭管好了。那就把我们送到那条船上去吧。”

威利船长还是把船继续顺着航道驶去，那台双缸帕尔默老是不停地噗噗乱响。

“你没听见我的话吗？”

“听见了。”

“那你为什么不服从我的命令？”

“你到底算是什么人，这样神气活现？”威利船长问。

“是什么人这没关系。我让你怎么干你就怎么干。”

“你到底算是什么人？”威利船长又问。

“好吧。可以告诉你，我是当今美国三个最重要的人物之一。”

“那你又到基韦斯特干什么来了？”

那另一个家伙探出了身子。“他就是×××，”他煞有介事地说。

“我可从没听说过这么个人，”威利船长说。

“哼，我会让你听说的，”那个叫博士的人说。“我会让你们镇上人人都听说的——旮旯里小小的破镇一个，就是得连根铲掉我也绝不会手软！”

“你真不简单，”威利船长说。“你怎么会这样重要的？”

“他是×××最亲密的朋友、最亲信的顾问，”那另一个家伙说。

“胡扯，”威利船长说。“他要真是这么个人，又到基韦斯特干什么来了？”

“他是来这儿休养的，”那个秘书说。“他就要出任×××了。”

“别说了，哈里斯，”那个叫博士的人说。“那就请你送我们到那条船上去好不好？”他做出了笑脸说。他的笑脸就是专为这样的场合用的。

“不行。”

“听着，你这个吃打鱼饭的白痴。小心我叫你吃不了兜着走……”

“好啊，”威利船长说。

“你还不知道我是谁呢。”

“这对我来说都一样，”威利船长说。“你还不知道你这是在哪儿呢。”

“那个人是个私酒贩子吧？”

“你看呢？”

“拿住了他说不定还有笔赏金可得呢。”

“我看不一定。”

“他犯了法。”

“他有一家大小，他得养家餬口。我们这儿基韦斯特的人替政府干活，一个星期才挣六块半钱，请问你们吃掉的又是谁的血汗？”

“他身上有伤。这说明有人在追捕他。”

“就不能是他闹着玩儿，自己打了自己一枪？”

“这种挖苦话你给我少说。快到那条船上去是正经，让我们把他连人带船一起扣下。”

“扣下来带到哪儿去？”

“基韦斯特。”

“你是当官的？”

“我不是告诉过你他是谁了吗，”那秘书说。

“好吧，”威利船长说。他使劲推动舵轮把手打了个转，把船一拐弯，驶到航道的极边上，螺旋桨连沉泥都打了上来，飞溅起一大片。

他的船这就带着一片嘎嘎声，紧靠航道边向停泊在红树丛下的那另一条船开去。

“你船上有枪没有？”那个叫博士的人问威利船长。

“没有。”

那两个穿法兰绒的人这时已经站了起来，正盯住了酒船在那里看。

“这比钓鱼要有趣吧，博士？”那秘书说。

“钓鱼没意思，”博士说。“捕到了一条旗鱼又能怎么样呢？吃又不能吃。不比这事，那才真叫有意思。能有机会亲身碰到也算我有幸。那人已经受了伤，逃不掉了。海上风浪大得很。他这号船肯定经不起。”

“你这真叫只身擒贼了，”秘书以艳羡的口气说。

“还是赤手空拳呢，”博士说。

“不像联邦调查局的密探就老是胡来，”秘书说。

“埃德加·胡佛[①]搞的宣传都是言过其实，”博士说。“我觉得我们对他恐怕也已经放任得够了。”说到这里他命令威利船长：“并排靠上去。”

威利船长却脱开了离合器，船就随水漂流了。

“嗨，”威利船长向那条船上喊道。“千万不要抬头啊。”

“怎么回事？”博士生气地说。

“你给我闭嘴，”威利船长说。“嗨，”他又向那条船上喊起来。“听着！只管到镇上去，用不到担心。船就不用管了。让他们

---

① 当时的联邦调查局局长。

弄去好了。把货扔掉了，到镇上去。我这船上有个家伙，是华盛顿来的，八成儿是个眼线。不是密探，只是个眼线。是官府什么机构的一个头头。他自己说是比总统还要重要。他要跟你过不去。他说你是个贩私酒的。他抄下了你船的号码。我从来没有见过你，所以不知道你是谁。要我认我也认不出你……”

船漂了开去。威利船长却只管他接着喊：“我不知道遇见你的这个地方是哪儿。要我再来一趟我也认不得路。”

“明白，”酒船上也喊过来一声。

“我还要带这个官府的大人物去钓鱼，不到天黑不回，”威利船长喊道。

“明白。”

“他爱钓鱼，”威利船长只顾嚷嚷，把嗓子都快喊破了。“可这个王八蛋倒说钓到了鱼不能吃。”

“多谢大哥，”传来了哈利的声音。

“那个家伙是你的兄弟？”博士问道。他虽然脸涨得通红，爱打听的脾气却依然不改。

“不是，”威利船长说。“船上人隔船相喊通常都叫大哥的。”

“我们到基韦斯特去吧，”博士说，不过听他的口气已经信心不足了。

“不行啊，”威利船长说。“两位包我的船说好是包一天的。我拿你们多少钱就得干多少事。你尽管骂我白痴，可我这船还是要给你包足一天。”

“这家伙是个老头了，”博士对他的秘书说。“我们要不要跟他来硬的？”

“我劝你别来这一套，”威利船长说。“小心我拿这个给你劈头一家伙。”

他冲他们亮了亮打鲨鱼用的一节铁管。

“两位干吗不把钓线放出去，乐得玩它个痛快呢？你先生可不是来寻烦恼的。你是来休养的。你说旗鱼不能吃，可你在这种水面不宽的地方哪里钓得到旗鱼呢。能钓到一条石斑鱼已经算是走运了。”

“你看怎么办？”博士问。

“还是由他去吧。”秘书的眼睛对着铁管直瞅。

“你的话还有一点说得不对，”威利船长又继续往下说。“其实旗鱼的味道就跟马鲛鱼一样好吃。往年我们都卖给里奥斯公司销到哈瓦那去，卖价跟马鲛鱼一样，一磅可以卖到一毛。”

“哎，你就少啰嗦吧，”博士说。

“我还以为你既是官府的人，对这些事情总该会感到关心吧。这些个吃的东西，涨价跌价可不是跟你们还有些牵连什么的？不是吗？你们就专搞抬高价格什么的。把粮价抬高，把肉价压低。鱼价嘛，倒向来是一个劲儿往下跌的。”

“你少啰嗦，”博士说。

酒船上，哈利把最后一袋酒扔下了水。

“把鱼刀拿来，”他对那黑人说。

“鱼刀没有啦。”

哈利一按自动起动器，把引擎发动了起来。他找到了轻便斧，用左手拿着，一斧头砍下去，把锚缆斩断了。他心想：沉水里去就沉水里去吧，回头来捞酒的时候，抓钩会抓得到的。我把船开到加里森湾去，他们要弄走就让他们弄走吧。我得去找个医生。我可不愿意连胳膊带船一起丢。 这一船酒的所值也抵得上船本身了。酒其实并没有打碎很多。碎了几瓶，就酒气冲天了。

他推上了左侧的离合器，船离开了红树丛，随着潮水转过头来。引擎运转得很平稳。威利船长的船如今正朝着格兰德河口的方向驶去，已经驶出两英里远了。哈利心想：现在潮涨了，估计过礁湖没问题了。他推上了右边的离合器，加大了油门，引擎立刻轰鸣起来。只觉得船头往上一翘，那还青的红树就飞快地从旁边一掠而过，树根下的海水仿佛一下子都给船吸了去。他心里在想：但愿这船别让他们弄走。但愿我的胳膊还能治好。在马里埃尔来来去去畅行无阻已经六个月了，怎么想得到现在会忽然对我们开枪呢？古巴人就是这样。某某人给某某人的钱不给了，结果害得我们就挨了枪。对，古巴人就是这样的。

“嗨，韦斯利，”他说着回头对舵手舱里边望了一眼，那黑人还蒙着毯子躺在那儿呢。“你这会儿觉得怎么样了，小黑子？”

“乖乖，”韦斯利说。“再难受也没有了。”

“回头老医生给你检查的时候，你还有得更难受呢，”哈利对他说。

“你简直不是人，”那黑人说。“没有一点人的感情。”

哈利心里却在想：那老威利可真是个好人。要论起好人来，那老威利真算得上一个。当时我们实在应该一气赶到，不应该等在那儿。等在那儿是失算了。我当时浑身无力，头晕得厉害，脑袋瓜儿都不听使唤了。

如今前方望得见那白色的贝壳大旅馆了，望得见无线电天线杆和城里的建筑了。他还望见了特朗博码头的汽车轮渡，他要绕过这个码头，向北去加里森湾。他想：那老威利真有意思。骂得他们够呛。那两个狗东西不知道是什么人？哎呀，我这会儿真觉得难受死了。头晕得厉害。我们当时要是一气赶到这儿就对了。要是不等在那儿就对了。

“哈利先生，”那黑人说，“真对不起，我没有能帮着你把货往水里扔。”

“见你的鬼，”哈利说。“老黑挨了枪子儿就没有一个是有屁用的。你这个老黑还算是不错的呢，韦斯利。”

引擎在轰鸣，船在破浪急驶，哗哗之声响成一片，但是他更听见自己心中似乎有一个陌生而空洞的嗡嗡声。他出外跑了一趟回得家来，总会感到心中有这样一种声音。他想：但愿我这条胳膊能够治好。我还很需要这条胳膊使使哩。

检　举

马德里当年的奇科特酒吧，是个跟白鹳夜总会[①]差不多的去处，只是那里并没有乐队伴奏和初入社交界的小姐，又有点像华尔道夫饭店[②]的男士酒吧，只是男士酒吧不接待女客。奇科特酒吧可是接待女客的，不过那可毕竟是个男人聚会的地方，女客在那儿是没有地位可言的。酒吧老板叫佩德罗·奇科特，酒吧要办得有特色老板总得有个性，他就具备了这一条。他是个很出色的酒吧掌柜，总是和和气气，总是乐呵呵的，而且为人颇有风趣。风趣这东西在时下早已是希罕之物了，很少有人能长久保持这东西。风趣这东西可不能跟演戏的本事混为一谈。奇科特有风趣，他的风趣不是假的、不是装的。可是他又很朴实单纯，待人也极友好。他真比得上巴黎里兹酒吧的那个侍者乔治，真是一样那么和蔼可亲，更是一样那么绝顶能干——在眼前要找个合适的人来比比，大概也就数乔治最过得硬了。所以他开的酒吧是相当不错的。

当时马德里有钱的年轻人里那些讲究派头的都爱去一个叫新潮夜总会的酒吧，而正派人则都去奇科特。奇科特的客人里固然也有不少是我所看不惯的，正如白鹳夜总会里这样的人也不在少数，但是在奇科特我却没有一次不是玩得高高兴兴的。一个重要的原因，就是那里可以不谈政治。有一些酒吧咖啡馆，是专诚为谈政治而去的，但是奇科特酒吧里却可以不谈政治。其他形形色色的话题当然还是谈得很多的，到了晚上，城里最漂亮的女郎也会在那里露面，那里的确是开始一天夜生活的好地方，我们常常都是先在那里坐坐，由此而得以过上一个美妙的夜晚。

再有，到那里去走走还可以了解了解谁在城里，要是不在城里又是到哪里去了。如果是在夏天，城里一个熟人也没有，你也尽可以坐在那里喝喝酒，因为那里的侍者都是很友好的。

这等于是一个俱乐部，可又用不到你付会费，在那里你有时说不定还可以结识个姑娘。奇科特酒吧是西班牙最好的酒吧，可以肯定无疑；是全世界最好的酒吧之一，我想也没问题。我们这些常去坐坐的人，对这个酒吧都怀有很深的感情。

还有一点，就是那里的酒绝佳。如果你要的是马蒂尼[③]，那里所用的金酒便是极品的金酒，再好的货色有钱也没处买了。奇科特还有一种原桶威士忌，是地道的苏格兰产，比起那种广告做得很大的所谓名牌酒来真不知要好多少倍，跟普通的苏格兰威士忌就更不用比了。那会儿叛乱刚开始，奇科特正在北方的圣塞瓦斯提安照看他开设在那儿的夏令酒吧。那个酒吧他至今还开着，据说还是佛朗哥的地盘里最好的一家酒吧呢。马德里的酒吧则由本店侍者代为经管，直至今天还由他们管着，不过好酒早已都卖光了。

奇科特的老顾客多半站在佛朗哥一边，不过也有一部分是站在政府一边的。由于那个酒吧是一个非常愉快的地方，而真正愉快的人又往往是最勇敢的，最勇敢的人照例又最早战死沙场，所以奇科特酒吧的老顾客有很大一部分现下已经死了。那原桶的威士忌卖完已有好几个月了，那纯黄金酒则是在 1938 年 5 月喝得点滴不剩的。现在那里已经没有什么好酒可喝了，所以我想卢伊斯·德尔加多要是稍晚一些来到马德里的话，他或许就不会上奇科特酒吧去，也就不至于会招来那场祸事了。但是他在 1937 年 11 月里来到马德里的时候，奇科特酒吧还有纯黄金酒卖，还有印度奎宁水卖。豁出性命去买好酒喝，似乎还犯不上，所以他恐怕只是旧地重来，想进去喝上一杯，如此而已。如果了解了他的为人，了解了这家酒吧当

---

① 三四十年代纽约的一家著名夜总会。

② 纽约的一家大饭店。

③ 马蒂尼是一种鸡尾酒，以金酒（杜松子酒）为主料，加苦艾酒等混合而成。

年的情况，那么对这件事也就完全可以理解了。

那天大使馆里宰了一头牛，大使馆里的管门人打电话到佛罗里达旅馆来，通知我们说他们留了十磅鲜牛肉给我们。就在那样一个马德里的冬日的薄暮时分，我徒步走到大使馆去领肉。大使馆的门外有两个带长枪的突击队员坐在椅子里，牛肉就放在门房内候领。

管门人说，这方牛肉倒是斩的好肉，可惜那头牛太瘦了。我从厚呢上衣的口袋里掏出一些炒葵花子和一些橡栗来请他尝尝，两个人就在门房的外边，那大使馆的碎石子内车道上，站着说了两句笑话。

我把沉甸甸的肉在腋下一夹，穿过半个城走回家去。大马路①那头在落炮弹，我就拐进奇科特酒吧去避一避。店里又挤又闹，我就在一个角落里找了一张小桌子坐，背后是用沙袋堵住的窗口，我把牛肉在旁边的板凳上一放，就坐在那儿喝起金酒补汁②来。我们到这个星期才发现原来店里还有奎宁水卖。开仗以来店里还不曾有客人要过奎宁水，所以奎宁水还是卖的叛乱爆发前的老价钱。此时晚报还没有出版，我就向一个老婆子买了三份政党传单。每份是十分，我给了她一个比塞塔，叫她不用找了。她说上帝一定会保佑我的。我却不大相信，就只管看我的传单，喝我的金酒补汁。

有个当初我早就认识的侍者走到我的桌子旁，对我说了两句话。

“不会吧，”我说。“我不信。”

“是真的，”他说得斩钉截铁，手里盘子一摆，头一晃，指的都是同一个方向。“现在且别看。喏，就在那边。”

“这不干我的事，”我对他说。

“也不干我的事。”

---

① 马德里的霍塞·安东尼奥林荫大道是商业区内的一条主干大道，人称大马路，呈西北—东南走向。

② 金酒掺奎宁水喝，通称金酒开胃汁，或金酒补汁。

他走了，这时另外一个老婆子那里刚刚有晚报卖，我就买了一份看起来。那个侍者没有认错人，果然是他。我们两个对此人都非常熟悉。我当时心里只有一个想法，就是：这个傻瓜！这个傻到了家的大傻瓜！

就在这时候正好有个希腊同志过来在我的桌子边坐下。他是第十五纵队的一个连长，一次飞机扔了颗炸弹，把他埋在了土里，另外四个弟兄死了，他被送到后方医院里来观察了一阵子，后来又给转送到一家疗养院什么的。

“你好吗，约翰？”我问他。“来尝尝这玩意儿。”

“这叫什么名堂，埃蒙兹先生？”

“叫金酒补汁。”

“这补汁是什么东西？”

“就是奎宁水。来尝尝看吧。”

“不瞒你说，我是不大喝酒的，不过既是奎宁呢，喝了倒能治热病。我来喝一点试试看吧。”

“医生说你情况怎么样，约翰？”

“我用不到去看医生啦。我的身体全好了。就是觉得头脑子里好像老是在嗡嗡叫。”

“你还是得去找医生看看，约翰。”

“我去看过啦。可跟他说不明白。他说我没有证明，不给看。”

“我打个电话去说说，”我说。“医院里的人我认识。医生是个德国人不是？”

“对，”约翰说。“是个德国人。英语说得不怎么好。”

正在这时候那侍者过来了。他已是个上了年纪的人，顶都秃了，招待客人还完全是老派的规矩，并没有因为打了仗而有所改变。他像有一肚子的烦恼。

“我有个儿子在前线，”他说。“另外一个儿子已经阵亡。现在又碰上了这档子事。”

“这是你老兄的问题。”

“那你呢？我不是也已经告诉你了吗？”

“我是到这儿来喝上一杯餐前酒的。”

“我也不过是这儿的一名职工。你就指点指点我吧。”

“这是你老兄的问题，”我说。“我是不过问政治的。”

“你懂西班牙话吗，约翰？”我问那希腊同志。

“不懂，识不了几个字，不过希腊话、英国话、阿拉伯话我全会说。以前阿拉伯话说得还挺不错哩。我问你，你可知道我是怎么会给埋在土里的？”

“不知道呀。我只晓得你给活埋了。其他一概不知。”

他脸儿黑黝黝的，挺中看，一双手可是乌黑的，说起话来总是连挥带舞。他是岛民出身，一开口就会情绪激动。

“好吧，那我就告诉你。你是知道的，我对打仗挺有经验。以前我在希腊军队里也是当上尉的。我可是个优秀的军人。所以，那会儿我们守在丰特斯-德-埃布罗的壕沟里，看见飞来一架飞机，我就看得很仔细。我看这飞机飞到了头上，又这样机身一侧打了个弯”（说着双手做了个飞机侧身打弯的样子）“在空中老盯着我们看，我就说：‘啊哈，是参谋总部派来的。是来侦察的。马上就有很多飞机要来了。”

“我料得一点没错，果然又来了很多。于是我就索性站在那儿观察。我观察得可仔细了。我仰起了头，把空中的情况一一指给连里的弟兄们看。来的是三架一批，共有两批。一架在前，两架在后。一队三架飞过去了，我对弟兄们说：‘看见吗？这是一个编队飞过去了。’

“等后面的三架也飞了过去，我对弟兄们说：‘这就好了，没有事了，再用不着担心了。’那以后我就什么也不记得了，这样一过就是两个星期。”

“那是什么时候的事？”

“个把月以前的事。事情是这样的：炸弹把我埋在土里的时候，我的钢盔给推了下来，正好盖在脸上，所以我还有钢盔里的这点空气可以呼吸，勉强支持到被人家挖出来，可那时我一点也不知道。不过我呼吸到的那点空气都是爆炸后产生的硝烟，那倒弄得我病了好久。现在我好了，只是脑袋里老是在响。这种酒叫什么名堂来着？”

“叫金酒补汁。所谓补汁就是施韦珀印度奎宁水。这家酒吧在战前本来档次极高，当时一美元只换七个比塞塔，在这里这种奎宁水就要卖到五个比塞塔。我们也是前不久才发现他们还有奎宁水卖，而且还是老价钱不变。眼下也只剩一桶了。”

“味道的确不错。告诉我，这个城市在战前是什么样子的？”

“挺不错。跟现在也大致差不多，但是吃的东西丰富极了。”

那个侍者又过来了，他隔着桌子探出了身子。

“我要是不管能行吗？”他说。“我到底有这个责任啊。”

“假如你想管，你可以去打电话，拨这个号码。你记一记吧。”

他记了下来。“找匹佩听电话，”我说。

“我跟他并没有什么过不去的，”那侍者说。“但是这事关Causa①。像这样一个人，对我们的事业肯定是有危险性的。”

“店里其他的服务员难道都不认识他吗？”

“我想是认识的。可是谁也没有吭声。他是个老主顾了。”

“我也是个老主顾呢。”

“那会不会他现在也站在我们一边了呢。”

“没那事，”我说。“据我所知没那事。”

“我以前可从来没有检举过一个人。”

“那就要由你考虑了。也说不定会有别的服务员检举他的。”

“不会，只有那些老服务员才了解他的底细，老服务员是不会检举人家的。”

“再给我来一杯纯黄金酒，来些苦草汁，”我说。“奎宁水瓶子

---

① 西班牙语：（正义）事业。

里还有。”

“他在说些什么呀？”约翰问。“我只听懂了一丁点儿。”

“这店里来了个人，当年我们俩都跟这人认识。这人是个打鸽子的好手，我时常在射猎场上见到他。他是一个法西斯分子，不管他今天来这儿是什么原因，反正他现在来这儿是非常愚蠢的。他这个人以前一向非常勇敢，也非常愚蠢。”

“指给我看看是哪一个。”

“那张桌子上跟飞行员在一起的就是。”

“哪一个？”

“就是脸儿晒得黑黑的，用帽子遮没了一只眼，这会儿正在笑的那个。”

“他是个法西斯分子？”

“对。”

“我从丰特斯—德—埃布罗前线下来以后，今天算是离个法西斯分子最近了。这儿法西斯分子多吗？”

“有时还相当多。”

“他喝的也是跟你一样的酒，”约翰说。“我们喝这个酒，会不会被人家当成是法西斯分子？我问你，你到过南美西海岸的麦哲伦[①]没有？”

“没有。”

“那个地方不错。只是掌(章)鱼太多了。”

“什么太多了？”

“掌鱼。”他的音没有念准。“你知道，就是有八条手臂的那个东西。”

“噢，”我说。“是章鱼。”

“对，掌鱼，”约翰说。“你瞧，我还是个潜水员呢。在那个地方干活还真不错，挣的钱也不算少，可就是掌鱼太多了。”

---

① 即智利的彭塔阿雷纳斯港。

“跟你捣乱了？”

“捣乱不捣乱我也说不准。在麦哲伦港我第一次下水就看见了掌鱼。那家伙就这样一下子站了起来。”约翰手指撑着台面，猛地把手往上一提，肩膀同时往上一耸，眉毛也同时往上一抬。“站起来比我个儿还高呢，还直瞪瞪盯着我的眼睛。我赶紧拉绳让他们把我给吊上去。”

“那东西有多大，约翰？”

“要说得很肯定我也说不上，因为头盔上那个眼罩的镜片看东西有点儿走样。不过看那头围总该有四英尺开外。而且那东西站起身来就像踮着脚似的，对我是这个样子盯着看的。”（做出一副盯着我看的样子。）“因此我一出水面，他们给我一摘下头盔，我就说我再也不下去了。后来那雇我的老板说了：‘你这是怎么啦，约翰？你怕掌鱼，掌鱼对你更怕呢。’我就顶了他一句：‘笑话奇谈！’这个法西斯酒我们再来它一杯怎么样？”

“行啊，”我说。

我的眼睛却一直望着那边桌子上的那个人。他名叫卢伊斯·德尔加多，以前我最后一次见到他，是1933年在圣塞瓦斯提安打鸽子的时候。记得我还跟他一起高高地站在看台顶上看射猎大赛的决赛来着。我们都下了赌注，我是下不起这样大的赌注却愣下，他呢，我相信他一年也输不起这么多钱，却还硬是加码押上，后来他付清了赌账下看台时，我记得他一副表情是多么高兴，装得好像付这笔赌账是他莫大的荣幸似的。后来我记得又跟他一起站在卖酒柜台前喝马蒂尼，我当时觉得赌输了钱也就是送走了晦气，欣欣然有如释重负之感，心里只是在想：他这一下输惨了，还不知他心疼得怎么样呢。我近一个星期来一直枪法失灵，他倒是枪法奇准，几乎是不可能打到的鸽子都会撞在他的枪口上，所以他经常自己打枪跟人家打赌。

“掷银元赌输赢来不来？”他问。

“你真要跟我来？”

“对，如果你愿意的话。”

“赌多少？”

他掏出一只钱夹，看了看里边，哈哈一笑。

“不管你说多少我都乐意奉陪，”他说。“不过我看这样吧：我们就赌八千比塞塔好了。我这皮夹子里大概也总共就是这个数目。”

当时这个数目要值到近一千美元。

“好吧，”我说，刚才那份释然而安的心情一下子全消失了，打赌势必引起的那种心虚之感又涌了上来。“谁做庄？”

“我来做庄。”

我们把双手拢成杯状，里面各放上一枚五比塞塔的大银元，颠了几下，然后各把银元压倒在左手的手背上，上面用右手捂住。

“就看你的吧，是哪一面？”他说。

我移开手掌，露出了大银元，朝天的赫然是阿方索十三世[①]的侧面头像，还是个娃娃的样子。

“是人头，”我说。

“把这些劳什子统统拿去吧，来，漂亮点儿，请我喝杯酒。”他把钱夹都掏空了。“你大概不想买一支上等的珀迪枪吧？”

“我才不想买呢，”我说。“不过我说，卢伊斯，如果你眼下手头不太方便的话……”

我说着就把手里这一小叠叠得齐齐整整、纸张又亮又厚的绿色一千比塞塔大钞推到他面前。

“别傻了，恩里克[②]，”他说。“我们这是打的赌，不是吗？”

“话是不错，不过我们是老相识了。”

“可还没有老到这一步。”

“好吧，”我说。“这事总该你说了算。那么你喝什么酒呢？”

“金酒补汁怎么样？你知道这种酒味道好极了。”

---

① 阿方索十三世（1886—1941），西班牙国王（1886—1931），1902年亲政，1931年王朝被推翻后流亡国外。

② 恩里克是亨利的西班牙语形式。

于是我们就喝了杯金酒补汁，我弄得他光了屁股，心中老大不安，不过赢了这笔钱，却又觉得开心非凡，这杯金酒补汁的味道之好，在我这辈子里还不曾有过第二回。这种事何必要说假话呢，又何必要装作赢了钱还不乐意呢。不过，卢伊斯·德尔加多这家伙倒的确是个挺有风度的赌徒。

“依我看，输得起多少钱赌多少钱，那是不会有多大味道的。你说呢，恩里克？”

“我说不上来。我是向来输不起的。”

“别傻了。你的钱多着哪。”

“没有的事，”我说。“不骗你。”

“得了，谁没有钱呢，”他说。“问题只是肯不肯卖，卖掉点儿什么不就有钱了？”

“我没有多少钱。真的。”

“得了，别傻了。我认识的美国人没有一个不是有钱人。”

我看他这话也确实说得没错。当年在里兹酒吧也好，在奇科特酒吧也好，他是碰不到没钱的美国人的。而今天他重返奇科特，在这里碰到的美国人就都是他当年决不会碰到的那种美国人了。唯有我是例外，我按说是不该来的。可是我也真恨不得没来这儿，免得在这儿看见了他。

不过话要说回来，他既然执意要干这样一件愚不可及的事情，那可是他自己的事了。但是我望着前面的桌子，回想起了当年，我却被他弄得心中不安起来，我还特别感到不安的是：我把保安总部反间谍局的电话号码告诉那个侍者了。当然，他本来只要在电话上问一声，也能把电话挂到保安总部。但是我却给他指点了一条逮捕德尔加多的最便捷的捷径，而眼前的情况又是样样过火，分外复杂，这里边牵涉到公道啦，正义啦，本丢·彼拉多[1]式的处治手段

① 本丢·彼拉多，罗马帝国驻犹太的总督（《新约》上译作巡抚）。据《新约》记载，是他下令把耶稣钉在十字架上。

啦，还有想看看人家在矛盾的感情冲突下如何举动的那种往往很见不得人的心理啦。作家所以会成为这样富有魅力的朋友，靠的就正是这种复杂的局面。

那个侍者又过来了。

“你看怎么样？”他问道。

“要我去检举他我是绝对不干的，”我说。一个电话号码闯了祸，现在我想为自己打退堂鼓了。“不过我毕竟是个外国人，战争是你们的战争，问题也是你们的问题。”

“可你是站在我们一边的。”

“那没错儿，也决不会变。不过检举老朋友，可不包括在里边。”

“那我呢？”

“你的情况不一样。”

我相信我这说的是实话，话说到这里也已经无话可说了，不过我总觉得，这事我要是压根儿就没有听说，那该有多好呢。

我爱探究人们在这种情况下如何举动，那可是很久以前的事了，说来惭愧，我这种好奇的心理早已得到满足了。我就转过脸来望着面前的约翰，不去看卢伊斯·德尔加多所在的那张桌子。我知道他替法西斯当飞行员已有一年多了，可眼前的他，却穿起了政府军的制服，在跟三个最近去法国受训回来的年轻的政府军飞行员说着话儿。

这些新来的小伙子谁也不会认识他，我真有点怀疑，不知他会不会是想来偷一架飞机呀什么的。不管他这次来是什么目的，反正他眼下到奇科特酒吧来是发了傻。

“你喝了感觉如何，约翰？”我问。

“感觉不坏，”约翰说。“真是好酒。喝了好像觉得有点儿飘飘然。头里的嗡嗡声也叫得好些了。”

那个侍者又过来了。他显得十分激动。

“我把他检举了，”他说。

“那好啊，”我说，“现在你的问题都解决了。”

"解决啦，"他自豪地说。"我把他检举了。他们这就要来抓他了。"

"我们走吧，"我对约翰说。"这里就要有点麻烦事儿了。"

"那还是走吧，"约翰说。"麻烦事儿总是不断地来，拼命想躲也躲不开。我们该付多少酒账？"

"你不留下了？"那个侍者问。

"不了。"

"可电话号码是你告诉我的啊。"

"这号码我正好记得。在这城里住着，记得的电话号码就太多啦。"

"可这是我的责任所在啊。"

"是啊。谁说不是呢？责任这东西是含糊不得的。"

"那我下一步呢？"

"哎，你刚才不是觉得心里就挺安生了吗？以后回想起来你大概还会觉得心里挺安生的。说不定还会引以为荣呢。"

"你的包忘了带了，"那个侍者说。他把牛肉交给了我，牛肉是包在两个大信封里的，《踢马刺》杂志就套着这种大信封按期寄来，去堆在大使馆一间办公室内的那一大堆一大堆刊物里。

"我很理解，"我对那个侍者说。"真的很理解。"

"他是个老主顾了，而且又是个好主顾。再说我以前也从来没有检举过人家。我检举他可不是为了好玩。"

"我还有句话，可不是要挖苦你，也不是要伤你的心。你可以对他说是我检举他的。因为政见不同，他现在反正已经把我看成对头冤家了。他要是知道是你检举的话，他会恨你的。"

"那不好。自己做事自己当。可你理解我吧？"

"理解，"我说。接着却又撒了个谎："不但理解，而且赞成。"在战争时期，无奈说个谎是很常有的事，既然不得不说个谎，这个谎就应该趁早说，而且应该尽量说得技巧些。

我们握过了手，我就跟约翰出了店门。临出门时我回头对卢伊斯·德尔加多所在的那张桌子上看了一眼。他的面前又摆上了一杯金酒补汁，他刚刚说了句什么，逗得满桌子的人都在哈哈大笑。他那张黑黝黝的脸上洋溢着极大的欢乐，一双眼睛显出了猎手的精明，我心想：不知他这会儿又在冒充什么角色了？

他上奇科特酒吧是很傻，可他就是特意要干这样的事，为的是日后回到了他的同伙那儿，就可以搬出来炫耀炫耀了。

我们出了店门，刚要顺着大街走去，一辆保安总部的大卡车开到奇科特酒吧的门前停了下来，从车上跳下来八个人。六个端冲锋枪的在门外站起了岗。两个穿便衣的就向店里走去。一个人要看我们的证件，我说了声"外国人"，他就让我们走了，说是没有我们的事。

黑暗里顺着大马路走去，人行道上又多了大批碎玻璃，脚下尽是炮轰过后遗下的瓦砾。空气里硝烟还未散去，街上到处是高爆炸药的气息，石毁墙倒的气息。

"你哪儿去吃饭？"约翰问我。

"我给大伙儿领了些牛肉来，我们就在旅馆里煮吧。"

"我来煮，"约翰说。"我做菜还有两下。记得有一次我在船上做菜……"

"这牛肉老得很呢，"我说。"牛倒还是刚宰的。"

"啊，没关系，"约翰说。"在战争时期吃老牛肉是最妙不过的了。"

黑暗里匆匆走过的都是刚从电影院出来的回家的人们，炮轰不停止他们出不了电影院。

"那个法西斯分子怎么回事，怎么明知人家认识他，还要到那个酒吧去？"

"他这是发了疯了。"

"那就是战争造成的不幸了，"约翰说。"弄得许许多多人发了疯。"

"约翰呀，"我说，"我看你这句话说得还真有些道理。"

回到旅馆，走过了为保护服务台而垒起的沙袋，进了门，我就问服务员要钥匙，可是服务员说已经有两个同志上去了，在房间里洗澡呢。他把钥匙给了他们了。

“你先上去吧，约翰，”我说。“我去打个电话。”

我到电话间里，拨了我刚才给酒吧侍者的那个号码。

“喂，匹佩吗？”

电话里传来了一个薄嘴唇的声音。“¿Qué tal Enrique？”[①]

“我说，匹佩，你是不是在奇科特酒吧逮到了一个叫卢伊斯·德尔多加的？”

“Sí，hombre，sí. Sin novedad.[②]没有碰到什么麻烦。”

“他没有知道那个侍者的事吧？”

“没有，hombre[③]，没有。”

“那就别跟他说。就告诉他说是我检举他的，好不好？那个侍者的事千万别提一个字。”

“这是干什么呀？说不说都没有关系啦。他是个间谍。总得给枪毙。犯了这号事情还会有活路吗？”

“我知道，”我说。“不过关系还是有一点的。”

“那就随你吧，hombre，那就随你吧。咱们什么时候碰头？”

“明天你来吃午饭。我们这里有一点肉。”

“饭前还有威士忌。行啊，hombre，行啊。”

“Salud[④]，匹佩，谢谢你啦。”

“Salud，恩里克。这算不了什么，Salud。”

他的嗓音听起来挺陌生，像有一种杀气腾腾的味道，我总觉得很听不惯，不过这会儿我上楼去的时候，心里却感到舒服了许多。

我们这些奇科特酒吧的老主顾对这个喝酒的去处似乎都怀有一

---

① 西班牙语：你好吗，恩里克？
② 西班牙语：是啊，老兄，是啊。顺当得很。
③ 西班牙语：老兄。
④ 西班牙语：敬礼。

种感情。我知道卢伊斯·德尔加多也正是由于这个缘故，才蠢到竟敢旧地重来。他本来也可以到别处去干他的勾当。但是既然到了马德里，奇科特是不能不去的。那个侍者说得没错，他确实是个好主顾；我跟他，也算是老朋友了。人生中有些小小的好事，只要能够办到无疑还是值得一做的。所以，我很高兴我给保安总部的朋友匹佩打了这个电话，因为卢伊斯·德尔加多是奇科特的老主顾了，我不希望他在临死之前，会对那里的侍者改变了美好的印象，甚至充满了怨恨。

蝴蝶和坦克

这天傍晚，我出了新闻检查处，步行回我所住的佛罗里达旅馆去，当时天正下着雨。走了近一半路，觉得这雨实在受不了，就拐进奇科特酒吧，打算速战速决喝一杯再走。自从马德里成了围城以来，这是落炮弹的第二个冬天了，一切都很短缺，包括烟草，连人的好脾气也不大有了，肚子里老是觉得饿兮兮的，碰到一些无可奈何的事，比方说坏天气吧，常常会毫没来由地突然发起火来。我按说实在没有必要停下，再过五条街我就到家了，可是一看见奇科特酒吧的门面，我心里就想，还是进去喝一杯吧，喝了就走，再来这大马路上，踩着这炮轰过后狼藉不堪的满街泥泞瓦砾，走完这六个街段的路。

酒店里只看见人。连卖酒柜台跟前也挤不过去，桌子边更是没有一个空座。店堂里烟雾腾腾，满耳歌声，尽见穿军装的人，只闻到一股着了雨的皮上装气味，柜台前面的人足足围了三层，酒只能从人群的头上递出来。

一个我认识的侍者替我从别处桌子旁找来了一把椅子，我就坐了下来，同桌有一个白白脸儿、喉结隆起的瘦个子德国人，这人我认识，他是在新闻检查处工作的，还有两个人我就不认识了。这张桌子在店堂中央，进得门来看时，位置稍靠右边。

因为歌声实在太大，所以说话是连自己也听不见的。我要了金酒加安古斯图拉[①]，喝下去好解解雨的寒气。店堂里真是塞足了人，人人都是兴高采烈，他们多半喝的是新酿的加泰罗尼亚酒，喝得恐怕都有点乐过了头了。有两个不认识的人来拍了拍我的背，同桌的那个姑娘对我说了些什么，我听不见，只好说："好！好！"

我四下打量完，再来看面前的桌子上时，这才发现那个姑娘长得可难看极了，真是难看极了。不过我一直要到侍者过来，才弄清楚了原来她刚才对我说的那句话是要请我喝一杯。跟她一起的那个男人论相貌本来不会给人很深刻的印象，可是因为她给人的印象太深刻了，所以连同伴也一起叫人忘不了。她的面孔属于那种刚强的脸型，并带有几分古风，她的身材更像个驯狮师；跟她一起的那个小伙子看上去似乎应该系一条校友领带[2]才对。不过他却不是那样的打扮。他也跟我们大家一样穿了件皮上装。只是他的皮上装并不湿，因为他们早在下雨以前就来了。那女的也穿一件皮上装，这跟她那副长相倒是很相称的。

这时候我心里已经在暗暗后悔了：我实在不应该拐进奇科特酒吧来，我要是径直回家该有多好呢，到了家就可以换一身衣服，干干爽爽的，躺到床上，把脚一搁，舒舒坦坦喝上一杯，哪里会像这样，眼睛老是得看着这一对年轻人，叫我看得都腻透了。人生苦短，看丑女却度日如年，我坐在这桌子边，心中打定了主意：我尽管是个作家，按说对形形色色的人都应该深入探究、不厌其烦，但是对这一对我实在不想再去打听了，也别管他们是不是夫妻，彼此到底看中了对方的什么，他们的政见如何，男的是否略有家财，或者女的是否略有家财，总之对他们的事一概不要去打听。我认定他们准是在广播电台工作的。在马德里你见到有非军警人员而相貌怪得出奇的，那必然是在广播电台工作的无疑。话总得说两句吧，我就把嗓门提高到盖过了四周的噪声，问道："两位在广播电台工作？"

"是的，"那姑娘说。果然没错。是在广播电台工作的。

"同志，你好吗？"我又对那个德国人说。

"很好。你呢？"

"淋了一身雨呗，"我说，他脑袋一歪，笑了。

---

① 安古斯图拉是安古斯图拉树皮制剂，味苦，有滋补和解热作用。

② 指英国公学毕业生系的领带。被看作是守旧的标志。

“你带着香烟没有？”他问。我把我的最后第二包香烟掏出来递给他，他取了两支。那个相貌惹眼的姑娘也取了两支，那个神气好像脖子里系着条校友领带的年轻人只取了一支。

“再来一支吧，”我大声说。

“不了，多谢，”他说，那个德国人却来接了过去。

“可以吗？”他笑笑问。

“没关系，”我说。其实却是很有关系的，那德国人也明明知道。可是他见了香烟眼都红了，也就顾不得了。歌声有时也会平息片刻，有时还会像暴风雨那样出现一个间歇，所以我们说的话大家都听得见。

“你来这儿很久了吧？”那个相貌惹眼的姑娘问我。她把“来”字说成了“篮子”的“篮”。

“去去来来，”我说。

“我们有些正经事需要商量，”那个德国人说。“我想找你谈谈。什么时候能找个时间？”

“我打电话来找你吧，”我说。这个德国人真是个十分古怪的德国人，那些正派的德国人是没有一个喜欢他的。他平日总有个错觉，以为自己钢琴弹得可以，不过你只要别让他去碰钢琴，那他还不算讨厌，只是要注意两条，一是不能让他喝酒，二是不能让他聊上，但是要不让他犯这两条，可就谁也没有办法了。

聊些小道消息是他最出色的拿手好戏了，不管是马德里、巴伦西亚、巴塞罗那，还是其他的什么政治中心，你只要说得出那儿有个某某人，他就总有有关此人的新闻，而且一定是臭不可闻的新闻。

就在这时候歌声又大响而特响了，小道消息总不见得拉直了嗓门说吧，所以今天下午在奇科特酒吧看来就只能在沉闷中过了，我暗暗打定主意，等我按礼回请过一杯以后，我就快快出门。

就在这时候却发生了一件事。有个穿咖啡色套装、白衬衫黑领带、前额奇高、头发向后直梳的老百姓，原先就一直在装小丑挨桌逗笑，这时又拿出一只喷雾器来向一个侍者喷去。这一下可引起了哄堂大笑，唯有那个侍者气坏了。他当时手里正托着个盘子，盘子里摆满了酒。

“No hay derecho，”那侍者说道。意思是：“你没有权利这样做。”在西班牙，这是最直率也最强烈的抗议。

那个手拿喷雾器的家伙见逗笑成功，大为得意。他似乎一点也不知顾忌，忘了眼下早已进入了战争的第二个年头，忘了这里是个围城，人人处于神经紧张状态，忘了店里连他在内总共只有四个男人是老百姓的打扮。他反倒又向另一个侍者喷了起来。

我想找个地方去躲躲。这个侍者也气坏了，那个手拿喷雾器的家伙却满不在乎地又对着他连喷了两次。也有些人照样觉得很好笑，那相貌惹眼的姑娘也是内中的一个。可是这个侍者却站住在那里，连连摇头。他的嘴唇都发抖了。此人已经上了年纪，据我所知他在奇科特酒吧已经干了十年了。

“No hay derecho，”他神情严肃地说。

可是笑的人照样在笑，那个手拿喷雾器的家伙没有注意到歌声早已轻了下去，这时又拿喷雾器对着一个侍者的脖颈子喷起来。那个侍者捧住了盘子，转过身来。

“No hay derecho，”他说。这回可不是抗议了，这回是谴责了。我看见一张桌子上猛地站起三个穿军装的人来，向那手拿喷雾器的家伙扑去，随即四个人就一阵风似的，一起冲出了旋转门，只听见啪的一声，有人把那个玩喷雾器的家伙打了一嘴巴。又有人捡起了那只喷雾器，随后往门外一扔。

三个人回到了店里，神情显得严肃而凶悍，一副大义凛然的样子。继而门又打了个转，进来了那个玩喷雾器的家伙。他的头发披在眼上，脸上带着血迹，领带给拉在一边，衬衫也给扯开了。他手里还是拿着那只喷雾器，圆睁双目，脸色煞白，闯进店来，对着这一店的人，存心挑衅似的，瞄也不瞄，就喷了个满堂开花。

我看见三个人里有一个猛地向他冲去，这人的脸我看清了。随后又来了几个人上去帮着他，一起把那个手拿喷雾器的家伙揪回来，拉到两张桌子的中间，进门来看的话那是在店堂的左边。那个手拿喷雾器的家伙一路死命挣扎，只听见一声枪响，我一把抓住那个相貌惹眼的姑娘，拉着她的胳膊赶紧向厨房门冲去。

厨房门是关上了的，我用肩头使劲顶，还是顶不开。

“就在这柜台角落里趴下吧，”我说。她却跪倒在那里。

“趴下，”我说着把她硬是按下去。她简直气疯了。

店堂里是男人都掏出了枪来，只有两个人例外，一个是那德国人，他卧倒在一张桌子的后面，还有一个就是那英国公学毕业生模样的小伙子，他贴着墙站在一个角落里。靠墙的一条长凳上站着三个女郎，金发的色调都深得过了头，近发根处却露出了黑色，她们踮起了脚尖想看个清楚，还不断尖着嗓子嚷嚷。

“我不怕，”那个相貌惹眼的姑娘说。“这简直荒唐嘛。”

“在酒吧间的斗殴中吃流弹可犯不上，”我说。“要是那个‘喷雾大王’有个把哥们儿在这儿的话，事情可能会闹得很大呢。”

不过他显然没有哥们儿在这儿，因为人们渐渐都把枪收起来了，有人把三个尖声嚷嚷的金发女郎抱了下来，枪声响起时奔过去的人也都一个个退了回来，留下那个喷雾的家伙，仰面朝天躺在地上，一无声息。

“警察没来谁也不许离开，”门口有人喊道。

原来从街头巡逻队里来了两名拿长枪的警察，这时已经站在门口了。这一条一宣布，我就看见有六个人好像橄榄球队的队员悄悄商量完毕上来“列阵”一样，竟站起队来径自向门外走去。其中三个就是最初把“喷雾大王”撵出去的那三个人。有一个就是开枪把他打死的那家伙。他们从两个带长枪的警察中间直穿而过，就像橄榄球赛里打了个漂亮的掩护，挡住对方的两个防守队员迅速插过去一样。他们这里出了门，那里一个警察就上来拿枪当门一拦，喊道：“谁也不准离开。没有一个例外。”

“那几个人为什么就能走？有人走了，还扣住我们干什么？”

“他们是机械士，得赶回机场去，”有人说。

“可既然有人走了，扣住别人还有什么意思呢！”

“大家得等保安部门来人。事情总得依据法律、按照手续来办。”

“可既然有人走了，扣住别人还有什么意思呢，难道你们连这一点也不明白？”

“谁也不准离开。大家都得等着。”

“真滑稽，”我对那个相貌惹眼的姑娘说。

“不，不是滑稽的事，简直令人发指。”

我们这时已经站了起来，她正瞪大了眼，气愤地瞅着躺在地下的“喷雾大王”。只见“喷雾大王”双臂张得开开的，一条腿拱起在那儿。

“这可怜的人受伤了，我去救救他。怎么没有人去救救他，去照应照应他呢？”

“要是我的话我就不会去碰他，”我说。“这事可不能管啊。”

“可这简直是残忍。我受过护理训练，我去对他施行急救。”

“要是我的话我就不会去，”我说。“你也别靠近他。”

“为什么？”看她的样子懊恼透了，简直有点歇斯底里了。

“因为他人都死啦，”我说。

公安部门来了人，结果把大家扣了三个小时。他们先把各人的手枪拿来用鼻子嗅嗅。凭这个办法，可以把新近开过的枪查出来。嗅过了四十来把以后，他们似乎嗅腻了，嗅来嗅去反正尽是打湿了的皮上装的味儿。然后他们就在“喷雾大王”的遗体后边摆上一张桌子，坐在那里查看人们的证件。“喷雾大王”横在地上，看去宛如一个是他而又不太像他的灰色蜡像，脸是灰色的蜡脸，手也是灰色的蜡手。

“喷雾大王”的衬衫已经给撕开了，所以看得出他没有穿贴身内衣，他的鞋子后跟也都快磨光了。他横在地上，看上去小得很，可怜巴巴的。要走到那张桌子跟前就得从他的身上跨过去，桌子后边坐着两个便衣警察，在那儿查验各人的身份证件。小两口里那个男的由于过分紧张，证件几次三番找了又丢，丢了又找。原来他随身带着张安全通行证，却放错了一个口袋，弄得他好找，找到头上冒了汗方才找到。于是他就换了个口袋放，这一下可又得浑身上下找了。他找得满头大汗，头发都纷纷打鬈了，面孔涨得通红。看他现在的那副样子，似乎不只应该系一条校友领带，而且还应该戴上一顶低年级学生戴的那种学童帽。以前只听说磨难催人老。可是你看，这个开枪伤人事件倒使他看去像年轻了十来岁。

就在我们这么干等着的时候，我对那个相貌惹眼的姑娘说，我看这件事情倒是篇很好的小说材料，我改天要把它写出来。那六个人排成一列单行冲出门去的情景，实在令人难忘。她一听吃了一惊，说这我不能写，因为写出来是给西班牙共和国的伟大事业抹黑。我说，我在西班牙待的时间长了，当初在君主统治时期巴伦西亚一带开枪伤人的事件多得惊人，在共和国成立前安达卢西亚人用一种名叫拿伐哈的大刀互相砍杀就有几百年长的历史，在这战争时期如果我在奇科特酒吧目睹了一件滑稽的枪杀事件，我当然可以拿来作为写作的题材，就好比事情出在纽约、出在芝加哥、出在基韦斯特、出在马赛一样。这跟政治没有什么关系。她还是说我不应该写。说我不应该写的人恐怕也真不在少数。不过那德国人倒觉得这个小说题材相当不错，我就把最后几支“骆驼牌”都给了他。可不管怎么说吧，过了三个小时以后，公安人员终于说我们可以走了。

佛罗里达旅馆里那几位见我迟迟未归，早已有点着急了，因为当时城里常落炮弹，步行回家的话到七点半酒吧打烊以后还没到家，人家就要着急了。到了家我心里也一高兴，趁大家一起在电炉上做晚饭的当儿，我说了这个故事，效果倒挺不错的。

后来，夜里雨停了，第二天早上一看，天朗气清，是个寒冷的初冬日子，到十二点四十五分，我推开了奇科特酒吧的旋转门，想在午饭之前先喝一点金酒补汁。这种时候店堂里顾客稀少，两个侍者同经理来到我的桌子跟前。脸上都是笑眯眯的。

“凶手逮住了没有啊?”我问。

“别这么一大早就开玩笑啦,”经理说。“你看见他开枪了吗?”

“看见了,”我对他说。

“我也看见了,”他说。“出事的时候我就在这儿。”他指了指靠墙角的一张桌子。“他是把手枪直顶着那家伙的胸膛开的。”

“这儿的人一直给扣到什么时候?”

“喔,扣到后半夜两点以后呢。”

“一直到今天早上十一点才来把 fiambre 弄走。”这里用的fiambre是个西班牙俚语,意思是尸体,跟菜单上的那个“冻肉”就是一个词儿。

“可其中的内情你还不知道呢,”经理说。

“对。他还不知道呢,”一个侍者说。

“这事实在稀奇,”另一个侍者说。“Muy raro①”

“而且令人遗憾哪,”经理说着,把头直摇。

“是啊。不但离奇,而且令人遗憾,”侍者说。“实在令人遗憾。”

“跟我说说吧。”

“这事实在稀奇,”经理说。

“跟我说说吧。快,说说。”

经理隔着桌子探出了身子,十分机密的样子。

“你知道吗,”他说,“他那只喷雾器里装的可是科隆香水。可怜的家伙。”

“所以他这也不算什么下流的恶作剧,明白啦?”侍者说。

“实际上他也只是为了逗个乐。按说谁也不应该生他的气,”经理说。“可怜的家伙。”

“原来是这样,”我说。“原来他只是想给大家助个兴。”

“对呀,”经理说。“这实际上只是个不幸的误会。”

---

① 西班牙语:稀奇极了。

“那喷雾器后来怎么样了？”

“公安部门拿了去。送还给他的家属了。”

“我看他们是巴不得自己留着的，”我说。

“对，”经理说。“就是嘛。喷雾器平日也可以派派用场。”

“他是个什么人？”

“一个做家具的木匠。”

“结婚了？”

“结婚了，老婆今儿早上也跟公安人员一起来了。”

“她怎么说呢？”

“她在男人身旁扑通跪下，说道：‘佩德罗，佩德罗，他们这是把你怎么啦？是谁对你下的毒手啊？哎呀，佩德罗啊。’”

“后来公安人员见她控制不住自己，只好硬是把她拉开了，”侍者说。

“看来那男人的肺不大好，”经理说。“保卫战刚开始的时候他参加过战斗。据说他在山地里作战过，可是后来因为肺不好，就没有留下。”

“这么说昨儿下午他是到热闹的场所来鼓鼓大家的劲咯，”我作出了这样的分析。

“不是的，”经理说。“告诉你，事情真稀奇极了！一切的一切都 muy raro！那我都是从公安人员那里听说的，其实只要时间充裕些，他们办事还是非常能干的。他们详细讯问了他干活那个工场的同志。他口袋里有工会证，所以工作单位一查就知道了。昨天他买了喷雾器和 agua de colonia[①]，准备去参加一个婚礼，用这来开个玩笑。这个打算他事先也告诉过别人。东西就是在我们街对面买的。香水瓶上有商标，上面就有地址。香水瓶在我们盥洗室里找到了。他就是在那里灌喷雾器的。买来以后，想必是因为天正好下雨了，所以他就进我们的店里来了。”

---

① 西班牙语：科隆香水。

“他几点进店我都记得，”一个侍者说。

“店里一片歌声，在欢乐的气氛中他也乐起来了。”

“岂止是乐起来了，”我说。“简直轻飘飘了。”

经理继续发挥他一环紧扣一环的西班牙逻辑。

“也只有害肺病的人喝了酒，才会乐成这样，”他说。

“作为一个故事来听我可不大喜欢这样的情节，”我说。

“你听我说，”经理说，“这样稀奇的事情你哪儿找去？他是敞开儿乐了，偏偏碰上战争却是严肃的，好比一只蝴蝶……”

“哎，是非常像蝴蝶，”我说。“太像蝴蝶了。”

“我这可不是说笑话，”经理说。“你懂这意思啦？就好比一只蝴蝶碰上了一辆坦克。”

他说得得意万分。他这完全是在发挥地道的西班牙玄学了。

“本店请客，请你喝一杯，”他说。“请你一定要用这个故事写篇小说出来。”

我想起了那个玩喷雾器的家伙的一双灰色的蜡手、一张灰色的蜡脸、那张得开开的双臂、那拱起的腿，说他像蝴蝶的确稍有点像；可也不是太像。不过他看去却也不是很像个人样。他倒是更使我联想起一只死麻雀。

“给我来一杯金酒加施韦珀奎宁水吧，”我说。

“你一定要写篇小说出来的哟，”经理说。“请吧。来，祝你幸运。”

“也祝你幸运，”我说。“可你瞧，昨儿晚上有个英国姑娘却对我说这事儿我不该写。说是写出来对伟大事业影响非常恶劣。”

“胡扯些什么呀，”经理说。“这个题目是非常有意思、也非常有价值的：得不到理解的欢乐之情，跟长期笼罩在这里的严肃死板的空气发生了碰撞。依我看，这是我好长时间以来见到过的最最稀奇、也最最有意思的一件事了。你一定得写写。”

“好吧，”我说。“一定写。他有子女没有？”

“没有，”他说。“我问过公安人员了。可你一定得写啊，而且题目一定要用《蝴蝶和坦克》。”

“好吧，”我说。“一定写。不过这题目我不太喜欢。”

“这题目非常优美，”经理说。“大有纯文学的味道。”

“好吧，”我说。“一定这么办。就叫这个题目：《蝴蝶和坦克》。”

早晨是那么晴好明快，店堂里空气清新，散发着一股打扫洁净了的气息，我跟这位一向是老朋友的经理一起坐在那儿，两人共同合作脱胎了这个作品，看他此刻真是得意万分，我呷了一口金酒补汁，眼光转到了垒着沙袋的窗口外边，不禁想起了那人的妻子曾跪在这里说过的话：“佩德罗，佩德罗……是谁对你下的毒手啊？哎呀，佩德罗啊。”我于是就想：公安人员即使查出了开枪的是谁，也永远不能告诉她了。

决战前夜

马德里有一座被炮弹打坏了的公寓，从公寓高处可以望到那个所谓“村舍”[①]，我们当时就是以这座公寓作为工作基地的。战斗就在我们的眼皮底下进行。居高临下看得见战斗的场面一直伸展到小山上，鼻子闻得到硝烟的气味，舌头上沾着战场上飞来的尘沙，步枪声和自动步枪声更是如滚石下坡一般在耳边响成一大片，时起时伏，中间还夹着劈劈啪啪的各式枪声，以及我们背后排炮向外发射的接二连三的隆隆巨响，巨响过后总少不了轰然一声，炮弹落地开花，冲天黄尘滚滚而起。不过要拍好电影，这个距离总还嫌稍远了点。我们也往前挪过，可是他们老是对着摄影机打冷枪，弄得你根本没法拍下去。

我们最贵重的东西就数那大的一架电影摄影机了，如果摄影机打坏，我们也就玩儿完了。我们简直是在无处可拍的情况下把影片拍出来的，所以这些拍好的影片加上摄影机，便成了我们的宝贝。我们浪费不起胶卷，电影摄影机更得百般小心保护。

就在前一天，迎面打来的冷枪逼得我们退出了一个拍片的好地方，我只好把小摄影机捧在肚子上，拼命压低了脑袋，用胳膊肘支着地，一步一挪地爬回来，子弹呼呼地从我背上掠过，打进了砖墙，四散飞溅的泥粉砖屑两次撒满了我的全身。

也不知道什么缘故，我们方面最猛烈的进攻总是在下午发动的，那时太阳正好位于那帮法西斯的背后，摄影机镜头上照到了阳光，便像日光反射信号器一样闪闪发亮，那帮摩尔人[②]就瞅准了闪光开火。他们在里夫人[③]那儿见到过日光反射信号器和军官的望远镜，满在行的，所以你如果愿意饱尝一下冷枪滋味的话，只要无遮无蔽地拿起望远镜来望望就行。而且他们的枪法可精着哩，所以弄得我整天紧张得唇干舌燥的。

一到下午我们就开进公寓。在这个地方拍影片还是不错的；我们在阳台上用破旧的花格帘子草草做了个遮阳，摄影机就可以安在下面。不过，还是我说的那句话：距离总还嫌远了些。

真要说太远那也不见得，有一些场面还是可以拍到的，比如那松树遍布的山坡，那湖，那中了高爆榴弹后石屑四迸、粉尘弥漫、看不清面目、依稀只见个轮廓的一幢幢石头农家房子。轰炸机打头上嗡嗡飞过，这就又可以拍到小山顶上轰然冲天而起的滚滚浓烟和尘雾。不过，隔着这八百码到一千码的距离，坦克看去到底只像些泥土色的小甲虫，口吐细细的火光，在树林子里快快地爬，坦克后面的士兵都成了些小玩具人，一会儿卧倒，一会儿猫着腰往前跑，一会儿又趴了下去，有的还能起来往前跑，有的就没再挪动过一步，星星点点的人影就这样布满了山坡，而坦克还是一个劲儿往前冲。尽管如此，我们还是希望能拍出个战斗的轮廓来。我们已经拍到了许多近景，运气好些的话今后还能拍到一些，如果我们还能拍到一些可以体现战斗轮廓的场面，诸如突然的尘土冲天，榴霰弹的空中开花，滚滚的硝烟尘雾中手榴弹爆炸的黄光一闪、白花怒放等等，那么我们的任务就基本上可以完成了。

这样，到天色暗下来的时候，我们就把大摄影机搬下楼去，拆下三脚架，把东西分作三堆，然后一次一个，带上东西飞快穿过玫瑰树林荫路的那个烧得光光的转角，对面是旧日蒙大拿兵营马厩的石墙，到石墙下就安全了。我们看到有了这么个拍影片的好地方，个个兴致很高。但是要说距离还不算太远，那就颇有点自己骗自己了。

---

① 所谓“村舍”，在海明威的其他小说中有过一个说明，说原先是郊外的“皇家猎舍”。

② 摩尔人是八世纪初进入西班牙的柏柏尔人的后裔。佛朗哥曾招募了大批摩尔人充当叛军。

③ 里夫人是柏柏尔人的一支。

到了通往佛罗里达旅馆的坡道上，我就说："来，一块儿到奇科特酒吧去喝一杯。"

可是他们有一架摄影机得修，还得换胶片，已经拍好的胶片也得赶快密封，因此我就一个人去了。在西班牙是决不会找不到伴儿的，换换空气也好嘛。

在这四月的黄昏我顺着大马路朝奇科特酒吧举步走去时，心情是满意的，只觉得又快活，又兴奋。我们干得很卖力，我看干得成绩也不错。可是独自一人在街上走着走着，得意的心情却全消失了。孤零零一个人，头脑冷静了下来，我这才意识到我们离前线毕竟太远了，而且再傻的傻瓜也看得出来：进攻是失败了。其实我也早就清楚得很，只是心里总还抱着希望，情绪一乐观，往往就给蒙住了眼。但是此刻想起了前线的那个光景，我明白了这简直就是索姆河之役[①]的重演，伤亡惨重啊。人民的军队终于发动进攻了，可是这样的进攻法只会招来一个后果：毁灭了自己。此刻我把今天一天看到的、听到的合在一起想想，觉得心里真不是滋味。

在奇科特酒吧的一片烟雾喧嚣之中，我意识到进攻是失败了；在人头挤挤的柜台跟前喝第一杯酒时，我这体会就更强烈了。如果形势大好，只是个人的情绪欠佳，那喝上一杯心情是会好起来的。可是如果形势实在糟糕，而个人倒一切正常，那喝上一杯反而会把糟糕的局面看得愈加清楚。店堂里这时早已挤得满满的，要端起酒杯来喝，还真得用胳膊肘往外挤挤才行哩。我刚足足实实喝了一大口，就给谁撞了一下，杯子里的威士忌苏打水都泼了出来。我火了，扭过头来一看，那撞我的人倒笑了。

"哈罗，鱼儿脸，"他说。

"哈罗，你这头老山羊。"

"我们去找张桌子坐吧，"他说。"刚才撞了你一下，看你的样

---

① 第一次世界大战的一个重大战役。索姆河在法国，1916 年法国的福煦将军为减轻凡尔登方面所受的压力，发动索姆河之战，遭受惨重损失。

子可是真火了。”

“你从哪儿来呀？”我问。他的皮上装又脏又油腻，两只眼睛眍了进去，一脸胡子也真该刮刮了。他腰里佩着一把大号的科尔特自动手枪，这枪据我所知以前有过三个枪主，跟枪相配的子弹我们还一直在到处找呢。他个子很高，脸上黑乎乎沾满了硝烟和油污。头上戴一顶皮防护帽，帽顶上由前往后加垫了一条厚厚的皮做成个护顶，帽边上也都镶了厚厚的皮。

“你从哪儿来呀？”

“从‘村舍’来呗，”他故意拉着个念经般的调子说，这是学的新奥尔良一家旅馆里的一个小听差，从前我们在一起听到过这小听差就拉着那样的调子在大厅里传唤，至今我们两个私下还常常学着这腔调逗笑。

我看见一张桌子上有两个士兵和两个姑娘站起来走了，我就说：“那边有桌子空了，我们上那边去坐吧。”

我们就在店堂中央的这张桌子旁坐了，他举起酒杯来，我倒看得呆了：他两手油污，两个大拇指的叉弯里黑得简直像石墨，那是让机枪后部倒喷的烟气给熏黑的。拿着酒杯的手在抖。

“你瞧我的两只手。”他把另一只手也伸了出来。那只手也在抖。“左右手彼此彼此，”他还是拉着那个滑稽的调子说。随即口气就严肃了起来：“你上去过啦？”

“我们去拍了影片。”

“拍得好吗？”

“不太好。”

“看见我们啦？”

“你们在哪儿？”

“在进攻农庄。今天下午三点二十五分。”

“啊，看见了。”

“满意吗？”

“哪儿能呢。”

“我也不满意，”他说。“告诉你，这事压根儿就是荒唐透顶。对那样的阵地，为什么要发动正面进攻呢？这到底是谁的主意？”

“一个叫拉尔戈·卡瓦列罗[①]的混蛋，”说这话的是一个矮个子，戴着玻璃片厚厚的眼镜，我们过来的时候他就已经在这张桌子旁坐着了。“人家给他副望远镜叫他看，他第一次看望远镜就俨然成了个将军。这就是他的杰作。”

我们都把眼睛盯住了这个说话的人。跟我一起的那个坦克手阿尔·瓦格纳对我瞧瞧，还皱了皱眉——不过他的眉毛已经烧掉了。那小个子对我们笑笑。

“同志，要是附近有人懂英语的话，你要给枪毙的，”阿尔对他说。

“哪儿的话呢，”那小矮子说。“拉尔戈·卡瓦列罗才要给枪毙呢。他应该枪毙。”

“喂，同志，”阿尔说。“你就小声点好不好？人家听见了你的话，还当我们是跟你一起的呢。”

“我的话可不是胡说的，”那个眼镜片子好厚的矮个子说。我把他仔细打量了一眼。他给人一种感觉：他的话的确不是胡说的。

“话虽如此，可不是胡说的话说出来也不一定就合适，”我说。“来一杯如何？”

“好啊，”他说。“不过跟你说说没关系。我了解你。你是靠得住的。”

“我也不见得就那么靠得住，”我说。“再说这酒吧间到底是个公共场所。”

“只有在酒吧间这样的公共场所才可以私下谈谈没关系。我们在这儿说话谁也听不见。你是哪个部队的，同志？”

“我手里管着几辆坦克，从这儿走着去约有八分钟的路程，”

---

① 拉尔戈·卡瓦列罗（1869—1946），西班牙劳工领袖，1936—1937年任总理。

阿尔对他说。“我们今天的任务已经执行完毕，上半夜我可以休息。”

“你怎么也不去洗个澡？”我说。

“正想去洗呢，”阿尔说。“就到你的房间里去洗吧。一会儿出了酒吧就去。你有去油污的肥皂吗？”

“没有。”

“没有也不要紧，”他说。“我还省下了一点，在这口袋里带着。”

那眼镜片子厚厚的小个子目不转睛地瞅着阿尔。

“你是党员吗，同志？”他问道。

“是啊，”阿尔说。

“我知道这位亨利同志就不是，”小个子说。

“那我就不敢信任他了，”阿尔说。“我对他本来就不信任。”

“你这个混蛋，”我说。“打算走了吗？”

“还不打算，”阿尔说。“我很想再喝一杯呢。”

“我对亨利同志是非常了解的，”那小个子说。“我再说些拉尔戈·卡瓦列罗的事情给你们听听。”

“一定得让我们听？”阿尔说。“别忘了我是人民军队的战士。你不觉得那会瓦解我的斗志吗？”

“你不知道，他的脑袋瓜子膨胀得可厉害啦，如今都快成为个狂人啦。他当了总理又兼陆军部长，谁也再别想跟他说一句话。你知不知道？他本来倒是个正正直直的工会领袖，可说介于已故的萨姆·龚帕斯①和约翰·卢·刘易斯②之间，要不是阿拉基斯泰因这家伙找到了他，也就不会有那样的事了。”

“说得慢点儿，”阿尔说，“我听都听不清楚。”

---

① 即塞缪尔·龚帕斯(1850—1924)，美国工会运动的保守领导人。曾任美国劳工联合会主席。

② 约翰·卢埃林·刘易斯(1880—1969)，美国劳工领袖。产联主要创建人、首任主席。

“啊呀，是阿拉基斯泰因找到了他！就是眼下在巴黎当大使的那个阿拉基斯泰因！你知道就是这家伙把他捧起来的。他称他西班牙的列宁，这一来那可怜的人就硬是要做西班牙的列宁了，有人给他一副望远镜让他看看，他就自以为是克劳塞维茨[①]了。”

“这话你刚才说过了，”阿尔冷冷地说道。“你有什么根据呢？”

“嗬，三天前他还在内阁会议上大谈其军事呢。那次会议上讨论的就是我们今天采取的这个行动，赫苏·埃尔南德斯其实也只是跟他开个玩笑，他问他战术和战略有什么区别。你知道那老兄怎么说？”

“不知道，”阿尔说。我看得出这个新认识的同志惹得他有点心烦了。

“他说，‘所谓战术就是对敌人发动正面进攻。所谓战略就是对敌人实行侧面包抄。’你看这多有意思？”

“你还是快走吧，同志，”阿尔说。“你呀，真是泄气透了。”

“可我们一定得把拉尔戈·卡瓦列罗赶下台，”那矮个子同志说。“等他这场进攻一结束，我们得马上赶他下台。他干下了这件蠢到了家的事，也只有完蛋的份儿了。”

“好吧，同志，”阿尔对他说。“可我明儿早上还得去参加进攻战呢。”

“啊，你们还要去进攻？”

“你听我说，同志。你要胡扯些啥你只管跟我扯好了，因为听你胡扯蛮有意思，反正我也不是个小孩子了，是好是歹我分得清楚。可你别跟我打听什么，因为那样你会招来麻烦的。”

“我只是问你个人的事。又不是打听什么消息。”

“我们彼此都还不熟，还谈不上问什么个人的事，同志，”阿尔说。“你何不请到旁的桌子上去坐坐，让亨利同志跟我说会儿话呢？我有些事情要问他。”

---

① 卡尔·克劳塞维茨（1780—1831），德国著名军事理论家。

"Salud，同志，"那小个子说着便站起身来。"那就改天见吧。"

"好，"阿尔说。"改天见。"

我们看着他走到另一张桌子前。他表示了一下歉意，就有几个士兵给他让出个位置，我们的眼光还没有收回来，看见他就已经把话匣子打开了。那些士兵好像都很感兴趣。

"你看这小个子怎么样？"阿尔问。

"我弄不懂。"

"我也弄不懂，"阿尔说。"对这次进攻他无疑是有看法的。"他喝了一口，伸出手来。"看见吗？现在不抖了。我也不是个酒鬼了。我在进攻之前向来是不喝酒的。"

"今天怎么啦？"

"你不是看见了吗？你说这情况怎么样？"

"太可怕了。"

"就是这话。说得再确切也没有了。太可怕了。我看他现在是战略、战术全用上了，因为我们的进攻是正面、两翼一起上的。其他各路战线上情况怎么样？"

"杜兰攻下了新赛马场。就是那个hipódromo[①]啦。眼下部队就收缩在通入大学城的那个走廊地带上。北边我们越过了科鲁尼阿路。从昨天早上起部队就被阻挡在阿吉拉尔山下。今天早上的形势就是这样。听说杜兰的旅损失了一半以上。你们那儿怎么样？"

"明天我们又要去攻打那些农家房子跟那个教堂了。目标是人称'山中隐士'的山上那个教堂。山坡上挖了那么多的沟沟，无论攻到哪儿都至少要三面受到机枪据点的扫射。那儿的机枪据点全都是挖得深深的，而且还有很牢固的工事。我们的炮太少，组织不起像样的炮火掩护把这些机枪火力压下去，又没有重型野炮好把这些机枪阵地摧毁。那三座农家房子里都有反坦克炮，教堂旁边还有个

---

① 西班牙语：赛马场。

反坦克炮兵群。打起来那才叫要命呢。”

“预定什么时候开始？”

“不要问我。那我不能告诉你。”

“我没有别的意思，我们得拍电影，”我说。“拍了电影所得的款子全部捐献去买救护车。我们在阿尔加达桥的反击战中拍到了第十二旅。上星期在品格隆附近的进攻战中又把十二旅拍了进去。在那一仗里拍到的几个坦克镜头是蛮不错的。”

“那一仗坦克没打好，”阿尔说。

“我知道，”我说。“不过拍在电影里还是挺不错的。明天怎么样？”

“早早出来等着就是了，”他说。“可也不要太早噢。”

“你现在感觉如何？”

“觉得累透了，”他说。“头也痛得厉害。不过比刚才要好多了。我们再喝一杯，喝完了就上你那里去洗个澡。”

“恐怕还是应该先吃饭。”

“我身上这么脏，怎么好去吃饭呢。你先去占个座儿，我去洗个澡，回头再到大马路来找你。”

“我跟你一块儿去。”

“不，还是先去占个座儿，回头我再来找你。”他把头伏在桌子上。“老兄，我的头真痛呵。都是让那老爷坦克的响声给闹的。现在虽然声音是听不见了，可耳朵里还是一个劲儿的响。”

“你为什么不去睡觉呢？”

“我不去。我宁可不睡，跟你在一起待会儿，等回去再睡觉。我可不想平白多醒一次。”

“你该不会得了酒精中毒症吧？”

“不会，”他说。“我没病。我跟你说，汉克[①]，我这个人是不喜欢胡说一气的，可我看我明天要给打死了。”

---

① 亨利的昵称。

我拿手指尖在桌子上敲了三下[①]。

“这种感觉是谁都会有的。我就有过好多次了。”

“不一样，”他说。“我这个感觉可是平常没有的。要知道，我们明天奉命去攻打那个目标，打得实在没有道理。我能不能叫他们上去，心里一点谱儿都没有。他们不肯去，又没办法逼他们走。固然事后你可以枪毙他们，但是在那个当口儿上他们不肯去就是不肯去。枪毙他们他们也不肯去。”

“大概不会有什么事的。”

“怎么不会呢。我们明天上去的步兵是精锐。他们是好歹都会上的。跟头一天派去的那帮子胆小鬼可不一样。”

“大概不会有什么事的。”

“怎么不会呢，”他说。“才不会有好事呢。反正我尽我的力量，能办到多好就要办到多好。叫他们出发这没问题，带他们上去也行，只是难免要一个一个半途停下。可也说不定他们到得了。我手下有三个靠得住的人。只要这几个可靠的人里有一个没有一开始就给撂倒，那就好。”

“你这几个可靠的人都是些什么人呢？”

“一个是芝加哥来的希腊大汉，这人刀山敢上，来时的勇气丝毫不减。一个是马赛来的法国人，这人左肩还上着石膏，有两个伤口还没收口，就要求从皇家旅馆的伤兵医院里出来参加这次战斗了，身上都还绑着绷带呢，真不知道他是怎么干得了的。我是说，这仗真不知道他是怎么打的。看着他，再硬的心肠也要心碎的。他原先是个开出租汽车的。”他顿了一下。“我的话太多了。如果我话说得太多，你就赶快叫我住嘴。”

“还有第三个是什么人？”我说。

“第三个？我说过有第三个？”

---

① 这是西方人的一个古老的迷信，认为说了不吉利的话，只要摸摸木头或敲敲木头，就可避凶趋吉。

“对。”

“啊，对了，”他说。“那就是我了。”

“那其他的人呢？”

“他们都是技工，可不是当兵的料。他们判断不了战场上的形势。而且个个都很怕死。我也做过工作，想使他们克服这种担心，”他说。“可是每次只要一出战，他们的老毛病就又发了。他们戴上坦克帽，在坦克旁边一站，看着倒也很像个坦克手的样子。爬进坦克也还是很像个样子。可是只要顶盖一放下，坦克里边实际上就等于没人。他们根本不好算坦克兵。我们还没有时间训练新的坦克兵。”

“你还打算去洗澡吗？”

“我们再在这儿坐一会儿吧，”他说。“这儿挺好的。”

“想想也真滑稽，大街的尽头就是战场，要打仗就去，不打仗就到这儿来。”

“可来了还得去，”阿尔说。

“要不要找个姑娘？佛罗里达旅馆里有两个美国姑娘，都是新闻记者。或许有个把谈得来的也说不定哩。”

“我不想陪着她们说话了。我累透了。”

“角落里那张桌子上是两个休达[①]来的摩尔姑娘。”

他朝她们那头看看。两个都是黑皮肤、浓头发。一个个子大，一个个子小，看去却都很壮实、活泼，没什么说的。

“算了吧，”阿尔说。“我明天看到的摩尔人还会少吗，今儿晚上何苦还要找她们鬼混呢。”

“姑娘有的是啊，”我说。“马诺丽塔就在佛罗里达旅馆。跟她同居的保安部门那个家伙到巴伦西亚去了，她对他可‘忠实’哩，谁找她都行。”

“我说，汉克，你到底要哄我干什么呀？”

---

① 摩洛哥北部港口，与直布罗陀相对。

“想让你打起点精神来呗。”

“小孩子见识！”他说。“多一个人又顶得什么事？”

“多一个人总是多一个人。”

“死我倒一点也不怕，”他说。“死其实也算不了什么。只是这样去死死得犯不上。发动这次进攻是错误的，所以死得实在犯不上。我现在开坦克很懂行了。如果有时间的话，我还可以培养些优秀的坦克手出来。如果我们的坦克速度能稍微快些，反坦克炮也拿它们没办法，哪里像现在，坦克的机动性差，就尽吃反坦克炮的亏。不过我跟你说，汉克，坦克可也并不像我们原先想象的那样厉害。你还记得吗，当初大家不是都有个想法，认为只要有了坦克就万事大吉了吗？”

“坦克在瓜达拉哈拉还是发挥了威力的。”

“话是不错。可那时的坦克手都是老资格。都是军人。对手又是意大利人。”

“可现在又怎么啦？”

“情况大不一样啦。那帮雇佣军签的合约期限是六个月。他们多半是法国人。前五个月他们干得倒还很像个军人样，可现在他们就只想保住性命，过了这最后一个月就回国去。他们现在屁事也不顶了。俄国人是这里政府买进那批坦克时作为示范人员派来的，那当然是没说的。可现在他们都在陆续调回去了，说是要改派到中国去。新补充进来的西班牙人是有好有坏的。要培养一个好的坦克手得花六个月工夫，那也只能教他稍微懂些门道而已。要能判断形势、灵活发挥，还得有才能才行。我们现在却只有六个星期的训练时间，而且有才能的人又不是很多。”

“他们当飞行员还是不错的。”

“他们当坦克手也应该是不错的。但是你一定得找干得了这一行的人。这很有点像当牧师一样。一定要有这方面的才能。特别是如今，对方已经有大批反坦克炮了。”

奇科特酒吧的百叶窗已经拉下，此刻连门也锁上了。顾客已经不能进店了。不过打烊还早，还有半个小时可以勾留。

“我喜欢这个酒吧，”阿尔说。“这会儿店里就不是那么闹哄哄了。还记得吗，那一年我在船上工作，在新奥尔良碰到了你，我们一起走进蒙特利昂旅馆的酒吧去喝一杯，那个长相活脱儿像圣塞巴斯蒂安[①]的小伙子拉着念经一样的怪腔怪调在喊名字找客人，我给了他一个两毛五的银角子，让他代我找 B.F. 斯洛布先生[②]？”

“就是你说‘从“村舍”来呗’的那个调子。”

“是啊，”他说。“这事我一想起来就要笑。”他又把话头接着说下去：“你瞧，现在他们对坦克已经再也不怕了。谁都不怕了。我们也不怕。不过坦克到底还是有用的。还真有用呢。只是现在一碰上反坦克炮就压根儿经不起打。恐怕我还是应该换个行当了。不，也不见得。坦克还是有用的。只是照眼下的形势来看，当坦克手的一定要干得了这一行。眼下要当个出色的坦克手，没有相当的政治素养是不行的。”

“你就是个出色的坦克手。”

“我很想明天就换个行当，”他说。“我尽说些泄气透顶的话，可是泄气话也应该可以说吧，只要别影响了人家就行。你知道，我还是喜欢坦克的，问题是我们对坦克使用不当，因为步兵还不大懂这档子事。他们就巴不得前进的时候有坦克大爷在前边替他们掩护。那可不行。那样的话他们对坦克就会产生依赖性，没有了坦克就一步也不能动弹。有时候连队伍都不肯展开了。”

“我明白。”

“可是你瞧，如果你有真正懂行的坦克手，他们就会先冲在前面，发挥机枪的火力，然后退到步兵的背后，向敌人的炮兵阵地轰

---

① 圣塞巴斯蒂安，古罗马的卫队长，早期的基督教徒，因在军队中传播基督教，被皇帝下令绑在树上，乱箭射之而未死，后终被乱棍打死。被认为是射手的保护神、士兵的保护神。

② 阿尔很可能是存心开玩笑，因为“B.F.”有个意思是大傻瓜，“斯洛布”有个意思是饭桶。

击，把敌人的大炮打哑，等到步兵发动进攻的时候，再给步兵以火力掩护。另外有一部分坦克还可以发挥骑兵的作用，把敌人的机枪据点迅速拔掉。坦克还可以跨越壕沟，向纵深和壕沟两翼三面射击。坦克只有在合适的时候才可以带领步兵冲锋，只有时机成熟了才可以掩护他们推进。”

“可眼下呢？”

“眼下呀，反正看明天你就知道了。因为我们的大炮少得实在可怜，所以我们完全是被当作半机动装甲炮队来使用的。一旦停止了运动，实际就成了轻型炮队，机动性没有了，还有什么安全可言呢，敌人的反坦克炮正好拿你当靶子打。要是不想待着挨打，也只能充当铁甲开道车那样的角色，在步兵的前头推进。到了最近，连这开道车还会不会往前开，这车里的人还想不想往前开，都没有一点把握了。就是开到了目的地，谁知道车子背后还有人没有呢。”

“现在你们一个旅有几辆坦克？”

“一个营是六辆。一个旅就是三十辆。大体上是这个数目。”

“你这就跟我一块儿去洗个澡，洗完澡再一块儿去吃饭，不好吗？”

“也好。可你千万不要为我操心，也别当我心里感到忧虑什么的，因为我没什么可忧虑的。我不过是累了，很想找个人说说。你也用不到拿话给我打气，因为我们那里有个政治委员，我很明白自己在为什么而战斗，我没什么可忧虑的。我就是希望凡事都要办得效率高一些，使用东西总要尽量多动动脑子。”

“你凭什么认为我要拿话给你打气了？”

“看你的面色就知道了。”

“其实我也只是想看看你是不是要找个姑娘，好让你别尽说那些打死呀什么的泄气话。”

“得了，我今儿晚上是不想找什么姑娘了，泄气话嘛，我也爱怎么说就怎么说了，只要别伤了人家就行。我的话伤了你没有？”

“走吧，洗澡去吧，”我说。“你爱怎么说就怎么说吧，气泄光了也不干我事。”

“你看那小个子是个什么人，听他的口气好像挺了解情况似的？”

“不知道，”我说。“我去打听打听。”

“他的话说得我心都沉了，”阿尔说。“好，我们走吧。”

秃了顶的老侍者打开了奇科特酒吧的外大门，让我们出了店堂来到街上。

“反攻打得顺利吗，同志？”他在门口说。

“没问题，同志，”阿尔说。“打得很顺利。”

“我很高兴，”那侍者说。“我的孩子在一四五旅。你们见到他们吗？”

“我是坦克部队的，”阿尔说。“这位同志是拍电影的。你见到了一四五旅吗？”

“没有，”我说。

“他们在埃斯特雷马杜拉路那头，”老侍者说。“我的孩子是营里机枪连的政委。他是我的小儿子。今年二十岁。”

“同志，你是哪个党的？”阿尔问他。

“我是无党派的，”那侍者说。“不过我的孩子是个共产党员。”

“我也是，”阿尔说。“同志，反攻的成败还没有最后决定。当前的困难是很大的。法西斯分子据守的阵地非常牢固。你们在后方，也应该跟我们在前方一样坚定。我们即使在目前还一时攻不下这些阵地，可也已经证明我们如今有了一支能够发动进攻的军队，我们的军队将来会取得胜利的，你等着看吧。”

“那埃斯特雷马杜拉路那边呢？”老侍者还是没有关门，又继续问。“那边是不是非常危险？”

“没什么，”阿尔说。“那边很好。他在那儿，你只管放心好了。”

“愿上帝保佑你，”那侍者说。“愿上帝卫护你、照应你。”

来到了黑沉沉的街上，阿尔说道：“哎，他政治上有点糊涂，是不？”

“他可是个好人，”我说。“我认识他已经有很长时间了。”

“他看来是个好人，”阿尔说。“不过他的政治觉悟还有待提高。”

佛罗里达旅馆的房间里满是人。屋里放起了留声机，只见四下一片烟雾腾腾，地上还有人在那里掷骰子。来洗澡的同志接连不断，满屋子尽是一股烟气、肥皂气，还有脏军装的味儿和浴间里散出来的水汽味儿。

那个叫马诺丽塔的西班牙姑娘正坐在床上跟一个英国记者说着话儿。她打扮得十分齐整、端庄，却又有点仿法国流行式样的味道，神气显得非常快活，也非常稳重，两只冷静的眼睛靠得很近。屋里也不算太闹，就是留声机聒耳。

“这是你的房间吧？”那英国记者说。

“服务台那儿是用我的名字登记的，”我说。“我有时候也就在这儿睡觉。”

“可这威士忌是谁的呢？”他问。

“是我的，”马诺丽塔说。“那一瓶已经给大家喝完了，所以我又买了一瓶。”

“你真会办事，姑娘，”我说。“这么说我总共欠你三瓶了。”

“两瓶，”她说。“还有一瓶算我送的。”

桌子上，我的打字机旁边，一只打开一半的罐头里有好大一方熟火腿，边上红白纹理分明。时不时就会有个同志探起身来，拿小刀切上一片，然后又蹲下去掷他的骰子。我也切了一片吃。

“下一个就轮到你洗了，”我对阿尔说。他一直在满屋子打量。

“你这房间不赖，”他说。“这火腿是哪儿来的？”

“是我们向一支部队的 intendencia[①] 买的，”她说。“太棒了，是不是？”

“这我们是说谁？”

---

① 西班牙语：军需部。

“他和我，”说着她转过头去望了望那个英国记者。“你看他不是挺有办法的吗？”

“马诺丽塔待人最厚道了，”那英国人说。“我们该没有打搅你吧？”

“没事儿，”我说。“这床我回头恐怕要用，不过要用也还得过好久呢。”

“那我们可以到我的房间里开晚会去，”马诺丽塔说。“你该不会生气吧，亨利？”

“没有的事，”我说。“那几个掷骰子的同志都是什么人？”

“我不知道，”马诺丽塔说。“他们是来洗澡的，后来就留下掷起骰子来了。人倒都是挺不错的。我的坏消息你听说了没有？”

“没有呀。”

“消息坏透了。我的未婚夫你该认识吧——他是公安部门的，前些时到巴塞罗那去了？”

“认识，当然认识。”

阿尔到浴间里去了。

“唉，他在一次意外事故中给打死了。我在公安部门里又没有个靠山，他答应给我弄的证件始终没有给我弄到，今天我听说我就要被逮捕了。”

“为什么？”

“因为我没有证件，他们说，我老是跟你们这班人混在一起，还老是跟部队里的人混在一起，所以很可能是个间谍。要是我的未婚夫没有给打死的话，根本什么事也不会有。你肯不肯帮帮我的忙？”

“当然，”我说。“你要是没有问题的话，也不会拿你怎么样的。”

“我想我还是待在你这儿稳当些。”

“可你万一要是有什么问题，那不是要我好看吗？”

“我待在你这儿不行？”

“不行。你要是遇上什么麻烦，打电话给我好了。我从来没有听见你向谁打听过什么涉及军事的问题。我相信你是个好人。”

“我可真是个好人呀，”她这时背对着那英国人，探过身来说。“你看我待在他那儿行吗？他不是个坏人吧？”

“我怎么知道？”我说。“我以前从来也没有见过他。”

“你生气了，”她说。“这事就暂时先搁一搁吧，让我们大家都快快活活的，一起去吃饭吧。”

我走到那几个掷骰子的人跟前。

“你们打算去吃饭吗？”

“不去，同志，”那个手拿骰子的人头也没抬就说。“你要来一块儿玩玩吗？”

“我要去吃饭了。”

“那我们留在这儿等你回来，”另一个一起掷骰子的人说。“快掷下去呀。我已经照你的数押了呀。”

“你要是捞到了什么外快，可带了来玩玩呀。”

这房间里除了马诺丽塔以外，还有一个人我认识。他是十二旅的，正在那里放留声机。他是个匈牙利人，是个忧伤的匈牙利人，不是那种快快活活的匈牙利人。

“Salud camarade①，”他说。“谢谢你的友好款待。”

“你不掷骰子吗？”我问他。

“我可没有那份闲钱，”他说。“他们是签了合约的飞行员。是雇佣兵……他们要挣到一千块钱一个月。他们本来是在特鲁埃尔前线的，如今都到这儿来了。”

“他们怎么会上我这儿来的？”

“他们中间有个人认识你。可是他后来有事到机场上去了。是有辆汽车来接他去的，当时他们早已赌开了场了。”

“欢迎你到我这儿来，”我说。“以后请随时来好了，用不到

① 西班牙语：敬礼，同志。

客气。”

“我来听听这几张新唱片，”他说。“不会打搅你吧？”

“哪儿的话呢。没有关系。来喝一杯吧。”

“还是来点儿火腿吧，”他说。

一个掷骰子的却探起身来管自切了一片火腿。

“你有没有见到这个房间的主人叫亨利的？”他问我。

“那就是我。”

“啊，”他说。“对不起。想来一块儿玩玩吗？”

“回头再奉陪，”我说。

“好吧，”他说。随即又含着一嘴的火腿嚷嚷：“嗨，你这个焦油脚的混蛋[①]！你骰子掷出去一定要撞在墙上弹回来才好算数哇。”

“那也帮不了你什么忙啊，同志哎，”手拿骰子的那个人说道。

阿尔从浴间里出来了。看他周身都很干净了，只是眼圈四周还留着些污迹。

“拿块毛巾擦一擦，”我说。

“擦什么呀？”

“你再到镜子前面去照一照嘛。”

“镜子上尽是水汽，”他说。“管它呢，我觉得蛮干净了。”

“我们吃饭去吧，”我说。“来吧，马诺丽塔。你们两个认识吗？”

我看她拿眼睛把阿尔上下一打量。

“你好，”马诺丽塔说。

“我说这主意不坏，”那英国人说。“我们就吃饭去吧。可上哪儿去吃呢？”

“他们在掷骰子？”阿尔说。

---

① “焦油脚”是美国人给他们北卡罗来纳州人起的绰号。

“你进来的时候没看见？”

“没看见，”他说。“我只看见了火腿。”

“是在掷骰子。”

“你们去吃吧，”阿尔说。“我留在这儿。”

我们跨出房门的时候，蹲在地上一共是六个人，阿尔·瓦格纳正探起了身子在切一片火腿。

“你是干什么的，同志？”我听见一个飞行员在问阿尔。

“坦克部队的。”

“坦克八成儿已经不顶用了吧，”那飞行员说。

“不好的消息多啦，”阿尔说。“你们手里那是什么？是骰子吗？”

“要看看吗？”

“我不要看，”阿尔说。“我想来玩玩。”

马诺丽塔，我，还有那高个儿英国人——我们三个人顺着过道一路走去，发现人家都已上大马路的饭店去了。那匈牙利人还留在我的房间里听新唱片。我已经饿透了，不过大马路的饭店里饭菜是极蹩脚的。跟我一起拍电影的那两位早已吃好，回去修那架损坏的摄影机去了。

这家饭店开在地下室里，要进去得经过一个门警，穿过厨房，再走下一道楼梯。里面一派喧闹。

店里供应的是小米清汤、马肉炒黄米饭，餐后水果是橘子。本来还有一种鹰嘴豆炒香肠供应，大家都说那味道难吃透了，可是现在连这个菜也已经卖完。报纸记者都集中在一张桌子上，其他的桌子上都满满地坐着军官和奇科特酒吧来的姑娘，还有新闻检查人员，因为当时新闻检查机构就设在大街对面的电话公司大楼里，此外便尽是些形形色色的陌生市民了。

这家饭店是一个无政府主义工团办的，店里卖的酒瓶子上都贴有皇家酒窖的标签，标有入窖的日期。这些酒多半已经年代极其久远，所以不是带有瓶塞味，就是已经完全走了气，没有一点酒味了。喝酒总不能喝酒瓶上的标签吧，我连退了三瓶一样不堪入口的坏酒，才算换到了一瓶勉强可喝的。为此还吵了一架。

这里的侍者根本不懂酒的名目，给你拿来什么就是什么，你只能自己碰运气。他们跟奇科特酒吧的侍者真有天壤之别。这里的侍者都不讲礼数，都拿惯了超额的小费，他们经常备有一些特色菜，如龙虾、子鸡之类，那是要另外卖高价的。可是今天就连这些也早已在我们踏进店门之前都给人买光了，所以我们只好要了清汤、米饭和橘子。我见了这家饭店就有气，因为这里的侍者简直是一伙不择手段的奸商，在这里吃饭，如果要上一客特色菜的话，所花的钱简直不下于在纽约上一趟“二十一点”或“可乐您”[①]。

这一瓶虽然马马虎虎还可以不算是坏酒，不过你喝得出来那酒也快走味了，只是再去吵一架未免太不值得。正坐在那儿喝着时，阿尔·瓦格纳来了。他朝店堂里四下一打量，看见了我们，就走了过来。

“怎么啦？”我说。

“他们搞得我光了屁股。”

“才没有多少工夫呀。”

“跟这班家伙赌钱要得了多少工夫呢，”他说。“他们下的注大啦。这儿有什么可吃的？”

我叫来了一个侍者。

“时间太晚了，”那侍者说。“我们已经没有东西可供应了。”

“这位同志是坦克部队的，”我说。“他打了一天的仗，明天还要去打，可还没有吃过饭。”

“这我不能负责，”那侍者说。“时间太晚了。已经什么东西也没有了。这位同志为什么不到部队里去吃呢？部队里吃的东西才多啦。”

“是我请他吃饭的。”

---

① 都是纽约的著名餐馆。

“那你也应该先关照一声呀。现在已经太晚了。我们已经没有东西供应了。”

“叫领班来。”

侍者领班说大师傅已经回家，厨房已经熄火。他说完就走。为了我们退换坏酒的事，他们心里可恼火了。

“算了吧，”阿尔说。“我们就上别处去吃吧。”

“都这个时候了，别处也没有地方可吃了。他们有东西的。我只要去给领班说上几句好话，多给他几个钱就成。”

我就去照此办理，那虎着脸儿的侍者端来了一盆冻肉片，接着又是半只蛋黄酱龙虾，还有一客生菜小扁豆色拉。那是侍者领班的私货，他留着或是带回家去，或是卖给迟来的顾客。

“花了不少钱吧？”阿尔问。

“没有，”我撒了个谎。

“一定花了不少钱，”他说。“等我领到了饷，就还给你。”

“你现在挣多少？”

“还不知道。本来是十个比塞塔一天，可我当了军官，就提了薪。不过我们都还没有领到，我也没有去问过。”

“同志，”我叫那侍者。他过来了，为了刚才领班越过他卖菜给阿尔，他还在那里生气。“请再来一瓶酒。”

“要哪一种？”

“随便哪一种，只要不是陈得变了颜色的就行。”

“反正都是一个样。”

我用西班牙语骂了一句相当于“活见鬼”一类的话，一会儿那侍者就拿来了一瓶1906年的穆通-罗特希尔德国酿。我们刚才那一瓶红葡萄酒极糟，这一瓶却绝妙。

“哎呀，好酒好酒，”阿尔说。“你刚才跟他说了什么来着，他就给你拿来了这样的好酒？”

“没说什么呀。他完全是碰巧，从酒库里抽出了这么一瓶好酒。”

“皇宫里出来的酒多半是不行的。”

“藏得太久了。这里的气候条件太糟，酒容易坏。”

“那个消息灵通的同志在那儿呢，”阿尔朝对面一张桌子上一摆头。

跟我们大谈其拉尔戈·卡瓦列罗的那个眼镜片子厚厚的小个子，正在那里跟几个人说话，据我所知那几个人可都是地位极高的大人物。

“我看他准是个大人物，”我说。

“人的地位一高，说话就没有一点顾忌了。不过他那些话要是放到明天以后再说就好了。听他这么一说，我明天去作战还有什么意思呢？”

我替他把酒满上。

“他的话听起来也相当有道理，”阿尔又接着说。“我一直在翻来覆去想他的话。但是执行命令是我的天职。”

“别多想了，还是去睡会儿吧。”

“你要是能借我一千比塞塔，我倒想再去跟他们赌一场，”阿尔说。“我应得的进款远不止这个数，我可以写个借条把饷金押给你。”

“我不要你写借条。你领到了饷还给我就行。”

“我看我自己是领不了的了，”阿尔说。“我这话说得真有些泄气，是不是？我也很明白赌博是醉生梦死的行为。可是我只有这样把心思放在了骰子上，才能不去想明天。”

“你喜欢那个叫马诺丽塔的姑娘吗？她可喜欢你呢。”

“她一双眼睛活像条蛇。”

“她倒不是个邪路的女人。人很和气，心眼儿也不错。”

“我什么女人也不要。我只想再去跟他们掷骰子。”

桌子的那一头，那个新认识的英国人用西班牙语说了些什么，马诺丽塔听得哈哈大笑。这餐桌上的人多半已经走了。

“我们把酒喝完了就走吧，”阿尔说。“你不想一块儿掷骰子玩玩？”

“你玩，我看看，”我说着就招呼侍者拿账单来。

“你们上哪儿去呀？”桌子那头的马诺丽塔喊道。

“回旅馆去。”

“我们一会儿过来，”她说。“这个人可有趣呢。”

“她拿我捉弄得真够我受的，”那英国人说。“她尽挑我西班牙话里的错儿。请问，leche 这个词的意思不就是牛奶吗？”

“那只是这个词的一种解释。”

“难道还有什么下流的意思吗？”

“恐怕是有的，”我说。

“那西班牙话可真是太下流了，”他说。“好了，马诺丽塔，别再拿我开心了。听见啦，别再拿我开心了。”

“我可没拿你开心啊，”马诺丽塔笑个不停。“你的心我可连碰也没有碰啊。我是笑 leche 这个词有意思。”

“可这个词的意思是牛奶呀。你刚才不听见埃德温·亨利都这么说了吗？”

马诺丽塔一听又笑了起来，我们就站起来走了。

“这人真是个傻瓜蛋，”阿尔说。“看他这副傻劲儿，我真差点儿忍不住想把那姑娘带走算了。”

“英国人谁猜得透呵，”我说。这样刻薄的话都说出来了，我意识到我们的酒已经喝得太多了。外边街上，天冷起来了，月光下大片大片的白云在高楼林立的宽广的大马路上空推过。我们顺着人行道一路走去，水泥路面上有些白天新打出来的弹坑，边痕清楚，石子碎片都还没有扫掉。一路上坡，向着卡里奥广场走去，佛罗里达旅馆就矗立在广场上，相形之下广场另一头的那一段缓坡就显得毫无气势了。宽阔的大马路顺着那一段缓坡一直向前伸去，尽头处便是前沿阵地。

旅馆门外的黑暗里有两个岗哨，我们过了岗哨，到了门口，听得大马路那头的枪声密集了起来，就站住听了听，交火声乒乒乓乓闹了好一阵，才渐渐平息。

“要是再这么闹下去的话，我恐怕得去看看了，”阿尔一边说一边还是用心听。

“没事儿，”我说。“反正是在老远的左方，估计在卡拉万切尔一带。”

“听起来好像就在‘村舍’里。”

“一到晚上总是这样，声音都直传到这儿。常常要上当的。”

“他们今儿晚上是不会向我们发动反击的，”阿尔说。“他们占着那样有利的阵地，我们却是在那么条‘河’里①，他们才不会离开自己的阵地，把我们从那么条‘河’里给赶出来呢。”

“什么河？”

“该叫什么河，你还会不知道？”

“哦。是那么条‘河’。”

“对了。‘在河里又没桨’。”

“进里边来吧。这样的交火声用不着去听。天天晚上都是这个样。”

我们就进了旅馆，穿过大厅，走过服务台前，服务台上那个值夜班的站起身来陪我们来到电梯间。他把个电钮按了一下，电梯就下来了。电梯里有个男人，身上反穿着一件白色的卷羊毛茄克衫，光秃秃的头皮微微发红，怒气冲冲的脸也一样涨红了。他腋下夹的夹，手里拿的拿，总共带了六瓶香槟。“混蛋，把电梯开到下面来干什么？”

“你在电梯里已经待了个把钟头了，”那值夜班的人说。

“我有什么办法，”穿羊毛茄克衫的那人说。然后冲着我问：“弗兰克在哪儿？”

---

① “在河里”（亦作“在河里又没桨”，见下文）是一句俗语，有“处境困难”、“毫无办法”或“动弹不得”之意。亨利一时没有领会，错误地从字面上去理解这句话了。

“哪个弗兰克？”

“你还会不认识弗兰克吗，”他说。“来，帮我把这电梯开一开。”

“你喝醉了，”我对他说。“好了，别提了，让我们上楼去吧。”

“你也会喝醉的，”那个穿白色羊毛茄克衫的人说。“你也会喝醉的，同志哎，同志哥哎。告诉我，弗兰克在哪儿？”

“你看他在哪儿呢？”

“在亨利那小子的房间里，那儿在掷骰子耍钱。”

“跟我们一块儿走吧，”我说。“别胡弄那些按钮了。你就是因为胡弄，所以电梯才老是动不了。”

“我再大的飞机都开得来，”穿羊毛茄克衫的那人说。“这架小乖乖的电梯我还会开不来？要不要我来作个特技表演？”

“得了得了，”阿尔对他说。“你喝醉了。我们要跟他们掷骰子去。”

“你是什么人？看我拿原瓶的香槟酒来砸你。”

“你敢！”阿尔说。“我倒要叫你清醒清醒，你这个酒鬼也来冒充圣诞老人。”

“酒鬼冒充圣诞老人！”那个秃顶的人说。“说我是酒鬼冒充圣诞老人！看共和国就是这样来报答我的。”

电梯在我住的那一层楼上停下，我们顺着过道一路走去。“分两瓶拿拿，”那个秃顶的人说。接着话头一转：“你知道我是怎么会喝醉的吗？”

“不知道。”

“那好，我也不告诉你。不过告诉你你会吃一惊的。酒鬼冒充圣诞老人！好，好，蛮好！你是干什么的，同志？”

“开坦克的。”

“你呢，同志？”

“拍电影的。”

“可我却是个酒鬼冒充圣诞老人。好，好，蛮好！我再说一遍。好，好，蛮好！”

“你快去泡在酒里吧，”阿尔说。“你这个酒鬼也来冒充圣诞老人！”

到了我的房间门外了。那个穿白色羊毛茄克衫的人拿拇指和食指捏住了阿尔的胳膊。

“你倒是有趣，同志，”他说。“你倒真是有趣。”

我开了门。屋里烟雾腾腾，赌局依旧，真跟我们走时一个样，只是桌上火腿已经一点不剩，瓶里的威士忌也已倒了个精光。

“是阿秃来了，”一个掷骰子的人说。

“你们好吗，同志们？”阿秃连鞠躬带说。“你好？你好？你好？”

赌局一哄而散，大家都连珠炮一般纷纷向他提问。

“我已经报告上去啦，同志们，”阿秃说。“这里有点香槟酒请大家喝。这件事呀，我现在觉得别的都无所谓，就是那个场面精彩，才真叫有意思。”

“那时你的僚机都溜到哪儿去啦？”

“那可不能怪他们，”阿秃说。“当时我眼前的景象可吓人了，我专心一意看得眼也不眨，压根儿就忘了我还有僚机哪，直到那群‘菲亚特’①一齐向我冲来，有从头顶上擦过去的，有从旁边掠过去的，有从肚子底下钻过去的，这时我才想起了他们，我才发现我那架忠实的宝贝飞机已经没了尾巴。”

“哎呀，你当时可别喝醉了才好啊，”一个飞行员说。

“我当时没醉，现在倒是醉了，”阿秃说。“希望各位先生、各位同志也陪着我喝个醉，因为我今儿晚上心里高兴，尽管我刚才被一个无知的坦克手骂了，他骂我是酒鬼冒充圣诞老人。”

“你当时没有糊涂就好，”另一个飞行员说。“你是怎么回到机

---

① 意大利制造的飞机。

场的呢？”

“不要插嘴，听我说嘛，”阿秃神气十足地说。“我是坐十二旅的指挥车[①]回到机场的。我靠了我那顶忠实的降落伞落到了地面，只怪我牙班西话[②]说不好，人家差点儿把我当成了法西斯坏蛋。不过麻烦事儿后来总算都解决了，因为经我好歹那么一说，他们终于相信了我的身份，我居然还受到了少有的优待。哎呀呀，那架‘容克’机起火的情景可惜你们没有看见呢。那群‘菲亚特’向我冲来的时候我就是在看这档子事。哎呀呀，可惜我没法给你们描绘出来。”

“今天他在哈拉马上空击落了一架三引擎的‘容克’机，他队里的飞行员却扔下他跑了，他飞机给打了下来，人跳伞逃了，”一个飞行员说。“你认识他的。他叫阿秃杰克逊。”

“你是掉了多少高度才把伞打开的，阿秃？”另一个飞行员问道。

“掉了足足六千英尺哪，我胸口下的横膈膜至今还像裂开了似的，因为那会儿绷得可紧啦。我当时真担心我的身子会断成两截呢。那群‘菲亚特’少说总有十五架，我都得一架架躲开。我只好尽量操纵降落伞，好歹得降落到河的右岸来。飘啊飘的，飘了好半天，着地的时候摔得还真不轻。幸而风向还顺。”

“弗兰克有事到阿尔卡拉去了，”另一个飞行员说。“我们都在这儿掷骰子玩儿。天亮以前我们都得赶回阿尔卡拉去。”

“我可不想玩骰子，”阿秃说。“我只想喝香槟酒——就用扔香烟屁股的那儿只杯子喝。”

“我来洗吧，”阿尔说。

“为冒牌圣诞老人同志效劳啦，”阿秃说。“不，是为亲爱的圣诞老人同志效劳啦。”

---

① 指专供指挥官及参谋人员乘坐的车。

② 舌头不听使唤，把“西班牙话”说成了“牙班西话”。

"得了得了，"阿尔说。他拿起杯子就到浴间里去了。

"他是坦克部队的？"有个飞行员问。

"是啊。一开仗就在坦克部队里了。"

"听人家说我们的坦克已经不顶用了，"一个飞行员说。

"你已经跟他说过一回了，"我说。"干吗不少说两句呢？他打了一天仗啦。"

"我们谁不是打了一天呢。我其实只是想问问，难道我们的坦克真的已经不顶用了？"

"已经不太顶用了。不过他还是不错的。"

"我看他也错不了。看上去就是个好样儿的。他们那边挣多少钱？"

"十个比塞塔一天，"我说。"现在他领中尉的饷了。"

"给西班牙人去当中尉？"

"对。"

"我看他肯定疯了。要不就是有政治色彩？"

"他有政治色彩。"

"哦，是这么回事，"他说。"那就怪不得了。嗨，阿秃，你飞机没了尾巴，风压又是那么大，跳伞不容易，一定够你受的吧？"

"可不是，同志，"阿秃说。

"你当时是怎么个感觉呢？"

"我当时脑子动得一刻儿也没有停过，同志。"

"阿秃，那架'容克'机里有几个人跳了伞？"

"四个，"阿秃说，"机组人员总共是六个。驾驶员肯定给我打死了。我当时就注意到他马上停止了射击。还有个副驾驶兼机枪手，我看十之八九也让我给撂倒了。证据是他也停止了射击。不过这也可能是机枪太烫的缘故。反正只有四个人跳了伞。要不要我把那个情景讲给你们听听？我讲起来包你还蛮好听呢。"

他这时已经在床上坐下了，手里端着一大杯香槟酒，红红的脑袋红红的脸，都是汗津津的。

“怎么谁也不来跟我干杯呀？”阿秃问道。“还望同志们都为我干一杯，干了杯我再把这绝顶吓人，也绝顶美妙的场面讲给你们听。”

我们都干了杯。

“我都说到哪儿啦？”阿秃问道。

“还说呢，我看你喝得都糊涂啦，”一个飞行员说。“还绝顶吓人、绝顶美妙呢——别开玩笑啦，阿秃。也真怪了，我们怎么都会来听你的。”

“我一定详详细细讲给你们听，”阿秃说。“不过我先得再来一杯香槟。”我们为他干杯的时候他那一杯也早已一饮而尽。

“他这样喝下去要醉倒的，”另一个飞行员说。“给他倒个半杯吧。”

阿秃一口就喝干了。

“我一定详详细细讲给你们听，”他说。“让我再喝点儿。”

“我说，阿秃，你别这样拼命喝好不好？有句话可得跟你说清楚。你这几天是没有飞机可飞了，可我们明天还得上天，这好玩是好玩，可也不是闹着玩儿的。”

“我的报告已经上去啦，”阿秃说。“到了机场你们就能看到我的报告了。机场上一定有一份的。”

“好了，阿秃，快别噜苏了。”

“我总会详详细细讲给你们听的，”阿秃说。他眼睛几次闭上了又睁开，然后又冲着阿尔叫了声：“嗨，圣诞老人同志。”这才又继续说：“我总会详详细细讲给你们听的。同志们，你们只要听着就是了。”

于是他就讲了。

“这真是新鲜极了，精彩极了，”阿秃说着，把杯子里的香槟一口喝干。

“别再胡闹啦，阿秃，”一个飞行员说。

“我的感受真是深刻，”阿秃说。“真是绝顶深刻。深刻得不能再深刻了。”

“我们回阿尔卡拉去吧，”一个飞行员说。“这个红皮脑袋一时还清醒不过来呢。骰子还要不要掷下去？”

“他会清醒过来的，”另一个飞行员说。“他这不过是情绪过于激动罢了。”

“你们在数落我是吗？”阿秃问道。“共和国就是这样报答我的吗？”

“我说，圣诞老人，”阿尔说。“那到底是怎么个情景？”

“你也要来问我？”阿秃对他瞪大了眼睛。“连你也要来问我？你难道从来没有上过火线吗，同志？”

“没有呢，”阿尔说。“我这眉毛可是刮脸的时候不小心给灯火儿烧掉的。”

“耐心点儿嘛，同志，”阿秃说。“这个新鲜、精彩的场面我会详详细细讲出来的。要知道，我不但是个飞行员，还是个作家呢。”

他说着还直点头，表示自己所说确实一点不假。

“他专给密西西比州默里迪安城的《百眼神报》写文章，”一个飞行员说。“一直没有停过。人家又不能叫他别写。”

“我有当作家的天才，”阿秃说。“我有新颖独到的描写才能。我有一份剪报，可惜已经丢了，那报上就说我有这种才能。现在我可要开始详详细细讲啦。”

“好吧。你说到底是怎样的情景？”

“同志们，”阿秃说。“那情景可真是没法形容。”说着又把酒杯伸了出来。

“我跟你们说什么来着啦？”一个飞行员说。“他这糊涂病一个月里好不了。永远也好不了了。”

“你呀，”阿秃说，“你这个小晦气精！ 好吧，我讲。当时我的飞机侧身一转弯飞开了，我向下一望，可不，那家伙在直冒烟了，不过还一直保持着自己的航向，想往山的那边飞去。那家伙高度跌落很快，我就拉起来爬到高空，再次向它发动俯冲。那时我还有僚机掩护，只见那架敌机身子一歪，烟冒得加倍厉害了，随后座舱门就打开了，里面望去真像座鼓风炉的炉膛一样，跟着他们就开始跳伞了。我那时早已来了个半滚，从下面迅速拉起飞开了，我回头向下望去，见他们一个个从机舱里钻出来，穿过这鼓风炉的炉门，跳出去逃命，降落伞一打开来，看去就像一朵朵奇大奇美的大喇叭花开了花，那架敌机这时已成了一大团烈火，一个劲儿打转，真叫人大开了眼界，四顶降落伞在天空中缓缓划过，那个壮观也是天底下没有第二份的，后来一顶降落伞边上着了火，伞一着火那人就很快掉下去了，我正看着他时，只觉得边上掠过一连串子弹，紧跟着就来了‘菲亚特’，又是子弹又是‘菲亚特’，一阵接着一阵。”

“你真不愧是个作家，”一个飞行员说。“你应该去给《空战英雄》写文章。你可不可以爽爽快快告诉我到底怎么啦？”

“行啊，”阿秃说。“我就告诉你。不过我不跟你说瞎话，那可真是个奇观哪。我以前还从来没有打下过这么大的三引擎‘容克’机呢，我心里真高兴。”

“谁都高兴的，阿秃。可你告诉我们到底怎么啦。”

“好啊，”阿秃说。“我再稍微喝点儿酒，就告诉你们。”

“你发现他们的时候，你们自己是怎么个情况？”

“我们原来是V形左梯队编队。一发现他们，我们就改为梯状左梯队编队，开足了马力向他们冲去，一直冲到差点儿撞上了他们，这才来一个横滚飞开了。我们另外还打伤了他们三架。那帮‘菲亚特’却一直躲在阳光里。等到我独自个儿在那里溜野眼的时候，他们就扑过来了。”

“你的僚机都溜了吗？”

“不。那得怪我。我要紧看好看，他们都飞走了。看好看哪里还顾得上什么队形呢。我想他们大概是重整了队形又往前飞了。我不知道。你别问我。再说我也累了。我当时可得意呢。可现在我累了。”

“你是说困了吧。你醉糊涂了，困了。”

“我就是累了，”阿秃说。“处在我这样的境地，累，总还是应该的吧。就算我是困了，也总不能说我不应该困吧。你说呢，圣诞老人？”他对着阿尔说。

“对，”阿尔说。“困有什么不应该的呢。我自己就很困了。骰子还掷下去吗？”

“我们得把他送到阿尔卡拉去，我们自己也得上那儿去报到了，”一个飞行员说。“怎么啦？你输钱了？”

“输了一点。”

“你还想来一次翻翻本看是吗？”那飞行员问他。

“我赌一千，”阿尔说。

“我来奉陪，”那飞行员说。“你们那里钱挣得不多吧？”

“不多，”阿尔说。“我们钱挣得不多。”

他把那张一千比塞塔的钞票往地上一放，拿起骰子合在两个手心之间，咔嚓咔嚓摇了又摇，然后啪的一声扔在地上。两个都是一点。

“要来的话可以再来，”那飞行员收起钞票，望着阿尔说。

“不来了，”阿尔说。他站了起来。

“缺钱花吗？”那飞行员问他。眼光里满含着好奇。

“用不着了，”阿尔说。

“我们得快些赶到阿尔卡拉去了，”那飞行员说。“改天晚上我们还要来玩它一场。我们要把弗兰克跟另外一些弟兄都一起拉来。我们可以好好玩它个痛快。要不要搭我们的便车回去？”

“对。要搭车吗？”

“不用了，”阿尔说。“我走回去。反正大街尽头就是。”

“好吧，那我们要到阿尔卡拉去了。有人知道今儿晚上的口令吗？”

“啊，汽车司机肯定知道。他天黑以前去过，肯定听说了。”

“来吧，阿秃。你这个醉得只想睡觉的酒鬼。”

“我才不是呢，”阿秃说。“我说不定还能当个人民军队的王牌飞行员呢。”

“要当王牌飞行员得打下十架飞机——就算意大利飞机也算。你才打下了一架呢，阿秃。”

“我打下的不是意大利飞机，”阿秃说。“是德国飞机。你没有看见呢，当时机舱里烧得那个厉害啊。真是熊熊的一片火海。”

“把他扶出去，”一个飞行员说。“他又在为密西西比州默里迪安城的那家报纸写文章了。好啦，再见啦。多谢你让我们用你的房间。”

他们一一握过手，就走了。我送他们到楼梯口。电梯已经停驶，我就看着他们走下楼去。阿秃让人一边一个扶着，脑袋慢悠悠一点一颠的，已经在打盹了。他此刻可真是只想睡觉了。

跟我一起拍电影的那两位还在他们的房间里修理那架坏了的摄影机。那可是个细活，挺费眼力的。我问了声：“你们看能修好吗？”那个高个子说：“行，准能修好。不修好也不行啊。我现在发现有个部件裂开了。”

“来了什么客人？”另一个问。“我们一直在修理这架要命的摄影机。”

“是些美国飞行员，”我说。“另外还有一个坦克手，以前跟我认识的。”

“有趣吗？我来不了，真遗憾。”

“不错，”我说。“相当有趣。”

“你该去睡了。我们明天都得起早。早上起来没有精神可不行啊。”

“这架摄影机还有多少要修？”

“瞧，又坏了。这种弹簧可真要命。”

“让他去修吧。我们好歹得修好了再睡。你明天几点钟来叫我们？”

“五点钟怎么样？”

“好吧。天一亮就来叫好了。”

“明天见。”

“Salud！好好睡一觉吧。”

“Salud，”我说。“我们明天还得再往前靠近点儿。”

“对，”他说。“我也是这么想的。得尽量靠近些。很好，都想到一块儿了。”

回到房间里，见阿尔脸对着灯光，已经在大椅子里睡着了。我拿条毯子替他盖上，他却醒了。

“我要去了。”

“就睡在这儿吧。我替你把闹钟拨好，到时候会叫醒你的。”

“万一闹钟出了毛病呢，”他说。“我还是去的好。我可不能迟到哇。”

“真遗憾，你输钱了。”

“他们反正迟早总会弄得我光了屁股的，”他说。“这班家伙掷骰子赌起钱来手段才叫毒呢。”

“那最后一盘骰子是你掷的嘛。”

“他们也有毒招呀，就是一直盯着你下注，叫你输光才完。这班家伙也真叫人弄不懂。我看他们钱也不会挣得太多。一个人要是为了钱而赌钱的话，我看他的钱就总是不够他赌的。”

“要我陪你走回去吗？”

“不了，”他说着就站起身来，把他那把系着绶带的大号科尔特枪扣好，那是他吃过了饭又来掷骰子的时候摘下的。“不必了，我现在觉得很好了。我又能看到前途了。人只要能看到前途就好。”

“我倒很想去走走。”

“别去了。好好睡一觉吧。我走了，战斗打响以前还可以让我足足睡上五个钟头。”

“这么早就干？”

“是啊。天还不亮，你们电影也拍不成。你还是多睡会儿吧。”他从皮上装里取出一只信封，放在桌子上。“请你把这些东西收好，给我在纽约的兄弟寄去。他的地址在信封的反面写着。”

“好。不过我看不会有寄去的必要。”

“是啊，”他说。“暂时大概没有这个必要。不过里边有些照片什么的，他们也许要留个纪念。他有一个很漂亮的妻子。要不要看看她的照片？”

他从口袋里取了出来。照片夹在他的身份证本子里。

照片上是一个浅黑肤色的漂亮姑娘，站在湖边的一只划船旁。

“那是在卡茨基尔山区[①]照的，”阿尔说。“可不是，他的妻子长得挺漂亮的。她是个犹太姑娘，一点不假，”他说。“不说了吧，免得我再漏出些什么泄气话来。再见了，老弟。放心吧。我不跟你说瞎话，我现在觉得很好了。今天下午出来的时候我心里的确不大好过。”

“让我陪你去走走。”

“不用了。你回来还要经过西班牙广场，弄不好要碰上麻烦的。那里的岗哨有的一到晚上就疑神疑鬼的。再见了。明儿晚上我们再碰头。”

“这样说才像句话。”

头顶上的房间里，马诺丽塔跟那个英国人的声响很大。由此可见她并没有被逮捕。

“对。这样说才像句话，”阿尔说。“不过，有时候不过上三四个钟头还真说不出这样的话来。”

他这时已经把那顶加垫皮护顶的皮防护帽戴上了，所以看去脸色黑沉沉的，我注意到他的眼下还有两个乌黑的眼圈。

“明儿晚上我们在奇科特酒吧碰头。”

“好的，”他说，却避开了我的眼光。“明儿晚上在奇科特酒吧

---

① 在纽约州。

碰头。”

“几点呢？”

“得，话说到这儿就可以了，”他说。“明儿晚上在奇科特酒吧碰头。几点就不一定要说定了。”说完便出去了。

你要是不很了解他的为人，也没有见过他明天要去进攻的那一带地方是怎么个地形，你一定会当他为什么事生了很大的气。我看他内心有个角落也确是在生气，生了很大的气。让人生气的事情多得很，自己要去白白牺牲便是其中的一条。不过话得说回来，既然要去进攻，恐怕还是心中憋着那么股气最好！

山梁下

尘土飞扬，正是一天中最热的时候，我们唇干舌燥，鼻子里黏满了灰沙，背着沉重的器材，从火线上撤了下来，退到了那道长长的山梁上。山梁下是河，作为预备队的西班牙军队就集结在那儿。

我在堑壕里靠壁坐了下来，把肩膀和后脑往泥土上一靠，如今到了这儿就连流弹也不用怕了，向下望去，河谷里的阵势尽收眼底。这里有坦克预备队，坦克上都覆盖着油橄榄树上砍下的树枝。左边是些指挥车，车身上都抹着泥巴、遮着树枝。中间是一长行抬担架的人，过了山口蜿蜒下行，一直来到山梁脚下的平地上，把伤员装上停在那儿的救护车。运送给养的毛骡驮着一袋袋面包和一桶桶酒，军火队的毛骡一溜儿由骡夫牵着，正不断往这山梁的口子里上来，提着空担架的人也顺着小路随骡群缓缓往上走。

右边，山梁弯曲处的下面，我看得见有个山洞口，旅参谋部就设在这山洞内，通信电线从洞顶上通出来，翻过我们头上的那道山梁蜿蜒而去。

穿皮衣、戴头盔的摩托兵骑着车从小道上一路颠簸而来，碰到路实在太陡时，便推着车走，随后就把车往路边一放，徒步走到山洞口，一头钻了进去。正当我看着时，从山洞里出来了一个我认识的大个子匈牙利摩托手，只见他把一些文件往公文皮包里一塞，便走到他的摩托车旁，把车子推到毛骡和担架手的队伍里，紧行几步，腿一跨，便上了车，在一阵摩托轰鸣声中翻越山梁而去，车子扬起了一阵猛烈的尘雾。

山下的平地上救护车来来去去不绝，平地的那一头一行青枝绿叶，表明是河的所在。那一带有一座红瓦大宅，还有一个灰墙磨坊，大宅位于河的对岸，近旁的树丛里有我们炮队开炮的闪光透出来。炮是正好朝我们这个方向打来的，三英寸口径的家伙，总是两道闪光紧紧相连，随即是低沉而短促的“嘣嘣”两响，接着便是炮弹挟着愈来愈响的呼啸朝我们这个方向飞来，又越过我们的头顶继续向前飞去。我们还是那个老问题：大炮奇缺。眼下要有四十门大炮方才够用，可那儿总共只有四门，所以只好两门一放。这次进攻，早在我们撤下来以前就已经失败了。

“你们是俄国人吗？”一个西班牙士兵问我。

“不，是美国人，”我说。“你有水吗？”

“有的，同志。”他递过一只猪皮囊来。这些预备队的士兵，其实都只是顶着个兵的空名，是穿着军服才算个兵罢了。这次进攻根本就没有打算使用他们，所以他们就乱糟糟地集结在山梁下的这一线上，三五成群，吃吃喝喝，说说话儿，有的干脆就呆呆地坐着枯等。这次的进攻任务，是由国际纵队中的一个旅承担的。

水，我们两个都喝了。水里有股沥青味儿，还有股猪鬃味儿。

“还是喝酒好些，”那个士兵说。“我可以给你们弄酒去。”

“好。不过解渴还是水好。”

“打仗时的那个口渴最难受了。我们在这儿虽说是预备队，可我照样也口渴得厉害。”

“那是害怕的缘故，”另一个士兵说。“口渴都是害怕引起的。”

“不，”又一个士兵说。“害怕引起口渴，那错不了。可是一到打仗的时候，心里即使不怕，也照样口渴得厉害。”

“打仗嘛，心里总是害怕的，”第一个士兵说。

“你才这样，”第二个士兵说。

“这是正常现象嘛，”第一个士兵说。

“你才这样。”

“闭上你的臭嘴，”第一个士兵说。“我这个人不过是实话实说罢了。”

那是一个晴朗的四月天，风刮得很猛，上山口里来的毛骡踩起了滚滚的尘雾，一头就是一大团，担架两头的两个人也各自扬起一大股，被风一吹搅成一片，山下的平地上救护车卷起的尘土更是一长串一长串的，随风飘散。

我现在很有点信心了，我相信今天是不会给打死的了，因为我们上午活儿干得不错，而且在进攻开始的阶段，我们曾两次大难不死；这就使我壮了胆。第一次是在我们跟着坦克前进的时候，我选了个地形，准备从这里拍摄进攻的场面。后来我突然感到这里靠不住，我们就把摄影机往左挪了大约两百码。临走时还用可说是最最原始的办法在那里做了个记号，不到十分钟，我原先所在的地方就落了一颗六英寸口径的炮弹，炸得那儿好像从来就没有来过人一样。倒是地上清清楚楚出现了好大一个弹坑。

后来过了两个小时，一个新近从营里调到参谋部的波兰军官自告奋勇要领我们去看波兰人刚攻克的阵地，不料一出山坳，没了掩蔽，我们发现自己竟暴露在机枪的火力之下，我们只得下巴紧贴着地，吸了两鼻孔的沙土，硬是从机枪火力的底下爬了出来，而且悲哀的是我们发现当天波兰人非但没有攻克半个阵地，反而又从出击点后退了一些。因此此刻我躲在战壕里，就落得汗流浃背，又饥又渴，进攻时经受的种种危险虽已过去，却在内心留下了一片空虚。

"你们真的不是俄国人？"一个士兵问。"今天这儿有俄国人来。"

"是啊。不过我们不是俄国人。"

"你的脸相就像个俄国人。"

"没有的事，"我说。"你弄错了，同志。我的脸相虽然古怪，却并不像个俄国人。"

"那他的脸相像个俄国人，"说着一指我那个正在摆弄摄影机的同伴。

"也许有点像。可他也不是个俄国人。你是哪儿的人呢？"

"埃斯特雷马杜拉人，"他自豪地说。

"埃斯特雷马杜拉有俄国人吗？"我问。

“没有，”他回答的口气越发自豪了。“埃斯特雷马杜拉没有俄国人，埃斯特雷马杜拉人也不到俄国去。”

“请问你的政治观点？”

“我恨一切外国人，”他说。

“这个政治纲领未免太笼统了。”

“我所恨的有摩尔人、英国人、法国人、意大利人、德国人、北美人、俄国人。”

“按你恨的程度排列？”

“对。不过我对俄国人恐怕应该说最恨了。”

“老弟，你的想法倒真是有趣，”我说。“你是信仰法西斯的吗？”

“不信。我是个埃斯特雷马杜拉人，我就恨外国人。”

“他的想法怪得很，”另一个士兵说。“你不要太把他当真了。比方说我吧，我就喜欢外国人。我是巴伦西亚人。请再喝杯酒吧。”

我伸手接过杯子，嘴里那头一杯酒还余味未尽呢。我瞅了瞅这个埃斯特雷马杜拉人。他又高又瘦，面容憔悴，胡子拉碴，两颊深陷，肩上披着条毛毯披肩，把身子一挺，气鼓鼓站起身来。

“别把头抬起来，”我连忙对他说。“飞来的流弹还真不少呢。”

“我才不怕流弹呢，我就是见外国人都恨，”他狠狠地说。

“流弹是用不到害怕，”我说，“不过既然是预备队，吃流弹的事就应该尽量避免。可以避免而不去避免，这伤就受得太没意思了。”

“我什么都不怕，”那个埃斯特雷马杜拉人说。

“算你的运气好，同志。”

“这话倒不假，”手拿酒杯的那一位说。“他是不知道害怕的。连 aviones① 都不怕。”

“他发疯了，”另一个士兵说。“飞机是大家都怕的。飞机虽然

① 西班牙语：飞机。

杀不死多少人，可叫人好怕哟。”

“我是不怕的。我不怕飞机，我什么都不怕，”那埃斯特雷马杜拉人说。“可凡是外国人我都恨。”

从山口里走下来一个穿国际纵队制服的高个子，一边肩头上斜披着一条毛毯，下面在腰里打了个结，他走在两个抬担架的人旁边，似乎根本就没有理会自己都到了哪里。他把头昂得高高的，那神气就像个梦游人。他中等年纪，没有带枪，从我这儿看去，也不像是受了伤的样子。

我看他独自一人离开了战场，往山下走去。还没走到指挥车那儿，他就向左一转弯，还是那么异样地高高昂起了头，越过了山梁的后沿，走得看不见了。

跟我搭档的那一位正忙着给手提摄影机换胶片，并没有注意到他。

一颗炮弹从山梁那边打来，只见在快到坦克预备队的地方，一股尘土和着黑烟冲天而起。

旅部所在的山洞口，有人往外探了探脑袋，随即又缩了进去。我觉得这个地方倒似乎可以一去，不过进攻失败了，我知道那里的人肯定都火冒三丈，我可不想去看他们的脸色。打了胜仗的话，拍个电影他们也乐意。可打了败仗，谁都有气没处出，弄得不好真会把你抓起来押送到后方去。

“他们大概就要向我们炮轰了，”我说。

“炮轰不炮轰对我都一样，”那个埃斯特雷马杜拉人说。我对这个埃斯特雷马杜拉人渐渐感到有点腻烦了。

“你们还有酒剩吗？”我问。我还是觉得嘴干。

“有啊，老兄。有的是呢，”那个态度友好的士兵说。这人个小手大，身上脏得很，一脸的胡子茬儿跟他那板刷头的头发都快差不多长了。“你看他们就要向我们炮轰了？”

“按说大有可能，”我说。“不过，这场战争可是什么都难说的。”

“这场战争又怎么啦？”埃斯特雷马杜拉人气冲冲地问道。“这场战争叫你看不顺眼了？”

“你给我住口！”那个态度友好的士兵说。“这里是我带班，这些同志是我们的客人。”

“那就请他别说我们这场战争的坏话，”埃斯特雷马杜拉人说。“外国人，可不能跑来说我们这场战争的坏话。”

“你是哪个镇上的人，同志？”我问埃斯特雷马杜拉人。

“巴达霍兹，”他说。“我是巴达霍兹人。我们巴达霍兹人受尽了奸淫掳掠，先是来了英国人，后来又换了法国人，如今是摩尔人。今天摩尔人干下的坏事，也不见得就比当年威灵顿①手下的英国兵厉害多少。大家去翻翻历史嘛。我的太奶奶就是叫英国人给杀死的。我家的房子就是叫英国人给烧掉的。”

“我很遗憾，”我说。“可你为什么要恨北美人呢？”

“我的父亲当初被征去当兵，就是在古巴被北美人打死的。”

“这我也很遗憾。相信我，是真的感到很遗憾。那你又为什么要恨俄国人呢？”

“因为他们是暴政的代表，再说我也讨厌他们的脸相。你的脸相就像个俄国人。”

“我们恐怕还是离开这儿的好，”我对我那个搭档说，他是不懂西班牙话的。“看来我的脸相很像个俄国人，这快要招来麻烦了。”

“我快要睡着了，”他说。“这儿睡觉挺不错的。你只要别多嘴，就不会有什么麻烦的。”

“这儿有位同志对我很看不顺眼。我看他大概是个无政府主义分子。”

“那好，你只要提防着点，别叫他给打死就好。我可要

---

① 威灵顿(1769—1852)，英国统帅，并曾历任首相、外交大臣等职。1808年至1815年间，曾带兵在西班牙和葡萄牙同拿破仑的部队作战。

睡了。”

就在这时，从山口里来了两个穿皮外套的人，一个又矮又壮，一个中等身材，两个人都戴便帽，都是扁脸盘、高颧骨，腰里都佩着驳壳毛瑟枪。他们朝着我们走来。

那个儿较高的一个用法语跟我说话。他问：“你有没有见到一个法国同志打这里经过？肩头上斜扎着一条毯子，像束着武装带似的，年纪在四十五岁到五十岁模样。你有没有见到这么个同志，从前线下来朝后方去了？”

“没有，”我说。“我没有见到过这么个同志。”

他对我瞅了会儿，我注意到他的眼珠是黄里带灰的，瞅着我一眨也不眨。

“谢谢你啦，同志，”他说，那个法国话腔调很怪。随后他就对同来的那个人讲了些什么，舌头转得飞快，所用的语言我也听不懂。说完他们就走了，一直往山梁的最高处爬去。下面几条山沟里的动静在那儿可以看得一清二楚。

“那才真是俄国人的脸相呢，”埃斯特雷马杜拉人说。

“别响！”我说。我正在密切观察这两个穿皮外套的人。他们冒着相当密集的火力，站在那儿仔细查看山梁下河这边的那一片高高低低的地。

突然两人中间有一个发现了要找的目标，用手一指。于是两个人就像一对猎狗一样撒腿跑了起来，一个径直翻下山梁，另一个向侧面包抄过去，像是要去截断什么人的去路似的。那第二个人还没有下山梁顶，我就看见他拔出了手枪，枪口对着前面一路奔去。

“你看着心里好受吗？”埃斯特雷马杜拉人问我。

“跟你一样不好受，”我说。

我听见从里山梁顶的背后传来了毛瑟枪断断续续的枪声。一连开了十多枪。一定是距离太远了，枪没打到。一阵枪声过后，隔了片刻，又是一声枪响。

那埃斯特雷马杜拉人气鼓鼓看了我一眼，一声不吭。我想，要是炮轰开始了的话也就不会有这些事了。可是炮轰偏偏一直迟迟没有开始。

那两个穿皮外套、戴便帽的人翻过山梁一起回来了，随后他们又一起下坡来到山口，走下坡路膝屈腿弯，两腿动物下陡坡总是少不了这副怪样的。他们刚要转入山口，正好一辆坦克呼噜噜、轰隆隆从山口里下来，他们就闪在一旁，让坦克过去。

那天坦克又吃了个败仗，如今从前线上撤了下来，过了山梁，有了屏障，坦克都打开了炮塔，头戴皮防护帽的坦克手都两眼向前直瞪，就像橄榄球员因为表现窝囊，给换下了场一样。

那两个穿皮外套的扁脸汉子为了给坦克让路，便闪在山梁上，正好站在我们的旁边。

“你们要找的那个同志找到了没有？”我用法语问个儿较高的一个。

“找到了，同志。谢谢你啦，”他说，目光把我从头到脚一打量。

“他说什么？”那埃斯特雷马杜拉人问。

“他说他们要找的那个同志已经找到了，”我告诉他。那埃斯特雷马杜拉人不响了。

当天一上午我们就一直留在那法国中年汉子掉头而去的这个地方。我们一直在这里蒙尘土，熏硝烟，听那一片喧闹，伤的伤，死的死，怕死的暗暗怕死，有人有英勇的表现，也有人有怯懦的流露，发动一场不可能成功的进攻是荒唐的，当然免不了要失败。我们一直留在这片越过了就别想活命的沟壕纵横的土地上。在这里你就得扑面卧倒，得拢起个土堆来护住你的脑袋，得把下巴颏儿拼命往泥土里钻，一等命令下来，就得上那个即使上得去也别想再活的要命山坡。

我们一直跟这些趴在地下的人在一起，他们在等坦克而坦克始终未到，却只听见头上炮弹大批呼啸而来，轰然炸响，弹片夹着土块四处横飞，有如掘开了个泥泉，泥流往外直喷，枪声嘟嘟、弹飞嗖嗖，在当空交织成一片。我们知道他们等在那里是怎么个感受。他们已经进到无可再进了。一旦命令下来要继续前进，那就前进与活命不可得兼了。

一上午我们就一直留在这里，留在那法国中年汉子掉头不顾而去的这个地方。我很理解，一个人一旦看清了为一场不可能成功的进攻而牺牲是蠢事——比如人在临死前就往往眼清目明，所见正确，突然会看清问题，看清了这场进攻成功无望，看清了这场进攻愚不可及，看清了这场进攻实质是怎么回事——一旦看清了这些，他完全有可能干脆退下来，一走了之，就像那个法国人一样。他之所以掉头而去，完全可能不是出于怕死，而只是因为他看透了，是因为他突然明白了他不能不走，明白了除了一走再也没有别的办法。

那个法国人虽然退出了这场进攻，却依然保持着高度的自尊。这他作为一个常人，我是理解他的。但是作为一个军人，却自有一些监督作战的人不肯放过他了，于是，在这边他刚刚摆脱了死亡的威胁，一翻过山梁，到了那边枪弹不到、炮弹不来的地方，正向着河边走去呢，死亡的命运却马上落到了他的头上。

“哼，这些家伙，”那埃斯特雷马杜拉人冲那两个战地宪兵一晃脑袋，对我嘀咕。

“这就是战争，”我说。“在战争中不能没有纪律。”

“为了服从这种纪律难道我们就死也应该？”

“可没有纪律大家谁也活不了。”

“纪律，有这样的纪律，也有不是这样的纪律，”埃斯特雷马杜拉人说。“你听我告诉你。二月里的时候，我们也正好是在这个地方，那时法西斯发动了进攻。他们把我们赶出了你们国际纵队今天想要夺取而夺不下来的那些山头。我们退到了这儿，也就是在这道山梁上。国际纵队开上来，接管了我们前面一带的防线。”

“这我知道，”我说。

“可有件事你是不知道的，”他气冲冲地只顾往下说。“当时有个跟我同省的毛孩子，一打排炮他吓坏了，他就在自己手上打了一枪，满想这样可以下火线，因为他害怕了。”

在场的其他士兵这时也都听着了。有几个还点了点头。

“对这样的人，照例总是给他们包扎好了伤口，把他们马上送回前线，”埃斯特雷马杜拉人又继续说道。“这是很对的。”

“是啊，”我说。“是应该这样。”

“是应该这样，”埃斯特雷马杜拉人说。“可这毛孩子那一枪打得太狠了，竟把骨头打了个粉碎，结果发生了感染，只好把手截掉。”

有几个士兵点了点头。

“说下去，把后面的经过全告诉他，”有一个说。

“这事其实还是少提为好，”剪板刷头、一脸胡子茬儿、自称是带队官的那一位说。

“我可有责任告诉人家，”埃斯特雷马杜拉人说。

那个带队官耸耸肩膀。“我对这事也不是没有意见的，”他说。“那你就说下去吧。不过我是不想再听人提起了。”

“这毛孩子从二月里起，就一直留在山谷内的医院里，”埃斯特雷马杜拉人说。“我们这儿有几位在医院里见到过他。大家都说医院里的人很喜欢他，他也尽量做些独臂人能做的事情。他始终没有给抓起来过。也从来没有人说过要把他怎么样。”

那个带队官一句话也没说，又给我递过来一杯酒。他们全都在那儿听，就像一字不识的人听讲故事一般。

“昨天，直到黄昏时候我们还不知道这就要发动一场进攻了。昨天，直到太阳下山以前我们还只当这一天就这样平平常常过去了。没想到就在那时候，他们却把他从河边的平地上顺着小道带到这山口来了。当时我们正在做晚饭，他们把他带来了。总共只有四个人。一个是他毛孩子帕科，两个就是你刚才见过的穿皮外套、戴便帽的那两个家伙，还有一个是旅部的军官。我们看见他们四个人一起上山口来了，我们看见帕科的手并没有给铐上，也并没有给绳捆索绑什么的。

“我们一见到他，全都拥了上去，大家说：‘嗨，帕科。你好吗，帕科？一切都好吗，帕科老弟，帕科你这个老小子？’

“他说了：‘一切都好。一切都还不错，只除了这个’——说着给我们看了看那条断臂。

“帕科说，‘那是胆小鬼干的蠢事。我干得真后悔。不过我只有一只手，也要做个有用的人。我要为我们的正义事业尽我一只手的力量。’”

“对，”一个士兵插进来说。“他就是这么说的。我也听见他说的。”

“我们都跟他说话，”埃斯特雷马杜拉人说。“他也跟我们说话。在打仗的时候，这种穿皮外套佩手枪的人一来，总不是什么好兆头，就像来了背图囊、挂望远镜的人一样。不过我们总还只当他们是带他来看看的，我们没有到医院去过的人能见到他也都很高兴，我说了，当时正是吃晚饭的时候，昨天傍晚天气可是又晴朗又暖和的。”

“这风是夜里才刮起来的，”一个士兵说。

“后来，”埃斯特雷马杜拉人阴沉着脸色又继续往下说，“他们中间的一个用西班牙话对那军官说：‘是在什么地方？’

“那军官就问了：‘这个帕科是在什么地方受伤的？’”

“当时是我回答他的，”那个带队的人说。“是我指给他看的。就在你那个地方再往下一点。”

“就在这儿，”一个士兵说着，朝那个地方一指。我也看得出是那个地方。一眼就看得出是那个地方。

“于是他们中间的一个就拉着帕科的胳膊把他带到了那个地方，抓着他的胳膊把他按住在那儿，那另一个就说起西班牙话来。他的西班牙话说得错误百出。起初我们真忍不住要笑出来，连帕科也觉得好笑了。那话我也不能全部听懂，不过我懂那意思是说，对帕科必须严加惩处作为儆戒，以便能使今后不再有自伤的事件发生，今后如果有人违犯都将照此严惩不贷。

“于是，他们就一个人抓着帕科的胳膊——帕科早已觉得又惭愧又难过，一听把他说成这样，更是臊得什么似的——另一个拔出手枪，没有对帕科说一句话，对准帕科的后脑就是一枪。这以后就没有再说过一句话。”

那些士兵都点了点头。

“就是这样，”一个士兵说。“那个地方你看得出来的。他倒下的时候嘴巴就直对着那儿。你看得出来的。”

我虽然靠在这儿，也早就清清楚楚看出了那个地方。

“对他搞得那么突然，也不让他有一点思想准备，”那个带班的说，“真是残忍哪。”

“我就是因为这个缘故，所以现在不但恨别国的外国人，也恨俄国人，”埃斯特雷马杜拉人说。“对外国人我们不能存什么幻想。你是外国人的话，我只能对你抱歉。可是现在对我来说，没有一个外国人能够例外。你跟我们一块儿吃过面包喝过酒了。我想你现在也该走了。”

“说话可不能这样，”那个带班的对埃斯特雷马杜拉人说。“讲点礼节还是必要的。”

“我看我们还是走吧，”我说。

“你不生气吧？”那个带班的说。“你只管留在这个掩蔽部里好了，随你待多久都没关系。你还觉得渴吗？要不要再来点儿酒？”

“多谢你了，”我说。“我看我们还是走吧。”

“我那样恨外国人你能理解吧？”埃斯特雷马杜拉人问我。

“你那样恨外国人我很理解，”我说。

“那好，”他说着就伸出手来。“握手我还是愿意的。对你本人，我还是愿意祝你幸运。”

“我也祝你幸运，”我说。“祝你本人幸运，也祝你作为一个西班牙人能够幸运。”

我叫醒了拍电影的那一位，两个人就一起从山梁上下来，向旅部走去。这时候坦克都已在陆续回来了，那响声之大，弄得连自己说话都快听不见声音了。

“刚才你一直在跟他们说话？”

“在听他们说呢。”

“听到了什么有趣的事儿没有？”

“有的是。”

“你下一步打算怎么办？”

“回马德里去。”

“我们应该见见将军去。”

“对，”我说。“一定得见一见。”

将军是憋着一腔的怒火。这次进攻上面只给了他一个旅的兵力，要他发动突然袭击，一切都要在一夜之间部署完毕。这样的任务，本来至少要一个师才执行得了。他实际只有三个营可用，一个营得留着作预备队。那个法国坦克司令为了壮壮胆子投入进攻，喝得醉醺醺的，结果醉过了头，行使不了指挥的职能。等他醒了过来，也只有挨枪毙的分儿了。

坦克部队没有及时开到，到最后根本就不肯向前移动了，因此三个营里有两个没有能到达出击目标。还有一个倒是攻下了目标，但是那样一来就形成了一个无法防守的突出部。一定要说有什么切实的战果，那也只是抓住了几个俘虏，俘虏都交给坦克部队往后方送，坦克兵却把他们杀了。将军战绩拿不出来，倒是俘虏都给杀了。

“我有些什么可以写写的？”我问。

“可以写的都写在正式公报里了。你那只长颈瓶里还有威士忌吗？”

“有。”

他喝了一口，很舍不得似的舔了舔嘴唇。他当年在匈牙利轻骑兵里当过上尉，后来在红军的骑兵游击队当队长的时候，曾经在西伯利亚截获过一列车黄金，冒着零下四十度的严寒，在那里守了整整一个冬天。我们是好朋友了，他是爱喝威士忌的，眼下已经死了。

“你快走吧，”他说。“你有车吗？”

“有。”

“拍到影片了吗？”

“拍了些。都是坦克的。”

“坦克！”他恨恨地说。“那帮猪猡！怕死鬼！你得小心着点，别把命给送了，”他说。“你是块作家的料。”

“我现在写不出来。”

“以后再写出来。以后你可以把一切都写出来。可别把命送了。要紧的是，别把命送了。好了，你快走吧。”

他的劝告他自己却没有能听从，因为两个月以后他就给打死了。可是，那天最奇怪的一件事倒是我们给坦克拍的影片冲洗出来竟是出奇的精彩。在银幕上看去，这些坦克一路上山，勇不可当，好似一艘艘巨轮一样登上了山顶，在一片隆隆声中，向着我们镜头里的那个胜利的假象直驶而去。

那天要说有谁离胜利最近的话，那恐怕就应该数那个高高地昂起了头退出战斗的法国人了。不过他的胜利也真是短命得很，他下山梁才到半山坡上，就玩儿完了。我们顺着山路下山去乘指挥车回马德里时，看见他摊开了手脚，倒在那里的山梁坡上，身上还围着那方毯子。

他们都是不朽的

那所房子刷的是玫瑰色的墙粉，因为潮湿，墙粉都剥落了、褪色了。从阳台上望得见街道的尽头处是大海，很蓝很蓝的大海。人行道上种的是月桂树，长得好高，把楼上的阳台罩在一片浓荫之中，浓荫里一派清凉。阳台一角的一只柳条笼里养着一只百舌鸟，鸟儿此刻没有在唱歌，连唧唧啁啁的叫声都没有，因为有个二十八九岁年纪、长得又瘦又黑、下眼圈发青、一脸胡子茬儿的年轻人，刚刚脱下了身上的套衫，把鸟笼给罩住了。年轻人现在就微微掀起了嘴唇，站在那里用心细听。有人想要开那上了锁、下了闩的前门呢。

他听着，听到的是紧靠阳台的月桂树枝叶丛中吹过的风，是街上开过的一辆出租车的喇叭声，是孩子们在一块空地上玩儿的喧嚷。接着他听见前门的锁里又有了个钥匙转动的声音，分明是锁打开了，闩上的门推不开，又把锁重新锁上了。同时听见的还有个球棒击棒球声，伴着西班牙语的尖声叫喊，那都是从空地上传来的。他站在那里，舔了舔干燥的嘴唇，再听下去，这一回听见又有人想要开后门进来。

这个叫恩里克的年轻人就脱下了鞋子，小心放下，轻轻踩着阳台的花砖走过去，到了看得见后门的地方，向下一望。后门口没有人。他又悄悄回到前面，尽量缩着身子，向街上望去。

月桂树下，有个头戴狭边平顶草帽、上穿灰色羊驼呢上装、下穿黑裤子的黑人正在人行道上走。恩里克观察了一下，眼前并没有第二个人。他眼看耳听，在那儿站了好一会，然后就把罩在鸟笼上的套衫取下来，穿在身上。

他这一听，早已是满身大汗，如今在荫头里，叫凉快的东北风一吹，身上倒觉得冷了。套衫里腋下挎着个皮枪套，皮套上被汗水泡出了一圈圈白白的盐霜，套子里插着一支四五口径的科尔特手枪，因为经常摩擦的缘故，腋窝下面点儿的皮肤上给磨出了一个肿块。他当时就在靠墙的一张帆布床上躺下了。耳朵还在那里用心听。

鸟儿在笼子里又叫又跳，那年轻人抬头看了看。随即就起来解开了搭钩，把笼子的门打开。鸟儿侧着脑袋朝开着的笼门探了一下又缩回来，稍等又斜挺着尖嘴巴，把脑袋往前一冲。

“来吧，”年轻人轻轻地说。“不骗你的。”

他把手伸到笼子里，鸟儿往后直逃，贴在柳条上扑棱着翅膀。

“你这个小傻瓜，”那年轻人说。 他把手从笼子里抽了出来。“我就把门开着。”

他脸儿朝下扑在床上，双臂合拢枕在下巴底下，耳朵还在那里用心听。他听见鸟儿飞出了笼子，后来又听见一棵月桂树上有了鸟儿的歌声。

“装成是空关的房子，却养上这么只鸟儿，可不是太蠢了吗，”他心想。“蠢成了这样，会不招来这许多麻烦才怪了。自己都这么糊涂，怎么好去怪别人呢?”

空地上孩子们还在打棒球，这时候天气已经相当凉爽了。年轻人解下了腋下的皮枪套，把那把大手枪取出来搁在腿边，一会儿就睡着了。

等他醒来，天已经黑了，月桂树的枝叶丛中透出了转角上街灯的亮光。他爬起来走到前边，借着墙的掩护，躲在阴影里把街上左右一打量。转角上的一棵树下站着一个头戴狭边平顶草帽的人。恩里克看不出他的上装和裤子是什么颜色的，但是可以肯定那是个黑人。

恩里克飞快赶到阳台的后面，但是那里除了隔壁两户人家的后窗里有些灯光映在野草地上以外，四下便是一片黑暗了。后面有多少人都可能。真的有这个可能，因为这可不比下午了，他现在什么都听不真切了，隔壁第二户人家正开着收音机呢。

突然，传来了一声警报器的呼啸，照例是愈来愈响，年轻人顿时觉得头皮上一阵有如针刺。这种针刺感来得突然，就如难为情时哄的一阵感到脸红一样，感觉跟身上发痱子差不多，去得可也一样突然。原来这警报器的呼啸声是收音机里放出来的，是一则广告里的，紧接着便是播音员的声音："盖维世牙膏。品质最优，当世无敌，永保第一。"

恩里克在黑暗里微微一笑。这会儿该有人来了。

录音的商品广告里，警报器的呼啸声之后是个娃娃的哭声，播音员说玛尔塔—玛尔塔巧克力一到，娃娃马上破涕为笑。然后是一声汽车喇叭，顾客要加油站给加绿色汽油。"用不着跟我多说。我就要绿色汽油。绿色汽油经济实惠，同样一加仑汽油可以多跑好几里路。最好的汽油！"

这些广告，恩里克早就熟得都背得出来了。他去打了十五个月的仗回来，这些广告还是一无变化；广播电台里想必还是在使用当初的录音，那警报器的呼啸声还是照样叫他上了当，害得他头皮上顿时这样有如针刺一般，好不难受，这种针刺感无疑是意识到危险才有的反应，好比捕鸟的猎狗嗅到新鲜的鹌鹑臭迹就会浑身绷紧一样。

他这种针刺感也不是一开始就有的。起初，遇上危险，心中害怕，他只觉得肚子里发空。只觉得身子软弱得像发了烧一样，只觉得浑身难以动弹，要往前挪动一下身子的话只觉得两腿像麻木了一样僵硬。如今这种感觉都没有了，他该干什么就可以干什么，爽爽利利的。有些勇敢的人就是这样，一开始往往很容易害怕，但是后来就只剩下了这针刺一般的感觉。他现在临到危险，就还剩下这么一个反应（不算出汗这一条，他知道这一条是永远免不了的），而且现在这种反应也不过是起了个报警的作用，如此而已。

他向那边的树下望去，那个戴草帽的人现已坐在人行道边上了。恩里克正站在那儿窥望，忽然阳台的砖地上落下了一颗石子。

他在墙脚边找了一阵，没有找到。伸手到床下去探了探，还是没有。正跪在那儿，又是一颗小石子落在砖地上，弹起来滚到了阳台边上的角落里，蹦到了街上。恩里克终于把前一颗石子捡到了。那是一颗普通的小卵石，摸上去很光滑，他就放进了口袋，走进屋里，下楼到后门去。

他闪在门的一边，从枪套子里拔出那把科尔特枪来，沉甸甸攥在右手里。

“胜利，”他很轻很轻地用西班牙话说，好像嘴巴很不屑于说这两个字似的，随即光着脚板悄悄溜到了门的另一边。

“属于应该得到胜利的人，”门外有个人说。这回答暗号的是个女声，话说得很快，嗓音带些颤抖。

恩里克拔去了两道门闩，用左手开了门，右手依然紧握着科尔特枪。

门外乌黑一片里有个姑娘，提着只篮子。头上还裹着一方头巾。

“你好，”他招呼过一声，就关了门，上了闩。黑暗里他听得见她在喘气。他接过她的篮子，拍了拍她的肩膀。

“恩里克，”她也唤了一声，他看不见她两眼都发出了光芒，也看不见她脸上是怎么个表情。

“来，上楼去，”他说。“前面有人监视。你被他看见了没有？”

“没有，”她说。“我是穿过空地过来的。”

“我领你去看。跟我到阳台上去。”

恩里克提着篮子，他们一起上了楼。他把篮子在床边一放，走到阳台口上一望。那个头戴狭边平顶草帽的黑人已经不在了。

“原来是这样，”恩里克轻声说。

“原来怎么样？”那姑娘问，过来抓住他的胳膊，也朝街上望去。

“原来他已经不在了。有些什么可吃的？”

“真对不起，让你孤零零一个人在这儿待了一天，”她说。“真是莫名其妙，非得让我等天黑了再来。我是巴不得就来，整整捱了一天。”

“让我待在这儿本身就是莫名其妙。天还没亮他们就把我从船上带来，丢在这所有人监视的房子里，只告诉我一个联络的暗号，一点吃的东西也没给。我总不能拿暗号当饭吃吧。反正这所房子有其他原因受到监视了，把我丢在这里实在是不应该。还要叫我尝这种十足的古巴风味！ 可当年我们至少饭还有得吃吧。你好吗，玛丽亚？”

她在黑暗里亲了亲他的嘴，亲得那么热烈。他感觉到她丰满的嘴唇紧紧贴着自己的嘴唇，感觉到她的身子偎在自己身上哆嗦，这时他背上的后腰处却起了一阵剧烈的刺痛。

“哎哟！小心点儿。”

“怎么啦？”

“小心我的背上。”

“背上怎么啦？受了伤啦？”

“真应该让你看看，”他说。

“现在就看好吗？”

“回头再看吧。我们得先吃点东西，离开这儿。这儿是存放什么东西的？”

“东西多啦。四月失败以后留下的东西都存放在这儿。以备将来再用。”

“遥远的将来，”他说。“他们知道这儿受到监视了吗？”

“肯定不知道。”

“都有些什么呢？”

“有一些原箱的步枪。还有成箱成箱的弹药。”

“应该在今天晚上就把东西全部转移出去。”他嘴里塞得满满的。“我们得要做好几年的工作，才会再需要这些东西。”

“你喜欢这醋渍油炸鱼吗？”

“真好吃，来坐近点儿。”

她挺起腰来偎在他怀里，一只手搁在他的腿上，一只手抚着他的脖颈儿，边唤：“恩里克呀，我的恩里克呀。”

“碰我得小心哪，”他连吃带说。“我的背可碰不起。”

“你不打仗回来了，心里高兴吗？”

“这我还没有想过，”他说。

“恩里克，楚丘怎么样了？”

“牺牲在勒黎达[①]了。”

“菲利佩呢？”

“牺牲了。也是在勒黎达。”

“那阿尔图罗呢？”

“牺牲在特鲁埃尔。”

“那维森特呢？”她的声音变得含混不清了，双手这时也已经握在一起搁在他腿上了。

“牺牲了。是在塞拉达斯一仗中攻过公路的时候牺牲的。”

“维森特是我的兄弟啊。”她如今已是直僵僵独自坐着了，手也从他身上抽回来了。

“我知道，”恩里克说。他还是吃他的。

“我就这么一个兄弟啊。”

“我还以为你早知道了，”恩里克说。

“我一直不知道，他可是我的兄弟啊。”

“我真抱歉，玛丽亚。我不应该这样直嘴快口的。”

“他牺牲了？你肯定他牺牲了？不会是传闻吧？”

“我可以告诉你：活着的只有罗赫略，巴西利奥，埃斯特万，费洛，加上我五个人。其余的都牺牲了。”

“都牺牲了？”

“都牺牲了，”恩里克说。

---

① 勒黎达和下文的特鲁埃尔都是西班牙的地名。

“叫我怎么受得了呢，”玛丽亚说。“你想想，这叫我怎么受得了呢？”

“这事多说也没有用。人都已经死了。”

“倒不单单因为维森特是我的兄弟。自己的兄弟牺牲我倒还舍得。可他是党的优秀分子啊。”

“是的。他是党的优秀分子。”

“真不值得。把精华都毁于一旦。”

“不。值得的。”

“你怎么能说这样的话呢？这简直不像话嘛。”

“不。是值得的。”

这时候她哭了，恩里克还是吃他的。“别哭，”他说。“当前重要的是得考虑一下，我们该怎样工作，好顶他们的缺。”

“可他是我的兄弟啊。你还不理解吗？是我的兄弟啊。”

“我们大家都是兄弟。有的牺牲了，有的还活着。他们现在派我们回国，好保存下一些力量。要不那真要弄得一丁点儿都不剩了。不过工作我们还是得继续做。”

“可他们怎么会都牺牲了呢？”

“我们编在一个突击师里。所有的人非死即伤。我们这几个没死的人也都挂了彩。”

“维森特是怎么牺牲的？”

“他是在越过公路的时候，被右边一座农庄房子里的机枪火力撂倒的。那座房子里的火力点把公路全封死了。”

“你当时也在那里？”

“在。我带领一连。我们在他的右侧。我们虽然还是把那座房子拿了下来，可花了相当时间。那里的敌人有三挺机枪。两挺在宅子里，一挺在马棚里。很难逼近。我们只好调一辆坦克上去，朝窗子里开火，这才把最后一挺机枪打了下来。我损失了八个弟兄。代价太大了。”

“那是在哪儿的事？”

“塞拉达斯。”

“这个地方我怎么没听说过呀。”

“你不会听说的，”恩里克说。“这一仗没打胜。将来谁也不会知道的。维森特和伊格纳晓就都是在那里牺牲的。”

“你说这种事值得吗？那样的人才，特地到外国去打败仗，牺牲性命，这值得吗？”

“玛丽亚，说西班牙话的地方怎么好算是外国呢。只要是为自由而死，死在哪里都一样。当然，我们应该尽量避免牺牲，争取活下去。”

“可你想想，都牺牲了什么样的人才呵——到老远的地方——又都打的是败仗。”

“他们不是特地去牺牲的。他们是去斗争的。牺牲，不过是个偶然的现象。”

“可都是打的败仗。我的兄弟是打败仗牺牲的。楚丘是打败仗牺牲的。伊格纳晓也是打败仗牺牲的。”

“这些都只是个局部。我们的任务，有些其实是办不到的。也有不少虽然看似办不到，结果却完成了任务。可是，有时候侧翼部队没有及时配合出击。有时候又缺少火炮。有时候接受了任务却没有足够的兵力——比如在塞拉达斯就是这样。由于这种种原因，就打了败仗。但是归根结底这可不是什么失败。”

她没有答茬儿，他也吃好了。

这时树梢头的风已经很大，阳台上觉得冷了。他把碗碟在篮子里放好，拿餐巾揩了揩嘴。他擦干净了手，伸过去搂住了姑娘。姑娘在哭呢。

“别哭，玛丽亚，”他说。“事情既然已经到了这一步，还是正视现实吧。我们应该考虑一下有些什么事情要做。要做的事情很多呢。”

她没有吭声。借着街灯的光，他看得见她的脸色：两眼直瞪瞪瞅着前方。

“我们的那一套空想主义必须收起。这个地方，就是那种空想主义的一个典型例子。我们的恐怖主义行动必须停止。我们的行动必须保证今后再也不重犯革命冒险主义的错误。”

姑娘还是没有吭声，他望着她的脸，这多少个月来他一直想着这张脸，除了工作以外要是还能想点儿什么的话，就总是想着这张脸。

“你的话就像本本上说的，”她终于说了。“不像人话。”

“对不起，”他说。“我得到的教训就是这么几条。我就知道这几条是当今的要务。对我来说那是最迫切的现实。”

“对我来说只有牺牲了许多同志才是最现实的事，”她说。

“我们向牺牲了的同志致敬。但是他们并不重要。”

“你这话又像是本本上说的了，”她生气地说。“你的心都成了本本啦。”

“真对不起，玛丽亚。我还以为你会理解的。”

“我只理解那些牺牲了的同志，”她说。

他知道她这话并不符合实际，因为她没有看见他们牺牲，他才是亲眼看见的：在哈拉马橄榄树林中的那一回遇上下雨，在基霍尔纳给打得房塌屋倒的那一回是大热天，在特鲁埃尔的那一回正飞着雪。不过他也知道她话里有责怪他的意思：维森特死了，他却还活着。这使他忽然感到无限痛心——他一直不知道自己的内心原来还剩有这么个顺乎本能、通乎人情的小小角落会感到这样悲痛呢。

“这里原先有只鸟儿，”他说。“有只百舌鸟养在笼子里。”

“是吗。”

“我把鸟儿放了。”

“你的心倒真好！”她挖苦地说。“战士都这么讲感情吗？”

“我是个好战士。”

“这我相信。你说起话来就像个好战士。我的兄弟是个什么样的战士呢？”

“极好的战士。比我富有生气。我缺乏生气。这是个缺陷。”

"可你会做自我批评，你会像本本上那样说话。"

"我要是能生气勃勃的就好了，"他说。"我就是怎么也学不会。"

"富有生气的人都牺牲啦。"

"不，"他说。"巴西利奥就是很富有生气的。"

"那他也得牺牲，"她说。

"玛丽亚！别这样说话好不好。你说话有失败主义情绪。"

"你说话像本本，"她冲着他说。"请你别碰我。你的心是冷的，我恨你。"

他当下又感到一阵痛心，尽管他一向以为自己的心是冷的，以为除了疼痛什么也刺伤不了他的心了。他坐在床口上，向前探出了身子。

"把我的套衫拉起来，"他说。

"我不拉。"

他拉起套衫的后襟，弯下了身子。"玛丽亚，你看看吧，"他说。"这可不是本本上的玩意儿。"

"我看不见，"她说。"我也不想看。"

"你摸摸我背上靠腰的地方。"

他感觉到姑娘的指头摸到了他背上那个巨大的凹处，凹进去好深啊，连个棒球都塞得进去呢，这是伤口留下的一个奇形怪状的疤，当初伤口从这边腰窝直通到那边腰窝，手术医生为了清创，把戴着橡皮手套的手整个儿都伸了进去呢。他感觉到姑娘摸到了疤上，他心里立刻一揪紧。可是接着却只觉得被她搂得紧紧的，两片嘴唇亲了上来。先是陡的一痛，身子有如落在白浪翻滚的大海中，一个既猛且高、亮得叫人眼花的狂涛劈头打来，打得他完全没了顶，但是一亲到她的嘴唇，却又无异在茫茫大海中遇上了一个小岛。那两片嘴唇在！还在！可是后来还是给淹没了，不过这时他的疼痛也消失了，他发觉自己变成了独自坐着，身上汗水已经湿透，玛丽亚却在一旁且哭且说："啊呀，恩里克，原谅我吧。请原谅我吧。”

“那没什么，”恩里克说。“谈不上有什么要原谅的。不过这都是本本上没有的。”

“经常痛吗？”

“不碰不撞就不痛。

“那脊椎呢？”

“受了些小小的损伤。肾脏也伤着了点，不过问题不大。弹片打这一头进去，从那一头出来。下边还有几处伤，腿上也有。”

“恩里克，请原谅我。”

“谈不上有什么要原谅的。不过不能跟你好好亲热亲热，真是扫兴，所以我也高兴不起来了，真是抱歉。”

“等你好了再好好亲热亲热吧。”

“对。”

“你会好的。”

“对。”

“我来照料你。”

“不，我来照料你。这么点伤我根本不放在心上。只是给碰了撞了那个痛不好受。不过我也不怕。我们得赶快展开工作。得赶快离开这个地方。存放在这儿的东西今天夜里就得转移。得另找个新的地方，一要不受怀疑，二要东西放在那儿不会坏。短时期内我们还不会需要这些东西。我们还得要做很多很多工作，才能重新达到这一步。有很多同志还得受些训练。到那时这些子弹恐怕早就不能用了。这里的天气是很会坏雷管的。可我们得赶快走了。我真是个傻瓜，在这儿待了那么大工夫。是哪个傻瓜安排我到这儿来的，我倒要请他向党委说说清楚。”

“我今天夜里就带你到党委去。他们还以为你今天躲在这座房子里很安全呢。”

“叫我躲在这座房子里简直是胡闹。”

“我们这就走吧。”

“我们早就该走了。”

“跟我亲亲，恩里克。”

“可一定要十二万分小心才行，”他说。

于是，他们就那样摸黑坐在床上，他是尽量小心翼翼，闭上了眼睛，两人的嘴唇紧紧贴在了一起。他终于感受到了一派幸福而又不觉得疼痛，他终于突然有了到家之感而又不觉得疼痛，他终于有了生还之感而又不觉得疼痛，他终于得到了被爱的愉快而还是不觉得疼痛。如今相爱已经不再感到空虚，足见原先还是有其不踏实之处的，四片嘴唇在黑暗中贴得紧紧的，那份自在真是幸福而体贴，虽然黑咕隆咚的，却是那么温暖。他正处于这种黑沉沉一无疼痛的境界里，突然一阵警报器的呼啸直刺耳膜，那种切肤之感真比得上人世间最剧烈的疼痛。那是真正的警报器，不是收音机里放出来的。还不止一只呢，是两只。是从街道两端分头而来的。

他一扭头，马上站了起来。他觉得自己这归家之感总共也没有享受多久。

“快出门穿空地过去，”他说。“快去。我在楼上射击，牵制他们。”

“不，你走，”她说。“听我的，我留在这儿射击，他们会只当你在屋里。”

“来，”他说，“我们一块儿走吧。这儿没有什么值得保护的。这批东西反正都没用了。还是走吧。”

“我要留下，”她说。“我要保护你。”

她伸手到他腋下，就要抽他枪套子里的手枪，他撩手给了她一个耳光。“来吧。别做蠢丫头啦。快来！”

他们这就赶紧下楼，他感觉到姑娘紧紧挨在他身边。他打开了门，两个人一起跨出门口，来到屋外。他转身把门锁上。“快跑，玛丽亚，”他说。“朝那个方向往空地上跑。跑呀！”

“我要跟你一块儿走。”

他马上又给了她一巴掌。“快跑。一到那边就钻野草爬过去。

你原谅我，玛丽亚。可你千万得走。我往那一头去。快跑呀，”他说。“你真混蛋！还不快跑！”

他们同时钻进了野草里。他又跑了二十步，听得警报器渐渐停止了呼啸，警车在屋前停了下来，他就赶快卧倒，往前爬去。他沾了一脸野草的花粉，不断挣扎着往前爬，蒺藜草时时扎得他两手两膝一阵阵刺痛，耳朵里听见有人直奔屋后而去。他们把那座房子包围了。

他不断往前爬，脑子里在拼命思索，疼痛都给丢在了脑后。

“可为什么要拉警报器呢？”他心想。“为什么不再派一辆车子来个兜屁股包抄呢？为什么不弄个聚光灯或探照灯来把这片空地照亮呢？古巴人嘛，”他又想。“他们会这么蠢，这么张扬？他们一定只当房子里没有人。他们一定是专为查抄那批东西而来的。可又为什么要拉警报器呢？”

他听见背后的那帮人破门而入了。他们已经把那座房子团团围住了。他听见就在房子近处有只哨子连吹了两个长声，他还是不断挣扎着往前爬。

“这些笨蛋，”他心想。“不过那篮子碗碟现在一定已经被他们发现了。这帮子家伙！也有这种查抄法！”

他这时已经快到空地的尽头了，他知道这一下他就非得起来冲过马路朝对面的房子奔去不可了。他倒已经摸索出了一种不致引起疼痛的爬行方法。现在不管做什么动作，他差不多都已有了适应的能力。就是突然的动作变化还免不了要引起疼痛，所以他真不想站起来。

在野草丛中他一膝顶地仰起身来，承受了疼痛的冲击，终于挺住了，接着又招来了再一阵的疼痛：把另一只脚也一并往上一提，好站起身来。

他刚一迈腿向对街另一块空地后边的房子跑去，忽然咔哒一声亮起了探照灯，把他罩住了。他正好完全暴露在那一道光柱下，面对着灯光。两头都是黑暗，界线分明。

原来另外还有一辆警车没有拉警报器，悄悄开来，守候在空地后面的一个转角上，探照灯就是从这辆警车上打出来的。

光柱下恩里克那消瘦憔悴、轮廓分明的身影直起腰来，就去从腋下的枪套里掏他那把大手枪，也正是在这一瞬间，隐在黑暗里的那辆警车上几把冲锋枪一齐向他开了火。

他只觉得像当胸挨了棍子，不过他能有感觉的也只有那第一棍。随后的几棍就都空有其声了。

他扑面栽倒在野草丛中，就在他倒下时，或者可以说就在探照灯亮起到第一颗子弹打中他的那一刻儿工夫里，他心中只有一个念头，那就是："他们可毕竟不是那么蠢的。恐怕倒还真得好好对付他们哩。"

要是他还来得及有第二个想法的话，那就是但愿另一头的转角上没有警车。可是那另一头的转角上偏偏也有，车上的探照灯此刻正在空地上搜索。巨大的光柱在玛丽亚姑娘藏身的草丛上面扫过来扫过去。黑魆魆的警车上，几个机枪手手把机枪，紧跟探照灯光来回转动着汤姆生枪那膛线密密的丑恶却厉害的枪口。

隐在黑暗里打探照灯的那辆警车背后，树影中站着一个黑人。他戴一顶狭边平顶草帽，穿一件羊驼呢上装。衬衫里面挂着一串蓝色的伏都教念珠。他悄悄站在那儿，看探照灯来回搜索。

探照灯在野草地上照个不停，草丛里姑娘直挺挺贴在地上，下巴都抠进了泥里。她自听到那一阵枪声以后就没有再动弹过一下。她感觉到自己的心脏顶着地面直跳。

"你看见她啦？"警车上有个人问。

"叫他们在草地那边搜，"前排座上的警官说。他就唤树下的那个黑人："*Hola*！[①]你到那座房子里去，叫他们成疏开队形到野草地里去搜，朝我们这边搜过来。是总共只有两个人吗？"

"是只有两个人，"那黑人轻声说道。"另外一个已经落在我们

① 西班牙语：喂！

手里了。”

“那就去说。”

“遵命，警官，”黑人说。

他两手拿着草帽，就沿着草地的边缘向那座房子奔去。如今那座房子上上下下的窗口里都已灯火通明了。

姑娘趴在野草地里，双手抱住了头顶盖。“快帮我一把，好歹让我挺过去，”她冲着草丛里说，可不是对谁说的，因为那儿什么人也没有。一会儿她忽然暗暗哭了起来：“来救救我吧，维森特。来救救我吧，菲利佩。来救救我吧，楚丘。来救救我吧，阿尔图罗。快来救救我吧，恩里克。来救救我呀。”

要是在过去的话她早就祈祷了，可是这一套她如今已经不干了，现在她只觉得自己似乎缺少了些什么。

“要是我让他们逮住了，可要帮我一把，不能让我开口啊，”她嘴贴着野草说。“可不能让我开口啊，恩里克。可千万不能让我开口啊，维森特。”

她听得见他们从背后的草丛里搜来了，就像打猎的哄赶野兔子一样。他们散得很开，仿照散兵的阵式推进，手电光在野草中乱晃。

“啊呀，恩里克，”她说，“来救救我吧。”

她把抱住脑袋的手放了下来，攥紧了拳头摆在两边。“还是这么办好，”她心想。“我要是一跑，他们准会开枪。倒还是这样干脆。”

她就慢慢站起身来，向警车直奔而去。探照灯劈头盖脸落在她身上，她虽然在奔，眼睛却只见到了探照灯，眼前就只有那一圈令人目眩的白光。她心想还是这个法子最好。

她背后人声呐喊。但是没有人开枪。有个人猛力一把把她抱住，她随即倒了下去。那人按住了她，她听得见那人在直喘粗气。

另外有个人两手往她腋下一夹，把她拉了起来。他们抓住了她的双臂，把她向警车押去。他们并没有怎么难为她，只是押着她一个劲儿朝警车走。

“住手！”她说。“住手！住手！”

“那是维森特·伊尔图维的姐姐，”那警官说。“这倒是个有用的人。”

“已经审问过她了，”另一个人说。

“就是没有严加审问。”

“住手！”她说。“住手！住手！”她大声喊叫：“救救我呀，维森特！救救我呀，救救我呀，恩里克！”

“他们都已经死啦，”有人说。“都救不了你啦。你别死心眼儿了。”

“不，”她说。“他们会救我的。死了就是能救我。能，能，就是能！我们牺牲了的同志就是能救我！”

“那你去看看恩里克吧，”那警官说。“看看他还能不能救你。他就在那辆警车的后座里哪。”

“他这就已经向我伸出手来了，”玛丽亚姑娘说。“你们没看见吗，他这就已经向我伸出手来了。谢谢你啊，恩里克。谢谢你啊！”

“咱们走吧，”警官说。“这丫头疯了。留四个人看着屋里的货，回头派一辆货车来运走。我们先把这个疯丫头带到局里去。到了局里她会招的。”

“你休想，”玛丽亚抓住了他的衣袖说。“你们没看见吗，大家都已经向我伸出手来了。”

“胡说，”警官说。“你疯了。”

“他们谁也不是白白牺牲的，”玛丽亚说。“大家都已经向我伸出手来了。”

“过个把钟头再让他们来救你吧，”警官说。

“他们会来救我的，”玛丽亚说。“不劳你费心。现在就已经有很多很多人向我伸出手来了。”

她靠在车座的椅背上，坐在那儿简直一动也不动。她此时的信心看去真是坚定得出奇。五百多年前在鲁昂镇的市场上，有个跟她一般年纪的姑娘也是怀着这样一股信心的[①]。

这一点玛丽亚可并没有想到。车上的人谁也没有想到。两个姑娘一个叫贞，一个叫玛丽亚，她们也没有其他的共同之处，只是在需要的时候胸中都突然涌起了这么一份坚定得出奇的信心。可是此刻直挺挺端坐在车中、给弧光灯照得脸上一片光亮的玛丽亚，却引得车上的那帮警察个个感到心中很不自在。

车子开动了，打头的那辆车上，坐在后座的警察都纷纷把机枪重又装进了厚厚的帆布套，他们卸下枪托插进了斜兜，把枪管连同把手柄装进了大盖袋，弹盒则装在小网袋里。

那个戴平顶草帽的黑人从屋影里走出来，向第一辆车打了个招呼。他一头钻进了前座，这样前排座上开车的旁边就坐了两个人。四辆警车一转弯驶上了大路，顺着这条大路去就是滨海大道，可以直通哈瓦那。

挤在前排座上的那个黑人，把手伸进衬衫里，摸到了那串蓝色的伏都教念珠。他手拉着念珠，坐着不作一声。他在投靠哈瓦那警方当上眼线之前，本是个码头工。今天晚上干了这趟差使，可以领到五十块钱。眼下在哈瓦那五十块钱可不是个小数目，可是那黑人的心思已经不在钱上了。车子驶上大堤上灯光明亮的车道时，他慢慢儿把头略略一偏，趁此回眸一望，看见姑娘高高地昂起了头，脸上焕发出自豪的光彩。

黑人吃了一惊，把那串蓝色的伏都教念珠从头到尾拨了一遍，死死抓住不放。可是念珠也平伏不了他心中的恐惧，因为如今叫他不得安宁的，是一种更古老的魔法了。

---

① 指法国民族女英雄贞德(冉·达克，约1412—1431)。贞德于百年战争末期抗击英军，并予以重创，成为法国人民爱国斗争的旗帜。后为封建主出卖，在法国北部被俘。教会法庭秉承英人意旨，诬之为“女巫”，判以火刑。1431年5月30日牺牲。鲁昂在法国北部。

好狮子

从前有一头狮子，跟别的许多狮子一起在非洲过日子。别的狮子都是坏狮子，每天吃斑马，吃角马，吃各种各样的羚羊。有时这些坏狮子还吃人。吃斯瓦希里人，吃恩布卢人，吃万多罗博人，特别还喜欢吃印度商人。印度商人个个身体肥壮，很对狮子的口味。

可是，这头因为生性善良所以招得我们喜爱的狮子，背上还长着翅膀。就因为它背上长着翅膀，所以别的狮子都要拿它开心。

“看它背上还长着翅膀哩，”它们老爱这样说，说完大家就都哈哈大笑。

“看它吃的是什么呀，”它们还往往这样说，因为好狮子生性善良，只吃意大利面条和蒜味明虾。

那些坏狮子说得哈哈大笑，又特意吃上一个印度商人。那些母狮子则喝印度商人的血，舌头舐得哗哗直响，好像大猫一般。只偶尔停下来对好狮子狞笑一阵，或者狂笑一阵，对它的翅膀也要捎带咆哮上一通。它们都是很坏的狮子，心眼儿可歹毒了。

可是那好狮子却收拢了翅膀，蹲在那儿，客客气气地问，它可不可以来一客内格罗尼或亚美利加诺[①]，它是一向不喝印度商人的血，只喝这些东西的。一天，它们捕到了马萨伊人的八头牲畜，它却坚决不吃，只吃了些意大利干制面条，喝了杯波莫多罗[②]。

这一来就惹得那些坏心眼儿的狮子大冒其火了，其中有头母狮心眼儿最坏，它胡须上沾着印度商人的血，把脸就着草地怎么擦也擦不掉，当下它就说：“你算是老几，自以为比我们都要强上十倍？你是哪儿来的，你这头吃面条的狮子？你到这儿到底干什么来了？”它对好狮子一阵咆哮，那些坏狮子也都一齐怒吼，一点笑声都没了。

“我爸爸住在一个城里，站在钟楼底下，脚下有成千只鸽子，都是它的臣民。这些鸽子一飞起来，哗啦啦响成一片，就像一条奔腾的河流。我爸爸所在的那个城里，皇宫宝殿比整个非洲还多。我爸爸的对面就有四尊大铜马，尊尊都是一足腾空的姿势，因为它们都见我爸爸害怕。

“我爸爸的那个城里，人们都不是步行就是坐船，真马是决不敢进城的，因为都怕我爸爸。”

“你爸爸是只鹰头飞狮③，”那头坏母狮舔了舔胡须说。

“你吹牛，”一头坏狮子说。“这样的城市是没有的。”

“拿一块印度商人肉给我，”另外有头很坏的狮子说。“这马萨伊人的牲口刚宰，还不好吃。”

“你吹牛，不要脸，你这鹰头飞狮的崽子，”那头心眼儿最坏的母狮说。“我倒不如咬死了你，把你连翅膀一块儿都给吃了。”

这可把好狮子吓坏了，因为它看见那头母狮瞪出了黄眼睛，尾巴上下甩动，胡须上的血都凝成了块，它还闻到母狮嘴里喷出一股好难闻的气味，因为母狮是从来不刷牙的。那母狮的脚爪下还按着几块不新鲜的印度商人肉。

“别咬死我，”好狮子说。“我的爸爸是一头尊贵的狮子，一向受大家敬重，我说的全都是事实。”

就在这时那头坏母狮向它扑了过来。可是它一扑翅膀，飞上了天，在那群坏狮子的头顶上打了个盘旋，那群坏狮子都眼睁睁望着它狂吼。它朝下一看，心里想：“这帮狮子多野蛮哪。”

它又在它们头上打了个盘旋，这一来那群坏狮子就吼得更凶了。它然后又突然来了个低飞，好看清那头坏母狮眼睛里的表情。

---

① 这两个字看似“内格罗人”和“亚美利加人”的意思，实际上是两种混合酒的名称。

② 意为“金苹果”，大概是一种酒的商标名。

③ 即格里芬，出自希腊神话。格里芬头、翼、前足似鹰，身、尾、后足似狮。

那头坏母狮用后腿一蹲站了起来，想要把它抓住，可是爪子够不到它。它就说了声："Adios①，"因为它是一头有文化修养的狮子，说得一口漂亮的西班牙话"Au revoir②，"他又用典范的法语向大家大声呼喊。

那群坏狮子都用非洲的狮子语大吼大叫。

好狮子于是就打着盘旋，愈飞愈高，向威尼斯飞去。它降落在威尼斯的广场上，大家见了它都挺高兴的。它飞起来亲了亲爸爸的两颊，见那些铜马依然扬起了蹄子，见大教堂真比肥皂泡还美。钟楼还在老地方，鸽子都回巢去准备夜宿了。

"非洲怎么样？"它的爸爸问。

"野蛮得很呢，爸爸，"好狮子回答说。

"我们这儿现在有夜明灯了，"它的爸爸说。

"我看见了，"好狮子的答话完全是一副孝顺儿子的口吻。

"我的眼睛可有点受不了，"它的爸爸悄悄对它说。"你现在上哪儿去，孩子？"

"上哈利的酒吧去，"好狮子说。

"代我向西普里阿尼问候，对他说我的账我稍过几天就去付清，"它的爸爸说。

"是，爸爸，"好狮子说完，就轻轻飞到地上，改用四足走到哈利的酒吧。

西普里阿尼酒吧里一切都还如旧。它的老朋友都在。可是它去了非洲回来，自己倒有点不一样了。

"来杯内格罗尼吗，爵爷？"西普里阿尼先生问。

可是好狮子是老远从非洲飞来的，在非洲待过它就不一样了。

"你们有印度商人三明治吗？"他问西普里阿尼。

"没有，不过我可以代办。"

---

① 西班牙语：再见。

② 法语：再见。

“你派人去办吧，可先给我来一杯马蒂尼，要绝干的[1]。”它又补上一句：“要用戈登金酒做。”

“行，”西普里阿尼说。“一定照办。”

狮子这才回过头来，看了看这满店高尚的人们，意识到自己又到了家乡，可也到底出外开过眼界了。它心里高兴极了。

---

① 马蒂尼是以金酒为主料的混合酒，所谓“干”意即不含果味或甜味。

忠贞的公牛

从前有一头公牛，名字不叫费迪南德[1]，它一点也不爱鲜花。它就爱斗，跟同龄的牛斗，跟什么年龄的牛都斗，这是一头拔尖儿的好牛。

它的一对角像硬木头那么坚实，像豪猪刺那么尖利。一斗起来，角根顶得生疼，它也毫不理会。它的颈背上隆起一大团肉，在西班牙语中这叫"莫里略"；一旦准备要斗，它这团"莫里略"就凸得像一座小山一样。它总是动不动就要斗，它一身皮毛又黑又亮，一对眼睛十分明净。

它一旦为了什么事要斗起来，那是绝对顶真的，就像有些人吃饭、读书、做礼拜一样。它一斗就非要叫对方完蛋不可，别的牛却也不怕它，因为它们都是良种牛，是不怕的。不过它们也不想去惹它。更不想跟它斗。

它并不横行霸道，也没有坏心眼儿，可它就是爱斗，就像人爱唱歌，巴不得做国王、当总统一样。它根本不去想。斗是它的天职，是它的本分，是它的快乐。

在高高的山石地上它斗。在栓皮槠树下、在河边丰茂的草地上它也斗。它每天离了河边走十五英里地来到高高的山石地上，有哪头牛胆敢对它看一眼，它就要找哪头牛斗。不过它是从来不发火的。

说它不发火其实也没说对，因为它心里还是冒起了一股火的。只是它自己也不知道为什么要冒火，因为它不会想。它是一头极优良的牛，它就爱斗。

你猜它后来怎么样？它的主子（假如这样的牛也有个主子的话）

知道这是一头了不起的好牛，不过又觉得很伤脑筋，因为这牛老是跟别的牛斗，斗掉了他那么多的钱。一头牛本来值到一千多块，跟这头好牛斗过以后，就只值两百块不到了，有时还值不到这个数呢。

它的主子是个好心人，他后来就决定不把这头牛送到斗牛场上去挨杀，他要留下这头牛来在自己的牛群里普遍配种。他挑中了这头牛做种牛。

可是这头牛也真是头怪牛。第一次把它放到牧场上，跟待配种的母牛相处在一起，它就看中了其中一头年轻俏丽的。比起同群的母牛来，这头母牛体形更苗条，肌肉更发达，更有光泽，也更可爱。既然不能斗，它于是就爱上了这头母牛，对其他的母牛连看都不去看。它只想跟这头母牛在一起，对其他的母牛根本不屑一顾。

那养牛的牧场主本还希望这头牛会有所转变，会开点窍儿，反正是不要再这样吧。可是这头牛就是死心眼儿，它就是只爱自己所爱的那头母牛，不爱别的母牛。它只想跟这头母牛在一起，对其他的母牛根本不屑一顾。

因此牧场主就打发它跟另外五头公牛一起到斗牛场上去挨杀。这头牛尽管对母牛忠贞不贰，斗起来可还是有两下的。在场上它斗得果然出色，观众个个称羡，不过对它最佩服的还数杀了它的那一位。杀了它的那一位行当上叫做剑手，到斗完他的斗牛士紧身衣已是里外湿透了，嘴巴也干得厉害。

“*Que toro más bravo*②，”剑手把剑交给他的助手时，还这么说来着。剑只能剑柄朝上拿着了，剑锋上还在滴血呢，一滴滴都是这勇敢的公牛心脏里流出来的血。那牛如今已经什么问题都一笔勾销了，这会儿正由四匹马给拖出斗牛场去呢。

---

① 美国动画片大师瓦尔特·迪斯尼（旧译华德·狄斯耐）有一部脍炙人口的动画短片，名叫《公牛费迪南德》。

② 西班牙语：这头牛真是勇敢透了。

“是啊。这就是比利亚马约侯爵的那头怪牛，就因为它对母牛忠贞不贰，爵爷只能把它打发掉了，”那个无所不晓的助手说。

“我们做人恐怕也都应该忠贞些才好，”那剑手说。

得了条明眼狗

“我们后来又怎么样了呢？”他问她。她就都告诉了他。

“这段事我毫无印象。一点也记不得了。”

“游猎队临走时的情况你还记得吗？”

“应该记得。不过这会儿却想不起。我只记得有好些女人头顶水罐顺着小径到河滩上去打水，还记得有个伢子把一群鹅赶到水里，赶了一次又一次。我记得鹅全是走得那么慢吞吞的，老是刚一下去就又回了上来。当时的潮水涨得也真高，河边的低地上是黄黄的一片，航道是从远处的岛前过的。风吹个不停，没有苍蝇也没有蚊子。上面是屋顶，下面是水泥地，屋顶是用支杆撑着的，所以整天透风。白天一直都很风凉，晚上更是凉快。”

“你还记得吗，有一回正遇上低潮，有条大独桅船是侧着船身驶进来的？”

“记得，我记得有这么条船，船上的人都上了岸，从河滩上顺着小路走来，那群鹅见了他们害怕，女人也都见了他们害怕。”

“就在那一天我们打到了许许多多鱼，可是因为风浪太大，所以只好回来了。”

“这我记得。”

“你今天已经回想起不少了，”她说。“不要过于用心思了。”

“遗憾的是当时你没有能弄架飞机到桑给巴尔去，”他说。“我们当时住在那片河滩上，其实顺着河滩再往里去，里边倒是很适合飞机降落的。在那儿飞机降落、起飞，都没问题。”

“桑给巴尔我们随时都可以去。你今天就不要太用心思去回想了。要不要我找篇文章念给你听听？过期的《纽约客》杂志里倒常常有些好文章是我们当时没有注意的。”

“不，请别给我念，”他说。“就这么说话吧。谈谈当年的好时光。”

“要不要给你讲讲外边的情况？”

“外边在下雨，”他说。“这我知道。”

“雨下得很大呢，”她对他说。“这样的天气，游客是不会出门的了。风也刮得挺猛的，我们还是下楼去烤烤火吧。”

“也好。我对他们早已不感兴趣了。我只是想听听他们说话。”

“游客里有些人是够讨厌的，”她说。“不过也有些人比较高雅。依我看，到托尔契罗[①]来观光的游客其实应该说还是最高雅的。”

“这话也有些道理，”他说。“我倒没有想到过这一层。真的，要不是高雅到十二分的游客，到这儿来实在也没有什么可看的。”

“要不要给你来一杯酒？”她说。“你知道这护理的工作我是干不好的。我没有学过护士，也没有这份才能。不过调酒我倒是会。”

“我们就喝一杯吧。”

“你喝什么酒？”

“什么酒都行，”他说。

“我先不告诉你。我到楼下去调。”

他听见房门开了又关，听见她下楼的脚步声，心想：我一定要让她出门去作一次旅游。我一定要想个巧法儿把这事办到。找由头也得找个切合实际的。我是只能一辈子这样了，我一定得想些办法，可千万不能因此而毁了她的一生，毁了她的一切。这些时候来她倒是一直好好的，其实论她的体质也不见得怎么样。说好也好得那么勉强。只是每天能保持没有什么病痛，劲头是一点不粗的。

他听见她上楼来了，他听得出她手里端着两杯酒跟刚才空手下

---

① 意大利威尼斯湖中的一个小岛。

楼的脚步声是不一样的。她听见了窗玻璃上的雨声，闻到了壁炉里烧山毛榉木柴的气息。她进房里来了，他就伸手去接，手碰到酒杯握了拢来，还感觉到她来碰了杯。

“是我们来这儿以后最爱喝的那话儿，”她说。“堪培利[①]配戈登金酒加冰块。”

“好极了，你不学那些姑娘，好好的一句话‘加冰块’她们不说，偏要说‘埋几颗暗礁’。”

“我不会这么说，”她说。“我才不会这么说呢。我们都是‘触过礁’的人啦。”

“既然命运已经决定，再难挽回，那我们就要自己努力挺住，”事情他都回想起来了。“你记不记得我们是打什么时候起忌讳那种话的？”

“那是我弄到了那头狮子的时候。这头狮子雄壮不雄壮？我真想再见见它。”

“我也很想。”

“啊，对不起。”

“你记不记得我们是打什么时候起忌讳那句话的？”

“我刚才差点儿又说漏了嘴呢。”

“你知道，”他对她说，“我们能够来到这儿也真是万幸。当时的情景我还记得清清楚楚，一切都还历历在目。这句成语我倒还是第一次用，今后也要忌讳了。可当时的情景真是太美了。我现在一听到雨声，眼前就能看见雨点纷纷打在石子路上，纷纷打在运河里和湖面上，我知道刮怎样的风那树便怎样弯，在怎样的天色下那教堂和塔楼便是怎样的光景。哪儿还有对我更合适的地方呢。这儿真是再完美也没有了。我们有很好的收音机，有很好的磁带录音机，我一定要写出以前从来也写不出的好文章来。有了这录音机只要舍得花工夫，字字句句都可以改到称心为止。我可以慢慢儿干，一字

① 堪培利是一种意大利酒。

一句只要嘴里这么一说，眼前也就都看见了。有什么不妥的话，倒过来一听就可以听出来，我可以再重新来过，一直修改到称心为止。亲爱的，这优点太多了，真是再理想不过了。”

“喔，菲利普……”

“瞎，”他说。“两眼一抹黑也不过就是这么两眼一抹黑。这跟落在真正的黑暗里感觉不一样。我的心眼儿里看得可挺清楚的，我的脑子也在一天天好起来了，我能回想起过去的事了，我还能充分发挥想象。你等着看吧。我今天的记忆力不是有进步了吗？”

“你的记忆力一直在不断进步。你的身体也一天天强壮起来了。”

“我身体很强壮，”他说。“我看你是不是可以……”

“可以怎么样？”

“可以出一趟门，换个环境，去休息一阵子。”

“你不需要我了吗？”

“我当然需要你啦，亲爱的。”

“那何必还要提让我出门的事呢？我知道我对你照应不好，不过有些事别人干不了，我却干得了，而且我们彼此早就相爱了。你是爱我的，这你自己也知道，还有谁能像我们这样知心呢？”

“在黑咕隆咚中我们过得挺幸福的，”他说。

“在大白天我们过得也挺幸福的。”

“你知道，我倒很喜欢这么两眼一抹黑的。从某些方面来说这倒要比本来好。”

“别把高调唱过了头，”她说。“何苦呢，装得这样胸怀有多宽广似的。”

“你听这雨声，”他说。“这会儿潮情怎么样了？”

“退得很低了，再加给风一吹，水位就更低了。连布拉诺①都差不多可以走着去了。”

---

① 威尼斯附近的一个市镇，位于岛上。

“这么说除了一个地方都不能走着去了，”他说。“鸟儿多吗？”

“多半是海鸥和燕鸥。都栖息在沙洲浅滩上，风大，飞起来吃不住。”

“没有水鸟吗？”

“有一些，遇上这样的大风、这样的潮位，平时不露头的沙洲浅滩都露出水面来了，水鸟都在那儿踏着沙走呢。”

“你看会不会春天就要到了？”

“我也说不上，”她说。“不过看这样子无疑还不会。”

“你的酒喝完了吗？”

“快喝完了。你为什么自己不喝？”

“我要留着慢慢儿喝。”

“喝了吧，”她说。“那会儿你一点一滴都不能喝，不是难受得要死吗？”

“不，我跟你说，”他说。“刚才你下楼去的时候，我心里在琢磨这么回事儿：我觉得你可以到巴黎去，去过巴黎再去伦敦，去看看各色人物，去痛快点儿玩玩，到你回来肯定已是春天了，那时你就可以详详细细把一切都讲给我听。”

“不行，”她说。

“我看这样做还是比较明智的，”他说。“你知道，我们这种伤脑筋的处境可并不是一天两天的事，我们得学会调整自己的生活节奏。再说我也不想把你给累垮了。你知道……”

“你说话别老是这么‘你知道’‘你知道’的好不好？”

“你听明白了吗？这可是我们眼前的一件要紧事儿。至于说话嘛，我注意学着点儿就是，一定不叫你听着生气。等你回来一听，说不定还会让你喜欢得发狂呢。”

“你晚上怎么办？”

“晚上好办。”

“我就知道你会说好办！你大概连睡觉也学会了吧。”

“我会学会的，”他对她说，这才喝下了半杯酒。“这也是我计划的一部分。你知道我这计划有这样的妙处：你去好好玩儿了，我的心也就安了。这样，我生平第一次心上无愧，自然而然就睡得着了。我拿个枕头，代表我那颗无愧的心，我抱着它，就会渐渐睡着的。万一要是醒来的话，我可以去想一些上不得台面的甜丝丝、美滋滋的想头。要不就想想自己有些什么不好的地方，好好的下个决心改正。再不就想想过去的事。你知道，我就希望你去痛痛快快玩儿……”

“请你不要再说‘你知道’了。”

“我一定尽量注意不说。我已经把这三个字当成了禁忌，只是一不留神，说漏嘴了。总之我不希望你就光是起一只明眼狗[①]的作用。”

“我才不是这么个人呢，你难道会不知道？再说，那也不能叫明眼狗，该叫‘明眼’导盲狗。”

“这我知道，”他对她说。“来坐在我身边，好吗？”

她就过来挨着他坐在床上，两人都只听见紧密的雨点打在玻璃窗上，他很想别用盲人那样的动作去抚摸她的头和她可爱的脸庞，可是不这样去抚的话，他又能怎样摸到她的脸呢？他紧紧抱住了她，亲着她的头顶。他心想：我只能改天再劝劝她了。我可千万不能胡来一气。她抚上去是那么可爱，我太爱她了，我给她造成的损失太大了，我一定要学会好好照应她，尽可能多多照应她。我只要想着她，只一心想着她，事情总都会满意解决的。

“我再也不把‘你知道’‘你知道’老是放在嘴上了，”他对她说。“我们就以此作为个开头吧。”

---

① 美国新泽西州莫里斯敦有一所导盲犬训练所，招牌叫“明眼”，意思是盲人有了导盲犬可以像明眼人一样。所以正确的说法应该把这种狗叫做“明眼”导盲犬(seeing-eye dog)，叫明眼狗（seeing-eyed dog)便生出了歧义，因此下文要加以纠正。又：本文的题目故意用错误的说法：明眼狗。

她摇了摇头，他感觉到她在哆嗦。

“你爱怎么说就只管怎么说吧，”说着她把他亲了亲。

“请不要哭，我的好姑娘，”他说。

“我可不能让你抱着个臭枕头睡觉，”她说。

“那好。就不抱臭枕头睡觉。”

他心里暗暗命令自己：煞住！赶快煞住！

“哎，我跟你讲，”他说。“我们快下楼去，到炉边舒服的老位子上一坐，一边吃午饭，一边让我细细说给你听，我要说说你这猫儿有多好，我们这对猫儿有多幸福。”

“我们真是挺幸福的。”

“我们一切都会安排妥帖的。”

“我就是不想叫人给打发走。”

“怎么会有人把你打发走呢。”

可是，扶着扶手小心翼翼一磴一探走下楼梯的时候，他心里却在想：我得让她去，得尽快想个法儿让她去，可绝不能伤了她的感情。因为，这事我办得是不大地道。的确不大地道。可不这么办叫我还能怎么办呢？无法可想啊——他心里想。实在是无法可想。不过，且自走着瞧吧，也许慢慢儿的你会摸出门道来的。

人情世故

那盲人把酒馆里各台“吃角子老虎”机的声音都摸得熟透了。我不知道他花了多少时日才把这些机器的声音听熟，不过这时日是肯定短不了的，因为他总是只跑一家酒馆。但是他常跑的镇子却有两个。来杰塞普镇的时候，他总要等天黑透了，才离了下等公寓，一路走来。听见大路上有汽车来了，便在路边一站，车灯照到了他，人家要么停下，让他搭个便车，要么停也不停，在结冰的大路上管自扬长而去。那得看车上人多人少，有无女客而定，因为那盲人身上的一股味儿相当难闻，特别是在冬天。不过也总有人会停下来让他搭车，因为他到底是个盲人啊。

大家都认识他，叫他“盲公”，在那一带对一个盲人用这样的称呼完全是友好的意思。他赖以谋生的那家酒馆店名叫“向导”。贴邻也是一家酒馆，也一样附设有赌博设备和餐厅，这家酒馆的字号叫“食指”。两家酒馆招牌都是借用的山名，办得都还不错，卖酒的柜台都还大有古风，连赌博的设备也两家大致相仿，只是在“向导”馆或许可以吃得称心些，不过“食指”馆有一道牛排却能盖过对方，送上桌来还会吱吱作响呢。而且“食指”馆通宵营业，带做早市，从天亮起直到上午十点喝酒一概不要钱。杰塞普总共只有这么两家酒馆，按说本也不必要来这一套。不过他们却向来就是这样的规矩。

“盲公”所以会选中“向导”馆，可能是因为那儿一进店门，“吃角子老虎”就在左手里靠墙一字儿排开，正对着卖酒的柜台。因而对这儿的“吃角子老虎”他容易“掌握”情况，不像“食指”馆，店堂大，空处多，“吃角子老虎”都分散在各处。这天晚上外边冷得可以，他跨进店门的时候八字须上挂着冰丝，两眼流出的黄水也冻成了小冰条，看他的脸色实在有点不妙。连他身上的气味都给冻住了，不过那也只是一会儿工夫的事，等店门一关上，他的气味也几乎马上就散发开来了。我是一向不大忍心对他看的，不过这天还是对他仔细看了一眼，因为我知道他总是搭便车来的，我真不明白他怎么会给冻得这样狼狈。最后我就问了他：

“你是从哪儿走过来的，‘盲公’？”

“威利·索耶车子开到铁路桥下就把我扔下了。后面再也没有车子来，我就走着来了。”

“他为什么要叫你走呢？”有人问。

“说是我气味难闻。”

有人在拉“吃角子老虎”的扳手了，“盲公”马上用心听着那飞轮呼呼的转动声。结果没有得彩。“可有什么阔佬在玩？”他问我说。

“你听不见吗？”

“还听不出来。”

“一个阔佬也没有，‘盲公’，今儿是星期三。”

“我知道今儿是星期几。今儿是星期几还用得着你来告诉我？”

“盲公”顺着那一排“吃角子老虎”走过去，挨个儿在漏斗下的底盘里掏了一下，看看可有人家拿漏的硬币。那自然是不会有的，不过这是他照例的第一步行动。他回到卖酒的柜台前，又来到了我们这儿，阿尔·钱尼想请他喝一杯。

“不喝了，”“盲公”说。“七条路八条道的，我得小心点儿哪。”

“怎么会有七条路八条道呢？”有人问他。“你还不是直通通的路一条：出了酒馆就可以一路回到公寓。”

“我走过的路才多啦，”“盲公”说。“不定什么时候我恐怕还得动身，还要走这么七条路八条道的。”

有人在“吃角子老虎”上得了彩，不过彩头不大。“盲公”却还是走了过去。那台“吃角子老虎”吞吐的是两毛半的硬币，在那里玩儿的是个年轻人，当下不大情愿地给了他一枚。“盲公”摸了摸，才放进口袋。

“多谢，”他说。“管保你有去就有来。”

那年轻人说：“但愿如此啦，”然后又在“老虎”口里按下了一枚硬币，把扳手往下一拉。

他又得了个彩，这一回得了还真不少，他抄起一大把硬币，给了“盲公”一枚。

“谢谢，”“盲公”说。“你运气不错啊。”

“今儿晚上我交好运了，”那个扳“吃角子老虎”的年轻人说。

“你交好运也就是我交好运，”“盲公”说。那年轻人就又继续扳下去，可是这以后他就没有再得过彩，“盲公”站在旁边气味实在难闻，样子又极难看，最后那年轻人就歇手不干了，来到了卖酒的柜台前。他实际上是让“盲公”给赶跑的，可是“盲公”是没法知道的，因为年轻人并没有说什么，所以“盲公”只是用手在“吃角子老虎”里又掏摸了一下，就站在那儿，等有新来的酒客来赌了。

轮盘桌上没有开张，骰子台上也没有开张，扑克牌桌上只有几个管赌台的坐在那里互相打闹。虽说不是周末，这样生意清淡的夜晚在镇上倒也是少见的，真是太不够刺激了。除了卖酒的柜台，整个酒馆根本没有一点生意。独有这卖酒的柜台还是个惬意的所在，其实在“盲公”进店以前这整个酒馆本来也并不讨厌。可现在大家心里却都在暗暗盘算：还是到隔壁“食指”馆去吧，要不就干脆拍拍屁股回家去。

“你想喝什么，汤姆？”掌柜的法兰克问我。“本店奉送你一杯。”

“我打算要走了。”

“那喝了一杯再走吧。”

“那就老样子掺点水吧，”我说。弗兰克又问那年轻人喝什么，那年轻人穿一身厚厚的俄勒冈都市装，戴一顶黑帽子，胡子刮得光光的，脸上都生了冻疮了，他要的酒也一样。那威士忌是老福雷斯特牌的。

我向他点了点头，举一举杯，两个人就都慢慢儿喝。“盲公”是在一排“吃角子老虎”的那一头。我想他心里大概也有点儿数：要是人家看见他当门站着的话，恐怕就不会有人进来了。不过他倒也不觉得有什么难为情的。

“这人的眼睛怎么会瞎的？”年轻人问我。

“我倒也不晓得，”我对他说。

“他大概是打架打瞎的吧？”那陌生后生说完，还摇了摇头。

“就是，”弗兰克说。“就是那回打了一架，从此连他说话的嗓音都变得尖声尖气了。告诉他吧，汤姆。”

“这事我可没有听说过。”

“啊，对。你是不会听说的，”弗兰克说。“怎么会听说过呢。那时你大概还没来这镇上哩。先生，那是一天晚上，也跟今晚一样冷。或许还要更冷一些。那一架打得也挺干脆。怎么开的头我没看见。反正后来他们就从‘食指’馆的店门里一路打了出来。一个是黑仔，也就是现在的‘盲公’，那另一个小伙子叫威利·索耶，他们又是拳头揍，又是膝盖磕，抠眼睛啦，牙齿咬啦，什么都干，我看见黑仔的一只眼睛挂下来吊在面颊上。他们就是这样在结了冰的路上打，当时路上高高地堆着积雪，我们和‘食指’馆两家店门里的灯光照得路上亮堂堂的。威利·索耶只顾抠那眼睛，背后有个叫霍利斯.桑兹的还替他不断助威：‘快咬下来！当颗葡萄一样咬下来！’黑仔这时也咬住了威利·索耶的脸，好大一口，猛一使劲，就咬下了一块，接着又是好大一口咬下去，两块肉都掉在了冰上，威利·索耶为了要逼他松开嘴，只顾死死往他眼窝里抠，后来只听见黑仔哇的一声惨叫，那个惨劲儿真是从来也没有听到过。比杀猪还要吓人哪。”

“盲公”这时早已悄悄出现在我们的背后，我们闻到了他的气味，都转过脸来。

“‘当颗葡萄一样咬下来，’”他尖着嗓门说，两眼直对着我们，头在来回转动。“那是干掉我的左眼。他一声也不响，又干掉了我的右眼。等我什么也看不见了，就把我狠狠地踩。这他就干得不漂亮了。”说着在自己身上拍了拍。

“我那时还是蛮能打的，”他说。“可还没等我明白过来是怎么回事，一只眼睛就已经让他干掉了。要不是他抠得碰巧，有那么容易让他干掉？就这样，”“盲公”的口气里并没有一点怨恨的意思，“我打架的日子从此结束了。”

“给黑仔来一杯，”我对弗兰克说。

“我叫‘盲公’呢，汤姆。这名字是我自己挣来的。你们亲眼看见我怎么挣来的。咬瞎我眼睛的那人，也正就是今儿晚上把我半路赶下汽车的那个家伙。我们始终没有和好过。”

“你把他打得怎么样呢？”那个陌生后生问。

“啊，你在这一带总会看见他的，”“盲公”说。“你一见他管保就认出来了。我先不说，让你见了吃一惊吧。”

“你还是别看见他的好，”我对那陌生后生说。

“你不知道，我所以时不时想见见他，这也就是一个原因，”“盲公”说。“我倒真希望能好好看他一眼。”

“他变成了什么模样你是知道的，”弗兰克对他说。“你有一回走到他跟前把他的脸摸过的。”

“今儿晚上又摸了，”“盲公”开心地说。“他赶我下车也就是因为这个缘故。这人一点也没有幽默感。我对他说，今儿晚上天这么冷，他怎么也不穿暖和些，小心冻着了脸上的肉。他根本听不懂我说的是句笑话。你们知道，威利·索耶这个家伙永远也懂不了人情世故。”

“黑仔，本店请你喝一杯，”弗兰克说。“我不能便车送你回家了，因为我就住在近段。那你今儿晚上就睡在我这店堂后面好了。”

“那就多谢你了，弗兰克。只是请你别叫我黑仔。我已经不是黑仔了。我的名字叫‘盲公’。”

“喝一杯吧，‘盲公’。”

“好的，”“盲公”说着，把手伸了出来，接过杯子，很准确地冲着我们把酒杯一举。

“那个威利·索耶大概已经独自个儿回家了，”他说。“那个威利·索耶也真是，连说句笑话逗个乐都不会。”

度夏的人们

从霍顿斯湾镇去湖边的砾石路上，中途有一口清泉。水是从埋在路边的一个瓦沟里冒起来的，漫过瓦沟边上的裂口不断往外淌，一路穿过密密丛丛的薄荷，直流到沼泽地里。黑咕隆咚中，尼克把胳膊朝下伸进泉水，可是水冷得胳膊简直搁不住。水底的泉眼里有沙子喷出来，打在指头上好像羽毛轻轻拂过。尼克心想，我要是能全身都浸在里边该有多好。那肯定是挺过瘾的。他缩回胳膊，就在路边坐下。今天晚上是够热的。

顺着大路望去，透过林子，看得见比恩家那一色全白的住宅，屋下有脚桩支着，临水而立。他真不想到码头上去。大伙儿都在那儿游泳呢。有奥德加钉在凯特[①]身边，他觉得没意思。他看得见那汽车就在仓库旁边的路上停着。这说明奥德加和凯特在那儿。这个奥德加，只要朝凯特一瞟，那眼神就活像是条煎熟了的鱼。奥德加难道真这么不晓事？凯特是绝不会嫁给他的。她绝不会嫁给一个跟她“好”不起来的人。这种人要是想来跟她“好”的话，她心里先就恶心，一无热情，只想脱身。奥德加原是能打动她的，成其好事该没问题。她不会恶心，一无热情，只想溜走，她反而会和谐地敞开心怀，舒展自在，乐意放松，容易掌握。奥德加以为那是爱情的力量起了作用。他眼睛睁得好大，眼角胀得血红。可是她受不了，不让他来碰她。事情就全坏在他的眼睛上。于是奥德加只求他们俩能跟以前一样做朋友。在沙滩上玩儿。做做泥人。坐条小船一起作竟日之游。凯特总是穿着游泳衣。奥德加就老是拿眼去瞅。

奥德加三十二岁，由于精索静脉曲张，动过两次手术。他模样儿难看，大家都爱当希罕看。奥德加始终没能尝到那味儿，在他看来这可比什么都要紧。每到夏天，他的心境一年坏似一年。真是怪可怜的。奥德加为人还是挺不错的。他对待尼克一向比任何别的人都好。如今呢，尼克想要尝尝那味儿的话就尽可以尝尝了。这要是让奥德加知道了，尼克想，准会气得自杀的。我不知道他会怎么个自杀法。他没法想象奥德加会死。他也许是根本不想干那事儿。不过人家都是那么干的。这可不光是爱情的事。奥德加以为只要有了爱情就行。其实上天有眼，奥德加的确爱她爱得够。这事就是要动心，对肉体动心，然后引进自己的肉体，多说好话，冒着风险，绝对不能吓了人家，要向对方多多索取，当取即取不必先问，总之动心之外还得有一份温存，要让对方也动了心，感到幸福，不妨用调笑来消除对方的害怕。还得事后把它弄得若无其事。那可不是光凭爱情的。光凭爱情会叫人害怕。他，尼古拉斯·亚当斯，就能如愿以偿，因为他身上自有一种什么力量。这种力量也许不会持久。也许不定哪天就会失去。但愿能把这力量给予奥德加，要不，能说给奥德加听听也好。可是你不能对人无话不谈啊。对奥德加尤其如此。不，还不光是对奥德加。对谁都是这样，跑遍天下都是这样。话说得太多，这向来是他最大的毛病。他就是因为话说得太多，才坏了那么多事的。当然，对普林斯顿、耶鲁和哈佛这些大学里的童男子，还是应该尽力相助的。为什么一些州立大学里就没有一个童男子呢？也许男女同学是个原因吧。他们遇上了一心想要嫁人的姑娘，这些姑娘帮他们长成，嫁给了他们。至于奥德加、哈维、迈克以及其他许多这样的哥们，将来会怎么样呢？这他就不知道了。他到底还年纪轻、见得少。他们正是世上最好的人。他们结果怎么样？他怎么能知道。他懂事才不过十年，哪能像哈代和汉姆生[②]那样写作呢。他没这本事。等他到了五十岁再看吧。

① 奥德加为海明威早年好友卡尔·埃德加的外号。凯特为海明威另一至交小威廉·B·史密斯的妹妹，她没有接受奥德加，于1929年嫁给小说家约翰·多斯·帕索斯。详见《论写作》。

② 克努特·汉姆生（1859—1952），挪威作家，因《饥饿》、《大地的成长》等长篇小说获得1920年诺贝尔文学奖。

他在黑咕隆咚中跪下，就着泉水喝了一口。他觉得精神一振。他相信自己会成为一个伟大的作家。他懂事，这一点人家都比不上他。谁也比不上他。只是他懂的事还不够多。将来可自会多起来的。这他有信心。泉水好冷，激得他眼睛都痛了。这一口水喝得太多了。真像吃了冰淇淋一样。喝水时鼻子没在水里，就会有这种感觉。还是游泳去吧。胡思乱想没意思。一想就没有个完。他就顺着路走去，走过左边的汽车和大仓库（一到秋天，这里有大批苹果和土豆装船运走），还走过比恩家那漆成白色的住宅（大伙儿有时点起了提灯在里面的硬木地板上跳舞），一直走上码头，来到大伙儿在游泳的地方。

他们都在码头尽头处的水里游泳。尼克沿着那高架在水面上的粗木条码头走去时，听见长长的跳板不服气似的迸出了噔噔两响，接着是水里扑通一声。码头底下的木桩间顿时一片水声激荡。那一定是老"吉"[①]了，他想。不料却是凯特，正像只海豹似的冒出了水面，攀着梯子上岸来了。

"是威米奇[②]来了，"她朝大伙儿喊道。"一块儿来吧，威米奇。可好玩儿着哪。"

"嗨，威米奇，"奥德加说。"天哪，真有劲极了。"

"威米奇在哪儿？"那是老吉的声音，他已经游得很远了。

"威米奇这家伙是不会游泳的吧？"水面上飘过来比尔[③]好不深沉的男低音。

尼克感到舒畅。人家冲你这么嚷嚷，真是有劲。他蹭掉帆布鞋，撩起衬衫从头上脱下，褪下长裤跨出来。光着脚板，感觉到码头的木板条上沾着沙子。他飞快地跑上软弯弯的跳板，脚指头在跳板梢一蹬，肌肉一绷紧，就顺顺溜溜进入深水，一点不觉得已完成

① "吉"（Ghee）是海明威中学同学杰克·彭特科斯特的外号，原意为印度半流体黄油。

② 尼克的外号。

③ 即凯特的哥哥小威廉·B·史密斯。

了一个跳水动作。临跳前他深深地吸过一大口气，现在到了水里一个劲儿往前游，弓起了背，拖着直挺挺的双脚。一会儿冒出了水面，面孔朝下漂浮了一阵。他一个翻身，睁开眼来。他对游泳一点不感兴趣，只想跳水，只要扎到水里就行。

"怎么样，威米奇？"原来老吉就在他的背后。

"感到热火朝天，"尼克说。

他吸了一大口气，两手抱住脚脖子，膝头弯起抵在下巴下，缓缓下沉到水里。水的上层是暖和的，可是一路往下，很快就变凉，再下去便有点冷了。接近水底时简直就相当冷了。尼克漂呀漂的慢慢漂到了水底。湖底是泥灰土的，他一伸腿，使劲在湖底上一蹬，以便冒出水来换换气，脚指头触上那泥灰土时，觉得很不是味儿。乍一出水来到黑沉沉的夜色中，有一种异样的感觉。尼克就浮在水面上歇口气，有一脚没一脚地踩踩水，觉得好不自在。奥德加和凯特两人正在码头上说话呢。

"有的海里会发磷光，那种水里你去游过没有，卡尔？"

"没有。"奥德加只要一跟凯特说话，声气就不自然。

要是那样的话，我们身上到处都可以擦火柴了，尼克想。他吸了一大口气，屈起膝头，两手扯紧，就沉下水去，这一回没有闭上眼睛。他慢慢下沉，先朝一边偏去，然后一头笔直扎下。可是不行。天黑了水里什么也看不见。刚才他第一次下水时闭着眼是干对了。真稀奇，人的反应就有这么灵。不过也不总都是这么灵的。这一回他并没有一直沉到底，而是在中途打开身子往前游，游到上面的凉水层里，紧靠着湖面的暖水层。真正稀奇，在水下潜泳就是这么有趣，而通常那样在水面上游竟是那么乏味。不过在大海的海面上游泳却是有趣的。那是因为海水浮力大的缘故。只是海水里有股盐卤味，而且会使你觉得口渴。还是在淡水里游好些。就像这样，在这炎热的夜晚。他从码头突出的边缘底下冒出水面换气，然后攀着梯子爬上来。

"哎，威米奇，来个跳水表演好不好？"凯特说。"跳一个漂亮的。”他们正背靠着一个大木桩，一起坐在码头上。

“跳一个不溅水花的，威米奇，”奥德加说。

“好吧。”

尼克就水淋淋地走到跳板上，想了想这个跳水动作该怎么做。奥德加和凯特看他站在跳板的末端，夜色中一个黑黑的身影，摆好了姿势一跃而下，那是他看海獭跳水看会了的。在水里，尼克一转身往上浮去，心想，哎，要是凯特能跟我一起在这儿该有多好。他一下蹿出了水面，觉得眼睛里、耳朵里都是水。他一定是还没出水就透过气了。

“真是完美。太完美了，”凯特在码头上喊道。

尼克攀着梯子上来了。

“那两个家伙哪儿去了？”

“都老远地游到湾里去了，”奥德加说。

尼克就挨着凯特和奥德加在码头上躺下。他听得见老吉和比尔在远处的黑暗里划水。

“你真是个顶呱呱的跳水运动员，威米奇，”凯特说着，拿脚触了触他的背。被她这么一触，尼克觉得浑身一抽。

“不，”他说。

“你跳得真叫绝了，威米奇，”奥德加说。

“哪儿呀，”尼克说。他在想他的心思，在想是不是能带上个人一起潜在水下，他踩着这湖底的沙子，能屏上三分钟的气，两个人还可以一起浮上去换口气再回下来，只要懂得窍门要下去是很容易的。有一回，为了露一手，他曾经在水下喝了一瓶牛奶，还现剥现吃过一只香蕉，不过想要克服浮力留在水下还得借重点儿外力，比如湖底要是有个圆环，能让他用胳膊勾住，那就没问题了。哎哟，这怎么行，那样的姑娘先就没处找，一个姑娘家怎么干得了这个呢，她会不灌一肚子的水才怪，是凯特的话准得给淹死，凯特根本没有一点水下功夫，他真希望世上能有那样的姑娘，那样的姑娘他也许能找到，不过更可能永远也找不到，像他这样的水下功夫除了他还有谁有？哼，会游泳有什么，会游泳算什么本事，这样的好水性除了他还有谁有？在伊万斯顿[①]倒有个家伙，屏气可以屏到六分钟，可是这人神经有毛病。尼克真恨不得能做条鱼，不，那有什么好。他笑出声来。

“什么事这样好笑，威米奇？”奥德加沙哑着嗓子说，那是跟凯特亲近时的声气。

“我真恨不得能做条鱼，”尼克说。

“亏你想得出来，”奥德加说。

“可不是，”尼克说。

“别说蠢话了，威米奇，”凯特说。

“你不想做条鱼吗，布特斯坦？”他头枕着木板地、脸背着他们说。

“不想，”凯特说。“今儿晚上不想。”

尼克把背紧紧顶住了她的脚。

“奥德加，你愿意变成什么动物？”尼克说。

“变成约·皮·摩根[②]，”奥德加说。

“真有你的，奥德加，”凯特说。尼克感觉到奥德加一脸得意了。

“我倒想变成威米奇，”凯特说。

“你要做威米奇太太总还是可以的，”奥德加说。

“根本不会有什么威米奇太太，”尼克说。他绷紧了背部的肌肉。原来凯特伸出了两条腿，抵在他背上，就像搁在火堆前一根原木上烤火似的。

“别把话说得太绝了，”奥德加说。

“我是铁了心的，”尼克说。“我要娶一条美人鱼。”

---

① 芝加哥以北的一个城市。

② 约翰·皮尔庞特·摩根(1837—1913)，美国大金融家、铁路巨头。其子同名(1867—1943)，也是金融家。

“那不就成了威米奇太太啦，”凯特说。

“不，成不了，”尼克说。“我不会让她做我太太的。”

“你怎么能不让她做呢？”

“我就是不让她做。我谅她也不敢。”

“美人鱼是不嫁人的，”凯特说。

“那我再称心也没有了，”尼克说。

“小心触犯了曼恩法①，”奥德加说。

“反正我们不踏进四英里的领海范围就是，”尼克说。“吃的东西可以从私酒贩卖船上弄来。你只要搞一套潜水服就可以来看我们，奥德加。布特斯坦要是想来，就带她一块儿来。我们星期四下午总在家的。”

“我们明天干什么？”奥德加说，沙哑着嗓子，又表示跟凯特亲近了。

“真该死，不谈明天的事，”尼克说。“还是谈谈我的美人鱼吧。”

“你的美人鱼已经谈够了。”

“那好，”尼克说。“你跟奥德加就谈你们的吧。我可要想想她哩。”

“你好没正经，威米奇。没正没经的，惹人讨厌。”

“你瞎说，我才老实呢。”他于是闭上了眼睛躺着，说，“别打搅我。我在想她呢。”

他就躺在那儿想他的美人鱼，凯特的足背还顶在他背上，她和奥德加在说他们的话。

奥德加和凯特在说他们的话，他可听而不闻了。他就躺着，什么都不想了，好不快活。

比尔和老吉已经在前边上了岸，顺着湖滩走到停汽车的地方，

---

① 由美国国会议员曼恩(1856—1922)提出，并于1910年6月在美国国会获得通过的一项法案。法案规定各州之间禁止贩运妇女。

随后把车子倒到了码头上。尼克就爬起来穿好衣服。比尔和老吉坐在前座，因为游了这么长久，都很累了。尼克跟凯特和奥德加一起上了后座。大家都把身子往后一靠。比尔把车子呼地驶上了坡，拐到大路上。到了这公路干线上，尼克能看见前面车子的灯光了，每当自己的车一上坡，灯光便消失了，于是成了两眼一抹黑，一会儿赶了上去，灯光便又直眨眼了，到比尔超车而过的一刹那，眼前便只觉得模糊一片。公路是跟湖岸并行的，地势很高。来自夏勒伏瓦的大轿车，司机背后坐着俗不可耐的大阔佬，一辆辆迎面而来，擦肩而过，霸占着路面，车头灯也不减光。轰地一大串开过，像一列火车。比尔朝停在路边树下的一些汽车打起反光灯，弄得车上的人躲闪不迭。比尔没有碰上一辆超车的，只是一次有辆车子亮起了反光灯，在他们的脑后直晃，比尔便加快速度，把那辆车甩下了。后来比尔减慢了车速，猛地拐上一条穿过果园通往乡下住宅的黄沙路。汽车以低速在果园里一路上坡。凯特把嘴凑在尼克的耳边。

"记住，过个把钟头，威米奇，"她说。尼克拿大腿朝她腿上使劲顶了顶。汽车在果园高处的小山顶上绕了一圈，到那住宅前停下。

"姑妈睡了。我们得轻点儿，"凯特说。

"明天见，各位老兄，"比尔悄声说。"我们明儿早上再过去。"

"明天见，史密斯，"老吉也悄声说。"明天见，布特斯坦。"

"明天见，老吉，"凯特说。

奥德加眼下也住在这住宅里。

"明天见，各位老兄，"尼克说。"再见啦，明天见[①]。"

"明天见，威米奇，"奥德加在门廊上说。

尼克和老吉顺着道路走到果园里。尼克探起手来，从一棵"公

---

① 原文为德语 Morgen。

爵夫人”[1]的枝头摘下一只苹果。苹果还青，不过他还是一口咬下，吮吸了酸酸的汁水，把渣吐掉。

“你跟‘飞鸟’今天游得够长久的，老吉，”他说。

“不好算太长久，威米奇，”老吉答道。

他们出了果园，走过院门口的信箱，踩上路面结实的州公路。在公路跨过小溪处，溪谷里弥漫着一片冷雾。尼克到桥上站住了。

“走呀，威米奇，”老吉说。

“好吧，”尼克应了一声。

他们继续顺着公路上了山坡，公路拐进教堂周围的一片小林子。一路所过的人家没有一家有灯光的。霍顿斯湾镇进入了睡乡。连一辆过路的汽车都没有。

“我还不想睡呢，”尼克说。

“要我陪你再走走吗？”

“不用了，老吉。别费事了。”

“好吧。”

“我就跟你走到我家的小宅子为止，”尼克说。他们拨开搭钩，推开纱门，进了厨房。尼克打开冷藏柜，在里边东找西找。

“要不要来些这个，老吉？”他说。

“我要来块馅饼，”老吉说。

“我也要，”尼克说。他从冰箱顶上取了张油纸，包了几块油炸鸡和两块樱桃酱馅饼。

“我可要带着走的，”他说。老吉吃馅饼，从水桶里满满地舀了一勺水喝了。

“老吉呀，你要看书的话，只管到我房里去拿好了，”尼克说。老吉盯着尼克的那包点心直瞅。

“可别干蠢事啊，威米奇，”他说。

“没事儿，老吉。”

---

① 苹果的一个品种，红纹，椭圆形。

“那好。只是千万别干蠢事，”老吉说。他开了纱门走出去，穿过草地到小宅子去。尼克关了灯走出来，随手关好纱门，搭上钩子。他在点心外边包了张报纸，这就穿过湿漉漉的草地，翻过栅栏，顺着大榆树下的路穿过小镇，过了十字路口的最后一批“农村免费投递”信箱，来到通往夏勒伏瓦的公路上，一跨过小溪，他就抄近路穿过一片旷野，紧靠地边，绕着果园的围栏走，翻过栅栏，一头钻进林地。林地中央有四棵铁杉挨得紧紧地长在一起。地上软乎乎的尽是松针，一点露水也没有。这里的林木从不大肆砍伐，树下是一层覆被，踩上去又干燥又暖和，没有一点矮树乱丛。尼克把那包点心在一棵铁杉的树根旁放好，就躺下来等。黑咕隆咚中他看见凯特从林子里走来了，但是他一动没动。她没有看见他，抱着两条毯子，半晌没走一步。黑暗中看去，就像个孕妇挺着个奇大的肚子。尼克不觉一愣。转而一想，倒也滑稽。

“喂，布特斯坦，”他一声招呼。她连毯子都掉了。

“哎哟，威米奇。你不该这么吓唬我。我还当你没来呢。”

“布特斯坦亲爱的，”尼克说。他把她紧紧搂在怀里，只觉得她的身子都贴在自己身上，那娇柔可爱的身子整个儿都贴在自己身上了。她只顾紧紧偎在他胸前。

“我太爱你了，威米奇。”

“布特斯坦我亲爱的，我亲爱的，”尼克说。

他们铺开毯子，凯特把毯子抚抚平。

“拿毯子来冒了好大的风险啊，”凯特说。

“我知道，”尼克说。“我们脱衣服吧。”

“喔，威米奇。”

“那样更有趣。”他们就坐在毯子上脱衣服。光着身子坐在毯子上，尼克觉得有点不好意思。

“你喜欢我不穿衣服吗，威米奇？”

“哎，我们钻到毯子里去吧，”尼克说。他们于是就躺在毛糙的毯子里。贴上她冰凉的肌肤，他觉得浑身火热，他要的就是这个，过了会儿就觉得挺惬意了。

“惬意吗？”

凯特一个劲儿硬是逼着要他回答。

“这不是挺有趣吗？”

“喔，威米奇。我一直喜欢的就是这样。我一直想要的就是这样。”

他们就一起躺在毯子里。威米奇鼻子贴着她的脖子，把头一路顺着往下移，移到她双乳之间。就像抚摸钢琴琴键似的。

“你身上好一股清凉味儿，”他说。

他把嘴唇轻柔地贴在她的一只小乳房上。乳房在他双唇之间变得鲜活起来，他把舌头紧紧贴上去。他感到所有的感觉又兜上心头，便双手朝下溜去，把凯特拉过来。他身子朝下溜，她亲密无间地和他合而为一。她紧紧贴在他弧形的腹部上。她觉得那儿妙不可言。他摸索着，有点笨拙地，终于摸到了。他双手按在她乳房上，把她朝身上搂。尼克使劲地吻她的背脊。凯特的头朝前垂下。

“这样有劲吗？”他问。

“我喜欢。我喜欢。我喜欢。喔，来吧，威米奇。求求你，来吧。来吧，来吧。求求你，威米奇。求求你，求求你，威米奇。”

“这不来了吗，”尼克说。

他忽然感觉到赤条条的身子碰上毯子很不好受。

“你嫌我不好吗，威米奇？”凯特说。

“不，你挺好的，”尼克说。他此刻脑子转得飞快，清醒极了。看事情也看得清清楚楚，明明白白。“我饿了，”他说。

“但愿我们能在这儿睡到天亮。”凯特紧紧依偎着他。

“那敢情好，”尼克说。“可是不行啊。你得回屋里去。”

“我不想去，”凯特说。

尼克站起身来，一阵微风吹在他身上。他赶快穿起衬衫，穿上了就觉得好过了。他把长裤和鞋子也穿上了。

“你得穿衣服了，斯塔特[①]，”他说。她却把毯子蒙住了头，只管躺在那儿。

“等会儿嘛，”她说。尼克从铁杉树下拿来了点心。他把它打开。

“快，把衣服穿好，斯塔特，”他说。

“我不高兴穿，”凯特说。“我要在这儿睡到天亮。”她裹着毯子坐起身来。“把那堆衣服给我，威米奇。”

尼克把衣服给了她。

“对，我想起来了，”凯特说。“如果我在这儿露天睡觉，他们也只会当我是犯了傻，带上毯子睡到外边来了，那也没什么了不得的。”

“在外边你睡不舒服的，”尼克说。

“不舒服我会进去的。”

“我们吃点东西吧，吃完我得走了，”尼克说。

“我得穿件衣服，”凯特说。

他们就一起坐着吃油炸鸡，还各吃了一块樱桃酱馅饼。

尼克站起身，随即跪下吻了一下凯特。

他穿过湿漉漉的草地，回到小宅子，上楼进自己的房，走得小心翼翼的，免得踩出声来。睡在床上才惬意呢，被褥齐全，尽可以把手脚一摊，把头往枕头里一埋。睡在床上才惬意呢，又舒服，又快活，明天还要去钓鱼，还像往常那样，只要不忘记，要作一次祈祷，为家人，为自己(但愿能成为一个大作家)，为凯特，为哥们儿，为奥德加，还祝愿明天钓鱼能大丰收，可奥德加这可怜的老兄，睡在那边小宅子里的这位可怜的老兄，他明天恐怕钓不了鱼，今儿恐怕整夜睡不着了。可是你又有什么办法，一点办法都没有。

---

① 凯特的外号布特斯坦的变体。

最后一方清净地

“尼基，”妹妹对他说，“听我说，尼基。”

“我不想听。”

他只顾看着那口清泉的底部，只见泉眼里噗噗地喷出水来，有小股小股的沙子跟着往上冒。泉边砾石地里插着一根带杈的树枝，上面挂着一只铁皮水杯，尼克·亚当斯瞧了瞧水杯，又看那泉水涌出后汇成一道清澈的水流，在路旁的砾石泉床上流淌。

路的两头他都一眼看得见，他抬眼望望山冈，然后向下看看码头和湖上，湖湾对面是林木葱茏的地岬，碎浪翻白的湾水外是开阔的湖面。他背靠着一棵大杉树，后面是一片密密层层的杉林沼泽地。妹妹坐在旁边的青苔上，拿胳膊搂着他的肩头。

“他们在等你回家吃晚饭呢，”妹妹说。“一共来了两个人。是坐一辆马车来的，他们问你上哪儿去了。”

“有谁告诉他们了吗？”

“谁也不知道你在哪儿呀，就我一个人晓得。你钓到的鱼多吗，尼基？”

“钓到了二十六条。”

“都是大鱼吗？”

“给人家做大菜正合适。”

“喔，尼基，你可别卖了呀。”

“那老板娘肯出我一块钱一磅，”尼克·亚当斯说。

妹妹晒成了一身褐色，她的眼睛是深褐色的，头发也是深褐色的，夹着晒得发了黄的一绺绺。兄妹俩相亲相爱，别人都不在话下。家里的其他成员在他们眼里都是“别人”。

“他们什么都知道了，尼基，”妹妹完全是一副绝望的口气。

“他们说要拿你做个样子叫人家看看，要把你送教养院。”

“他们只有一件事抓到了证据，”尼克说。“不过我看还是得暂时去避避风头。”

“我一块儿去好吗？”

“不行。我很抱歉，小妹。我们还有多少钱？”

“十四块六毛五。我都带来了。”

“他们还说了什么别的没有？”

“没有。就说不见你回家他们就不走。”

“妈妈得给他们弄吃的，会觉得不耐烦的。”

“已经请他们吃过一顿午饭了。”

“他们都干了些什么？”

“就在纱窗门廊上坐着没事干。他们向妈妈要你的猎枪，可我一见他们出现在栅栏前，就把枪藏在柴间里了。”

“你料到他们要来？”

“是啊。难道你没料到？”

“就是。这些混蛋！”

“我也觉得他们挺混蛋的，”妹妹说。“我都这么大了，还不能一块儿去？我把枪藏好了。钱也带来了。”

“带上你我不放心，”尼克·亚当斯对她说。“我连自己要去哪儿还不知道呢。”

“你怎么会不知道。”

“我们要是两个人一块儿走，人家会找得更起劲。一个小伙子和一个小姑娘，多显眼哪。”

“我扮个男孩子好了，”她说。“反正我一直想做男孩啊。我只要把头发剪短了，谁还看得出我是个姑娘家呢。”

“对，”尼克·亚当斯说。“这倒是真的。”

“我们得想出个什么好办法，”她说。“求求你，尼克，求求你了。我可以帮你好多忙，再说没有了我你会感到冷清的。你说是不？”

“我现在一想起要离开你，就已经感到冷清了。”

“你看这不是？再说这一走说不定就得几年。谁说得准呢？带上我吧，尼基。求求你带上我吧。”她把他亲了亲，两条胳膊紧紧搂住了他。尼克·亚当斯望着她，拼命想把自己的思路理理清楚。事情难办哪。可他没有别的办法。

“论理我是不该带你去的。不过话要说回来，论理我就根本不该闯这个祸，”他说。“我就带你去吧。不过，恐怕至多只能带你两三天。”

“这没关系，”妹妹对他说。“什么时候你不要我了，我就马上回家。要是你觉得我麻烦，觉得我讨厌，觉得我费钱，反正我一定回家就是。”

“我们得好好合计一下，”尼克·亚当斯对她说。他瞧了瞧路的两头，抬眼望了望天，天空中飘浮着大团大团下午的高层云，再看看地岬外湖上的一片片白色碎浪。

“我要穿过林子上地岬外的小旅馆去，把鳟鱼卖给老板娘，”他对妹妹说。“这鱼是她定来做今天的晚饭菜的。眼下客人吃晚饭要鳟鱼的比要鸡的多。我不知道是什么道理。这些鳟鱼保存得不错。我把它们去了内脏，用干酪包布包好，所以能保持新鲜，不会变味。我打算告诉她，我跟猎监员有点儿麻烦，他们正在找我，我得到外地去躲上一阵。我打算问她讨一只平底小锅，要一些盐和胡椒粉，另外要些熏肉、起酥油和玉米粉。我还要问她讨一只布袋，把这些东西全装上，我还打算去弄些杏干、李干，弄些茶叶，多带些火柴，再带把小斧头。不过毯子我只能弄上一条。她会帮我忙的，因为卖鳟鱼犯法，买鳟鱼也一样犯法。”

“我可以去弄条毯子，”妹妹说。“我就把枪裹在毯子里，把你我的鹿皮鞋都带上，再去换一条其他样式的工装裤，换一件衬衫，把身上的换下来藏好，让他们以为我还是穿着这身衣裤。还要带肥皂、梳子、剪刀和针线包，一本《洛纳·杜恩》①和一本《瑞士家

---

① 英国小说家布莱克默(1825—1900)所著的一部历史爱情小说。

庭鲁滨孙》[①]。”

“有 .22 口径的子弹找到多少带多少，”尼克·亚当斯正说着，话音忽然匆匆一转，“快过来。躲起来。”他看见路上来了一辆马车。

他们就在杉树后面贴着软绵绵的青苔扑面趴下，听见沙土路上轻轻的蹄声得得，夹着细微的轮声咿哑。车上的两人都没说话，但是车过时尼克·亚当斯闻到了他们身上的气味，还闻到了马的汗臭。他以为他们会停下车来，到泉水前饮饮马、喝点水什么的，所以急得一身是汗，直到车子往码头的方向去远了才放心。

“就是他们吧，小妹？”他问。

“没错，”她说。

“爬到后面去，”尼克·亚当斯说。他拖着那袋鱼爬到后面的沼泽地里。这一带的沼泽地长满了青苔，却并不泥泞。他这才站起身来，把口袋藏在一棵杉树的树干背后，做个手势让妹妹再往里走。他们脚步轻得像鹿一样，钻进了这片尽是杉树的沼泽地里。

“内中有一个我认识，”尼克·亚当斯说。“这王八蛋可是个坏种。”

“他说他已经盯上你有四年了。”

“我知道。”

“那另外一个，穿一身青、脸皮颜色像烟草渣儿的大个子，是从本州的南边来的。”

“好，”尼克说。“人都看到了，我还是快些走吧。你回家不会出岔子吧？”

“不会。我抄近路翻山走，不走大路。晚上我在哪儿跟你碰头，尼基？”

“我看你实在不该去，小妹。”

---

① 瑞士人魏斯(1781—1830)用德文写的一部小说，写一个家庭遭遇海难流落在荒岛上的故事。曾译成多种文字出版。

“我一定得去。你不知道，这其实没什么大不了的。我可以留一张条子给妈妈，说我跟着你去了，说你会好好照应我的。”

“好吧，”尼克·亚当斯说。“我就在遭过雷击的那棵大铁杉边等你。那棵倒在地上的。从树林口一直往里走就到。你知道那棵树吗？就在去大路的那条近路上。”

“那离我们家近得很呢。”

“我不想让你带着那么些东西跑太多的路。”

“我听你的就是。可千万别去冒险啊，尼基。”

“我真恨不得手里有把枪，这就赶到树林边，趁那两个坏蛋还在码头上，就把他们两个全崩了，再到老磨坊去弄块铁芯来，用铁丝系在他们身上，把他们沉到深水里去。”

“那以后你怎么办？”妹妹问。“他们可是有人派来的。”

“那第一个王八蛋谁也没派他来。”

“可你打死了那只驼鹿，你还卖鳟鱼，他们在你小船上查到的那许多东西都是你打死的。”

“打这种东西不算犯法。”

他不想提起这都是些什么东西，因为那正是他们所掌握的证据。

“我明白。可你总不能去杀人吧，所以我才要陪你一起走啊。”

“我们不谈这个。不过我真恨不得宰了这两个王八蛋。”

“我明白，”她说。“我也但愿这样干。可我们总不能去杀人呀，尼基。你就答应我不干，成吧？”

“不成。这一来，给老板娘送鳟鱼去恐怕也不大保险啦。”

“我给你送去。”

“不。这些东西太重。我来，带着它穿过沼泽地，绕到旅馆后面的树林子里。你径直去旅馆，看老板娘在不在，有没有情况。没有的话，你就到那棵大椴树下来找我。”

“穿沼泽地绕过去，路可远呢，尼基。”

“这样离教养院也就好远哪。”

“我跟你一块儿穿沼泽地过去不行吗？到了那儿你先别进去，让我去找她，回头等我出来，再一块儿把货色送进去。”

“好是好，”尼克说。“不过我倒希望你还是照我的办法做。”

“为什么，尼基？”

“因为那样你也许可以在路上看见他们，那你就可以告诉我他们去哪儿了。我在旅馆后边二茬林子里的大椴树下面等你就是。”

尼克在二茬林子里等了一个多钟头，妹妹还是没来。后来总算来了，尼克见她那副亢奋的样子，知道她一定很累了。

“他们在我们家呢，”她说。“就坐在纱窗阳台上喝威士忌加姜汁汽水，马也卸了下来，牵进棚里去了。他们说好歹一定得等你回家。是妈妈告诉他们，说你到小溪钓鱼去了。我看她倒不是有意说的。反正我希望不是有意的。”

“帕卡德太太那边怎么样？”

“我在旅馆的厨房里见到她了，她问我有没有看见你，我说没有。她说她在等你给她送些鱼去，晚市等着用呢。她急死了。你还是就送去吧。”

“好，”他说。“鱼还挺好，很新鲜。我换上了凤尾草给包着。”

“我跟你一块儿去好吗？”

“当然可以，”尼克说。

那旅馆是一座长长的木头房子，有个门廊面向湖上。宽阔的木头台阶向下直通远远的直伸到湖中的码头，台阶两边有白坯的杉木栏杆，门廊周围也有白坯的杉木栏杆。门廊上摆着白坯的杉木椅子，椅子里坐的是些穿白衣服的中年人。草坪上装有三根水管，水管里噗噗地冒着泉水，几条小径直通到水管前。水味儿好像臭蛋，因为那是矿泉，尼克兄妹过去常来这里喝水，只当是一种强身的锻炼。此刻他们却是向旅馆背面的厨房而来，跨过旅馆边流入湖中的一条小溪上的木板桥，悄悄溜进厨房的后门。

“把鱼洗一洗，放在冰箱里，尼基，”帕卡德太太说。“我回头再来过秤。”

“帕卡德太太，”尼克说。“我可以跟你说句话吗？”

“只管说吧，”她说。“你不看见我正忙着吗？”

“不知你可不可以这就把钱给我。”

帕卡德太太围一条方格围裙，是个长得很俊的女人。她皮肤保养得好，此刻正忙得很，再说她厨房里的帮手也都在。

“你总不见得是想把鳟鱼卖给我吧。你不知道这是违法的？”

“我知道，”尼克说。“这鱼是我送给你的。我问你要的是劈柴堆柴的工钱。”

“我去取来，”她说。“我得上外屋里去取。”

尼克兄妹就跟着她来到外边。到了由厨房去冷藏室的木板通道上，她忽然站住了，把手伸进围裙口袋，掏出个皮夹子来。

“你离开这儿吧，”她慈祥地急忙忙说。“你赶快离开这儿。你需要多少钱？”

“我该得十六块，”尼克说。

“拿二十块去，”她对他说。“别让这小妹妹卷进去啊。让她回家去看着他们点儿，等你去远了就没事了。”

“你什么时候听说他们来了？”

她对他摇摇头。

“卖鱼犯法，买鱼也一样犯法，也许罪名更大，”她说。“你出去躲一躲，等风头过了再说。尼基，不管人家怎么说，你终究是个好孩子。情况真要是不好，你可以去找帕卡德。需要什么的话，夜里到我这儿来好了。我是很容易惊醒的。只要敲敲窗就行。”

“你今晚该不会给客人上鳟鱼了吧，帕卡德太太？你该不会给客人上这道大菜了吧？”

“不上了，”她说。“不过我也不会让它们浪费的。帕卡德一个人就能吃上六七条，我的朋友里这样能吃的也有的是。你可要小心哪，尼基，等风头过了就好。去躲一躲吧。”

“小妹想跟我一块儿走。”

“你怎么竟敢带她去呢，”帕卡德太太说。“你今晚再来一趟，我准备些东西给你带走。”

“能给我一只平底小锅吗？”

“你用得着的东西我都会给你准备下的。帕卡德知道你用得着什么东西的。我另外就不给你钱了，免得给你招来麻烦。”

“我很想见见帕卡德先生，问他要一些东西。”

“只要你需要，他什么都会给你的。可你千万别到他店里去，尼克。”

“我写个条子让小妹送去好了。”

“你需要什么就随时写条子去吧，”帕卡德太太说。“你不用担心。帕卡德会替你出主意的。”

“再见了，哈利大妈。”

“再见了，”她说着亲了亲他。他觉得她来亲他的时候身上有股味道挺好闻的。厨房里烤面包的时候就是这么股味道。帕卡德太太身上的那股味道跟她的厨房一个样，她的厨房里总是挺好闻的。

“不用担心，也千万别做坏事。”

“我不会做坏事的。”

“那当然，”她说。“帕卡德会给你想办法的。”

兄妹俩后来会合在自己家背后小山上那片大铁杉林子里。当时已是黄昏，太阳已经落到了湖对岸的小山后。

“东西都找齐了，”妹妹说。“打起包来还挺大的咧，尼基。”

“我知道。那两个人在干什么？”

“饱饱地吃了一顿晚饭，这会儿正坐在前廊上喝酒呢。两个人在相互吹牛，尽夸自己有多精明。”

“就眼前来看他们还算不得怎么精明。”

“他们打算叫你挨饿，饿到你受不了，”妹妹说。“说是只消在树林子里待上两三夜，你就会乖乖地回来。你饿着肚子，只消听到有只潜鸟叫上两三声，就会乖乖地回来。”

“晚饭妈妈给他们吃了什么？”

“蹩脚透了，”妹妹说。

“好。”

“单子上的东西我都找齐了。妈妈偏头痛犯了，已经去睡了。她还给爸爸写了封信。”

“你看了信没有？”

“没有。信在她房间里，跟明天要买的东西的清单放在一起。等明天一早发现家里东西都不见了，这清单她又得重新开过。”

“他们喝了多少酒？”

“大概喝了瓶把吧。”

“要是能在酒里放上点蒙汗药才痛快呢。”

“你告诉我怎么个放法，我去放好了。直接加在酒瓶里吗？”

“不。加在酒杯里。可我们没有蒙汗药啊。”

“药箱里会不会有一些？”

“不会。”

“我在酒瓶里加点拔力高①好了。他们还有一瓶呢。要不加上点甘汞②。这我知道我们家有。”

“不要，”尼克说。“等他们睡着了，你想法把那另一瓶酒倒半瓶给我。找只旧药瓶，倒在里面。”

“我还是去看着他们点儿，”妹妹说。“哎呀，我们要是有蒙汗药就好了。这种玩意儿我可连听都没听说过。”

“其实那也不是什么滴剂，”尼克对她说。“那是一种叫水合氯醛的药。有些窑姐儿要打伐木工人口袋里钞票的主意，常在酒里下这种药给他们喝。”

“这么说这种药有点邪门，”妹妹说。“不过我们恐怕还是应该

---

① 含鸦片的复方樟脑酊，作用为止痛、镇咳、止泻。

② 一种泻药。

备一点，以防万一。”

“让我亲亲你，”做哥哥的说。“这也是以防万一。我们下去看他们喝酒去吧。我倒想听听他们坐在我们家里怎样说三道四。”

“你答应我决不发火，也决不干坏事，好吗？”

“好。”

“也不要去伤害马儿。这事跟马儿不相干。”

“不去伤害马儿。”

“我们要是有蒙汗药就好了，”妹妹显示出一片忠诚。

“可我们就是没有，”尼克对她说。“我看在博伊恩城这一边是哪儿也不会有的。”

兄妹俩坐在柴间里，从那儿观察纱窗阳台上据桌而坐的那两个家伙的动静。月亮还没有出来，天色很黑，但是这两个家伙背后是一派湖光，所以人的轮廓看得很清楚。这会儿他们没在说话，却都探出了身子，俯在桌子上。随后尼克听见冰桶里的冰块声。

“姜汁汽水没有了，”其中一个说。

“我说过这点儿不够我们喝的，”那另一个说。“可你却偏说够了够了。”

“去弄点水来吧。厨房里提桶、勺子都有。”

“我可喝够了。我要睡觉去了。”

“你不等那个娃娃了吗？”

“不等了。我要去睡会儿。你守着吧。”

“你看他今儿晚上会回来吗？”

“难说。我要去睡会儿。你觉得困了就来叫醒我。”

“我一夜不睡也没关系，”那个本地的猎监员说。“为了要抓晚上打猎捕鱼的，我守上一个通宵是家常便饭，连眼皮都从来不合一下。”

“我也一样，”那个南边来的人说。“可我现在得去稍稍合会儿眼了。”

尼克兄妹俩看他走进屋门。妈妈对那两个家伙说过，他们要睡的话可以睡在起坐间隔壁的卧室里。尼克他们看见他擦了根火柴。接着窗子里便又是一片漆黑了。再看那另一个猎监员，先还在桌子前坐着，后来也盘起了胳膊，把头扑倒了。一会儿连呼噜声都听见了。

“我们再等他会儿，看他当真睡熟了，再进去取东西，”尼克说。

“你还是在栅栏外等着，”妹妹说。“我在屋里走动没关系。万一他醒来，看见了你就不好了。”

“好吧，”尼克同意。“我来把这里的东西都拿出去。好在东西多半在这里了。”

“黑灯瞎火的，你能都找到吗？”

“没问题。猎枪在哪儿？”

“平搁在后棚顶高处的人字木上。小心别掉下来，也别碰倒了木柴，尼克。”

“放心好了。”

她从屋里出来，来到另一头的栅栏角上，尼克正在那边一棵倒伏的大铁杉后面打他的包。这棵大铁杉上年夏天中了雷击，同年秋天在暴风雨中倒下了。此刻月亮刚刚从远山背后露出脸来，月光透过树隙筛落下一大片，尼克打包尽可看得清清楚楚。妹妹放下手里的口袋，说，“他们睡得就像死猪一样，尼基。”

“那就好。”

“南边来的那个也跟阳台上的这个一样打起呼噜来了。我想我把要的东西都找齐了。”

“真有你的，小妹。”

“我给妈妈写了个条子，告诉她我跟你一块儿去了，也好看着你点，免得你去闯祸，我要她谁也别告诉，还说你会好好照应我的。我把条子塞在她的房门下面。她把房门锁上了。”

“唉，真见鬼，”尼克话一出口，就赶紧说，“对不起，小妹。”

“这也不能怪你，反正我总不能来帮你的倒忙吧。”

“你真厉害。”

“我们这该可以痛快一下了吧？”

“当然。”

“我把威士忌带来了，”她兴冲冲地说。“我在原来的酒瓶里留了点儿。让他们吃不准是不是给对方喝掉的吧。反正他们那儿还有一瓶呢。”

“你自己的毯子带了吗？”

“那还用说。”

“那我们还是走吧。”

“如果我们要朝我心目中的那个地方走，就没问题。别的倒没啥，就是加上了我的毯子，这包更大了。枪我来背吧。”

“好吧。你穿了什么鞋子？”

“穿了鹿皮工作鞋。”

“带上什么书了？”

“《洛纳·杜恩》、《诱拐》[①]，还有《呼啸山庄》。”

“除了《诱拐》，另外两本都是大人看的。”

“《洛纳·杜恩》才不是呢。”

“我们就朗读好了，”尼克说。“朗读的话一本书可以多读几天。不过，小妹呀，你这一来，事情就有点不好办了，所以我们还是快走。那两个混蛋，别看他们一副蠢样，其实才不会那么蠢呢。蠢事，也许是因为喝了酒才干出来的。”

尼克这时已经打好了包，收紧了背带，于是就往后一靠，把鹿皮鞋穿上。他拿胳膊搂着妹妹。“你真的要去？”

“我非去不可，尼基。都到了这个时候了，别再婆婆妈妈地拿不定主意了。我连条子都留下了。”

---

① 英国作家史蒂文生的一部冒险小说。

“好吧，”尼克说。“我们走吧。枪你先背着，背不动了就交给我。”

“我都好了，只等出发了，”妹妹说。“我来帮你把包背起来。”

“你连眼皮都没合过一下，可我们就得马上赶路，这你想过吗？”

“我知道，那个趴在桌上打呼噜的家伙吹牛说可以一夜不睡，其实我才真可以做到呢。”

“说不定他原先倒也真有那个本事呢，”尼克说。“不过有一点你一定得注意，那就是脚可千万不能出毛病。你的鹿皮鞋挤脚吗？”

“不挤。我一个夏天一直光着脚板走路，脚板都练硬啦。”

“我也有一副铁脚板，”尼克说。“快。我们走吧。”

他们就踩着满地软软的铁杉针叶出发了，这里的树木都长得很高，大树之间没有什么小树丛。他们顺着山坡往上走去，月亮在树梢间露出脸来，照出尼克背着好大一个包，妹妹背着.22口径的长枪。到了小山顶上，他们回过头去，看到了月光下的湖。天色相当晴朗，连那黑糊糊的地岬都看得见，而地岬后边就是对岸高高的山峦了。

“我们还是在这儿向湖告别吧，”尼克·亚当斯说。

“再见了，湖呵，”小妹说。“我也爱着你啊。”

他们下了山冈，越过那片连绵的旷野，穿过果园，翻过一道栅栏，来到一片麦茬累累的地里。穿过麦茬地时，向右边望去，看见了谷地里的屠宰场和大谷仓，还看见了临湖另一块高地上的那座农家老木屋。月光下只见一条钻天杨夹道的长长的路，直通到湖边。

“在这个地上走你的脚痛吗，小妹？”尼克问。

“不痛，”妹妹说。

“我是因为要避开狗才走这条路的，”尼克说。“那些狗只要一看清是我们，马上就会不叫的。可是说不定还会让人听见。”

“我明白，”她说。“人家听见狗叫了几声又马上不叫，就会知道来的是我们。”

向前望去，看得见大路另一边那道黑糊糊的山峦隆起的轮廓。走完了仅有的一片除过了茬的麦田，他们跨过通往水上冷藏所的低洼小溪。然后顺着渐渐高起的地势穿过又一片麦茬累累的田地，面前便又是一道栅栏，栅栏外横着沙土大路，过了大路就都是密密层层的二茬林子了。

“等我爬了过去，再来搀你一把，”尼克说。“我要把这条路好好看一下。”

一到栅栏顶上，那绵延起伏的辽阔土地、那老家旁边黑压压的树林、那月光下亮晶晶的湖面，就尽收眼底了。随后，他才回头察看起大路来。

“他们顺我们的来路追来是不可能的，这大路上沙土厚，我看留下脚印也不大会引起注意，”他对妹妹说。“如果沙子不太硌脚的话，我们就各靠路的一边走吧。”

“尼基，说实在的，我看他们没多少脑子，不会想到要追。你只要看他们就知道死等你回家，晚饭还没吃就已经有几分醉了，后来就更别提了。”

“他们还是到码头去找过我的，”尼克说。“我不是正好在那儿吗。要不是你先告诉了我，他们早就逮住我了。”

“他们听妈妈说你大概钓鱼去了，就不用有多少脑子也会想到你准是在那条大点的小溪上。我走了以后，他们肯定去查过船了，看船一条不缺，当然就会想到你准是在溪上钓鱼。谁不知道你钓鱼的地方一般总是在磨房和榨房①的下游一带。他们就是考虑起问题来反应较迟钝而已。”

“好，算你说得对，”尼克说。“可他们判断得还是差不离的。”

妹妹把枪托朝前从栅栏缝里递给了哥哥，然后自己也从横档中

① 榨苹果汁的作坊。

间爬了过去。她挨着哥哥一起站在路上，尼克手按着她的头，轻轻抚摸。

“你累坏了吧，小妹？”

“不。我很好。我太开心了，一点也不觉得累。”

“你要是还不觉得太累，就沿着这边沙厚的路走，沙上有他们马蹄踩出的窟窿。这沙子又松又干，留下脚印看不出来。那边的路面硬，我走那边。”

“我在那边走也行。”

“不。我不能让你把脚擦破了。”

顺着路向两湖之间的高地走去，一路都是上坡，时而也有短短的几段下坡。路的两边都是密密层层的二茬林子，从路边到林子之间长满了灌木，尽是黑莓紫莓之类。朝前望去，透过树林子，看得见一个个山头，像一排锯齿。这时月亮已快要下山了。

“觉得怎么样，小妹？”尼克问妹妹。

“有劲极了。尼基，你每次离家出走，都这么带劲吗？”

“哪儿呀。总觉得很寂寞。”

“寂寞到什么程度呀？”

“只觉得苦恼，懑闷。真不是滋味。”

“有我在一起，你看你还会觉得寂寞吗？”

“那不会。”

“你这回没有去找特鲁迪[①]，却跟我在一起，是不是不高兴了？”

“你干吗老是要提起她？”

“我没有呀。你大概在想她吧，所以总以为我在说她。”

“你太调皮了，”尼克说。“因为你告诉了我她在哪儿，我才想起她的。而且既然知道了她在哪儿，我就想不知她这会儿在干些什么，还有诸如此类的事儿。”

---

① 一个印第安姑娘，尼克的恋人。参见海明威的另一篇小说《两代父子》。

“我看我真不该来。”

“我早就跟你说过你不该来。”

“唉，算了吧，”妹妹说。“难道我们要去学人家的坏样吵架吗？我这就回去。你也不是少了我就不行。”

“住口，”尼克说。

“请你别这样训人，尼基。我回去，还是留下，反正由你决定。你什么时候叫我回去我就回去。可我不想吵架。自家亲人吵架的人家，我们见得还少吗？”

“就是，”尼克说。

“我知道是我逼你带我来的。可我是想方设法不让你闯祸。而且我做到了不让人家逮住你。”

他们已经到了高地上，在这里又望得见湖了，不过从这里看去，湖面似乎变狭了，简直像条大河了。

“到了这儿，我们得抄近路穿田野走了，”尼克说。“然后走上那条伐木古道。如果你要回去，该在这儿转身往回走了。”

他卸下背包，拿到树林子深处一放，妹妹把枪也靠在背包上。

“坐下歇歇吧，小妹，”他说。“大家都累了。”

尼克头枕背包躺了下来，妹妹也在他身边躺下，把脑袋靠在他肩头上。

“我才不回去呢，尼基，除非你叫我走，”她说。“我不过不愿吵架罢了。答应我，我们决不吵架，好吗？”

“好，答应你。”

“我再也不提特鲁迪了。”

“去她的特鲁迪。”

“我要尽量帮着你，做个好伙伴。”

“你是个好伙伴嘛。我有时心里烦躁，加上感到寂寞，因此火气很大，你不会见怪吧？”

“不会。我们要好好相互照应，找些乐子。我们可以过得快快活活的。”

"好吧。从现在起，就快快活活地过。"

"我可一直过得快快活活的。"

"前面有一段路相当难走，接着还有一段路更是难走，过后我们就到了。我们不如等天亮了再走。你睡吧，小妹。身上不觉得冷吗？"

"不冷，尼基。我穿着线衫呢。"

她挨着他蜷起身子，转眼就睡熟了。不一会儿，尼克也睡着了。他睡了两个钟头，曙光一露，就把他弄醒了。

尼克在二茬林子里兜了个圈子，这才带着妹妹踏上伐木古道。

"我们可不能留下离开大路改走古道的足迹，"他对妹妹说。

古道上杂树丛生，他只好一再低头哈腰，免得撞上枝桠。

"真像条隧道，"妹妹说。

"走上一阵就开阔了。"

"这个地方我以前来过吗？"

"没来过。我以前带你打猎，可从来没有到过这么远的地方。"

"从这儿出去，是不是就到那个秘密点了？"

"不，小妹。我们得穿过几段砍伐后留下的乱木地，又长又难走。我们去的地方是没人去过的。"

他们顺着古道一路走去，然后拐上另一条道，那儿草木更芜杂。走出这条道才见一片空地。空地上有些烧荒后长出来的野草灌丛，还有几座伐木营地的旧木屋。这些木屋都非常破旧了，有一些连屋顶都塌陷了。可是道边却有一泓清泉，兄妹俩就去喝了点水。太阳还没有升起，走了一夜，这一大清早就觉得肚子空空、饿得直叫了。

"这儿四外一带原先都是铁杉林子，"尼克说。"当年砍伐这种树，只是为了要剥取树皮，可从来不用树材。"①

---

① 当年印第安人剥下了树皮，卖给博伊恩城的制革厂。

“可这条道又怎么啦？”

“他们该是先从远处砍起，把树皮拖来堆在道旁，好拉到林子外头去。这样一路砍过来，最后砍到了这道边上，把树皮堆在这儿，然后拉出去。”

“要过了这一大片乱木地才能到那个秘密点？”

“是的。过了这片乱木地，再走上一程，又是一片乱木地，然后才到原始林。”

“既然这么一大片林子全砍了，怎么又留下那么一片呢？”

“我也不知道。大概那边的林子是有主的，不肯卖吧。人家靠边上偷伐了不少，少不了向林主赔些采伐费。不过林子的绝大部分还没有动过，要进去连条勉强可走的路都没有。”

“可人家为什么不打小溪边走呢？那条小溪总该有个来处吧？”

趁这会儿歇着，还没有动身去闯面前那片难闯的乱木地，尼克倒也很想给妹妹讲讲其中的道理。

“是这么回事，小妹。那条小溪穿过了我们刚才走的那条大路以后，要流过一个庄稼人的地。那个庄稼人把地围上了栅栏，作了牧场，把想在小溪里钓鱼的都撵走。所以到了他地界里的那座桥下，人家就再也过不去了。就是有人想在他的屋后穿过牧场，也总得在小溪上过，他就在那边放上一头公牛。这头牛可凶了，确实把来的人都赶跑了。我从没见过这样凶的牛，它就一直守在那儿，总是那么杀气腾腾的，只等有人来好撒野。那庄稼人的地盘到此为止了，可往前又是一片杉林沼泽地，到处都有深水窟窿，地形不熟的根本就过不去。即使是熟悉地形的，走起来也够呛。从那儿再往前就是那个秘密点了。我们要翻山过去，可说是抄偏僻的路走。过了那个秘密点，前面的沼泽地那才真叫沼泽地呢。这沼泽地真糟，谁也别想过得去。好了，我们这就来走面前这段难走的路吧。”

难走的路和更难走的路都已经甩在背后了。尼克一路不知爬过了多少原木堆，高的比他的头还高，低的也要齐他的腰。他总是先接过枪，放在原木堆顶上，然后把妹妹一把拉上来，让她从另一边滑下去，要不就自己先下，接过了枪，再搭把手让妹妹下来。碰到一堆堆树枝乱丛，他们不是从上面踩过，就是打旁边绕过，那乱木地里热烘烘的，各色杂草花粉扬扬，小姑娘头发上沾满了不算，还给呛得直打喷嚏。

“这乱木地真要命，”她对尼克说。他们当时正坐在一根剥去了一圈树皮的大原木上面休息，坐处是在剥皮人落斧砍树的那头。去了皮的地方是灰溜溜的，其实那日益朽烂的原木整个儿都是灰溜溜的，四外满地的高大树干没有不是灰溜溜的，枝枝丛丛也没有不是灰溜溜的，只有野花野草长得一片茂盛。

“这是最后一片乱木地了，”尼克说。

“真讨厌透了，”妹妹说。“还有那要命的野草，看去就像种满了树的墓地没人看管，地上长了花一样。”

“你这该明白我为什么不想摸黑赶路了吧？”

“我们摸黑过不了。”

“就是。不过从这一带过也不用怕会有人追来。到了这儿，前面的路就好走了。”

他们出了烈日炎炎的乱木地，进入绿荫如盖的大树老林。乱木地一直延伸到一道山梁的顶上，过了山梁顶不多远，往前便尽是森林了。他们这时走在森林里的褐色覆被上，脚踩上去有弹性，挺阴凉的。林下没有矮树灌丛，大树长到六十英尺才分出枝桠来。林荫里真是凉快，尼克听得见高高的树梢间渐渐起了微风的声音。一路走去，见不到一丝阳光，尼克知道，不到近中午阳光是绝对透不进那枝桠交错的高高的树梢的。妹妹让他拉住一只手，紧靠着他走。

“我怕倒是不怕，尼基。不过这儿使我觉得很不自在。”

“我也是，”尼克说。“每次都是这样。”

“我从没到过这样的森林。”

“这一带也就只剩下这么一片原始森林了。”

“我们要在这林子里走很久吗？”

“路相当长啊。”

“我要是一个人走非害怕不可。”

“我只觉得不大自在。怕倒一点也不怕。”

“这话我刚才说过了。”

“我知道。恐怕正因为心里害怕，我们嘴上才这么说。”

“不。我因为跟你在一起才一点也不怕。可我知道我要是独自一人就准得害怕。你以前有没有跟别人一起来过这儿？”

“没有。都是一个人来的。”

“那你不怕吗？”

“不怕。不过我总觉得不大自在。就像在教堂里，我该有这样的感觉吧。”

“尼基，我们要去落脚的地方，是不是也这样一派森严？”

“不。你不用担心。那儿是个愉快的地方。你且好好玩味玩味眼下的这种气氛，小妹。这对你可有好处哩。从前的森林就都是这样的。这片森林怕是眼前还留下的最后一方清净地了。这儿是从来没有人来过的。”

“我喜欢从前的日子。可是这样森严的气氛我不大欣赏。”

“也不都是这样一派森严的。不过铁杉林就是这样。”

“在这儿走真有劲。我本来总以为我们家后面的林子里够有劲的了。可哪里比得上这儿哟。尼基，你信上帝吗？你要是不愿意回答，就不一定要回答我。”

“我可说不上。”

“好吧。你不一定要告诉我。可我每天晚上做祷告，你不会反对吧？”

“不会。你要是忘记了，我倒要提醒你呢。”

“谢谢你。因为这样的森林使我觉得心里虔诚得不得了。”

“所以大教堂都造得有这样的气氛。”

“你从没见过大教堂吧？”

“没见过。不过在书里看到过描写，想象得出来。这座森林就是我们这儿最好的一座大教堂。”

“你看我们能有一天去欧洲看看大教堂吗？”

“当然行啦。不过我得先摆脱了眼前的麻烦，学会挣俩钱儿才行。”

“你看你写文章能挣得了钱吗？”

“只要我写得出色。”

“你要是写些轻松愉快的作品，不就有可能成功吗？这不是我的意见。妈妈说你写的东西总是太忧伤。”

“是《圣诞老人》杂志嫌我写的东西太忧伤，”尼克说。“他们话是没这么说。就是不喜欢我的作品。”

“可《圣诞老人》是我们最喜爱的杂志啊。”

“我知道，”尼克说。“可他们就已经嫌我太忧伤了。其实我还根本不好算大人呢。”

“怎么才算大人呢？结了婚就算大人了？”

“不这么算。反正你还不是大人的话，要送便只能送教养院。成了大人，送监狱就够格了。”

“这么说幸亏你还不算大人。”

“他们哪儿也别想送我去，”尼克说。“尽管我的作品写得忧伤，我们可别说忧伤的话了。”

“我可没说你的作品写得忧伤啊。”

“我知道。可人家都这么说呀。”

“我们得快活起来，尼基，”妹妹说。“这片森林使我们变得没有一点笑脸了。”

“我们就快走出森林了，”尼克对她说。“那时你就可以看到我们要去落脚的地方了。你饿了吗，小妹？”

“有点儿。”

“我猜也是，”尼克说。“我们吃两个苹果吧。”

走下一座坡面长长的小山，他们看到前面树干间出现了阳光。如今到了森林的边缘，只见四下都长起了冬青树和一些蔓虎刺，地上变得一派草木茂盛了。从树干之间望去，看到有一片开阔的草地，顺着坡势一直伸展到水边那一行白桦树下。过了草地和那一行白桦树，再往下是绿得发黑的一片杉林沼泽地，沼泽地外的远方是一带深蓝色的山峦。沼泽地和山峦之间伸进来一弯湖水。不过他们在这儿是看不见的。只是觉得中间间隔很大，那儿该有这么一弯湖水。

“这是泉水，”尼克对妹妹说。“这些垒起的石头就是我以前露宿的地方。”

“尼基呀，这儿真是太美了，太美了，”妹妹说。“还能望到湖，是吗？”

“有一个地方能望到。不过作住处还是这儿好。我去捡些柴枝，一起来做早饭。”

“这些耐火石可是好久以前的东西了。”

“这儿住人本来就是好久以前的事了，”尼克说。“这些耐火石还是印第安人的呢。”

“森林里一没有小径，二不见树上有白楂指路[1]，你怎么能把路认得那么准呢？”

“你不看见那三道山梁上都竖有指路杆吗？”

“没看见呀。”

“以后我指给你看。”

“是你竖起的吗？”

“不。是早就有的。”

“那你为什么早不指给我看？”

“这我倒说不上了，”尼克说。“大概我是只想露一手给你看

---

① 森林中行路，常相隔一定距离在树上削去一块树皮，露出白楂，作为指路标志。

看吧。”

“尼基，在这儿他们永远也别想找到我们。”

“但愿如此，”尼基说。

大约也就在尼克兄妹踏进第一片乱木地的时候，那个睡在他们家纱窗门廊上的猎监员被阳光刺醒了。住宅坐落在临湖高处的绿树掩映中，太阳从屋后开阔的山坡上探出头来，正好直射在他的脸上。

这个猎监员夜里曾起来喝过水，从厨房回来后就干脆往地上一躺，拿个椅垫来当了枕头。此刻醒来才知道自己竟是睡在地上，于是连忙爬起身来。他原本是向右侧睡的，因为左边腋下挎了只手枪皮袋，里面插着一支.38口径的史密斯-韦森左轮枪。如今清醒了过来，他赶紧摸了摸枪，才觉得阳光刺眼，便避过脸去，然后走进厨房，从切菜桌边的水桶里舀了一勺水喝。女用人正在炉膛里生火，那猎监员就对她说，“弄些早饭来吃，好不好？”

“早饭没有，”女用人说。她是睡在宅后的小屋里的，半个钟头前才来到厨房里。一进来看见猎监员躺在纱窗门廊的地上，桌上的一瓶威士忌已差不多只剩了空瓶，她吓了一跳，心里只觉得反感。随后禁不住忿忿然起来。

“早饭没有，你这是什么意思？”猎监员说，手里的勺子还没有放下。

“就是这句话。”

“为什么？”

“没有东西吃呗。”

“那咖啡呢？”

“没有咖啡。”

“茶呢？”

“没有茶。没有熏肉。没有麦片粥。没有盐。没有胡椒粉。没有咖啡。没有博登牌罐装奶油。没有杰迈玛大婶牌荞麦粉。什么也没有。”

“你在胡扯些什么呀？昨天晚上吃的东西还很多嘛。”

“现在都没啦。准是让‘五道眉儿’①给叼走啦。”

南边来的那个猎监员听见他们说话就起来了，这时已经来到了厨房里。

“你早上好？”女用人跟他打了个招呼。

那个猎监员却没有答理，只顾对另一个猎监员说，“怎么回事，埃文斯？”

“那小王八蛋昨天夜里来过了，拿走了好多吃的，足足有一驮。”

“在我的厨房里不准骂人，”女用人说。

“我们到外边去，”那个南边来的猎监员说。两个人一起走到纱窗门廊上，随手关上了厨房门。

“这是怎么回事，埃文斯？”南边来的人指指那瓶一夸脱装的“老格林河”，瓶内剩下不到四分之一了。“看你醉成了什么样子！”

“我可没比你多喝呀。我一直打起了精神在桌子跟前坐着……”

“坐在那里干什么？”

“在等亚当斯家的王八兔崽子露面呀。”

“少不了还喝了点酒。”

“我可没喝。后来到四点半左右，我起来到厨房里去喝了点水，回来就在这门前躺下歇会儿。”

“要歇会儿为什么不躺在厨房的门前呢？”

“他要来的话，从这里看去更容易发现。”

“后来呢？”

“他八成儿是扒窗进来的，反正是溜进了厨房，把那么多的东

---

① 一种松鼠，即金花鼠。

西装走了。”

“胡说！”

“那你倒是在干什么？”这本地的猎监员问。

“跟你一样在睡觉。”

“这不结了。我们何必还要争吵呢。争吵一点没好处。”

“你去叫那女用人到门廊上来。”

女用人来到门廊上，那个南边来的人对她说，“你去对亚当斯太太说，我们有话要跟她讲。”

女用人没有应声，不过还是到里宅去了，随手关上了门。

“你还是把没开的和喝空的酒瓶子都收拾起来吧，”那个南边来的人说。“这个瓶里还剩下一点儿酒，也派不了什么用场了。你要不要喝一口？”

“谢谢，我不喝了。我今天有事情得办。”

“那我来喝一口，”那个南边来的人说。“你已经喝得比我多了。”

“你走了以后我可一口都没喝过，”本地的猎监员还是不肯罢休。

“你怎么老是这么胡说个没完？”

“我这可不是胡说。”

那个南边来的人放下了酒瓶。见女用人开门进来，又随手关上了门，他就冲着她说，“太太怎么说？”

“太太偏头痛又犯了，不能见你们。她说你们有搜查证。她说要搜就请搜，搜完了就请走。”

“她儿子的事她怎么说？”

“她没看到过哥儿，哥儿的事她什么也不知道。”

“别的孩子在哪儿？”

“到夏勒伏瓦做客人去了。”

“去谁家做客人？”

“不知道。太太也不知道。他们是跳舞去的，住在朋友家要过了星期天才回来。”

“昨天在这儿转悠的那个孩子是谁？”

“昨天我没看见有孩子在这儿转悠呀。”

“明明有的。”

“也许是哪个小朋友来找这里的孩子玩儿的。也说不定是哪个外地游客的孩子。是男的还是女的？”

“是个十一二岁的小姑娘。褐色头发，褐色眼睛。一脸雀斑。皮肤晒得黑黑的。穿工装裤、男孩的衬衫。光着脚板。”

“听上去像个一般的孩子，”女用人说。“你说有十一二岁了？”

“呸，算了吧，”那个南边来的人说。“从这种乡巴佬嘴里问得出什么名堂！”

“你说我是乡巴佬，那他算什么？”女用人说着对本地的猎监员瞟了一眼。“埃文斯先生算什么？他的孩子们跟我还是一所学校里念的书呢。”

“那个小姑娘是什么人？”埃文斯问她。“快说，苏珊。反正你不说我也查得出来。”

“我怎么会知道，”这个叫苏珊的女用人说。“眼下上这儿来串门的简直什么样的人都有。我真觉得像是住在个大城市里一样。”

“你该不是要自找麻烦吧，苏珊？”埃文斯说。

“不是，先生。”

“我不跟你说笑话。”

“你呢，该也不是要自找麻烦吧？”苏珊问他。

他们出外到马棚套好了车，那个南边来的人说，“我们的事办得不大顺当，是不是？”

“他这下子可逍遥法外了，”埃文斯说。“吃的都有了，枪一定也拿到手了。不过他还在这一带。我能逮住他。你辨认足迹在行吗？”

“不行。说实在的我不行。你呢？”

“雪地里还行，”那另一个猎监员说得笑了起来。

“不过我们也不必去找他的足迹。我们得研究一下他会去哪儿。”

“他带上了那么多的东西，不会到南边去的。他只要稍微带上些吃的，朝铁路走就有火车可搭了。”

“我说不准那柴间里给拿走了些什么东西。不过他从厨房里拿走了一大包。他出逃有个目的地。我得去调查一下他平日都有哪些习惯，都有哪些朋友，常去什么地方。夏勒伏瓦、佩托斯基、圣伊格纳斯、希博伊根，要堵住他就得到这些地方去堵。你要是他会去哪儿？”

“我会去北半岛。”

“我也一样。而且他以前去过那一带地方。到渡口去抓他最方便了。不过从这儿到希博伊根地域辽阔，在他可是熟门熟路。”

“我们还是去看看帕卡德吧。今天不妨就去查看这一路。”

“有什么能阻止他在东约旦搭去大特拉弗斯湾的车吗？”

“什么也没有，不过那不是他熟悉的地区。他多半会去熟悉的地方。”

他们正打开栅栏门要出去，苏珊从屋里出来了。

“可以搭你们的车子上铺子去吗？我得去买些食品杂货。”

“你怎么看得出我们要上铺子去？”

“你们昨天商量要去找帕卡德先生来着。”

“那你买了东西怎么拿回来呢？”

“我想能在路上找人搭个便车，或者碰上从湖边来的什么人。今天是星期六啊。”

“好吧。上车吧，”本地的猎监员说。

“谢谢你了，埃文斯先生，”苏珊说。

到了杂货铺兼邮局，埃文斯把牲口拴在马槽前，他跟南边来的那个人没有就进店，先站在那里商量了几句。

“我真不想跟这该死的苏珊说一句话。”

“就是。”

“帕卡德倒是个好人。在这一带像他这样人缘好的再找不到第二个了。你千万不要拿这买鳟鱼的事来定他的罪。谁也不该去吓唬他，我们可不能招得他跟我们对立。”

“你看他会跟我们合作吗？”

“你要是态度不好就会坏事。”

“我们去找他吧。”

苏珊早已进了铺子，径直穿过店堂，走过玻璃陈列柜、开了盖的货桶、成排的纸盒、满架的罐头，却什么东西也没看在眼里，什么人也没看在眼里。她一直走到里边的邮局，邮局里有许多专用信箱，有邮件存局候领处和卖邮票的窗口。见窗口关着，她就直往后屋走去。帕卡德先生正用一把铁锹在那里开一箱货。他对她瞧了一眼，微微一笑。

“约翰先生，”女用人的话说得快极了。“有两个猎监员到店里来了，他们要抓尼基。尼基昨儿晚上出走了，他的小妹妹也跟他一起走了。这事你可千万别讲出去。他妈妈也知道了，可是没什么大不了的。她至少该不会说出去吧。”

“他把家里吃的东西都带走了是不是？”

“大半都带走了。”

“你需要些什么只管去挑，开张清单，回头我跟你一样样核对。”

“他们就快要进来啦。”

“你从后门出去，再打正门进来。我去招呼他们。”

苏珊就绕过这长长的木板房，重又登上正门的台阶。这一回她一踏进店门，就什么都看在眼里了。送篮子来的那几个印第安人她认识，站在左边第一排玻璃陈列柜前看柜内钓具的那两个印第安小伙子她也认识。旁边一只玻璃柜里摆的是些什么成药她全有数，还知道常来买药的都是谁。有一年夏天她在这铺子里当过售货员，因此知道那些纸盒上铅笔写的字母代号和数字指的是什么，就是盒子里装的鞋子、冬天用的罩靴、羊毛袜子、手套、便帽、线衫等等。她知道这几个印第安人送来的篮子能卖多少钱，但眼下时令已过，已经卖不出好价钱了。

“你怎么到这个时候才把篮子送来呀，塔贝肖太太？”她问。

“七月四日玩得一开心，就没顾上送来，”那印第安女人笑着说。

“比利好吗？”苏珊问。

“我也不知道呢，苏珊。没见他有四个星期了。”

“你干吗不把篮子拿到旅馆去，想法兜卖给那里的游客呢？”苏珊说。

“那当然也可以，”塔贝肖太太说。“我去过一次了。”

“你应该天天拿去卖。”

“可路远着哪，”塔贝肖太太说。

就在苏珊一边跟熟人说话儿，一边开单子替东家采购货物时，那两个猎监员在店堂后边见到了约翰·帕卡德先生。

约翰先生长着一对青灰色眼睛，黑头发，黑色八字须，看样子总像是这位先生走错了地方，才撞进了一家杂货店似的。他年轻时离开密歇根州北部出外，一去就是十八年，他的模样儿根本不像个店老板，倒像个治安官，或者老实巴交的赌徒。他早年开过几家酒馆，经营得蛮不错。可是等到这一带的林木采伐完了，他就买下农田，依然留在当地。再后来本县行使地方自决权决定禁酒，他买下了这家铺子。当时他已经开了一家旅馆。可是他说，一家旅馆而没有酒吧不成格局，所以他简直从来不去。就由他太太来经管这旅馆。太太的劲头比先生还大，先生说他可不愿在这些顾客身上浪费时间，这些顾客有的是钱，想去哪儿度假就尽可以去，可他们却偏要来住一家没有酒吧的旅馆，在门廊上的摇椅里一坐，一晃一摇地打发光阴。他把这些游客叫做“换茬的”[①]，跟太太一谈起来，就

① 原文为change-of-lifers，一语双关，既有“来换换生活情趣的人”之意，又有“处于更年期（绝经期）的人”之意。

要拿他们挖苦上一顿，好在太太是爱自己先生的，先生再逗她她也从不计较。

“你要叫他们‘换茬的’你就叫吧，”太太一天晚上在枕头边对他说。“我虽说有那么两下子，可世上却就唯独我这个女人你还管教得了，不是吗？”

太太欢迎这些游客，因为游客里有些人带来了文化修养的气息，而先生说，太太爱文化修养就像伐木工爱嚼名牌烟草“无敌牌”一样。其实他对太太的这种爱好是很尊敬的，因为太太自己就说过，她之爱文化修养正好比先生之爱上等陈年威士忌，她还说来着，“帕卡德，你不必多操心什么文化修养。我是不会要求你这样那样的。可我觉得有文化修养就是高。”

先生说，她要欣赏文化修养就尽量去欣赏好了，天塌下来他也不管，只要别叫他去参加肖托夸[1]或什么成人进修班就行。他以前参加过几次野营布道会和一次“奋兴”布道会，可是从没参加过肖托夸。他说，野营布道会或“奋兴”布道会虽然都无聊得很，可至少还有人当真给鼓动得来了劲，会后会有些男女相悦之事，但不管是野营布道会还是“奋兴”布道会，他可从来没有见过会后有谁肯付参会费的。他曾告诉尼克·亚当斯，他太太每次参加著名传道士“吉卜赛人”史密斯[2]那样的大人物主持的“奋兴”布道大会以后，总要担心上一阵，就怕先生的灵魂不能获救，将来难得永生，不过好在他，帕卡德，长得极像史密斯，所以结果总是一切平安无事。可是肖托夸这玩意儿有点儿怪。文化修养大概总要比宗教信仰强吧，约翰先生想。不过这是个应该冷静对待的议题。人们却对此迷得如痴如狂。他看得出来，这可不仅仅是个赶时髦的问题。

---

① 流行于美国的一种类似暑期学校的文娱教育活动，常在野外举行，因始创于纽约州的肖托夸而得名。

② “吉卜赛人”罗德尼·史密斯(1860—1947)，英国的“奋兴派”传道士，吉卜赛人血统，曾多次周游世界到处布道。

“这玩意儿对人们确实有吸引力，”他对尼克·亚当斯这么说过。“它的性质想必有点近乎‘摇喊’教派[①]，只是表现于思想方面而已。这个问题你以后研究一下，把看法说给我听听。你要当个作家，就该早些去熟悉一下。晚了就跟不上形势了。”

约翰先生喜欢尼克·亚当斯，说是因为他身上带有“原罪”。尼克并不理解这话的意思，不过听了却感到挺自豪的。

“你会干了一些事，将来为此而忏悔，小伙子，”约翰先生对尼克这么说来着。“这真是人世间的一大美事。忏悔不忏悔，反正将来再去思想斗争吧。重要的是，这种事你得先干出来。”

“我可不想干坏事，”尼克当下说。

“我也不希望你去干坏事啊，”约翰先生说。“可是人活着总会干出这样那样的事来。做人不可说假话，不可偷盗。可说假话又是人人难免的。不过你得凭眼光认定，对什么人决不说假话。”

“我就认定对你决不说假话。”

“这就对了。你不管碰到什么事，决不要对我说一句假话，我也决不拿假话骗你。”

“我试试看吧，”尼克当时说。

“这话说得不对，”约翰先生说。“必须绝对做到。”

“好吧，”尼克说。“我决不对你说假话。”

“你的女朋友怎么样了？”

“有人说她在北边的苏城[②]工作。”

“这姑娘长得挺美，我一直很喜欢她，”约翰先生还说来着。

“我也一样，”尼克说。

“想开些，不要太难受了。”

“我也由不得自己，”尼克说。“其实这事一点也不能怪她。她

---

① 耶稣教中的一个派别，特点是在做礼拜时以叫喊和乱动来表示虔诚。

② 苏城，全名为苏圣马里，位于密歇根州北半岛的东北端，隔着连接苏必利尔湖和休伦湖的圣马里河，和加拿大的同名姐妹城市遥遥相对。

生来就是那样的性子。我要是再碰到她，我想还是会跟她搅和在一起的。”

“也许不会了吧。”

“恐怕还是会的。我尽量克制自己就是了。”

约翰先生心里惦记着尼克，来到店堂后部的柜台里，见那两个人正在那儿等着他。他站在那里把两个人上下一打量，只觉得一个也看不顺眼。他向来对那个本地人埃文斯没有好感，压根儿就看不起，可是他意识到这南边来的家伙是个危险人物。这一点他还来不及研究分析，而是单看这人的脸相：眼神莫测高深，嘴巴抿得好紧，一般嚼烟草的人也不用把嘴抿得这么紧啊。他表链上串着一枚真品的驼鹿牙。这枚鹿牙确属精品，估计取自一头五岁左右的雄鹿。好漂亮的鹿牙，约翰先生禁不住又看了一眼，然后看到此人上装里鼓出来好大一块，那是他腋下的手枪皮袋。

“这头雄鹿就是用你随身带着的那把大枪打死的吗？”约翰先生问那个南边来的人。

那个南边来的人大不以为然地瞅了瞅约翰先生。

“不，”他说。“那是我用一把温切斯特45—70型长枪在怀俄明州的开放区打的。”

“你是专门使长枪的，呃？”约翰先生说。他探头朝柜台下望了望。“一双脚也不小。你出来追捕娃娃们，也用得着这么大的枪？”

“你说娃娃‘们’是什么意思？”那个南边来的人说。他来了个先下手为强。

“我指的就是你要找的那个娃娃。”

“你刚才说娃娃‘们’，”那个南边来的人说。

约翰先生发动反击。不反击是不行的。“埃文斯带上了什么枪去追捕那娃娃呢？他自己的孩子可是叫那娃娃揍过两顿的。你一定带着大家伙吧，埃文斯。小心那娃娃也能揍你一顿呢。”

“你为什么不把他交出来，让我们来试试看呢？”埃文斯说。

“你刚才说娃娃‘们’，杰克逊先生，”那个南边来的人说。“你为什么要这样说？”

“看你这副德性，你这混蛋，”约翰先生说。“你这个八字脚走路的狗杂种。”

“你真要是有种用这种腔调说话，干吗还缩在柜台后边不走出来？”那个南边来的人说。

“你这是在跟合众国的邮政局长说话啊，”约翰先生说。“你说什么话，除了粪团脸埃文斯以外再没有第二个人给你作证啊。你大概也知道人家为什么要叫他粪团脸吧。你去好好想想。你是个吃侦探饭的嘛。”

他现在高兴了。他击退了对方的进攻，打了个平手，心情又像早先那些日子里那样高兴了，哪里像后来，为了谋生得侍候游客吃饭睡觉，让他们坐着粗木摇椅前一摇后一晃的，在旅馆前门廊上望湖景。

“听着，八字脚，我想起你是谁了，全想起来了。你不记得我了，摆八字脚的？”

那个南边来的人直瞅着他，就是记不起来。

“我记得汤姆·霍恩被绞死[①]的那天，你就在夏延[②]，”约翰先生对他直说。“当时大老板答应给好处，就有一帮子人出来诬陷他，那里边就有你。现在想起来了？就在你帮着人家谋害汤姆的那时候，你可还记得在魔弓河[③]的那家酒馆是谁开的？你人都老了还在干这样的事，是不是根子就在那里呢？你的记性难道真是这么不行？”

---

① 按汤姆·霍恩实有其人。他本来在骑兵部队当侦察兵，离开军队后给牧场干活，遭人陷害，终至被绞死。1979 年华纳电影公司曾根据据说是他的自传拍成电影《汤姆·霍恩》放映。

② 怀俄明州的首府。

③ 怀俄明州南部一小镇，位于魔弓河畔，在夏延西北。

“你是什么时候离开西部来这儿的？”

“汤姆的案子结案两年以后。”

“真是活见鬼。”

“你还记得我们带上行李离开灰色公牛镇[1]时，我把那枚鹿牙送给了你吗？”

“记得。听我说，吉姆，这个娃娃我非逮住不可。”

“我的名字叫约翰，”约翰先生说。“叫约翰·帕卡德。来，一起到后面喝一杯去。那一位先生你也得熟悉一下。他叫‘疙瘩脸’埃文斯。原来我们大家叫他‘粪团脸’埃文斯。为了照顾他的脸面我现在给他改了个名。”

“约翰先生，”埃文斯先生说。“你友好一点，跟我们合作，好不好？”

“我把你不好听的名字都改了，不是吗？”约翰先生说。“请问两位老弟要怎么样的合作啊？”

到了后屋，约翰先生从屋角的货架下格取出一瓶酒，交给南边来的那个人。

“放开喉咙喝吧，八字脚，”他说。“看你的样子你用得着。”

等他们每人一杯下了肚，约翰先生又问，“你们为什么要抓这个娃娃？”

“因为他违反了渔猎法，”南边来的那个人说。

“违反了什么具体的法令？”

“上月十二号他打死了一头雄鹿。”

“两个堂堂男子汉带着枪追捕一个小孩子，就因为他上月十二号打死了一头鹿，”约翰先生说。

“还有别的违法行为呢。”

“不过这一件你们掌握了证据。”

“差不离吧。”

---

① 怀俄明州北部一小镇，位于灰色公牛河畔。

“是什么别的违法行为呢？”

“多着哪。”

“可你们都没有掌握证据。”

“我可没这么说，”埃文斯说。“但是这一件铁证如山。”

“日期是十二号？”

“对，”埃文斯说。

“你怎么也不向他提些问题，倒老是回答他的问题？”南边来的那人提醒他的搭档说。约翰先生笑了起来。“别跟他打搅，摆八字脚的，”他说。“我想让他那颗出色的脑袋好好发挥作用。”

“你跟这孩子熟不熟？”南边来的那人问。

“相当熟。”

“跟他有过买卖上的往来吗？”

“他有时到我店里来买点东西。总是现款付清的。”

“你知不知道他可能会去哪儿？”

“他在俄克拉何马有亲戚。”

“你最后一次见到他是什么时候？”埃文斯问。

“得了，埃文斯，”南边来的那人说。“你这是在白白浪费我们的时间。谢谢你的酒，吉姆。”

“是约翰，”约翰先生说。“你的名字呢，摆八字脚的？”

“波特。亨利·杰·波特。”

“摆八字脚的，你可千万不能向那孩子开枪啊。”

“我的任务是去把他逮回来。”

“你可一向是个杀人不眨眼的混蛋。”

“走吧，埃文斯，”南边来的那人说。“在这儿简直是白白浪费时间。”

“记住我的话，千万不能开枪，”约翰先生把声音压得低低地说。

“听见啦，”南边来的那人说。

两个人穿过店堂，出了店门，解下他们的轻便马车，驱车走了。约翰先生目送他们直向大路的那头驰去。埃文斯在赶车，南边来的那人在跟他说什么话。

“亨利·杰·波特，”约翰先生心想。“我只记得他的名字叫‘摆八字脚的’。他的脚大，靴子都得定做。大家都叫他八字脚。后来叫‘摆八字脚的’。内斯特家的那个小伙子被枪杀了，是他在现场附近的泉水边找到了足迹，这才害得汤姆挨了绞。‘摆八字脚的’。‘摆八字脚的’什么呢？也许我压根儿就不知道他姓什么。‘摆八字脚的’八字脚。会不会叫‘摆八字脚的’波特呢？不，肯定不叫波特。”

“对不起，我不能收你这些篮子，塔贝肖太太，”他说。“你送来得太晚，时令已经过了，这又不能留到明年再卖。不过你要是能拿到旅馆去耐着性子兜卖给游客，脱手是没有问题的。”

“你就买下来再拿到旅馆去卖吧，”塔贝肖太太出了个点子。

“不。你直接兜卖给他们好销些，”约翰先生对她说。“你长得讨人喜欢。”

“那可是好久前的事啰，”塔贝肖太太说。

“苏珊，我有话要跟你说，”约翰先生说。

一到后屋，他就说，“告诉我是怎么回事。”

“我不是早告诉你了吗？他们来抓尼基，想等他一回家就把他逮住。他的小妹妹去报信，说他们在等他。尼基趁他们醉得呼呼大睡的时候，拿了些吃的东西悄悄溜走了。他带去的东西吃两个星期是不成问题的，还带上了他的枪，小妹也跟他一起去了。”

“她为什么要去？”

“我也不知道，约翰先生。我看她大概是想照应照应哥哥，不让他干出什么坏事来。尼基的脾气你是知道的。”

“你的老家就在埃文斯家附近。依你看尼克常去哪儿他心里有没有底？”

“能打听的他都打听到了。至于他心里有没有底，我就不知道了。”

“你看他们兄妹俩到哪儿去了？”

“这我就没法儿知道了，约翰先生。尼基去过的地方可多呢。”

“跟埃文斯一起的那个家伙可不是个东西。他是个十足的坏蛋。”

“他不怎么精明。”

“他干的事不怎么样，人可蛮精明。是老酒把他搞垮的。可他实在精明，而且心坏。我早就了解他的。”

“你有什么事要我办的？”

“没什么，苏珊。有什么情况快来告诉我。”

“约翰先生，等我把货款结好了，你来复核一下。”

“你怎么回家呢？”

“我可以搭船到亨利家的码头，再从东家屋里划一条小船出来，到码头上把东西接回去。约翰先生，他们打算拿尼基怎么样？”

“我正为这事担心呢。”

“听他们说，要把他送教养院。”

“他要是没打死那头鹿就好了。”

“他也这么想。他告诉我他刚刚在书里看到，说是打野兽可以让子弹只擦伤点皮，而伤不了命。可以只打昏过去，尼基就很想试试。他说他明知道这是干傻事。可是很想试试。于是他就打了那头鹿，结果把鹿的脖子打断了。他觉得难过极了。他觉得难过，根本就不应该去试试只擦伤点皮。”

“我明白了。”

“他把鹿肉挂在原先的水上冷藏所里，后来一定是让埃文斯给发现了。反正是让人给拿走了。”

“又有谁会去报告埃文斯呢？”

“我想问题就出在埃文斯的那个儿子身上。这小子老是盯尼克的梢。你就是看不见他。很可能连尼克打死那头鹿他都看见了。这小子可不是个东西，约翰先生。不过他盯起什么人的梢来，可真有一手。说不定这会儿他就在这屋里躲着呢。”

“那不可能，”约翰先生说。“不过躲在屋子外边偷听倒是有可能的。”

“我看他准是追赶尼克去了，”那女用人说。

“你听见他们在你东家屋里谈起过他吗？”

“一句话都没有提起过他，”苏珊说。

“埃文斯肯定把他留在家里干活儿了。我看对这小子我们倒暂且不必放在心上，得等那两个家伙回到埃文斯家里才会有动静。”

“我可以今天下午划船过湖回家一趟，派我的一个小孩子去探听一下埃文斯家里有没有雇人来干活。有人的话，就说明他让那小子出去追踪了。”

“那两个家伙年纪大了，干追踪的事是不行了。”

“可那小子厉害得很呢，约翰先生，而且他对尼基的情况了解得太清楚了，知道尼基会去哪儿。他会找到了兄妹俩，再带大人去抓他们。”

“来，到邮局里面去谈，”约翰先生说。

来到了那许多插信格子、专用信箱、挂号登记簿、摆得井井有条的原封大张邮票，以及盖销邮戳、印台等等的后面，领存局候领邮件的窗口一关，苏珊又感受到了当初在铺子里帮工时有职有权的那份自豪。约翰先生开口了，“依你看他们到哪儿去了，苏珊？”

“这我就没法儿知道了，真的。我看不会走得太远的，要不他就不会带小妹去。而且他一定有个极好的去处，要不他也不会带小妹去。钓了鳟鱼给旅馆做菜的事他们也知道了，约翰先生。”

“也是那小子报告的？”

“就是。”

“恐怕我们得想个办法对付这埃文斯家的小子。”

“我真恨不得杀了他。小妹要跟着她哥哥去，我相信也是为了这个缘故。免得尼基把他杀了。”

“你想想办法，我们可不能断了他们的消息啊。”

“好的。可你也得想想办法呀，约翰先生。亚当斯太太已经完全垮了。她偏头痛的老毛病又犯了。给。你最好把这封信拿去。”

“你投在邮筒里，”约翰先生说。“这是向邮局交寄的。”

“昨儿晚上看他们俩睡着了，我真想杀了他们。”

“不能，”约翰先生对她说。“这话可千万说不得，这种念头也千万起不得。”

“你难道就从来不曾有过想杀什么人的念头，约翰先生？”

“也有过。不过这种想法是要不得的，也是行不通的。”

“我爸爸就杀过一个人。”

“这对他不会有什么好处。”

“他实在忍不住了。”

“你得学会沉住气，”约翰先生说。“你该走了，苏珊。”

“我今儿晚上或者明天早上再来看你，”苏珊说。“但愿我还在这儿工作，约翰先生。”

“我也这么想，苏珊。可是帕卡德太太不这样想。”

“我明白，”苏珊说。“天下的事都是这样的。”

尼克兄妹躺在嫩草铺成的地铺上，上面有个斜斜的棚顶，是兄妹俩一同搭起来的，地点就在这铁杉林的边上，俯瞰着山坡下边的杉林沼泽地和再过去的一抹青山。

“要是你觉得不大舒服的话，小妹，我们可以再剥些那铁杉树上的软树脂来垫在下面。今儿晚上很累了，这样就可以了。明天再拾掇一下，搞得好好的。”

“我感到美美的，”妹妹说。“手一摊脚一伸，好好感觉一下，尼基。”

“这地方过夜相当不错，”尼基说。“而且一点也不显眼。我们的火堆只能烧得小些。”

“这里烧个火堆对面山上看得见吗？”

“可能看得见，”尼克说。“夜里火光惹眼，老远都看得见。不过我可以张条毯子把火光挡住。这样就不会让人看见了。”

“尼基，要是我们背后没有追兵，到这儿来只是为了取乐，那该有多好。”

“别过早抱这样的幻想，”尼克说。“我们这还不过是开了个头呢。反正只是为了取乐的话，我们也不会到这儿来。”

“真对不起，尼基。”

“你不用说对不起，”尼克对她说。“我说，小妹，我要到下面去钓几条鳟鱼来做晚饭吃。”

“我一块儿去好吗？”

“别。你还是留在这儿歇息。你这一天也够累了。你就看会儿书，要不就安安静静歇会儿。”

“走那乱木地才累人呢，是不是？我看那才叫不好对付。我干得还可以吧？”

“你干得很了不起，搭棚建营地你也确实有一手。不过现在还是好好休息休息。”

“我们这个营地起了名字没有？”

“就叫一号营地吧，”尼克说。

他顺坡而下，向小溪走去，快到溪边时，停下来砍了一根四英尺来长的柳枝，把枝条修得光光的，皮却并不削去。这里望得见那清澈而湍急的溪流。小溪不宽，却很深，岸边长满了青苔，由此往前，一直流到沼泽地里。清湛湛的深色溪水淌得飞快，急处可见一朵朵水花涌起在水面。尼克并没有走到岸边，因为他知道溪岸的底下也流着溪水，他可不想踩上去惊了鱼。

眼下溪流中央的鱼肯定不会少，他想。时令已经进入残夏了。

他衬衫的左胸袋里带着个烟荷包，他从这荷包里掏出一卷丝质鱼线，大致比照柳枝的长短剪了一段，系在柳枝尖端事先开好的一个浅浅的槽口里。然后从荷包里取出一只钓钩系在鱼线上，然后捏住钓钩，试了试钓线的拉力和柳枝的弯度。他这才搁下钓竿，回到跟溪边杉木林子毗连的那个小白桦林里，那里有一棵已经枯死多年的小白桦树，树身横倒在地上。他翻开枯树，在下面找到几条蚯蚓。蚯蚓不大，却遍体鲜红，扭个不停，他把它们放在一只原先装哥本哈根鼻烟的扁圆听子里，听子盖上特意钻了一些小孔。他撒了些泥土在蚯蚓身上，然后把枯树再翻过来。在这个地方他总能找到鱼饵，这是第三年了，他总是把枯树再翻过来，保持原来找到时的样子。

谁也不知道这条溪流有多大，他想。上游那头还另有一片沼泽地，那才叫厉害呢，沼泽地里大量的水都是通过这条溪流外泄的。他这时朝小溪的两头看了看，抬头望了望山上铁杉林下他们准备宿夜的所在。然后回去拿起钓线和钓钩都已装好的钓竿，在钩子上用心地穿上鱼饵，朝它啐了口唾沫求个吉利。他右手握住装好饵料的钓线和钓竿，放轻脚步，小心翼翼地朝那水面虽窄而流量奇大的小溪岸边走去。

这一段的水面特别窄，他的柳条竿一挥就能把钓线甩到对岸。他快到岸边时，听到湍急的溪流水声汹涌。为了不让自己的身影落在溪水中，他在不到岸边的地方站住了，从烟荷包里取出两颗一边开缝的铅丸，嵌在钓线上距钩子约一英尺处，用牙齿咬紧在钓线上。

鱼钩上穿着两条蜷曲的蚯蚓，他一挥手把鱼钩甩到水面上，轻轻放下，鱼钩在湍急的水流中打了个旋，沉了下去，他把柳条竿的尖头往下，由着水流把钓线和鱼钩连饵料一起拖到了溪岸下的暗水道里。他感到钓线被扯直了，突然被使劲拉紧了。他就把钓竿往上一提，钓竿却在手里弯得直不起腰来。他只觉得扯紧的钓线在那里又抽又拉，他用力往上提，那钓线却就是不松劲。后来终于松动了，那家伙随着钓线一起从水里上来了。只见那窄窄的深深的溪流里一阵狂蹦乱跳，那鳟鱼被拉出了水面，悬空打着扑腾，一荡荡到了尼克的背后，落在后面的溪岸上。尼克见这鱼在阳光中一闪，随后就见它正在凤尾草丛里翻跳打滚。尼克拿在手里，觉得好壮实，沉甸甸的，还有一股诱人的鱼香，只见鱼背的皮色好深，身上的斑点的色彩是那么灿烂，鱼鳍的边缘是那么鲜明。这几道边缘白晃晃的，靠里边镶着一道黑线，到鱼腹部分是一片可爱的金色，宛如晚霞一般。尼克把鱼拿在右手里，勉勉强强一把攥住。

这鱼大了点，平底锅里容不下，他想。可是既然让我伤着了，也只好把它宰了。

他把这鳟鱼的脑袋朝猎刀的刀把上猛砸，然后把鱼靠在一棵白桦树的树干上。

“唉，真可惜，”他说。“这么大小的鱼，给帕卡德太太的旅馆做菜是再合适也没有了。可让我和小妹吃就太大了。”

我还是到上游去，找一个水浅的地方钓两条小些的吧，他想。可也真是的，这鱼让我从钩子上硬拉下来，难道会不觉得有一点痛？人们会尽扯什么逗鱼上钩好玩得很，可是没有把上钩的鱼取下过的人，不会知道鱼的痛苦会给你什么感觉。就算只是那么一刹那的感觉吧。本来风平浪静，逍遥自在，却忽然来了叫你上钩的人，就这么让人从水里提起来，吊起在空中，这时候才叫人难受啊。

这条小溪也真是稀奇，他想。真怪，你反倒要去找小些的鱼来钓。

他捡起刚才撂下的钓竿。鱼钩给扭弯了，他用手扳扳直。然后提起那条大鱼，向上游走去。

小溪出了上游的那片沼泽地不多远，有一处卵石滩，溪水很浅，他想。我可以到那儿去钓上两条小的。这条大鱼小妹兴许不喜欢。她要是想家的话，我就得送她回去。也不知那两个家伙此刻在干些什么？我这个地方，埃文斯家那个混蛋小子估计也不见得会知道。这个狗崽子。我看这里除了印第安人，谁也不会来钓鱼的。做个印第安人该有多好，他想。做个印第安人可以免去许多麻烦。

他就向小溪的上游走去，尽量不靠水边走，可有一回还是踩上了一处下有暗流的空心地。只见呼地一下猛地蹿出一条大鳟鱼，在溪水里划出一道水花。这样大的鳟鱼，在这溪流里要转身怕都转不过来呢。

那鱼逃到上游，又钻进了溪岸下的暗流，尼克冲着鱼儿的后影说，“你是什么时候上这儿来的？好家伙，这么大的鳟鱼！”

在满是卵石的那段浅水滩上，他钓到了两条小鳟鱼。鱼虽小，倒也挺好看，挺结实，他把三条鱼都掏去了内脏，把内脏扔进小溪，然后在冷水中把鱼仔细洗净，从口袋里取出一只褪色的放食糖的小袋包起。

幸亏小姑娘爱吃鱼，他想。要是能采到些浆果就好了。不过我知道哪儿有，好歹总能采到一些。他转身上了山坡，向他们的宿营地走去。太阳已经下山，天气极好。他举目远望，一直望到沼泽地外，看到那边天空中有一只鱼鹰在翱翔，按方位推算，下面该是那一弯湖水。

他悄悄来到棚前，妹妹一点都没听见。她侧身躺着，在看书。为了免得吓她一跳，见了她他把话说得很轻。

“小捣蛋，你干什么了？”

妹妹一回头，对他瞧了瞧，微微一笑，把头摇摇。

“我把头发剪了，”她说。

“怎么剪的？”

“用把剪子呀。你说还能怎么剪？”

“你又没镜子，怎么剪呢？”

“我就一只手拉住头发，一只手剪。这还不容易。看我的样子像不像个小子？”

“像个婆罗洲的蛮小子。”

“我没法剪得像主日学校的学童那样整整齐齐。看上去是不是太野了？”

“不。”

“真有劲啊，”她说。“我现在既是你的妹妹，又是个小子了。你说我能不能就此变成个小子？”

“不能。”

“要能就好了。”

“你疯了，小妹。”

“恐怕是吧。你看我像不像个傻小子？”

“有点像。”

“你来帮我修修齐吧。你可以拿把梳子边看边剪。”

“我总得帮你修得稍微像样些，可也不会修得怎么好。你饿了吗，傻弟弟？”

“我就不能做个不傻的弟弟吗？”

“我就不愿拿你去换个弟弟。”

“你现在不换不行了，尼基，你难道还看不出来？我们不这么办是不行的。按说我该先问一问你，可一想到我们不这么办不行，我就干了，给你一个惊喜。”

“我很喜欢，”尼克说。“怕什么！我太喜欢了。”

“谢谢你，尼基，太谢谢你了。我刚才就照你的嘱咐，躺着好好歇息歇息。可脑子里尽是胡思乱想，总想该为你做些什么。我在想，我要到希博伊根那样的大地方去找一家大酒馆，给你装上一嚼烟听子的蒙汗药。”

“你去问谁要呀？”

尼克这时已经坐了下来，妹妹就坐在他膝头上，拿两条胳臂搂住了他的脖子，一头短发在他脸颊上磨蹭。

“问窑姐儿里的那个女王娘娘要呗，”她说。“你知道那家酒馆叫什么名儿吗？”

“不知道。”

“叫‘皇家十元金币旅馆商场’。”

“你在那儿干什么呢？”

“当窑姐儿的随从。”

“窑姐儿的随从又是干什么的？”

“喏，窑姐儿来来去去，给她在后面提长裙，她要上马车，替她开车门，她该去哪个房间，给她带个路免得走错。大概跟女王身边的侍从女官差不多吧。”

“当随从对窑姐儿怎么说话呢？”

“只要不是失礼的话，想到什么就说什么。”

“怎么样的话呢，弟弟？”

“比如说吧，‘哎呀，小姐，像今儿这样的大热天，哪怕就是做只鸟儿待在描金笼子里，也肯定是累得够受的。’就是这一类的话。”

“那窑姐儿怎么说呢？”

“她会说，‘话是不错。不过那也自有一种乐趣。’因为我给她当随从的这个窑姐儿，她的出身是很卑微的。”

“那你是什么出身呢？”

“我是一位忧伤的作家的妹妹，不，是弟弟，我有良好的教养。所以我很受那女王娘娘的欢迎，那帮窑姐儿也都很欢迎我。”

“蒙汗药你弄到了没有呢？”

“当然弄到啦。她说，‘小甜甜，这灵丹妙药你就拿去吧。’我还说了‘谢谢’呢！她还说，‘请代我向你那位忧伤的哥哥问好，他什么时候到希博伊根来，请他上我们的商场里来看看哟。’”

“你给我下来吧，”尼克说。

“那商场里的人说起话来就是这个腔调的，”小妹说。

“我得做晚饭了。难道你不饿？”

“晚饭我来做。”

“不，”尼克说。“你管你说下去。”

“你看我们会过得愉快吗，尼基？”

“我们这不就过得挺愉快吗？”

“我为你做的事还有一件呢，要不要说给你听听？”

“你是说在你决心干点实际的事情、剪掉头发以前干的？”

“这件事也是挺实际的。你听我一说就明白了。你做晚饭的时候我亲亲你不碍事吧？”

“我待会儿再告诉你。你当初还想为我干什么事？”

“唉，我昨儿晚上偷了威士忌，因此担心我这是道德堕落了。你看能不能光干了这么一件事就变得道德堕落？”

“不能。反正那瓶酒是已经开了的。”

“这话也是。可我把空了的小酒瓶连同有酒的大酒瓶一起拿到厨房里，把小酒瓶灌满了，手上不小心溅到了一点儿，我用舌头把酒舔了，当时我就想这一舔八成儿使我道德堕落了。”

“你觉得酒的味道怎么样？”

“凶透啦，而且怪得很，还有点叫人恶心。”

“这样不会使你道德堕落。”

“哎，那可好，因为我要是道德堕落了，怎么能对你起得了有益的作用呢？”

“这我也说不来，”尼克说。“你到底还要为我做什么呢？”

他已经把火生好，平底锅也已搁在火堆上，熏肉片正一片片往锅子里放。妹妹双手合拢抱住了膝头，在一边看着，尼克看她松开了双手，一条胳膊往下伸去，撑在地上，两条腿直伸出去。她正在学着做个小子呢。

“我还得学这两只手该怎么放。”

“只要别去拢头发什么的就行。”

“这我知道。要是有个跟我同样年纪的男孩子能让我照式模仿，那就好办多了。”

“模仿我好了。”

“这当然再合适不过，是不是？可你不会笑话我吧？”

“那可说不定。”

“哎呀，但愿我别在路上一不留神露出姑娘家的样子来。”

“别担心。”

“我们的肩膀长得一个样，腿也长得差不多。”

“你当初另外还想为我干什么事呀？”

尼克这时在煎鳟鱼了。他们是从倒地的枯树上现砍了一块木头当柴烧的，熏肉片已经熬得焦黄卷起，熬出的肉油煎着鳟鱼，他们都闻到了一股香味。尼克拿油往鱼身上淋，然后把鱼翻了个身，再继续拿油去淋。天色渐渐黑下来，小小的火堆背后早已张起了一方帆布，免得让人看见火光。

“你当初还想为我干什么？”他又问。小妹身子往前一探，冲着火堆啐了口唾沫。

“我啐得像不像样？”

“反正没啐中锅子嘛。”

“哎呀，我那一手可厉害着哪。那是我从《圣经》里学来的[①]。我要拿上三颗大铁钉，叫那两个老家伙加上那个坏小子每人挨一颗，我要趁他们睡熟的时候，把大铁钉敲进他们的太阳穴。”

“这钉子你打算用什么来敲呢？”

“无声锤子。”

“这锤子你怎么使它不出声呢？”

“我自有办法管包它不出声。”

“这敲钉子的事可不大好办哪。”

“得，《圣经》里的那个女人就是这么干的。既然我曾看到带枪的大男人喝得醉倒了，并且趁着黑夜在他们中间转了一圈，偷走了他们的威士忌，为什么就不能索性干个彻底呢？何况我这是从《圣经》里学来的。”

“《圣经》里可没有无声锤子。”

“我大概把它跟无声船桨搅混了。”

“也许吧。不过我们可不想杀人啊。所以你才陪我一块儿来的呀。”

“我知道。不过你和我的脾性儿是很容易犯罪的，尼基。我们跟人家不一样。所以我当时想既然道德堕落了，那就索性一不做二

---

① 此处所说系指《圣经 · 士师记》第4章第21节：“西西拉疲乏沉睡。希百的妻雅亿取了帐篷的橛子，手里拿着锤子，轻悄悄地到他旁边，将橛子从他鬓边钉进去，钉入地里，西西拉就死了。”

不休了。”

“你疯了，小妹，”他说。“我问你，你喝了茶会不会睡不着觉？”

“我不知道。我晚上从来不喝茶。至多只喝薄荷茶。”

“我把茶煮得淡些，加上罐头炼乳。”

“要是我们带得不多，尼基，我就别喝了吧。”

“这样不过让牛奶更好喝点罢了。”

他们这时在吃晚饭了。尼克给自己和妹妹各切了两片黑面包，先一人一片在锅内的肉油里浸一下。吃油浸面包的时候就一边吃煎得恰到好处、外脆而内里极嫩的鳟鱼。吃完后把鱼骨投在火里，再拿另一片面包夹熏肉片吃，然后小妹喝了加炼乳的淡茶，尼克呢，找了两块小木片，把炼乳罐头上打下的洞眼塞住。

“你吃够了吗？”

“尽够了。这鳟鱼真好吃，熏肉也不赖。家里居然还有黑面包，你说我们走运不走运？”

“再吃个苹果吧，”他说。“明天我们也许就有好吃的了。也许我该把这顿晚饭弄得丰盛些，小妹。”

“不用了。我吃得尽够了。”

“你真的不饿了？”

“不饿。肚子吃得饱着呢。我还带着些巧克力，你要不要来一点。”

“你哪儿弄来的？”

“我的藏宝袋里有。”

“你说哪儿？”

“我的藏宝袋。我积攒的东西都藏在那儿。”

“噢。”

“这块是新鲜的。这些是从厨房里拿的硬巧克力[①]。我们先吃

① 指用作糖果点心原料的不加牛奶和糖的纯巧克力。

这个，把另一种留着等特殊的日子再吃。你瞧，我这藏宝袋袋口上有根绳子可以收紧，跟烟荷包那样。我们可以用来装天然的金块什么的。尼基，你说我们这次往外跑，能不能索性跑到西部去？”

“我还没有想好呢。”

“我真希望我这藏宝袋能装满了天然的金块，那可要值到十六块钱一盎司哩。”

尼克把平底锅洗干净，把背包拿进棚里，放在靠头的一边。一条毯子铺在嫩草上，做地铺用，另一条毯子他拿来盖在上面，在小妹那一边折了一道边在底下塞好。他把刚才煮茶用的小铁皮桶淘洗干净，去泉水边打了满满一桶冷水。打了水回来，看见妹妹已经在地铺上睡熟了，把蓝色牛仔裤裹着鹿皮鞋当了枕头。他亲了她一下，她却没有醒，他就把那件穿旧的麦基诺厚呢上装往身上一披，在背包里掏摸了一阵，终于把那一小瓶威士忌找到了。

他打开瓶盖闻了闻，酒味好香。他从小铁皮桶里把刚打来的泉水舀了半杯，倒上一点威士忌。然后坐在那儿慢慢地喝，每一口都要在舌头底下含上好一会儿，才慢慢倒腾到舌头上来咽下。

他注视着那一小堆木炭火儿被轻轻的晚风吹得亮堂起来，嘴里品着掺冷水的威士忌，眼睛望着炭火，思量起来。后来他喝完了杯里的酒，再舀了点冷水，喝完了才睡。枪放在左腿下，鹿皮鞋裹上裤子作了枕头，脑袋搁上去硬邦邦的倒也不错，他把这一头的毯子边紧紧裹住了自己的身子，做完祷告就睡着了。

半夜里他觉得冷，就把厚呢上装盖在妹妹身上，自己转过身来把背朝她那边挪过些，好把这一头的毯子多匀些出来压在身下。他伸手去摸枪，拿来又在左腿下放好。夜晚的空气冷得刺鼻，他闻到新砍的铁杉味儿和松枝上的树脂味儿。他直到给冻醒了过来，才体会到自己竟是这样筋疲力尽。他这时又舒服地躺着，背上暖烘烘的是妹妹的身子，不禁心想：我一定要把她照顾好，让她过得快快活活，并且平平安安送她回家。听着她透气的声音，听着这夜的静谧，一会儿就又睡着了。

他醒来的时候，天才蒙蒙亮，沼泽地外的远山还只勉强看得清。他躺在那儿不出一声，把僵硬的身子舒展舒展。过了会儿才坐起身来，套上卡其长裤，穿上鹿皮鞋。他看妹妹睡得很熟，暖和的厚呢上装领子的一角给垫在下巴底下，高高的颧骨和雀斑点点的脸皮在黝黑中透出淡淡的玫瑰红，剪得短短的头发显露出那头颅的美好轮廓，衬托出她挺直的鼻梁和紧贴在脑瓜上的耳朵。他心想，要是能把她这时的脸容画下来该有多好，那长长的睫毛垂在腮帮上是那样好看，引得他直瞅。

看她这样子真像一头小野兽，他想，而且她的睡相也正像一头小野兽。那么你说她这一头短发又像什么，他想。依我看，最贴近的比喻该说是好像有人把她的头发在砧板上用斧子乱砍了一通。看上去似乎有一种雕像般的感觉。他是挺爱妹妹的，妹妹爱他却似乎过了头。不过，他想，这种事情我看总会向好的方面发展的。至少我希望是这样。

把人叫醒可不好，他想。连我都这样筋疲力尽，她肯定是也累坏了。我们在这儿能平安无事，那就说明我们这样做是做对了：躲得远远的，等待事态平息，等待南边来的那个猎监员自己滚蛋。不过我还是该让小妹吃得好些。遗憾的是，真正像样的东西我可拿不出来。

不过我们还是有好多东西的。那背包就装得够重。不过今天我们实在应该去采些浆果。打得到的话最好能打上一两只松鸡。还可以去采些鲜美的蘑菇。熏肉当然得节省点儿用，不过也不至于就不够用，因为我们还有起酥油。昨儿晚上我恐怕给她吃得太少了。而且她惯常要喝很多牛奶，还爱吃甜食。不过也不用发愁。我们自有好东西吃。好在她挺喜欢吃鳟鱼。昨天那几条实在好吃。所以用不到为她发愁。她会吃得满意的。可尼克老弟啊，你昨儿晚上肯定没有让她吃饱喝够。现在还是别去叫醒她，就由她去睡吧。眼前的活儿就有得你干的。

他小心在意地从背包里取出些东西来，这时妹妹却在睡梦中微微一笑。这一笑，颧骨上黑黝黝的脸皮就绷紧了，显出了原来的底色。她并没有醒，他就管自去准备做早饭，把火生起来。砍好的柴还有不少，他却只生了一堆小小的火，先煮茶，等会儿再做早饭。他喝的是清茶，还吃了三颗杏子干，拿起《洛纳 · 杜恩》，想看上一段。可是这本书他早已看过，已经没有一点吸引力，他想，此次外出，这倒是个损失。

昨天傍晚建好营地后，他把几个李子干放在一只白铁皮桶里浸泡，这会儿就把泡透了的李子干放在火上炖。他看到背包里有精荞麦粉，就把麦粉连同一只搪瓷锅和一只白铁杯子一起拿出来，把麦粉和上水，调成糊状。那听植物油做的起酥油已经取出，他从一只空面粉袋口上剪下一块，裹在一根砍下的枝条上，用一段鱼线紧紧扎住。小妹带来了四只旧面粉袋，能有这样一个妹妹他真感到自豪。

调好了面糊，把平底锅放到火上，就用这蒙着块布的枝条在锅内抹上一层起酥油。平底锅里先是泛起一层乌光，继而嗤嗤有声，还毕剥作响，他又抹了一次油，然后把面糊倒下去摊平，看着面饼起泡，不一会儿周边渐渐生出硬皮。他看着面饼膨发起来，生出纹理，成了灰白色。他用一块新削的干净木片把饼从锅底上铲松，把锅一抖，翻了个个儿，接住，让煎得金黄脆亮的一面在上，另一面还在嗤嗤作响。明明看到这面饼在锅内一个劲儿往上膨胀，但分量还是挺沉。

“早上好，”妹妹说。“我睡了个大懒觉，是不是？”

“没有的事，小鬼。”

她站起身来，衬衫下摆挂下来罩住了黑黝黝的大腿。

“你把活儿全都干好了。”

“没有。我刚开始在煎饼。”

“这块饼味儿真香极了，是不是？我到泉水边去洗个脸再回来帮你干。”

“别在泉水里洗脸。”

“我可不是白种人[①]，”她说完，就在棚子后边消失了。

“你把肥皂放在哪儿啦？”她说。

“就在泉水边。那儿还有只空的猪油桶。把里边的黄油给我拿来可好。放在泉水里凉着的就是。”

“我一会儿就回来。”

黄油足有半磅，她连空桶一起拿了回来，里面的黄油用油纸包着。

他们拿黄油和“木屋”牌糖浆涂在荞麦饼上吃。“木屋”牌糖浆是白铁罐头原装的，罐头顶上有个烟囱状的口子，旋开盖子就可以从烟囱里倒出糖浆来。兄妹俩都饿极了，黄油一涂到饼上就化，跟糖浆一起淌到切开的地方，味道好极了。他们吃了盛在白铁杯子里的李子，喝下了汁。吃完了用原杯盛茶喝。

“这样好吃的李子只有在过节的时候才吃得到，”小妹说。“你想想看。你晚上睡得好吗，尼基？”

“好。”

“谢谢你给我盖了件上装。不过这一夜还是过得挺愉快的，是不是？”

“是啊。你睡得一夜没醒吧？”

“我现在还没醒透呢。尼基，我们就一辈子待在这儿，行吗？”

“我看不行。你得长大，还得嫁人呢。”

“我反正就嫁给你得了。我就跟你同居算你的妻子好了。我在报上看到过有这种事。”

“是在一篇讲不成文法的文章里看到的吧。”

“对。我就根据不成文法跟你同居算你的妻子。行吧，尼基？”

“不行。”

---

① 她皮肤黝黑，自以为是个小蛮子。

“我就是要这么办。我就是要瞒着你去办。只要过上一段时间的夫妻生活就行。我要叫他们就从现在算起。这和根据宅地法建立家园是一样的。”

“我不让你去提出申请。”

“那可由不得你做主了。这就叫不成文法。我琢磨来琢磨去，也不知琢磨过多少回了。我要去印些名片，上面这样写：尼克·亚当斯太太，住密歇根州十字村——目前尚在同居阶段。我要把这样的名片每年公开向人散发一批，直到规定期满。”

“我看你这办法行不通。”

“我还另外有一套方案呢。我要趁我还未成年，先给你生几个娃娃。这样你就不能不根据不成文法跟我结婚了。”

“那就不是不成文法了。”

“我也都搞糊涂了。”

“这种事行得通行不通，反正现在谁也说不准。”

“肯定行得通，”她说。“索先生[①]就指望着这一招哪。”

“索先生也许弄错了呢。”

“怎么会呢，尼基，这不成文法的玩意儿实际上就是索先生想出来的。”

“我还以为是他的律师呢。”

“哎，反正这场官司总是索先生打的。”

“我可不喜欢索先生，”尼克·亚当斯说。

“好呀。索先生有些地方我也不喜欢。不过他这么一来，报纸

---

① 这里和下文提到的索先生和斯坦福·怀特先生，牵涉到二十世纪初美国一件轰动一时的凶杀案。斯坦福·怀特（1853—1906）是美国著名建筑设计师，是个有钱、有地位的人物。他追求一个美丽风骚的歌舞女演员内斯比特（1885—1969），而内斯比特后来却嫁给了铁路巨头哈里·索（1871—1947）。婚后过了一年多，索得知内斯比特婚前与怀特有恋情，于1906年6月25日枪杀了怀特。索声称他此举是为了保卫他妻子的名誉。这个案子闹得举国哗然。第一次审理时因陪审团意见不一致而未作出裁定，第二次审理时以被告精神不正常为由，将索开释。

就有看头多了，是吧？”

“他这么一来，人家对他就更反感了。”

“人家对斯坦福·怀特先生也很反感。”

“我看人家是妒忌他们俩。”

“我相信事情就是这样，尼基。就像人家妒忌我们一样。”

“你看现在还有没有谁妒忌我们？”

“这会儿大概不会有了。妈妈会以为我们是逃避法律制裁的亡命之徒，浑身都是罪孽。幸亏她不知道我还给你拿了那瓶威士忌。”

“我昨儿晚上尝过了。这酒好极了。”

“啊，那就好。我这辈子还是第一次偷威士忌。偷到的居然是好酒，你说妙不妙？我还以为跟那两个家伙沾了边的就不会有好东西呢。”

“我老是想到那两个家伙，想得太多了。我们不要再提他们了，”尼克说。

“好吧。我们今天干什么呢？”

“你喜欢干什么？”

“我想上约翰先生的铺子去，把我们还缺少的东西统统买来。”

“这我们做不到。”

“我知道。那你到底有些什么打算？”

“我们该去采些浆果，我再去打一只松鸡，能多打几只更好。鳟鱼倒是不愁钓不到的。可我不想叫你老吃鳟鱼，吃得都腻了。”

“你吃鳟鱼吃腻过？”

“没有。不过听说有人多吃就腻了。”

“鳟鱼我是吃不腻的，”小妹说。“不比狗鱼，一吃就腻。鳟鱼，还有鲈鱼，那是再吃也吃不腻的。这我有数，尼基。不骗你的。”

“还有大眼狮鲈也是吃不腻的，”尼克说。“只有铲鲟不行。乖乖，这种鱼管保你吃多了就腻。”

“我不爱吃‘草耙骨’，”妹妹说。“这种鱼一吃就倒胃口。”

“我们来把这儿打扫一下，我再去找个地方把弹药藏好，然后我们一起去采浆果，设法打上几只野禽。”

“我带上两只猪油桶，再带上两个面粉袋，”妹妹说。

“小妹，”尼克说。“请别忘了‘上厕所’，好吧？”

“当然不会忘。”

“这可是马虎不得的。”

“我知道。你自己也别忘了。”

“我忘不了。”

尼克回到森林里，把一盒．22口径的步枪长弹和几盒散装的．22口径步枪短弹埋在一棵大铁杉树根边褐色的松针下。他把刚才用小刀掘开的结了块的松针照旧盖上，然后高高地伸起手来，在这铁杉厚厚的树皮上削下一小块。他把树的方位记清楚了，这才出了树林来到山坡上，顺坡而下走到棚前。

如今已是一派灿烂的晨光了。天空是高高的，一片清澈的蓝，云还没有一点踪影。尼克跟妹妹在一起，觉得愉快，于是他想，不管这事将来是怎样的结果，眼前我们还是该愉愉快快地过。他已经明白了一个道理：做人只能过一天算一天，只有当天才能作数。只要天还没黑，就还是今天，到了明天，就是又一个今天了。这辈子来他懂得的道理，就数这一条最重要了。

今天是个好日子，他背着枪来到营地，心里一片高兴，尽管这罩在他们头上的烦恼事儿就像口袋里藏着只鱼钩，一路上不时还会把他扎痛。他们把背包留在棚里。大白天估计不大可能有狗熊来掏包里的东西，因为就是有狗熊的话，也只会在山下沼泽地一带找浆果吃。不过尼克还是把那瓶威士忌在泉水后边埋了起来。小妹还没有回来，尼克便在那棵倒伏的枯树上一坐，把枪检查一下，他们烧火用的木柴就都是从这棵枯树上砍的。他们准备去打松鸡，因此他抽出枪里的弹盒，把里面的长弹倒在手里，放进一只麂皮袋，然后在弹盒里装上.22口径的短弹。短弹打起来没有那么响，即使不能命中松鸡的头部，也不至于会把肉打烂。

他一切都已准备停当，打算出发了。这丫头到底上哪儿去啦，他想。可是再一想，别冒火嘛。你叫她悠着点儿的嘛。你急什么呢。可是他心里在发急，为此生起自己的气来。

“来了来了，”妹妹说。“对不起，我去了那么久。我大概走得太远了。”

“没什么，”尼克说。“我们走吧。猪油桶你带上了？”

“嗯，连盖子都带上了。”

他们顺着山坡向下走去，来到小溪边。尼克朝溪流上游仔细看了一下，然后把山坡上下一打量。妹妹只顾瞧着他。她把桶子都放在一个面粉袋里，拿另一只面粉袋一系，搭在肩上。

“你不带一根钓竿吗，尼基？”她问他。

“不带。要钓鱼的话我就现砍一根。”

他手里提着枪，走在妹妹的前头，跟小溪始终保持着一段小小的距离。他摆出了在打猎的架势。

“这条小溪真怪，”妹妹说。

“我见到过的小溪就数这一条最大，”尼克对她说。

“说是小溪，却这样深得吓人。”

“这条小溪不断有新的水源，”尼克说。“而且还通着岸下，通得可深哩。水也怪冷的，小妹。你碰一碰试试。”

“咦，可不，”她说。冷得指头直发麻。

“太阳一照才暖一点，”尼克说。“可也暖不了多少。我们就慢慢儿一路走着找东西打吧。再往下走有一片浆果地。”

他们沿着小溪走去。尼克一路端详着溪岸。他看到了一只水貂的足迹，指给妹妹看了，他们还看见几只小小的红冠戴菊莺在杉树林里捕食昆虫，一纵一跳，敏捷轻巧，见兄妹俩走过去也不躲开。他们看到雪松太平鸟是那么文静娴雅、气度高贵，行走的姿势是那么优美动人，翅膀上和尾巴上覆羽处那火漆般的星星点点更是迷人，于是小妹见了说，“这种鸟儿真是美到极点了，尼基。这世界上不可能有更美的鸟儿了。”

“长得就跟你的相貌一个样，”他说。

“得了吧，尼基。别开玩笑了。我看到雪松太平鸟，心里只觉得又激动、又高兴，连眼泪都流出来了。”

“这种鸟儿打个盘旋，轻轻落下，走上几步，那个姿态真是又气派，又文雅，又友好，”尼克说。

他们继续往前走，突然尼克把枪一举，妹妹还来不及看清哥哥的目标是什么，枪声已经响了。她随即听见一只大飞禽掉在地上拍着翅膀乱扑腾的声音。她看见尼克接连按动枪机，又打出两发子弹，每次枪响之后总能听见柳林里又是一阵翅膀乱扑的响动。紧接着只听见哄的一下子，柳林里突然蹿起一群褐色的大飞禽，其中有一只飞出了才不多远，就在柳树上落下，歪起那有羽冠的脑袋，弯下脖子上的那一圈羽毛，瞧着这边地上那两个还在折腾的同伴。在红柳树上居高下望的那只飞禽长得美丽、丰满而笨重，正朝下探出了脑袋，一副呆头呆脑的样子，见尼克慢慢举起枪来，妹妹悄声说，“得了，尼基。请别打了。我们已经够多了。”

“好吧，”尼克说。“这一只你想打吗？”

“不，尼基。我不想打。”

尼克朝前走进柳林，捡起那三只松鸡，把它们的脑袋朝枪托上一一砸过，分摊在青苔上。妹妹用手摸了摸，还挺暖和的，只只都是胸脯丰满、羽毛美丽。

“等着吃松鸡肉吧，”尼克说。他心里快活极了。

“我现在倒为它们觉得难过呢，”妹妹说。“它们本来也跟我们一样，早上过得快快活活的。”

她仰头看看还歇在柳树上的那只松鸡。

“它还在往下直瞪眼，看上去的确有点傻乎乎的，”她说。

“印第安人管每年这个季节的松鸡叫笨鸡。它们要尝过了挨打的滋味，才会学得乖一点。这种松鸡其实还不算真的笨鸡。有的松鸡就怎么也学不乖。那叫柳树松鸡[1]。眼前的这种松鸡叫披肩松鸡。”

“但愿我们也能学得乖，”妹妹说。“你去把它赶走吧，尼基。”

“你来赶。”

“走吧，松鸡。”

那松鸡一动也不动。

尼基举起枪来，那松鸡对着他瞧。尼克知道要是把这松鸡打死了，妹妹免不了要难过，因此就舌头一弹，尖起了嘴唇一呼啸，发出个松鸡从暗处一蹿而出的声音，弄得这鸟儿竟着了迷似的对着他直瞧。

“我们还是别去招惹它了，”尼克说。

“真对不起，尼基，”妹妹说。“它果然笨透了。”

“等着吃松鸡肉吧，”尼克对她说。“你就会明白我们为什么要打松鸡了。”

“眼下松鸡也是不准打的吗？”

“当然。不过它们长得正壮，这样的松鸡除了我们是没人打的。被我打死的大角鸮可多了，而大角鸮只要捉得到松鸡，每天都要吃一只。它们老是捕鸟吃，好鸟都给它们吃光了。”

“大角鸮要吃这只笨松鸡还不容易，”妹妹说。“我不再觉得难受了。你要不要拿个面粉袋装起来？”

“让我掏去了内脏，包上些凤尾草再装进袋里。从这儿到浆果地没多少路了。”

他们背靠一棵杉树坐下，尼克把松鸡开了膛，掏出尚未冷却的内脏，托在右手里觉得热乎乎的，他找出可吃的肫肝之类，摘下了拿到溪流里去洗干净。把松鸡拾掇干净以后，他理了理鸡毛，拿凤尾草一包，放进面粉袋。他把面粉袋的袋口和两角用一段钓丝扎

---

① 学名叫雷鸟。

好，往肩上一搭，回到小溪边，把不能吃的下脚扔在水里，特意扔下几个鲜红的松鸡肺，看鳟鱼在又急又猛的水流中浮上水面来。

“这些东西作鱼饵挺好，可惜我们现在用不着了，”他说。“我们要的鳟鱼都在这小溪里，需要的话再随时来钓吧。”

“这条小溪要是就在我们家附近的话，我们可以靠它发财了，”妹妹说。

“那样的话鱼早就会给捕完了。像这样真正的原始小溪，也只剩下这么一条了，除非过了湖湾，那儿还有，只是那个地方太难去了。我从没带人到这儿来钓过鱼。”

“有谁到这小溪来钓过鱼啊？”

“我知道一个也没有。”

“那么这是条原封未动的小溪啰？”

“不。印第安人来打过鱼。不过自从他们不再剥铁杉皮以来，那些营地都给抛弃了。”

“埃文斯家那小子知道吗？”

“他不会知道，”尼克说。可是他再一想，心里不安起来。埃文斯家那小子恍惚就在眼前。

“你在想什么，尼基？”

“我没想什么。”

“你明明在想什么。告诉我嘛。我们可是伙伴呀。”

“他说不定会知道，”尼克说。“真要命。他说不定会知道。”

“可你也吃不准他一定知道？”

“吃不准！问题就在这儿。要是吃准了我就到别处去了。”

“说不定他这会儿已经摸到我们的营地上去了，”妹妹说。

“别说这样的晦气话。你真想把他招来吗？”

“哪儿的话，”她说。“真对不起，尼基，我不该提起这个话头。”

“我倒不这么想，”尼克说。“我很感激你。反正这事我是早就知道的。只是一时忘了，就没有去想。今后我得多用脑子想想，一辈子也别忘记。”

“你的脑子老是在想事。”

“就是没有想到这样的事。”

“得了，我们下山去采浆果吧，”小妹说。“现在就是要补救也已经没办法了，不是吗？”

“是啊，”尼克说。“我们采了浆果就回营地。”

不过尼克现在总觉得这事不能不防，他一路都在想这个问题该怎么解决。他千万不能因而惊慌失措。情况一点也没变。现在这个局面还是跟他决定来这儿避风头的时候完全一样。埃文斯家那小子可能以前跟踪他到这儿来过。但是可能性不大。有一次他穿过霍奇斯家院落从那条路到这儿来，倒有可能被这小子盯过梢，但是想来却也未必。这条小溪里根本没有人来钓过鱼。这一点他完全可以肯定。不过埃文斯家那小子可是不喜欢钓鱼的。

“这杂种就爱盯我的梢，”他说。

“这我知道，尼基。”

“他找我的麻烦这是第三次了。”

“这我知道，尼基。可你千万别杀死他呀。”

她就是为了这个才跟我一块儿来的，尼克想。她就是为了这个才到这地方来的。有她在身边，这种事我不能干。

“我知道我不能杀死他，”他说。“现在反正也没法可想了。我们就别谈这事了吧。”

“只要你不杀死他，”妹妹说。“我们就没有解不开的难题，没有避不过的风头。”

“我们回营地去吧，”尼克说。

“不采浆果了？”

“改天再去采吧。”

“你不放心了，尼基？”

“是的。真对不起。”

“可回营地去又能怎么样？”

“有没有情况可以早些知道。”

“还照原来的打算走下去不行吗？”

“今天就算了吧。我不是害怕，小妹。你也不用害怕。可有些事使我不放心。”

尼克早已急忙忙离了小溪，走到树林边缘，两人在荫头里走。这样他们可以从山上往营地走去。

他们从树林子里小心翼翼向营地走去。尼克提着枪走在前头。营地上显然没有人来过。

“你留在这儿，”尼克对妹妹说。“我走远些去看看。”他把装松鸡的面粉袋和打算装浆果的桶子都交给了小妹，自己向小溪上游走了好长一段路。一出妹妹的视线，他就把枪里的.22口径短弹换上了长弹。我不想打死他，尼克想，可这子弹好歹还是该换的。他在田野里仔细搜索了一遍。看不到有什么人迹，就下山到小溪边，然后朝下游走了一程，才上坡回到营地。

“对不起，小妹，我神经过敏了，”他说。“我们还是午饭饱饱地吃一顿吧，免得晚上做饭提心吊胆，生怕露出了火光。”

“我现在倒也在担心了，”她说。

“你千万别担心。情况完全跟过去一个样嘛。”

“可这小子连人都没来，就已经吓得我们不敢去采浆果了。”

“我知道。可这小子没有来过啊。他也许从来就没到过这小溪一带。说不定我们这辈子也不会再见到他了。”

“尼基，他不在比在还叫我害怕。”

“我知道。可害怕也不是个办法呀。”

“我们怎么办呢？”

“唔，我们还是等天黑了再做饭吧。”

“你怎么改变主意啦？”

“他晚上不会到这一带地方来。他没法摸黑穿过沼泽地上这儿来。我们在大清早、黄昏，还有深夜是不用担心他来的。我们得学着鹿的样子，只有在这些时间里出来活动。白天呢，睡大觉。”

“很可能他根本就不会来。”

“是啊。很可能。”

“那我可以留下了，不是吗？”

“我该送你回家。”

“别。求求你，尼基。我不在的话，你要杀他还有谁能来拦着你呀？”

“听着，小妹，别再提这个杀字了，并且记住，我从没说过要杀谁。没有什么杀人的事儿，也永远不会有。”

“当真？”

“当真。”

“我真是太高兴了。”

“连高兴都不必。根本谁也没说过要杀人。”

“好吧。我就算从没想过杀人，也从没说过。”

“我也一样。”

“那当然。”

“我根本连想都没有想过。”

不，他想。你根本连想都没有想过。其实你从早到晚无时不在想。只是在她面前你千万不能想，因为你一想她就能觉察，她可毕竟是你的妹妹，并且相亲相爱。

“你饿了吗，小妹？”

“还好。”

“啃一点硬巧克力吧，我去打些清凉的泉水来。”

“我不吃什么也不要紧。”

他们眺望对面沼泽地外的青山上空，十一点钟照例起了风。空中渐渐涌起大朵大朵的白云。天空是一片高远澄澈的蓝，涌起的云都是朵朵纯白，随着风力渐渐强劲，云都从山后腾空而起，升入高高的中天，云影掠过沼泽地，也掠过了山坡。这时树林子里也来了风，他们躺在树荫里，觉得凉风习习。白铁桶里打来的泉水清凉爽口，巧克力并不很苦，却是够硬，嚼起来嘎吱嘎吱直响。

“这水跟我们昨天第一次尝到的那一处泉水一样好，”妹妹说。“吃了巧克力再喝，越发觉得这水可口了。”

“你饿了的话，我们就做饭吧。”

“你不饿我也不饿。”

“我就老是要闹肚子饿。我真傻，没有继续朝前走去采浆果。”

“不。你是要回来查看查看。”

“听着，小妹。我知道我们走过的乱木地附近有个好地方，那儿有浆果可采。等我把东西都藏好了，我们就一路穿树林子上那儿去，采上满满的两桶，这样连明天吃的都有了。这一趟的路不难走。”

“好吧。我没事儿。”

“你不是饿着吗？”

“不饿。吃了巧克力，一点也不饿了。我倒很想就留在这儿看书。我们打松鸡那会儿，走得蛮够劲啊。”

“也好，”尼克说。“你昨儿走了那么多路，现在还累吗？”

“恐怕还有点儿。”

“我们就歇会儿吧。我来念《呼啸山庄》。”

“我都这么大了，还你念我听？”

“说得不对。”

“那你就念，好吧？”

“好。”

一个非洲故事

他在等月亮升起，手一直轻轻抚着基博，不让它出声，手里感觉到那一身狗毛都竖起来了。人和狗，都留心看着，留心听着，终于月亮探出头来了，给他们拖上了两道影子。他搂住了狗脖子，感觉到那狗在浑身打颤。夜籁都已悄然而止。他们听不到大象的声音，戴维起先也没有看见大象，直到那狗转过头来，身子简直都贴上他的皮肉了，他这才发觉。随即大象的影子就把他们整个儿罩住了，大象没有一点声息就走了过去，山那边有微风吹来，风里带来了一股象味。那气味很浓，是股陈年的酸臭，等大象走了过去，戴维才看清左边的那根象牙长得似乎都碰到地了。

他们等了会儿，却再没有别的象过来，于是戴维就带着狗拔起脚来在月光下奔去。那狗紧跟在他的脚后，戴维只要脚下一停，那狗鼻子马上就一头撞在他的膝弯里。

戴维非得再去把这头大公象看个清楚不可，跑到森林边上他们终于赶上了它。那大象是朝山那儿去的，迎着始终不断的轻微晚风一路缓缓而行。戴维离它也算得近了，大象的黑影又一次罩在他的身上了，陈年的酸臭也闻到了，可是右边的那一根象牙他就是看不到。他不敢带着狗再朝前靠近，就顺着风向把狗送回去，到一棵大树脚下按它蹲下，想使它领会这意思。他想这狗总该会留下吧，结果留下倒是留下了，可是等到戴维重又向那庞然大物赶去时，他感觉到潮乎乎的狗鼻子又在膝弯里撞了。

他们一人一狗跟随大象，来到了一片林中空地上。大象到了那儿就站住了，把大耳朵直甩。它庞大的身躯是罩在树影里，可是头部该照得到月光吧。戴维就把手伸到背后，轻轻用手把狗的嘴巴给合上，然后屏住了气，侧身擦着迎面的晚风，悄悄转到右边，只有一边的面颊上才感到有风拂过。他就这样侧着身子，几乎是不留一丝空隙地紧贴着庞大的象身绕到前面，终于看到了大象的脑袋，还有那慢慢甩动的巨大耳朵。右边的那根象牙竟有他戴维的大腿那么粗，呈弧形下弯，都快触到地了。

他带着基博退了回来，这时候风就都吹在脖颈子上了。他们由原路退出森林，来到了狩猎区空旷的野地里。那狗现在跑在他前头了，跑到两支猎矛的跟前便站住了，刚才跟踪大象的时候戴维把两支猎矛就扔在这儿的象迹旁。他提起长矛上的皮圈皮套，两支一齐往肩上一背，手里还拿着从不离身的那支最称他心的长矛，这就带上了狗循着象迹反奔庄地而去。月亮已经爬得很高了，他感到纳闷：怎么庄地上会没有鼓声？如果父亲在那儿而没有鼓声，那就未免有些蹊跷了。

戴维感到浑身累乏，是在他们再次找到象迹的时候开始的。

他本来一向比那两个大人身体好、精力足，见他们跟着象迹走得这样慢吞吞的，感到很不耐烦，父亲规定每个钟点必须在整点歇息一次，在他看来也是多余。他觉得自己本来满可以走在前头，速度可以比朱玛和父亲快得多，可是等到自己觉得累了的时候，反观他们却依然面不改色，到中午他们也只是照例休息了五分钟，他发现朱玛的步子反倒加快了一些。也说不定其实并没有加快，只是看起来好像快了些，不过如今见到的象粪已经新鲜多了，尽管摸上去还是没有一点热气。过了最后一堆象粪以后，朱玛就把枪交给他背，可是又走了一个钟头，朱玛对他看了看，把枪又要了回去。他们本来一直在上一道山坡，可是这时象迹却通往下边去了，透过森林里的隙缝他看见前边都是起伏不平的地了。父亲对他说："戴维，从这里开始路可就难走了。"

这时候他才理会到：其实刚才他把他们一领到象迹上，他们就应该打发他回庄地上去。这一点朱玛早就看出来了。父亲现在也明白过来了，可是事到如今已经无可挽回了。他又犯了错误了，如今已经无法可想，只能冒一下风险了。

戴维望着地下那又大又圆、踩得平平实实的大象脚印，看到凤尾蕨都给踹倒了，有一棵踏断的杂草都快要干枯了。朱玛捡起断草，望了望太阳。他把断草递给了戴维的父亲，父亲两指一捏，把草转了一圈。戴维注意到那草茎上的白花都蔫了，眼看快死了，可还没有给晒枯，花瓣也并没有脱落。

“太好了，”他父亲说。“我们快走吧。”

直到傍晚时分他们还在那崎岖的土地上跟踪前进。他已经昏昏欲睡好久了。看着那两个大人，他知道困倦才是自己真正的大敌，他就紧紧跟上他们的步子，尽管人已经倦得都昏昏沉沉了，他还是勉强挪动两脚往前走，想借此把睡意驱散。两个大人轮替换班在前头寻找象迹，一个钟头一换；在后边的那一位每隔一定时间总要回过头来看看他有没有跟上。天一黑，他们就在这无水的森林里就地宿营，他一坐下来便睡着了，醒过来看见朱玛把鹿皮鞋提在手里，光着脚在那里抚摸，看脚上有没有水泡。他身上是父亲给盖的上装，父亲就坐在他身边，手里是一块冷的熟肉和两片饼干。父亲还递给他一只水瓶，里边装的是冷茶。

“大象也得找食吃哪，戴维，”父亲说。“你的脚没事。就跟朱玛的脚一样壮实。这些你慢慢儿吃，再喝点茶，吃好喝好再睡你的。我们绝对没有问题。”

“真抱歉，我实在太困了。”

“昨儿晚上你为了找象迹带着基博跑了整整一晚，那怎么会不困呢？想吃的话你再多吃点儿肉吧。”

“我不饿。”

“好。我们坚持三天该没问题。明天又可以找到水源了。大山上的山泉可多啦。”

“大象上哪儿去了呢？”

“朱玛心里有谱。”

“该不会砸吧？”

"砸不了，戴维。"

"我又想睡了，"戴维说。"你的上装用不着给我盖。"

"我和朱玛能对付，"父亲说。"我睡觉从来不怕冷，你是知道的。"

父亲都还没有来得及跟他道晚安，戴维就已经睡着了。后来他又醒了一次，醒来发现脸上照到了月光，他想起了那大象站在森林里的情景：大耳朵甩个不停，象牙重得它都垂下了脑袋。他一想起大象，就觉得心口有一种空虚之感，在这沉沉的黑夜里他只当自己是因为醒来腹中饥饿，所以才起了这种感觉的。其实却不是那么回事，这他是在以后的三天里才明白过来的。

第二天情况就非常不妙，因为时间还远没到中午，他就已经看出来了：孩子跟大人的差异可不只是需要多睡会儿的事。头三个钟点他的精神要比两个大人充足，他就问朱玛要那把.303口径的长枪来背，可是朱玛却摇了摇头，脸上一点笑容也没有。他可一向是戴维最要好的朋友啊，戴维会打猎还是他教的哩。戴维在心中寻思：昨天他还把枪主动交给我背呢，我今天的精神要比昨天好多了。精神倒确实是好多了，可是才到十点钟他也就明白了：今天肯定还跟昨天一样够他受的，说不定比昨天还要够呛呢。

要想跟上父亲的步子，就像要想跟父亲干上一架一样，不过是痴心妄想。他也明白原因不只在于他们是大人。他们可是职业猎人，他现在明白了朱玛所以连微笑都很吝啬，道理也就在这儿。他们对大象的一举一动都很有数，见有大象留下的痕迹彼此只要用手一指，便能心领神会，根本用不到开口。遇到踪迹不易辨认的时候，父亲总是听朱玛的。一次他们来到一道泉水边，便停下来灌水，父亲说："只要够今天喝就可以了，戴维。"后来崎岖的地带总算走完了，他们正顺坡而上向森林走去，象迹忽然向右一折，通到了一条旧有的象径上。他看见父亲和朱玛在那里商量，他站起来走过去，朱玛却回头瞧了瞧他们的来路，又瞧了瞧宛如远方的巉岩孤岛般耸起在那无水地带的几座小山，似乎正以远在天边的三座青山尖为依据，在测定这一带地方的方位。

“朱玛现在对大象的去向已经完全有数了，”父亲解释说。“他本来就觉得自己心里很有底，可是这大象向下一拐，却在这么个地方兜了一大通。”他回头望了望他们费了整整一天工夫才走过来的这一大段路。“这前面的路就比较好走了，不过得爬坡。”

他们就爬坡，一直爬到天黑，才又就地宿营。就在日落前不久，有一小群鹧鸪大摇大摆在象径上直闯而过，戴维拿出弹弓来打，连中两只。那群鹧鸪都是一副胖墩墩挺潇洒的样子，踏上了积年的老象径，一边走一边扒土。一颗石子打去，打断了其中一只的背，那鹧鸪扑棱着翅膀，连蹦带摔，另一只鹧鸪伸出了嘴急忙来救，戴维又装上一颗石子，一拉弹弓，正中那另一只鹧鸪的肋骨。他赶紧奔过去想捡起来，那鹧鸪却呼的一下逃开了。朱玛回过头来一看，这回可露出了微笑。戴维把两只鹧鸪一起捡了起来，都是胖墩墩、暖乎乎的，羽毛都很平整，他用猎刀柄把鹧鸪脑袋砸了个够。

到了宿营的地方，准备过夜了，父亲说：“这样壮的鹧鸪，我倒还从来没有见过。你能连发两弹，弹弹命中，很不简单哪。”

朱玛拿一根枝条串起了两只鹧鸪，放在一个小火堆的炭火上烤。戴维跟父亲俩就躺在那儿看朱玛烤鹧鸪，父亲还在长颈瓶的两用瓶盖里倒了点威士忌，加了点水，在那儿喝。后来朱玛把胸脯肉连鹧鸪心一人一份给了他们，自己吃两份头颈背脊再加鹧鸪腿。

“你这一下可帮了大忙了，戴维，”父亲说。“这一来我们的口粮就大为宽裕了。”

“我们离大象还有多少路？”戴维问。

“很近了，”父亲说。“这还要看月亮出来以后它还走不走。今儿晚上月亮上山要比昨儿晚一个钟点，比你找到它的那天要晚两个钟点。”

“朱玛怎么会这样有把握，大象去哪儿他都知道？”

“他就在离这儿不远的地方打伤过这头大象，还打死了它的‘部下’。”

“那是什么时候的事？”

“他说是在五年前。那恐怕也不见得很准确。他说那时你还是个‘托托’[①]哩。”

“从此以后他就没有再跟它打过交道？”

“他说是这样。他没有再见过这头大象。只听人家说起过它。”

“他说这头大象到底有多大？”

“有近两百吧[②]。反正比我见过的什么动物都大。他说比这还大的大象总共只有过一头，也是出在这附近一带的。”

“我还是早些睡吧，”戴维说。“希望我明天劲儿还能更足些。”

“你今天就干得够出色的，”父亲说。“我真为你而骄傲。朱玛也一样。”

夜里月亮升起以后，他醒了过来，这时他心里很清楚：他们可是为他骄傲不起来的，只有他眼明手快打到了两只鹧鸪这一桩应该说是个例外。还有，他夜里发现了大象，一路追踪，看清了它两根象牙俱在，回来找到了两个大人，领他们跟上了象迹，戴维知道那也使他们感到满意。可是艰苦的跟踪一旦开始，他对他们就一无用处了，他反倒可能会坏了他们的事，就像他前天晚上挨近大象的身边时基博就很有可能坏了他的事一样。他知道他们心里一定都很后悔：在可以打发他回去的时候怎么没有打发他回去呢？那头大象的长牙一根就有两百磅重。自从两根象牙长到超乎标准以后，那头大象所以一直不断遭到追猎，为的就是要这两根象牙。如今他们三个要捕杀那头大象，也就是为了要这两根象牙。

---

① 意即“娃娃”。由斯瓦希里语而来。

② 从下文看，系指象牙每根重两百磅。

戴维相信这一回他们一定能杀了它，因为他戴维终于把这一天撑过来了。当天才到中午他就已经赶垮了，可结果还是坚持了下来。大概就是因为他坚持了下来，所以他们才为他感到骄傲吧。可是在这追猎的过程中他根本没有作出一点贡献，要没有他的话他们的日子肯定要好过得多。白天里他曾多次暗暗懊悔：要是他不把见到大象的事说出来该有多好呢。记得到下午他又暗暗怨艾：只怪自己不幸撞见了那头大象。此刻在月光下他一觉醒来，心里却很清楚：这些，其实都不是他真正的想法。

第二天早上，他们又跟着象迹行进了，如今这大象是顺着一条旧有的象径走的，长年的践踏，已经在森林中踩成一条很结实的路了。看那样子，似乎自从山上的熔岩一冷却，森林里的大树一长到这么高、这么密，象群就在这条路上走了。

朱玛信心十足，所以他们走得很快。父亲和朱玛似乎都充满了自信，这条象径又十分好走，因此朱玛把那支.303也交给他背了，他们就在明昧不定的森林中一路往前走。可是后来他们碰上了好几堆还在冒热气的新鲜象粪，见到有又平又圆的象群的脚印从左侧的密林深处一直通到象径上，这一下就弄得他们失去了跟踪的方向。朱玛怒气冲冲地把那支.303从戴维手里拿了去。一直到下午，他们才终于找到了象群，挨到了近处，透过林木的间隙看见了那一个个灰色的庞大身躯，甩动的大耳朵，卷了又放东探西寻的长鼻子，听到了轰隆隆、咔嚓嚓的树倒枝折声，象肚子里雷鸣般的咕噜咕噜声，还有象粪掉地的那一阵砰砰啪啪声。

后来他们终于找到了那头老公象的足迹，见足迹折入了一条较小的象径，朱玛对戴维的父亲看了一眼，露出一口黄牙咧嘴一笑，父亲也冲他点了点头。看他们的表情，仿佛两人之间有个不可告人的秘密似的，那天晚上他在庄地上找到他们，他们当时的表情也是这样的。

过不多久，秘密就揭开了。秘密藏在右边的林中深处，那老公象的足迹就是通到那儿去的。那是好大一个头骨骷髅，有戴维的胸口那么高，日晒雨淋已久，都发了白了。前额上有一个很深的凹陷，两个光秃秃的白眼眶之间有一道隆起，向两边展开而为两个空空的破窟窿，那本来是两根长牙，长牙给凿掉后留下了两个窟窿。

朱玛指给他们看：他们所跟踪的那头大象一向是站在那儿对着这骷髅瞧的，这骷髅本来倒在那儿的地上，是被它用鼻子稍加移动才搬在这儿的，旁边的地上那儿还有它的长牙尖留下的印子。他还指给戴维看：那具白骨前额上的大凹里有一个洞，耳孔旁边的骨头上还有四个洞紧连在一起。他咧开了嘴对戴维笑笑，又对戴维的父亲笑笑，从口袋里掏出一颗.303口径的枪弹，把弹头塞进骷髅前额上的洞里，不大不小正好。

“朱玛就是在这儿把那头大公象打伤的，”父亲说。“这是那头大公象的‘部下’。应该说是伙伴了，因为这也是一头大公象。它冲了上来，朱玛就一枪把它撂倒了，又在耳朵上一连几枪，结果了它的性命。”

朱玛这时又指了指遍地的碎骨，并且表示，那头大公象是常在这碎骨堆里走来走去的。朱玛和戴维的父亲对他们的这个大发现都高兴非凡。

“它跟它的伙伴在一起作伴的时间，大概有多长久呢？”戴维问父亲。

“那我就一点都没数儿了，”父亲说。“你去问朱玛吧。”

“还是请你去问他。”

父亲跟朱玛交谈了几句，朱玛对戴维瞅瞅，笑了。

“他说，总该要四五倍于你的年纪吧，”父亲告诉他说。“他也不知道，说实在的他也根本不想知道。”

戴维心想：我可想知道哩。我在月光下看到过它，孑然一身，可我就有基博作伴。基博也有我作伴。那大公象并没有危害到谁，可我们对它却穷追不舍，它来这儿看望它死去的伙伴，我们也追到这儿，而且眼看就要去杀死它了。这都怪我。是我把它给害了。

朱玛这时已经把象迹找到了，他对戴维的父亲做个手势，他们就出发了。

戴维暗自寻思：父亲可并不是靠打象谋生的。这头大象要不是叫我给看到了，朱玛也不会找到它。他以前跟它有幸相遇，可他好事不干，却去把它打伤了，还把它的伙伴打死了。我和基博发现了它，我实在不应该去告诉他们，我应该替它保密，把它永远藏在心里，他们在酒馆里喝得醺醺大醉，就由他们去醉好了。朱玛当时的那个醉啊，我们简直连叫都叫不醒他。今后我就永远什么也不告诉人了。我就什么也不再告诉他们了。如果他们这回打死了它，朱玛分到的象牙卖了钱也无非是喝个精光，要不就再去买一个臭婆娘。你能帮那大象的忙，为什么不给它帮个忙呢？你只要明天不走就行了嘛。不，那样也拉不住他们的后腿。朱玛还是要去的。你根本就不应该告诉他们。一千个不该，一万个不该！记着这个教训。今后不管有什么事，对谁也不要说。不管有什么事，对谁也不要再说。

父亲等他跟了上来，才轻声柔气说："那大象在这儿歇息过了。本来是在赶路，现在已经不赶了。我们随时都有可能追上它。"

"打象打象，打个屁象，"戴维的话说得很轻很轻。

"你说什么？"父亲问。

"打个屁象，"戴维还是说得很轻。

"你可小心着点，别把好端端的事给搅了，"父亲是这么对他说的，还不客气地瞪了他一眼。

戴维心想：都是一路货。他可不是笨蛋。这一下他该全明白了，他再也不会信任我了。好嘛。我也不要他信任我，因为今后不管有什么事，我就再也不会告诉他了，我就对谁也不会再说了，什么都不会再说了。一辈子这样，八辈子这样！

一早，他又到了山的背面坡上。那头大象已经不再赶路了，现在是在到处乱走了，偶尔还找点东西吃，戴维心里也早已有数：离它不远了。

他用心回想了一下自己这一路来到底是怎么个感受。说他对这头大象有感情，那还没有到这个地步。这一点他得记住。他只是由于自身的困乏而产生了一种伤感，因此而理解了老年。他由自己年纪太小，而推想到了年纪太大该是怎么个滋味。

他怀念基博，他一想起朱玛杀死了那大象的伙伴，心里就对朱玛恨恨的，觉得那大象倒似乎成了自己的同胞手足。他这才意识到那天晚上在月光下见到了大象，一路跟踪，到林间空地上又挨近身去看清了两根长牙，这对他的影响有多么大。不过他并不知道，对他这样影响深远的事今后是不会再有的了。他现在只知道他们要杀死那大象，而自己却拿不出一点解救的办法。他那天回到庄地上去报告他们，是把大象给害了。他甚至还想：要是我和基博也长象牙的话，他们连我和基博都会杀了的——尽管他明知道这都是胡思乱想了。

那大象很可能是要去找它的生身之地，他们很可能就会在那儿把它给杀了。这在他们可是求之不得，最理想不过了。他们本来想就在杀它伙伴的原地杀了它。那样的话就太逗了。那样的话就太称他们的心了。这些拆散人家伙伴的混蛋!

他们如今已经快要来到枝叶层层的密林深处了，那大象就在不远的前头了。戴维连它的那股味儿都闻到了，他们都听见它在拉倒树枝，劈劈啪啪响成一片。父亲一把抓住戴维的肩头，把他拉了回来，让他等在密林外，然后打口袋里掏出个袋子，从里边抓起一把灰，往上一扬。灰散落下来，微微飘向他们这边。父亲向朱玛点了点头，一弯腰跟着他进了密林深处。戴维看着他们的后背和屁股往枝叶丛中一钻就都不见了。听不到他们有一点走动的声息。

戴维一动不动站在那儿，听大象吃东西。他闻到的那股象味，就跟那天晚上在月光下挨上前去看那两根非凡长牙时一样浓。他又在那儿站了一阵，声音听不见了，象味也闻不到了。接着就只听见吱的一声尖叫，一声轰隆，那支.303 枪一声响，接着又是父亲那支.450震天动地的劈啪两声，此后轰隆声、砰砰声就一直响个不停，不过声音却在渐渐远去。他一头钻进了茂密的枝叶丛中，只见朱玛一脸惊慌，前额上挂下血来，淌得满面都是，父亲也是面色煞白，气呼呼的。

“它向朱玛一头冲过来，把朱玛撞翻了，”父亲说。“朱玛头上着了它一下。”

“你打中它哪儿啦？”

“哪儿好打我就打它哪儿呗，”父亲说。“快跟着血迹追。”

血流了可真不少。一股鲜红的血喷得有戴维的头那么高，一大片溅在树干上、叶子上和藤蔓上，还有一股血就溅得低多了，黑黑的，臭得很，混着胃里没有消化完的东西。

“我这一枪连肺带肚子打中了，”父亲说。“我量它不是倒下了就是不走了——但愿不出我的所料，千万千万！”他又补上了这么一句。

他们发现大象果然不走了，痛苦加上绝望，折磨得它再也走不动了。它好容易从寻食的密林深处闯了出来，刚穿过狭狭的一带林木稀处，背后戴维和他父亲就跟着大摊大摊的血迹一路奔来了。那大象当时就又钻入了前边的密林，戴维却看见了它，那庞大的灰色身躯就靠着一棵树的树干站在前头。戴维只看得见它的臀部，这时只见父亲走上前去，他也就跟了去，他们挨到了大象的身边，仿佛靠上一艘大船一样。戴维看见它腹部还在涌出血来，顺着身子往下直淌，接着他父亲就举起枪来开了一枪，那大象慢慢地、吃力地转过两根长牙来，回头盯住了他们，父亲第二枪打响时，那大象似乎晃了一下，有如一棵大树被砍断了，轰的一声直向他们头上倒来。不过它并没有死。它本来只想在这儿停下，如今肩胛骨打碎了，它才终于倒下了。它不动了，可是眼睛还是充满了活力，一直望着戴维。它的睫毛极长，戴维觉得它的眼睛是自己有生以来见过的最有活力的东西了。

“拿.303朝它耳孔里打，”父亲说。“快打呀。”

“要打你自己打，”戴维说。

朱玛流着血、瘸着腿来了，前额上挂下的破皮遮在左眼上，鼻子露出了骨头，一只耳朵给撕裂了。他一言不发，从戴维手里夺过枪来，拿枪口几乎是塞进了大象的耳孔，怒气冲冲地把枪机猛地一拉一推，连开了两枪。第一声枪响时那大象的眼睛还睁得大大的，可是随即就失去了神采，耳朵里冒出了血来，两道鲜红的血顺着布满皱纹的灰色象皮直往下淌。这个血的颜色不一样，戴维见了暗暗想道：这我可得记住。他后来确是记住了，可是记住了对他也始终没有一点用。当时就只见大象原有的那种尊贵威严的气概、那种堂堂的风度，都顷刻化为乌有，只剩下了皱瘪瘪的一大堆皮肉。

“好啦，总算到手啦，戴维，多谢你啊，”父亲说。“我们得马上生起一堆火来，让我替朱玛把伤治一治。快过来，你这个要命的汉普蒂-邓普蒂[①]。那对大象牙且不忙去弄。”

朱玛笑嘻嘻地来到了他的跟前，把象尾巴也带来了，象尾巴上一点毛也没有。他们说了一个很不堪的笑话，接着父亲就用斯瓦希里语说了起来，话讲得飞快：这里到泉水有多远？要走多少路才能找到人，来把这对大象牙运出去？你这头不中用的混蛋老猪，情况到底怎么样啦？伤着哪儿啦？

对方一一作了回答，父亲听完以后就对戴维说：“你跟我回去把扔下的背包找回来。朱玛去捡些柴枝先把火生好。医疗用品都在我的包里。我们得趁天还没黑，去把包找到了。他的伤不会感染的。这不是抓伤的，不要紧。我们走吧。”

那天晚上戴维坐在火堆旁，望着脸上缝了许多针、肋骨断了好几根的朱玛，心里一直在寻思：那大象想要撞死朱玛，是不是因为认出了他呢？但愿大象是认出了他。大象如今成了戴维心目中的英雄了，正如长久以来父亲一直是他心目中的英雄一样。他心想：那

---

① 童谣中的一个蛋形矮胖子，从墙上摔下，跌得粉碎。

大象已是那么老、那么累了，真不敢相信它还能来这一手。把朱玛撞死本来也不是不可能的。不过，从它瞅我的那个眼神来看，似乎它对我倒并没有要伤害的意思。它只是流露出很难过的样子，我也何尝不难过呢。就在自己的死日，它还看望了它的老伙伴。

戴维不会忘记，那大象眼睛里的活力一旦消失，它本来的那副尊贵的气概也就没影儿了。他也不会忘记，等到他跟父亲找到了背包回来，那大象已经全身都肿起来了，尽管晚上的天气并不热。这哪里还看得出大象的模样啊，见到的只是一具皮皱肉肿的灰色的遗尸，加上两根害它送了命的黄褐斑斑的长牙。象牙上沾着些血，已经凝固，他像刮结硬的火漆一样，用拇指甲刮了一些下来，放在衬衫口袋里。除了这一点干血块，他什么也没要那大象的，倒是大象给了他一种孤寂之感。

那天晚上，操刀取牙已毕，父亲在火堆旁想开导他。

“戴维，你要知道这头大象可爱杀人哩，”他说。“朱玛说，谁也记不清到底有多少人叫这畜生送了命。”

“不是他们都想要杀死它吗？”

“那还用说，”父亲说，“这么一对长牙谁不想要呀。”

“那怎么能说它爱杀人呢？”

“你爱怎么想就怎么想吧，”父亲说。“不过我总觉得很遗憾，你对这头大象的看法是十足的糊涂。”

“我只恨它没有把朱玛撞死，”戴维说。

“我说你这话就讲得有些过分了，”父亲说。“要知道朱玛可到底是你的朋友啊。”

“我现在不认他是朋友了。”

“这种话你可甭跟他说啊。”

“他自己心里明白得很，”戴维说。

“我看你是冤枉他了，”父亲说。话谈到这儿，也就不再说下去了。

后来，经过了种种周折，他们终于安然无事地把大象牙弄了回去，两根大象牙就在那座枝编泥糊的屋子外靠墙搁着，尖头碰尖头靠在一起。这么高这么粗的象牙，人家用手摸着都还不敢相信呢。碰在一起的尖头，上方都有个向里的弯儿，象牙靠在墙上谁也够不着那弯儿的顶，连他父亲都别想够着。当时朱玛和他们爷儿俩一下子都成了英雄，基博也成了英雄的狗，连那几位扛象牙的都变成英雄了，那几位英雄当时本来就已经有点醉了，后来就醉得更厉害了。也就在这时候父亲说："和解了好吗，戴维？"

"好吧，"他说，因为他知道，自己打定主意再不把心里话告诉人，这就是开始了。

"那就太好了，"父亲说。"那样事情就简单多了，也妥帖多了。"

于是，他们就在无花果树树荫下的长者座上一坐，喝起啤酒来，大象牙还在茅屋的墙上靠着，喝酒用的葫芦杯自有一个姑娘和她的弟弟送来。那可是英雄的仆人，也跟英雄的那头神犬一起坐在地上。英雄有一只喜欢的小公鸡，也刚刚升格而为英雄心爱的大雄鸡。他们就坐在那儿喝啤酒，大鼓擂起来了，恩戈麦鼓也敲得更响了。

第三部

早先未发表过的小说

蔡慧　译

搭火车记*

爸爸把我轻轻一推，我醒了过来。乌黑一片中，只见他在床铺跟前站着。我感觉到他的手还按在我身上，那时我的脑子已经完全清醒，眼睛看得见，感觉也清楚，可是身子的其余部分却都还在熟睡之中。

“吉米，”他说，“你醒了吗？”

“醒了。”

“那就快把衣服穿好。”

“是了。”

他并没有走，我心里想要起来，可是我的人实际上却还在熟睡之中。

“快把衣服穿好了，吉米。”

“是了。”我嘴上应着，人却还躺着不动。后来睡意消散了，我才从床上爬了起来。

“这才是好孩子，”爸爸说。我踩在地毯上，手探到床后头去找衣服。

“衣服在椅子上，”爸爸说。“把鞋子袜子也一起穿上啊。”说完便走了出去。天气冷了，穿衣服成了件麻烦事；我一夏天没穿鞋袜了，如今穿上去觉得真不是味儿。爸爸随即又回到了屋里，在床铺上一坐。

“鞋穿着疼吗？”

“紧得很。”

“‘鞋紧也得穿’啊。”

“我这不是在穿了吗。”

“改天给你换一双吧，”他说。“刚才这话算不上是什么为人之道，吉米。不过是有这么句老话罢了。”

“我明白。”

“就好比‘两打一，没出息’，也是一句老话。”

“我倒觉得这句老话比‘鞋紧’那一句有些意思，”我说。

“这一句却不一定有道理，”他说。“所以你才听得入耳。听得入耳的老话就不一定有道理。”天很冷，我系好了第二只鞋的带子，就穿戴齐全了。

“你想不想穿扣子鞋？”爸爸问。

“我是随便的。”

“你要是喜欢的话，以后就给你换一双，”他说。“喜欢穿扣子鞋的，就应该穿扣子鞋。”

“我都准备好了。”

“知道我们这是去哪儿吗？”

“要出远门。”

“去哪儿呢？”

“加拿大。”

“加拿大倒也是要去的，”他说。我们走到了厨房里。厨房里窗都上了窗板，桌子上点着一盏灯。地当中是一只手提箱、一只行李袋和两只帆布背包。“来吃早饭吧，”爸爸说着，从炉子上端来了长柄平底锅和咖啡壶，到我的旁边坐下，于是我们就一起吃火腿蛋，喝加了炼乳的咖啡。

“尽量放开肚子吃。”

“我吃饱了。”

“还有一个蛋也吃了吧。”平底锅里还剩下一个蛋，他拿翻饼夹子夹起来放在我的盘子里。这蛋叫肉油煎得都起了脆皮了。我一

---

* 海明威写过一部拉德纳式的小说［按：拉德纳指美国小说家林·拉德纳（1885—1933）。——译者］，没有题名，也没有写完，此篇即取自该小说稿的前四章。虽属片断，倒能自成一个出色的短篇，与《拳击家》及《五万元》两篇堪称一脉相承。——原编者注

边吃，一边四下打量。我这一去要是不再回来的话，对这厨房还真该多看几眼，道别一番呢。角落里的炉子是生了锈的，热水槽上的盖子已经掉了半个。炉子顶上的屋面下，椽木缝里嵌着一把木柄的洗碗刷。那是一天傍晚爸爸看到有只蝙蝠，扔过去正好卡住在那儿的。他始终没有去取下来，先是想以此提醒自己刷子该更新了，后来大概又觉得见了这把刷子倒可以想起那蝙蝠。那蝙蝠是让我用袋网给逮住的，逮住后先关在个笼子里，蒙上了布幔。这小东西小眼睛、小牙齿，在笼子里拢起了翅膀缩成一团。待到天黑，我们就把它带到湖边去放了。只见它一出笼子就飞到湖上，拍拍翅膀，显得轻盈极了。先扑下来紧贴着水面掠过，随即又冲天而起，打了个回旋，越过我们的头顶，飞回那茫茫夜色中的树丛里去了。厨房里共有两张桌子：一张是吃饭的，一张是洗碗的，两张桌子上都铺着漆布。一只白铁桶是提湖水用的，那水槽里贮的就是湖水；还有一只仿花岗石纹理的搪瓷桶，里面盛的是井水。食品柜门上有一条擦手毛巾套在滚筒上，炉子上方的毛巾架上挂的是擦碗毛巾。扫帚靠在壁角里。柴箱内还有半箱木柴，锅子一律靠墙挂起。

我把厨房上下左右都打量到了，好记住在心里。我是非常喜欢这厨房的。

“怎么，”爸爸说，“你将来真不会忘记？”

“我想该不会忘记。”

“不忘记些什么呢？”

“我们都有过些什么样的乐儿。”

“不光是搬柴提水的苦差？”

“这些也不好算什么苦差。”

“对，”他说。“是不能算苦差。你要走了，心里不难过吗？”

“要是去加拿大，就没有什么可难过的。”

“我们又不是搬到加拿大去住。”

“也不在那儿待一阵？”

“不会待很久的。”

“那我们上哪儿去呢？”

“到时候看吧。”

“对我来说去哪儿都好，”我说。

“好，应该保持这样的态度，”爸爸说。他掏出一包香烟来自己点了一支，然后连包递过来：“你不抽烟？”

“不抽。”

“好极了，”他说。“那你就先到外边，爬梯子上去把烟囱口拿桶给堵住，我来锁门。”

我就走了出去。天色还黑，不过沿着山峦的轮廓线已透出了一点微光。梯子已经靠在屋顶边上了，我在柴棚旁边找到了采浆果用的那只老提桶，便提着上了梯子。皮底鞋踩在梯子的横档上觉得滑溜溜的，有点悬乎。我把桶在烟囱管顶上扣好，这样一可以挡住雨水，二可以不让松鼠和金花鼠钻进去。站在屋顶上居高下望，过了树丛就是湖。回头再看另一边，见到下面是柴棚顶，栅栏，再往外就是山峦了。此刻的天色已经比刚登上梯子时亮了些，拂晓时分，寒飕飕的。我又看看树丛，看看湖，好把这些都记在心里，我把四外的景物都一一看到了：背后一带的山峦，屋后远处的树林子，眼光收回来，又落到了下面的柴棚顶上，这些都是我挺喜爱的，柴棚、栅栏、山峦、树林，我哪一样不爱啊，我真巴不得这一回不是远走他乡，而只是出门去钓一次鱼。我听见门关上了，爸爸已经把箱包行李都搬出来放在地上了。他随即锁上了门。我扶着梯子准备下来。

“吉米，”爸爸唤了。

“嗳。”

“在屋顶上觉得怎么样啊？”

“我这就下来。”

“不忙下。我也上来待会儿，”说着他就爬上来了，一副慢吞吞挺小心的样子。跟我一样，他也把四面八方都看到了。“我也真不想走啊，”他说。

“那我们为什么还是得走呢？”

“我也说不清楚，”他说。“反正我们就是非走不可。”

我们下了梯子，爸爸就把梯子收起来放进柴棚里。我们把行李一直搬到码头上。汽艇就系在码头边。漆布罩上是一层露水，引擎、座椅也都被露水沾湿了。我揭去了罩布，拿一团废纱头擦干了座椅。爸爸把行李从码头上一一搬到汽艇里，放在船艄。我这就解开了船头船尾的缆绳，又重新回到汽艇里，手却还攀住了码头。爸爸靠了一只小开关给引擎进油起动：他先把手转盘转了两下，将油吸入汽缸，然后抓住手摇柄摇上一圈，带动了飞轮，引擎就起动了。我拿缆绳在一个木桩上一套，用手拉着，不让汽艇跟码头脱开。螺旋桨搅动了湖水，汽艇使劲要挣脱码头而去，激起了片片水花，打着漩涡向木桩之间流去。

“开船吧，吉米，”爸爸一声吩咐，我放开了缆绳，于是我们就离开码头出发了。透过树木的缝隙我看见了我们那所上了窗板的小屋。汽艇是背对码头笔直驶出去的，所以码头看去一下子就短了许多，展现在眼前的已是一长溜儿的湖岸了。

“你来开吧，”爸爸对我说，我就上去掌舵，把船头往外偏过点儿，朝尖角地的方向驶去。我回头一看，那湖滩、码头、船库、香枞树丛都还看得见，可是过不了一会儿，这一大片开垦地就都过去了，前面是小河湾，那是小河入湖的河口所在，沿岸高高的尽是青松树，再往前就是尖角地一带的林木茂密的湖岸，那我就得小心了：尖角地外的水下有沙洲，伸得可远了。沙洲外边可都是深水区域，我沿着深水区的边上驶去，不多时就过了尽头处，湖面下只见边上的沙滩都消失了，水里一大片长的尽是蓝花水草，被螺旋桨这么一吸，都纷纷向我们倒来。再后来尖角地也过了，我再回头去看时，码头和船库都已杳不可寻，我只看到尖角地上有三只乌鸦在踩着沙走，沙地里还有一大根陈年老木头半陷半露，除此以外，便只有前面这片辽阔的湖面了。

我先听到火车声，而后才看见来了火车。火车起初是打个大弯驶来的，看去小得很，急匆匆的，一小节一小节接连不断。火车似乎带动了山冈，山冈似乎又带动了火车背后的树。我看见火车头喷出一股白气，随即听到一声汽笛，接着又是一股白气，又是一声汽笛。天色还早着哩，可火车早已到了一片落叶松沼泽地的对面。路轨两旁都是流动的水，那清澈的泉水底下褐色的才是沼泽地，沼泽地中央的上空笼罩着一派雾气。给林火烧死了的树在雾气中看去都灰不溜秋的，细细的没有一点生气，不过雾却也不算浓。天是寒飕飕、白蒙蒙的，还早得很哩。火车顺着路轨如今笔直开来了，渐渐的愈来愈近、也愈来愈大了。我从路轨上退下来，回过头去看看：湖边有两家杂货店、几个船库，长长的码头伸出在湖中，紧靠车站的自流井旁是一方铺小石子的地。井水从一根涂褐色防水膜的管子里迎着阳光往外直喷，喷出的水四散飞溅落在个水池里。背后就是湖，湖面上起了一阵微风。沿岸有些树林子。我们开来的游艇还系在码头上。

火车停下了，列车员和扳闸员跳下车来，爸爸跟弗雷德·卡思伯特道了别。我们的游艇就寄在他的船库里，托他照看了。

“几时回来呀？”

“我也说不上，弗雷德，”爸爸说。“来春就拜托你给游艇上一次漆。”

“再见了，吉米，”弗雷德说。“可要多多保重啊。”

“再见了，弗雷德。”

我们跟弗雷德握过手，就上了车。列车员上了头里的车厢，扳闸员收起我们当踏级用的小木箱，飞身攀登上已经开动的列车。弗雷德还留在站台上，我眼望着车站，看弗雷德在那里站了一阵就走了，看水管里喷出的水在阳光里飞溅，到后来眼前就都变成枕木和沼泽地了，车站已缩得极小，湖也像变换了方位，看起来不一样了，再后来这些都看不清了，车过了熊河，穿越一个隧道，眼前就只有向后飞快退去的枕木铁轨，以及路轨两旁乱长的野草了，再也没有什么可以一看，好留下个记忆的了。如今从车厢头上向外望去，只觉得一切都是那么眼生。树林子看去都是一副陌生面孔，好像这样的树林子自己就从没见过似的。经过湖泊的时候也一样，觉得那就是一个湖，一个陌生的湖，跟自己住过的湖滨就是不一样。

“你在这儿要给洒一身煤灰了，”爸爸说。

“我们还是进去吧，”我说。落在这么个处处陌生的地方，我心里觉得很不是滋味。依我看，那一带的景色跟我们的住地其实应该是一般无二的，可就是给人的感觉不一样。树叶正在变色的阔叶树林，那样子大概也到处都差不多吧，但是坐在火车上看见一片山毛榉林子，心里就怎么也高兴不起来，倒只会对家乡的树林感到怀念。不过当时我还不明白这个道理。我就只当这一带都不过是我们住地的照式延伸，以为这里应该跟家里一模一样，给人的感觉也应该是相同的，但是其实不然。我们跟这里就是没有一点相通之处。那山比树林子更讨厌。千山一个样恐怕可以算是密歇根州的特点吧，但是我在火车上凭窗望去，看到树林、沼泽，有时还过河，觉得倒也十分有趣，后来又经过一座座山，山上都有农家，山后都有树林，按说都是一样的山，可那里的山就是让我感到异样，处处都让我有一点异样之感。当然一条铁路要经过许多座山，那么多山我看也不可能都毫无差异吧。可是那种异样却总让我看着觉得刺眼。好在那天是个早秋的晴朗天。开了车窗，空气清新，过了一会儿我就感到饿了。我们是天没亮就起来的，这时候已快八点半了。爸爸从车厢那头走来，回到座位上坐下。

“觉得怎么样啊，吉米？”

“肚子饿了。”

他从口袋里掏出一块巧克力和一只苹果来给了我。

“来，跟我到吸烟车厢去吧，”他说。我就随着他穿过车厢，去到前一节车厢里。我们在一个双人椅上坐下，爸爸靠窗坐在里边。吸烟车厢里很脏，座椅上包的黑皮都给烟灰火星末子烫坏了。

“看对面座位上，”爸爸跟我说了一声，可眼睛却没望着那儿。对面有两个汉子并排坐着。里座一个眼望着窗外，右手腕上上了手铐，手铐的另一半却铐在旁边那人的左手腕上。他们的前排座位上也坐着两个汉子。我只看得见他们的后背，不过两个人的坐法也跟那两个一样。靠过道的两个一前一后在那里说话。

“唉，赶早车[①]！”其中面对着我们的一个说。坐在他前面的那个说话连头也不回：

“那我们干吗不搭夜车呢？”

“你愿意跟这号人睡在一起？”

“睡就睡呗。有什么不可以的？”

“倒还是这样舒服些。”

“舒服个屁。”

一直眼望着窗外的那个汉子这时对我们看看，还眨了眨眼。那是个小个子，戴一顶帽子。帽子里用绷带裹着脑袋。跟他同铐一副手铐的那个也戴一顶帽子，但是脖子很粗，穿一身蓝，看他戴帽子的那副样子，好像是因为出门才戴的。

前排座位上的两个人高矮大小都差不多，只是靠过道的那个脖子粗些。

“老兄，给支烟抽抽怎么样？”向我们眨眼的汉子隔着同铐一副手铐的那人冲爸爸说。旁边那个粗脖子扭过头来对我们爷儿俩瞧瞧。眨眼的汉子笑了笑。爸爸掏出一包香烟来。

“你打算给他烟抽？”那押人犯的问。爸爸就把香烟从过道上连包递过去。

“我来交给他吧，”那押人犯的说。他用那只没铐着的手连包接过香烟来捏了捏，又换到铐上的手里拿着，用没铐着的手抽出一支，递给旁边的汉子。靠窗的汉子朝我们笑笑，那押人犯的替他把烟点上了。

“你待我倒蛮不错哩，”他对那押人犯的说。

---

① 意思是早车只有坐席，不像夜车有卧铺。

那押人犯的隔着过道把香烟连包递回来。

“你也抽一支嘛，”爸爸说。

“不了，多谢。我嘴里嚼着哪。”

“要赶长路？”

“去芝加哥。”

“跟我们一样。”

“那可是个好地方，”靠窗的小个子说。“我去过。”

“我相信你去过，”那押人犯的说。“我相信你去过。”

我们就过去坐在他们正对面的座位上。前排那个押人犯的回过头来看看。他看押的那个人眼望着地下。

“出什么事啦？”爸爸问。

“这两位先生是通缉的杀人犯。”

靠窗的汉子冲我眨眨眼睛。

“说话可要干净点，”他说。“我们这儿谁不是有头有脸的。”

“什么人叫杀啦？”爸爸问。

“一个意大利人，”那押人犯的说。

“你说什么人？”小个子笑容满面地问。

“一个意大利人，”那押人犯的还是向着爸爸说。

“是谁把他杀了？”小个子瞅着警官问，两眼睁得大大的。

“你这人真会捣乱，”那押人犯的说。

“哪儿的话呢，”小个子说。“我只是问你一声，警官，是谁把这意大利人杀了？”

“就是他杀了这意大利人，”前排座位上的犯人望着这个刑警说。“就是他张弓搭箭杀了这意大利人。”

“给我住嘴，”刑警说。

“警官，”小个子说。“我可没杀这意大利人。我也不会去杀一个意大利人。我根本就不认识什么意大利人。”

“把这话记下来，算他一条罪状，”前排座位上的犯人说。“他要抵赖，就是罪上加罪。还说他没杀这意大利人呢。”

“警官，”小个子问，“到底是谁杀了这意大利人？”

“是你呗，”那刑警说。

“警官，”小个子说。“那是诬赖。我可没杀这意大利人。我也不想再多说了。我可没杀这意大利人。”

“他要抵赖，得给他罪上加罪，”那另一个犯人说。“警官，你怎么把这意大利人杀了呀？”

“你这事可犯了错误啦，警官，”小个子犯人说。“错误犯得可大啦。你说什么也不该杀了这意大利人。”

“杀哪个意大利人也不对呀，”另一个犯人说。

“你们两个，都给我把鸟嘴闭上！”那警官说。“他们都是吸毒的，”他告诉爸爸说。“疯疯癫癫，就像乱爬的臭虫。”

“臭虫？”小个子这一下连嗓门都响起来了。“我身上可是没有臭虫的呀，警官。”

“他祖上世世代代都是英国的伯爵老爷呢，”那另一个犯人说。“不信问那位元老大人好了，”说着把头朝爸爸一摆。

“还是问那位小哥儿去，”那头一个犯人说。“他正好也是乔治·华盛顿那样的年纪。决不会说假话的。[①]”

“说呀，老弟，”那大个子犯人冲我瞪出了眼睛。

“住嘴，”押人犯的警官说。

“对，警官，”小个子犯人说。“叫他住嘴。他怎么可以把这个小娃儿扯进来呢。”

“想当年我也是个孩子，”大个子犯人说。

“闭上你的瘟嘴，”那押人犯的说。

“说得对，警官，”小个子犯人先来了这么一句。

“闭上你的瘟嘴！”讲这第二句时那小个子犯人却冲我直眨眼。

① 传说华盛顿年幼时曾砍坏了父亲心爱的樱桃树，但是他没有说谎，向父亲坦白承认了自己的错误。

“我看我们还是回原来的车厢里去吧，”爸爸对我说。“回头见啊，”他对两个刑警说。

“好。吃午饭见，”前排那个刑警点点头说。小个子犯人对我们眨了眨眼。他看我们顺着过道走去。那另一个犯人则眼望着窗外。我们穿过吸烟车厢，回到原先那节车厢里的座位上。

“哎，吉米，这你见了有什么想法？”

“我弄不清楚。”

“跟我一样，”爸爸说。

午饭在卡迪拉克吃。我们已经在柜台跟前坐着了，才看见他们进来，他们去找了一张桌子坐。这顿饭吃得够劲儿。我们吃的是鸡肉馅饼，我还喝了一杯牛奶，吃了一客青浆果饼配冰淇淋。这家小饭馆顾客拥挤。从开着的门里望出去，看得见火车。我坐在便餐柜台前的圆凳上，看他们四个人一起吃饭。两个犯人用左手吃，两个刑警用右手吃。那两个刑警要用刀子切肉时，得靠左手来使叉子，这一来就把犯人的右手也拉过来了。铐在一起的手都双双搁在桌面上。我注意看那小个子犯人吃饭，他看来不像是故意的，可总是弄得那警官十分不自在。他常常会不知不觉似的突然一动，那只手也搁得别扭，叫那警官的左手老是给拉住了。那另外一对却吃得要多自在有多自在。反正不像这一对那么好看就是了。

“这吃饭的工夫，干吗不把家伙去了呢？”那小个子对警官说。警官一声也不吭。他这时正要去拿咖啡，刚把咖啡端起来，小个子突然一动，他的咖啡泼了。警官一眼也没朝那小个子看，却猛地一伸胳臂，钢铐把小个子的手腕也吊了起来，警官的手腕子到处，小个子的脸上早已着了一下。

“王八蛋！”小个子骂了一声。嘴唇破了，他就咂了咂嘴唇。

“骂谁？”警官问。

“不是骂你，”小个子说。“我都拴在你手上了，哪儿能骂你呢。才不会骂你呢。”

警官把手腕子放到桌子底下，瞅着小个子的脸儿。

“你看怎么样？”

“也没怎么样，”小个子说。警官对着他的脸儿瞅了一阵，用他戴铐的手又去拿咖啡了。警官把手伸到，小个子的右手也就给从桌子的那头直拉到桌子的这头。警官端起咖啡杯，刚举到嘴边要喝，杯子却突然脱出了手，咖啡泼得到处都是。警官对小个子一眼也没瞧，抬起手铐冲着小个子的脸上就是两家伙。小个子一脸是血，他咂咂嘴唇，眼睛直望着桌子。

“你这该挨够了吧？”

“对，”小个子说。“是挨了很不少。”

“这一下心里该舒坦点儿了吧？”

“舒坦极了，”小个子说。“你心里呢？”

“把脸擦擦干净，”警官说。“你的嘴巴在淌血。”

我们看见他们两个两个上了火车，我们自己也上了车，到座位上坐好。那另一个刑警——不是大家叫警官的那个，是跟大个子犯人铐在一起的那个——对刚才餐桌上的那一幕压根儿没有理会。看是都看着，却似乎并不在意。大个子犯人一声也没吭，却什么都看在眼里。

我们的丝绒车座上有些煤灰末子，爸爸就用报纸把座椅掸了掸。车开动了，我从开着的窗子里向外望去，想把卡迪拉克的面貌看个清楚，但是根本看不到多少东西，只看到了那湖，还有一些工厂，以及铁轨近旁一条平行的漂亮平坦的路。沿湖边一带都是一堆堆的锯屑，可多了。

“别把头探出去，吉米，”爸爸说。我就坐了下来。反正也没有什么可看的。

“阿尔·莫加斯特就是这个镇上的人，”爸爸说。

“哦，”我说。

“刚才餐桌上发生的事你看见啦？”爸爸问。

“看见了。”

"看得一点都不漏？"

"这倒不敢说。"

"你看那小个子这样捣乱是为了什么呢？"

"我看他是故意要弄得别别扭扭的，好达到去掉手铐的目的。"

"另外你还看见了什么吗？"

"我看见他脸上先后挨了三下。"

"他挨揍的当儿你的眼睛看着哪儿呢？"

"看着他脸上。我就看那警官揍他。"

"跟你说了吧，"爸爸说，"就在那警官用铐着他右手的手铐往他脸上揍去的时候，他却用左手从桌上抓起一把钢口的餐刀塞在口袋里。"

"我倒没有看见。"

"那可不行啊，"爸爸说。"人都是有两只手的，吉米。至少出娘胎都是有两只手的吧。你真要把情况了解得一清二楚的话，对两只手就都应该看着。"

"那另外两个人都干了些什么呢？"我问。这一来爸爸倒笑了。

"对他们我倒没有注意，"他说。

午饭以后我们一直坐在那节车厢里，我就靠在窗前看外边的野景。现在看野景也没有多大味道了，因为眼下有件事就够好看的，再说野景我也看得多了。不过我也不想贸然提出到吸烟车厢去，这事总得由爸爸先提吧。他是在那里看书，我想大概是我那副坐不定的样子，叫他书也看不安生了。

"你从来也不看书，吉米？"他问我。

"不看，"我说。"没工夫看。"

"你这会儿在干些什么呢？"

"等着呀。"

“你想不想到前边去？”

“想。”

“你看我们该告诉那个警官吗？”

“别，”我说。

“这可是个道德问题，”他说完就合上了书。

“你想告诉他吗？”我问。

“不想，”爸爸说。“再说，还没有被法庭判定有罪的人，对他按理就应当作无罪的人看待。说不定他倒没有杀那个意大利人呢。”

“他们是吸毒鬼不是？”

“我也不知道他们吸不吸毒，”爸爸说。“吸毒的人也多的是。不过，不管是吸上了可卡因还是吗啡还是海洛因，说起话来也不会像他们那样呀。”

“那么是吸上了什么呢？”

“我也说不上来，”爸爸说。“到底是什么呢，弄得人说起话来变成了那个样子？”

“我们还是上前边去吧，”我说。爸爸取下了手提箱，打开来把书放好，还从口袋里掏出些什么东西一并放了进去。他锁好箱子，我们就一起去吸烟车厢。顺着吸烟车厢的过道走去，我看见了那两个刑警和两个犯人都安安静静坐着。我们就在他们的对面坐下。

小个子帽子拉得很低，把头上的绷带都遮没了，两片嘴唇都肿了。他没打瞌睡，在看窗外。那警官却昏昏欲睡，眼睛一会儿闭一会儿开，张开了一会儿又闭上了。他的脸色看去十分困倦，只想睡觉。前面一排的那两个都在打瞌睡了。犯人歪向窗口那头，刑警歪向过道这头。这样歪着双方都不好受，后来人愈来愈困，彼此索性歪到一块儿来了。

那小个子对警官看看，随后又向我们这边看看。他似乎认不得我们了，眼光就又一直朝车厢的那头望去。他似乎把吸烟车厢里所有的人都看到了。乘客不是很多。这时候他又瞅了瞅警官。爸爸早已从口袋里又拿出一本书来，在那里看书了。

“警官，”小个子唤道。警官撑开了眼皮，对犯人看看。

“我得上厕所，”小个子说。

“这会儿不行，”警官闭上了眼。

“我说，警官，”小个子说道。“难道你就从来没有憋不住要上厕所的时候？”

“这会儿不行，”警官说。他此刻正处在半睡半醒的状态下，舍不得放弃。他的呼噜已经在慢慢地来了，要是睁开眼来的话，这呼噜就打不下去了。小个子向我们这边看看，可似乎还是认不得我们。

“警官，”他又唤了。警官没有答理。小个子的舌头舔了一下嘴唇。“我说警官，我得上厕所。”

“好吧，”警官说着，就站了起来，小个子也站了起来，两人一起从过道里走过去。我对爸爸看看。爸爸说：“你要去就去吧。”我也就跟在他们后面从过道里走过去。

他们却在厕所门口站着。

“我得一个人进去，”犯人说。

“那可不行。”

“得了吧。让我一个人进去。”

“不行。”

“为什么？你锁着门好啦。”

“去掉家伙就是不行。”

“得了吧，警官。让我一个人进去。”

“我得看着点儿，”警官说。他们走了进去，警官随即把门关上了。我坐在厕所门对面的座位上。我望了望过道那头的爸爸。我听得见厕所里面在说话，却听不出他们在说些什么。有人转了一下门内的把手想要开门，紧接着我就听见有个东西倒在门上，在门上撞了两下。那东西随即就倒在地上了。然后又发出了一个声响，就像杀兔子时提起了兔子的后腿，把兔子头使劲往个树桩上撞。我忙不迭地对爸爸使眼色，打手势。那种声响连响了三下，紧接着我就看见有什么东西从门下流了出来。一看是血呢，很慢很慢的，往外直流。我穿过过道快快跑到爸爸身边。“门的底下流出血来啦。”

“在这儿坐好，”爸爸说完就站起身来，到过道那边碰碰刑警的肩膀。那刑警抬眼一看。

“你的伙伴上厕所里去了，”爸爸说。

“好嘛，”那刑警说。“这有什么？”

“我的孩子刚去那儿，看见门底下流出血来了。”

刑警一听跳了起来，那另一个犯人给猛地一牵，倒在座位上。那犯人对爸爸看看。

“跟我来，”那刑警对犯人说。犯人却还坐在那儿。“跟我来，”那刑警又说了一声，犯人还是不动。“不来我就揍得你屁股开花。”

“这到底是怎么回事，大人？”犯人问。

“跟我来，你这个狗杂种，”刑警说。

“哎，别骂人嘛，”犯人说。

两个人就顺着过道走去，刑警右手拿着把手枪走在前头，跟他铐在一起的犯人磨磨蹭蹭跟在后边。乘客们纷纷站起来看。爸爸说：“大家都留在座位上不要动。”他牢牢抓住了我的胳膊。

那刑警见到了门底下的血。他回过头来盯住了犯人。犯人见他盯着自己，站住不动了。他说了声：“别！”那刑警右手拿着枪，左手使劲向下一甩，犯人往前一个踉跄，跪倒了下来。他又说了声：“别！”那刑警眼睛盯住了门和犯人，手里把枪倒了个个儿，抓住枪口，突然对着犯人的半边脑袋猛砸下去。犯人脚一软倒下了，脑袋和两手都着了地。他倒地以后还在那里摇头，连声说道：“别别！别别！”

那刑警接二连三砸下去，把他砸到出不了声。犯人脸儿朝下趴在地上，脑袋耷拉在胸前。刑警眼睛盯着门，把手枪往地上一放，弯下腰去打开了犯人手上的手铐。接着又捡起手枪，站起身来，右手握枪，左手去拉绳通知停车。然后才伸手去转门把手。

火车开始减速了。

“谁在门外，不许进来，”我们听见门内有个人说。

“快开门，”那刑警说着，后退一步。

“阿尔，”那声音说，“阿尔，你没事吧？”

那刑警闪在门的一边。火车渐渐慢了下来。

“阿尔，”那声音又说了。“你要是没事的话就答应我一声。”

没人应声。火车停了。扳闸员开门进来，问：“怎么回事？”他看了看地上的人和血，又看了看那个拿枪的刑警。列车员也从车厢的那头过来了。

“里边有个家伙杀了人，”那刑警说。

“还有呢！早就翻窗逃走啦，”扳闸员说。

“看住那个人，”那刑警说着，就推开了去车厢头上的门。我赶到过道的那边往窗外望去。沿路轨有一道栅栏。栅栏外是树林。我望了望路轨的两头。只见刑警匆匆跑了过去，一会儿又跑了回来。一个人影子也没见到。刑警回到了车上，厕所的门也开了。门是好不容易才打开的，因为警官倒在地上，身子压在门上了。窗子开了约莫一半。那警官嘴里还有气息。大家就把他抱起来抬到车厢里，大家也抱起了那个犯人，把他安置在一个座位上。那刑警把手铐在一只大提箱的提手上一套。看来谁也不知道该怎么办，不知道该去照看这个警官呢还是该去追捕那小个子，还是怎么样。大家都下了火车，望望路轨远处，望望树林边上。那扳闸员看见小个子是穿过路轨跑进树林去的。刑警到树林里去了两次，又都退了出来。那个犯人把警官的手枪抢走了，所以看来谁也不愿意闯进树林深处去抓他。最后火车又开了，他们准备到前站去报告州警，把小个子的相貌特征发往各地通缉。爸爸帮助他们照料警官。他给警官清洗了伤处，伤在锁骨和头颈之间，他叫我到厕所里去取来卫生纸和毛巾，折起来堵在伤口上，又从警官的衬衫上撕下一只袖管，把伤口裹紧。他们尽量设法把他安顿好，爸爸还替他擦净了脸。他的脑袋在厕所的地上撞得够呛，所以到现在还昏迷不醒，不过爸爸说他的伤倒不重。车一到站他们就把他送下了车，还有一个刑警也把另一个犯人带走了。这犯人脸色煞白，脑袋一侧隆起了一个紫血块。他给押走的时候，一副样子显得傻乎乎的，叫他干什么就干什么，只巴不得快些办好似的。爸爸帮着他们安排完警官的事，又回到火车上。车站上正好有一辆运货汽车，警官给抬上了汽车，送到医院里去了。那另一个刑警在打电报。我们还站在车厢的进口处，火车就开动了，我看见那犯人还站在那里，后脑靠在车站墙上。在哭呢。

我只觉得样样无趣，满肚子不痛快，于是我们进了吸烟车厢。扳闸员拿了一只水桶和一团废纱头正在那里擦洗，去掉地上的血迹。

"他的情况怎么样啊，大夫？"他对爸爸说。

"我可不是大夫，"爸爸说。"不过我看他的伤碍不了事。"

"这么两个大个子警察！"扳闸员说。"居然会对付不了那么一个小矮子。"

"你看见他翻窗出去的？"

"可不，"扳闸员说。"应该说，是他跳下去刚落在路轨上，就被我看到了。"

"你当时认出他了吗？"

"没有。乍一见我没认出他。依你看他是怎么用刀扎他的，大夫？"

"一定是从背后扑上去的吧，"爸爸说。

"不知道他这刀子是哪儿来的？"

"这就不知道了，"爸爸说。

"还有一个可怜的蠢蛋也真是，"扳闸员说。"他根本就没有打算要逃跑。"

"是啊。"

"可那警察还是结结实实给了他一顿。你看见了吗，大夫？"

“看见了。”

“那个可怜的蠢蛋，”扳闸员说。他洗过的地方留下了些水印，血迹都没了。我们又回到自己那节车厢的座位上。爸爸坐在那里一言不发，也不知道他在想些什么。

“我说，吉米，”过了一阵他才说。

“嗯。”

“对这件事你现在总的怎么看？”

“说不出个看法。”

“我也是，”爸爸说。“心里很不痛快是不是？”

“对。”

“我也是。害怕吗？”

“看到血的时候很害怕，”我说。“见他打犯人也很害怕。”

“那是正常现象。”

“你害怕吗？”

“不怕，”爸爸说。“你看到血是什么样子的？”我想了一下。

“又浓又滑。”

“血浓于水啊，”爸爸说。“一个人走上了生活的道路，首先体验到的就是这一句老话的意思。”

“那不是这个意思吧，”我说。“那是说的亲属关系。”

“不，”爸爸说。“就是这个意思，不过等你体验到的时候，你总少不了还要吃一惊的。我忘不了我第一次体验时的感受。”

“那是什么时候的事？”

“我只觉得鞋子里面尽是血。暖烘烘、腻稠稠的。就像打野鸭的时候长筒靴里灌了水，只是暖烘烘的，比较稠，也比较滑。”

“那是什么时候的事？”

“啊，是好久以前的事啦，”爸爸说。

卧车列车员*

到睡觉的时候，爸爸说下铺还是让我睡吧，因为明天一清早我要看窗外野景的。他说他睡上铺也没关系，不过他想过一会儿再睡。我脱下衣服，放在上面的网兜里，穿上睡衣，躺到铺上。我关了灯，拉开窗帘，可是坐起来看窗外觉得冷，躺在铺上又什么都看不见。爸爸从我的铺下拿出一只手提箱，提到床上打开，取出他的睡衣，往上铺一扔，然后又取出一本书，还拿出酒来在小瓶子里灌上一瓶。

"开灯好了，"我说。

"不要开了，"他说。"我用不着。你困吗，吉米？"

"好像有点儿。"

"好好睡一觉吧，"他说完，就关上了手提箱，又放回到铺下。

"你没把鞋子放在外边吗？"

"没有，"我说。鞋子在网兜里，我爬起来想去取，他却已经找到了，替我拿出去放在过道里。他拉上了床帘。

"你还不准备安歇吗，先生？"卧车列车员问他。

"是的，"爸爸说。"我要到厕所里去看会儿书。"

"好嘞，先生，"列车员说。躺在被窝里，把厚厚的毯子一盖，周围一片黑暗，车外的四野里也是一片黑暗，那真是别有情味。车窗的下部是开着的，有一道纱窗遮着，透进来的风有股寒意。绿色的床帘扣得严严实实，车虽然摇晃，却感到非常安稳，而且开得很快，偶尔还能听见一声汽笛。我睡着了，醒来时往窗外一看，发现列车开得慢极了，原来正在过一条大河。水面上和迎着车窗掠过的大桥铁架上都亮光闪闪。就在这时，爸爸准备上上铺去睡了。

“你醒了，吉米？”

“是啊。我们到哪儿啦？”

“这会儿正在过界进加拿大呢，”他说。“不过到天亮车子该又要出境了①。”

我向窗外望去，想看看加拿大，可见到的只是铁路编组场和一节节货车。列车停下了，两个人拿着手电筒从旁边走过，时而站下用鎯头敲敲轮子。除了在车轮前猫着腰的人影和对面的货车以外我什么也看不见，于是我又爬回铺上。

“我们这是在加拿大的哪儿呀？”我问。

“温泽，”爸爸说。“明天见了，吉米。”

天亮醒来向窗外一看，早已到了个景色优美的地区，看去倒很像密歇根，只是山更高了，林木的叶子全都在变色了。我穿好了衣服，只等穿鞋，就探手到床帘下去取。鞋已经擦过了。我就穿上鞋子，收起床帘，来到外面的过道里。过道里一排排铺位都还张着床帘，看来大家都还没有醒。我到厕所探头张望了一下。那黑人列车员正在皮垫座椅的一个角落里睡大觉呢。他把帽子拉下来遮住了眼睛，脚高高地搁起在一张椅子上。嘴张开了，头向后仰，双手握拢合在身前。我又一直走到车厢头上去看野景，可是那里风大灰多，又没有个坐处。我就又回到厕所，蹑手蹑脚走了进去，免得惊醒那列车员。我来到窗前坐下。一清早这厕所里有股铜痰盂的气味。我饿着肚子，望望窗外的秋景，看看列车员睡觉。这一带看样子倒像是个打猎的好去处。山上多的是矮树丛，还有成片的林子，农家房子看去都很漂亮，道路也都修得不错。这里跟密歇根看去有一样不同。在这里火车一直往前开去，景色似乎都是连成一片的，而在密

---

* 此篇同《搭火车记》一样，也是那部没有写完、没有题名的长篇小说稿的一个片断。——原编者注

① 从密歇根州乘火车去纽约州，最便捷的路线就是走伊利湖北岸，从加拿大的境内穿越而过。

歇根，一处处就都各不相干了。这里没有一片沼泽地，也没有森林大火留下的痕迹。看去处处都像是有了主儿的，可又都是那么优美的野景，山毛榉和枫树都已变了叶子的颜色，随处可见的矮栎树也都有色彩艳丽的树叶，哪儿有矮树丛哪儿就准有许多苏模树，鲜红一片。看来这一带还是野兔子繁衍的好地方，我想找找猎物看，可是景物闪过去太快，目光根本集中不到一点上，能够看到的鸟儿也只有天上的飞鸟。我看见有一只鹰在一片田野上空猎食，还看见了跟这雄鹰成对的一只雌鹰。我看见有金翼啄木鸟在树林边上飞，我估摸这是在向南迁徙。我还两次见到了青樫鸟，可是在火车上要看到鸟儿可不容易。从火车上看野外，要是笔直看着面前景物的话，东西都会往旁边溜去，所以要看就只能把目光稍稍前移，由着景物从眼前闪过。我们经过一个农家，屋外有好长一片草地，我看见有一群双胸斑沙鸻在那里觅食。火车驶过时，其中有三只飞了起来，打个回旋飞到树林上面去了，其余的却还在那里继续觅食。列车拐了个大弯，我看见了一长串车厢在前边弯成了一道弧，火车头老远跑在头上，驱动轮转得飞快，下方则是一个深深的河谷。这时我一回头，看见列车员已经醒了，正瞧着我呢。

“你看见什么了？”他说。

“没什么。”

“你看得可专心了。”

我没说什么，不过心里正巴不得他醒过来。他的脚还搁在椅子上，只是伸起手来，把帽子戴戴正。

“昨儿老晚还在这里看书的是你的爸爸？”

“是啊。”

“他可真会喝酒。”

“他酒量好。”

“酒量是好。没说的，酒量是好。”

我没说什么。

“我跟他一起喝了两杯，”列车员说。“我倒是酒性都上来了，可他却一坐就是半夜，一点事儿也没有。”

“他从来也不会醉，”我说。

“就是。可他要是一直这样喝下去，会把五脏六腑都烧坏的。”

我没说什么。

“你饿了吧，老弟？”

“是啊，”我说。“正饿得慌呢。”

“餐车这会儿该开张了。来，到后边去，我们去弄点儿什么吃吃。”

我们就往列车的后尾走去，又穿过了两节车厢，都是一排排铺位全还挂着床帘的，再过去才是餐车。我们又穿过一排排餐桌，来到后面的厨房里。

“嗨，伙计，你好，”列车员招呼大师傅说。

“是乔治大叔啊，”大师傅说。另外还有四个黑人在一张桌子上打牌。

“给这位小哥和我弄点东西吃好不好？”

“不行啊，”大师傅说。“这会儿都还没有准备好呢。”

“来喝两口怎么样？”乔治说。

“不不，”大师傅说。

“这儿有呢，”乔治说。他从侧袋里取出一只小瓶。“多蒙这位小哥的爸爸一番好意送给我的。”

“好大方，”大师傅说。他抹了抹嘴唇。

“这位小哥的爸爸是世界冠军。”

“什么冠军？”

“喝酒冠军。”

“他真够大方的，”大师傅说。“昨儿晚饭你怎么吃的？”

“跟那帮子黄娃娃[①]一块儿吃的。”

---

① 指肤色较淡的黑白混血儿。

“他们还在一块儿？”

“从芝加哥一直闹到底特律才散。我们现在给他们起了个名儿，叫做白色爱斯基摩人。”

“好啦，”大师傅说。“全都准备妥当啦。”他在一只油炸锅的锅边上敲了两个蛋。“给冠军的儿子来一客火腿蛋怎么样？”

“谢谢，”我说。

“那一番好意让我也叨点光怎么样？”

“行啊。”

“祝你的爸爸永远当冠军，”大师傅对我说。他舔了舔嘴唇。“这位小哥也喝酒吗？”

“他不喝，”乔治说。“对他我得照看着点。”

大师傅把火腿蛋装在两只盘子里。

“请坐，二位。”

乔治和我坐了下来，他又给我们端来了两杯咖啡，然后就在我们对面坐下。

“不知你舍不舍得让我再领受一下那番好意？”

“乐意极了，”乔治说。“我们得回车厢里去了。铁路上的行情怎么样？”

“铁路股票行情坚挺，”大师傅说。“华尔街的行情怎么样？”

“狗熊[①]都又改做多头了，”乔治说。“眼下做熊妈妈是很冒风险的。”

“还是小熊[②]最靠得住，”大师傅说。“巨人队太骄，所以总得不了联赛冠军。”

---

① 在股票市场的行话中，把做“空头”的叫做“狗熊”（大概是出自“熊未捉到先卖皮”这句俗语），把做“多头”的叫做“公牛”。所谓“熊市”、“牛市”即源出于此。下面谈话中的“熊妈妈”、“小熊”，都是由此生发出来的。

② “小熊”是芝加哥的职业棒球队，下面说的“巨人”则是纽约的职业棒球队（后改属旧金山）。这两队都属“全国联赛”（“全国联赛”是美国棒球最高水平的两大联赛之一）。

乔治笑了，大师傅也笑了。

“你真是个够交情的哥们儿，”乔治说。“我就是喜欢上这儿来跟你见见面。”

“快走吧，”大师傅说。“拉卡万纽丝要来叫你了。”

“我爱那个姑娘，”乔治说。“谁敢动她一根毫毛……”

“快走吧，”大师傅说。“要不那帮黄娃娃可是不会放过你的。”

“这真是一种愉快，老哥，”乔治说。“真是太愉快了。”

“快走吧。”

“请再赏个脸吧。”

大师傅抹了抹嘴唇。“客人要走啦，一路顺风啊！”他说。

“我待会儿还来吃早饭，”乔治说。

“免费招待就是，”大师傅说。乔治把酒瓶放进了口袋。

“再见了，慷慨的人，”他说。

“快滚吧，”打牌的一个黑人说。

“再见了，列位，”乔治说。

“吃早饭再见，”大师傅说。我们就走了出来。

我们又回到了自己的那节车厢里，乔治看了看号码牌。上面显示出一个十二号、一个五号。乔治把一个小东西往下一拉，数字就消失了。

“你还是在这儿坐，不用客气，”他说。

我就在厕所里坐下来等，他管自到过道那头去了。只一会儿工夫他就回来了。

“好啦，全都侍候周到啦，”他说。“这铁路上的事你喜欢吗，吉米？”

“你怎么知道我名字的？”

“你爸爸不就是这样叫你的吗？”

“是啊。”

“这不结了，”他说。

“我太喜欢了，”我说。“你和大师傅说起话来总是那个样儿的吗？”

“不，詹姆斯[①]，”他说。“我们只有心里一热乎才那个样儿说话。”

“也就是你们一喝了酒，”我说。

“不光是喝了酒。只要为了个什么缘故两人心里一热乎。大师傅和我是同调。”

“什么叫同调？”

“对人生抱有同样看法的人。”

我没说什么，这时电铃响了。乔治到外边把那箱子里的小东西一拉，又回到里间来。

“你看见过用剃刀扎人吗？”

“没有。”

“要不要听我说说？”

“好啊。”

铃声又响了。“我还是去看一看，”乔治说着就出去了。

一回来他就挨着我坐下。“使剃刀可是一门技术，”他说，“不是只有干理发这一行的才会使这种家伙。”他对我看看。“别把眼睛瞪得这样大，”他说。“我不过是嘴里讲讲。”

“我不怕。”

“我看你也不会怕，”乔治说。“你最要好的朋友就在你身边哩。”

“对，”我说。我看他是有点醉了。

“这玩意儿你爸爸有很多吧？”他掏出了酒瓶。

“我不知道啊。”

“你爸爸真称得上是一位标准的高尚慷慨的绅士。”他喝了一口。

---

① 吉米的正名。

我没说什么。

“我们回头再说剃刀，”乔治说。他伸手到上衣的里袋里掏出一把剃刀来，并不打开，就放在左手的掌心里。

那手掌是淡红色的。

“你看看这剃刀，”乔治说。“使起来不用费什么劲，也没什么玄乎的。”

他把剃刀托在掌心里拿给我看。那剃刀有个黑柄，是用骨头做的。他拉开刀来，直挺挺的亮出了刀锋，交到右手里。

“你有根头发没有？”

“什么意思？”

“拔根头发下来。我自己的头发太韧了。”

我拔下一根头发，乔治伸手接了过去。他用左手捏着，看个真切，剃刀一扬，就把头发截为两半。“一是刀口要锋利，”他说。眼睛依然望着残留的小半截头发，手里把剃刀翻了个个儿，刀锋朝反方向又是一扬，头发就在紧靠两个指头处又给削去了一半。“二是动作要洗练，”乔治说。“有这两条就很了不起了。”

吱吱的电铃声响了，他折好剃刀，交给了我。

“代我保管一下，”他说完就出去了。我把剃刀拉开看看，折拢看看。还不是一把普通的剃刀？乔治又回来在我身旁坐下。他喝了一口。瓶里没酒了。他把瓶子看了看，收起来放回到口袋里。

“请把剃刀给我，”他说。我就交给了他。他接过去放在左手的掌心里。

“你刚才看到了，”他说，“一条是刀口要锋利，一条是动作要洗练。还有一条比这两条更重要。就是刀法要把稳。”

他右手拿起剃刀，轻轻一挥，刀身就出来了，刀背贴住在指关节上，锋口亮在外边。他把手让我看清楚：刀柄藏在拳头里，翘出的刀身贴着指关节，由食指和拇指扣住。刀子就这样牢牢地架妥在拳头里，亮出了锋口。

“你看清楚啦？”乔治说。“你再看看，使用起来还少不了要掌握这样熟练的技巧。”

他站起身来，啪的一声一伸右手，拳头早已握起，刀子早已贴着指关节亮了出来。剃刀的刀身在射进窗口的阳光里发亮。乔治头一低，抡刀连砍了三下。又后退一步，把刀在空中挥了两挥。然后压低了头，用左臂护住了脖子，拳头带着刀子飞快地一捅一收，来回不停，一边又是躲又是闪。他砍了一下、两下、三下、四下、五下，直砍了六下，才直起腰来。他一脸汗水，把剃刀折好放在口袋里。

“要掌握使用的技巧，”他说。“另外左手最好还要拿一个枕头。”

他坐下来擦了擦脸。还脱下帽子揩了揩里面的皮垫圈。又走过去喝了杯水。

“剃刀其实只是一种幻想，”他说。“剃刀是防不了身的。谁都能拿剃刀来捅你。你既然捅得到人家，人家自然也捅得到你。要是左手能拿上个枕头，那就好了。可是用得着剃刀的时候又上哪儿去弄枕头呢？总不见得会在床上去捅谁吧？剃刀只是一种幻想，吉米。那是黑人的武器。地地道道是黑人的武器。可你现在也知道黑人是怎么个用法了。黑人其实总共只作了一个改进，就是可以在手里把剃刀翻个个儿。黑人中只有一位杰克·约翰逊①才真具备了自卫的功夫，可他却给关进莱文沃思②去了。我这点剃刀功夫比起杰克·约翰逊来那真是差远了！可这也没有什么关系，吉米。人生在世，别的都是空的，自己有个看法才最受用。像我和大师傅这样的人，都是有自己看法的。即使看法不正确吧，日子总也比较好过

① 杰克·约翰逊（1878—1946），美国黑人重量级拳击手。美国黑人拳击手中第一个冠军获得者。他多次击败白人对手，以致引起了种族骚乱。他还先后同两个白人妇女结婚，遭到了一些人的攻击。1913年初他以“诱拐妇女罪”被判一年徒刑。

② 在堪萨斯州东北部，联邦监狱所在地。

些。像杰克老哥或马库斯·加维[1]这样的黑人，满脑袋幻想就得给抓去坐班房。我要是对剃刀还死抱着幻想的话，也不知道会弄得怎么样呢。什么都是空的啊，吉米。喝了酒，过上个把钟头，你就会像我这样，知道那个滋味了。你和我，其实还根本不好算朋友。”

“哪儿的话，我们是朋友。”

“吉米好老弟，”他说。“你看那可怜的‘虎斑草’老哥，他受到的是什么样的待遇啊。他要是个白人的话，百万家财早都挣下啦。”

“他原先是干什么的？”

“原先是个拳击手。拳击功夫好得真没说的。”

“他们把他怎么啦？”

“总是叫他在铁路上跑，不是干这个就是干那个。”

“真太可惜了，”我说。

“吉米，这还不算什么，事情可还大着哪。你还会从女人那儿染上梅毒，要是你有老婆的话，老婆都会逃跑。吃这碗铁路饭晚上往往是回不了家的。你去找的那种女人，她也是没办法才来跟你好的。你去找她，是因为她没办法，你拉不住她，也是因为她没办法。男子汉一辈子能有多少欢情可得呢，喝了酒心里多添几分不痛快又算得了啥。”

“你心里觉得不痛快？”

“是啊。心里觉得不痛快。要不是觉得不痛快，我也不会说这样的话了。”

“我爸爸早上起来也常常觉得不痛快。”

“是吗？”

---

① 马库斯·加维（1887—1940），生于牙买加的黑人，1916年到纽约。他相信黑人在白人占多数的国家不可能得到公平待遇，因此主张黑人应该“回到非洲去”。二十年代他的支持者达两百万之多。他得到了大量捐款，用这些钱创办了黑人企业，以赢利作为“回到非洲去”运动的经费。1925年加维被控“利用邮件设置骗局”，判决有罪，给关了一年牢。

“可不。”

“那他怎么办呢？”

“就锻炼身体。”

“哎，我有二十四个铺位得收拾。也许这倒是个解决问题的办法。”

天一下起雨来，在火车上就觉得日子长得难捱了。雨打得车窗玻璃都湿了，再也看不清楚窗外的景色，而且在雨里看去反正车外什么都是一个样。我们路过好多个大小城镇，可是没一处不在下雨，火车在奥尔巴尼过哈得孙河时，雨下大了。我走出车厢，站在连廊里，乔治把门打开了，好让我看野景，可是眼前见到的却只有湿漉漉的铁桥架，落在河里的雨点，还有就是那水淋淋的列车了。不过外边却有股子好闻的气味。这是一场秋雨，从开着的门里透进来的空气闻起来很清新，好似潮湿的木柴、沾水的铁器，给人的感觉就像是湖滨的秋天。车厢里乘客虽有不少，可看上去都引不起我多大的兴趣。有个漂亮的妇女要我在她身旁坐下，我就去了，后来才明白，原来她自己也有个跟我同样年纪的孩子，眼下她是到纽约某地去当教育局长的。我心想：我这会儿要是能跟乔治到餐车厨房去，听他跟大师傅谈谈，那该有多好呢。可是白天一般的时候乔治说话也跟常人无异，只有说得更少，而且态度非常规矩，不过我也注意到他喝了不少冰水。

车外雨停了，但是大山顶上还有大片的云团。火车沿着河边驶去，四野里真美丽极了，这样的美景我以前还从来没有见过，只有肯伍德太太家里一本书的插图上才看得到如此风光。我们住在湖滨的时候，逢星期天总要上肯伍德太太家去吃饭，她家有这么一本大书，一直放在客厅里的桌子上，我在等吃饭的时候总要去翻翻看看。那本书上的版画也就像此刻这雨后的四野，也有这样的河，河畔也耸立着这样的山，山上也是这样灰色的山岩。有时在河的对岸可以见到有列车迎面而过。树头的叶子入秋都已变色，有时看见河面只在树木的枝椏之间露出一角，那时这河看去就一点也不显得古老，跟书上的插图也不像了，倒是让人觉得这种去处大可住得，住在这儿可以钓钓鱼，一边吃午饭一边看火车开过。不过总的说来这河是阴暗、凄凉而又陌生的，似乎并非现实，倒是像书上的版画，古味十足。这也可能是因为一场大雨刚过、太阳还没有出来的缘故。风吹叶落的时候，落叶欢舞，踩上去也带劲，树呢，也还是老样子，只是树上没有了叶子而已。可是雨打叶落的时候，落叶就生气全无，都湿漉漉贴在地上了，树也变了，变得水淋淋没有好脸面了。沿哈得孙河的这一路上景色固然十分美丽，这种景色在我可毕竟是感到很隔膜的，我倒宁愿还是回到湖滨去。这个地方给我的感觉，也正就是书上的版画给我的感觉，这里边掺杂着很多别的东西：看这本书我总是在那个客厅里，那是别人的家，时间又总是在吃饭前，何况雨后的树一片水淋淋，更何况北方的季节此时已是秋尽，天气又潮又冷，鸟儿早已飞空，在树林子里散步已不再是什么乐事，天一下雨就只想待在屋里，生上一堆火。我看我也不是一下子想到了那么多的，因为我这个人向来是不多想也不细想的，只是哈得孙河沿河的景色给了我那么复杂的感受而已。一下雨，什么地方都会变得陌生的，连自己的家乡也不能例外。

岔路口感伤记*

我们是在中午前到达岔路口的，还开枪误杀了一个法国老百姓。这人当时正快步穿过我们右方的田野，他已经过了农家房子，才看见第一辆吉普车开来。克劳德命令他站住，他却只管往田野里跑去，雷德就一枪把他打死了。这是雷德当天打死的第一个人，所以他心里好不喜欢。

我们都以为那是个德国人，身上老百姓的衣服是偷来的，不料一看他竟是个法国人。至少他的身份证是法国的，那上面说他是苏瓦松人①。

"Sans doute c'était un Collabo（他肯定是个通敌分子），"②克劳德说。

"他不是想逃跑吗？"雷德还反问道。"克劳德叫他站住，那个法国话说得可标准了。"

"'猎获簿'上就把他作通敌分子登记吧，"我说。"他的身份证照旧去放在他身上。"

"他真要是苏瓦松人，跑到这儿干什么来了？"雷德又反问道。"苏瓦松离这儿可远着哪。"

"他在我们的部队开到之前逃走，就说明他是个通敌分子，"克劳德还解释说。

"他这张脸也真难看，"雷德瞅着地上的人说。

"也被你弄坏了点，"我说。"听好了，克劳德：把身份证照旧放好，身上的钱一个子儿不许动。"

"不拿别人会拿的。"

"你就不要去拿嘛，"我说。"德国鬼子送上门来的钱是决不会少的。"

然后我就指示他们：两辆车在哪儿停放，“买卖”在哪儿开张。我还派奥内西姆穿过田野，过了这两条路，到那上了窗板的小餐馆里去打听打听清楚，有多少人马已经从这条出逃的必经之路逃了过去。

逃过去的人马倒还真不少，都是往右边的那条路上去的。我知道短不了还有很多人马要逃过去，就用脚步测量了一下从这条路到我们那两个埋伏点的距离。我们使用的都是德国人的武器，这样即使岔路上有什么巨大的声响传到德国人耳里，也就不致会惊动他们了。我们把埋伏圈特意设在过岔路口有相当距离的地方，免得到时候弄得岔路口满地狼藉，一派杀人场的景象。我们要德国人快快投到这岔路上来，而且要源源不断地来。

“这个 guet-apens（伏击）真太妙了，”克劳德说。雷德问这个法国字怎么讲，我告诉他那也不过是一般的埋伏的意思。雷德说这个字他倒得好好记住。他现在十句话里倒有五句要说些自以为是的法语，要是给他个命令的话，他也十回里有五回会用他的所谓法国话来应上一声。他说得滑稽，我挺爱听的。

那是夏末一个绝美的好天，那年夏天后来就不大再有这样的好天气了。我们埋伏好以后便就地躺着，两辆车子在肥料堆后面掩护我们。这个肥料堆体积大，气味重，而且非常坚实，我们躺在沟后的草地里，草还像常年夏天那样有股草香，两棵树给两个埋伏点各撒下一片遮荫。我这两个埋伏点也许设得太靠前了点，不过只要你火力够，上门的货色来得快，你是决不会嫌靠得太前的。一百码就满不错了。五十码更理想。我们连五十码都还不到呢。当然，在这种事情上我们总是觉近不觉远的。

有人也许会说埋伏得这么靠前不妥当。可是我们到时候还得赶

---

* 《岔路口感伤记》是一篇完整的短篇小说，写于第二次世界大战结束至1961年之间。——原编者注

① 苏瓦松是巴黎东北约八十公里处的一个城市。

② 原文为法语，下同。

出去再赶回来，得尽可能把路上的伏击痕迹清除掉。车辆之类是没什么办法可收拾的了，不过按照常情来推想，估计后来的车辆会当那是被飞机打坏的。只是那天并没有飞机。不过来人也不会知道今天还没有飞机来过这里。何况匆匆忙忙往逃生路上逃跑的人，看问题的角度也不一样。

“Mon Capitaine（我的队长），”雷德对我说。“要是我们的先头部队来了，听见这里响的都是德国人的枪炮，可不要把我们打得命都没了？”

“我们两辆车上的人会对先头部队的来路注意观察的。自有他们来打信号避免误会。不要急嘛。”

“我一点也不急，”雷德说。“我已经打死了一个货真价实的通敌分子。我们今天也总共只有这么一点战果，这个伏击可一定要多多杀上几个德国鬼子。Pas vrai（不是吗），奥尼[①]？”

奥内西姆说：“Merde（放屁）。”就在这时我们听见飞快开来了一辆汽车。我看见车是从两边种山毛榉的那条路上来的。那是一辆绿灰色伪装了的大众车，压得沉甸甸的，车上尽是戴钢盔的，看样子真像去赶火车一般。路旁有两块石头可以作瞄准点用，那是我从农家的一堵石墙上拆下来安在那儿的，一等大众车过了岔路口，顺着我们面前这条又平又直的上山的逃生路向我们这里驶来时，我马上命令雷德：“车到第一块石头，把开车的干掉。”又命令奥内西姆：“机枪摆射，高度：一人的身高。”

雷德的枪一响，那大众车的驾驶员对车子就失去了控制。由于他戴着钢盔，我看不见他脸上的表情如何。只见他的手松开了。可不是紧紧蜷缩成一团，也不是死死抓住方向盘。机枪在驾驶员的手松开之前也早已开了火，于是车子就冲到了沟里，把车上的人都抛了出来，看去就像慢镜头一样。有的摔在路上，二分队的弟兄爱惜弹药，给他们来了一个短点射。有一个人打了个滚，还有一个人在

① 奥内西姆的爱称。

爬，我正看着，克劳德把两个都打死了。

“我那一枪好像打中了驾驶员的脑袋，”雷德说。

“别太自鸣得意了。”

“这样的距离打枪，枪口总免不了有些上抬，”雷德说。“我是瞄准了他最低的部位打的。”

“伯特兰，”我对二分队那边喊道。“请你带领手下到路上去把他们搬开。把 Feldbuch[①] 全部拿来给我，钱你给保存一下回头再分。得快些把他们搬开。你也去帮个忙，雷德。把他们都往沟里扔。”

他们打扫战场的时候，我就向着小餐馆那边西来的公路眺望。我除非得亲自动手一起参加，否则是决不看打扫战场的。看打扫战场可不好受。我不好受，人家自然也不见得好受。不过我是带队的。

“你报销了几个，奥尼？”

“八个该一个没漏吧。我只能说我都打中了。”

“这么近的距离……”

“是打中了也显不出多少能耐。可我用的毕竟是他们的机枪啊。”

“我们得快些再作好战斗准备。”

“我看这辆车子坏得倒还不算厉害。”

“等回头再去查看吧。”

“听哪，”雷德说。我听了听，随即就把哨子吹了两下，于是大家都赶紧退了回来，雷德还拖着末了一个德国人的一条腿，颠得死人脑袋乱颤。这样我们便又埋伏了起来。可是什么也没来，这一下我心里倒急了。

我们设置埋伏的任务很简单，就是要在敌人的逃亡路线上横跨

---

① 德语，原意是“野外作业记录本”，这里疑是指德国兵的身份证件之类，同下文提到的“饷簿”很可能是一回事。

两侧进行狙击。严格说来，“横跨两侧”这一点我们没有做到，因为我们的人力不足，不能在道路两旁同时设伏，此外我们的技术条件也不够，碰上装甲车辆就办法不多了。不过我们两个埋伏点都各备有两枚德制的Panzerfaust[①]。那比正规部队里用的美式火箭筒威力要大得多，使用也轻便，弹头大，发射管又可以扔掉；但是近来我们在德国人撤退时缴获的这种火箭筒有不少是给暗里安上了饵雷的，还有不少给故意破坏了。所以我们只用那些新鲜得不能再新鲜的“时鲜货”，而且总还要从中随意抽些货样，叫个德国俘虏打打看。

被非正规部队抓获的德国俘虏往往非常愿意提供合作，态度决不会比饭店领班或三四流外交官差。总的说来，在我们眼里德国人就好比是走上了邪路的童子军。这也就是赞他们是优秀军人的又一种说法。我们可不是优秀军人。我们是专干一门肮脏职业的。用法国话说，就是“un métier très sale（一门肮脏透顶的职业）”。

经过反复审问，我们知道了从这条逃亡路上逃走的德国人都是往亚琛去的，我知道我们现在打死他们一个，以后在亚琛或齐格菲防线后面就可以少一个敌人抵抗。这道理是简单明了的。我就欢喜问题这样简单明了。

我们看见这一回来的德国人是骑自行车的。总共四个，也是急急忙忙的，但是都已经累透了。他们不是自行车部队的。他们就是一般的德国兵，骑的是偷来的自行车。领头的那个看到路上有新鲜血迹，又一扭头瞧见了那辆汽车，便用足全身力气把右脚的长筒靴往右脚镫上狠命踩下去，这时我们却向他开了火，也向另外三个开了火。人挨了枪子儿从自行车上摔下来，那个情景看起来总是挺惨的，尽管还比不上驮着人的一匹马中了枪那么惨，更别说一头奶牛误入枪林弹雨给打穿肚子了。可是在近距离内看一个人中了枪弹摔下自行车，那自有一种亲如切身的感觉，叫人受不了。眼前可是四

① 德语：钢甲拳。即德制反坦克火箭筒。

个人、四辆自行车。那个切身之感才叫强烈呢，何况，自行车翻倒在路上声音尖细而刺心，人摔下来又响得那么闷，装备碰得劈啪一片，这一声声都传到了你的耳里。

“快把他们搬到路外边去，”我说。“把四辆 Vélos（自行车）都藏起来。”

正当我扭过头去监视路上时，那小餐馆有一扇门打开了，出来了两个戴便帽、穿工作服的老百姓，各拿了两只瓶子。他们慢悠悠穿过了岔路口，一转弯向埋伏点后面的田野里走来。他们上身都穿运动衫加旧上装，下面是灯芯绒裤子，脚登农村靴。

“对他们注意监视，雷德，”我说。他们还是一个劲儿往前走，后来竟把瓶子高举过头，两只手各拿一瓶，走到我们跟前来了。

“快卧倒，”我喊了一声。他们就赶快趴下，把瓶子在腋下一挟，顺着草地爬过来。

“Nous sommes des copains（我们是朋友），”其中一个喊道。这人一副深沉的嗓音，一开口酒气直冲。

“过来，你们这两个酒糊涂的 copains（朋友），让我们来认一下，”克劳德应道。

“我们是在过来呀。”

“外面下这么大的铁弹雨，你们到这儿干什么来啦？”奥内西姆喊道。

“我们送一点小礼物来了。”

“刚才我到过你们那里，你们的小礼物当时为什么不送？”克劳德问道。

“哎呀，情况变化了嘛，camarade（同志）。”

“变得有利啦？”

“Rudement（大大的有利），”那头一个酒鬼 camarade 说。另一个趴在地上，把一只瓶子向我们递过来，带着很不痛快的口气问：“On dit pas bonjour aux nouveaux camarades（对新同志也不问一声好）？”

“Bonjour（你好），”我说。“Tu veux battre（你们想来打仗）？”

“假如有必要的话。不过我们来是想问一下：这些 vélos 可不可以给我们？”

“得等战斗结束，”我说。“你们服过兵役吗？”

“这个自然。”

“那好。你们每人带一支德国步枪、两夹子弹，顺着这条路到我们右边两百码的地方，见有过路的德国人就来一个毙一个。”

“我们不能跟你们在一块儿吗？”

“我们是专业人员，”克劳德说。“队长怎么说你们就怎么办。”

“上那边去选一个有利的地形，枪可不能朝这边打。”

“把这个臂章佩上了，”克劳德说。他一个口袋里满是臂章。“你们是 Franc-tireurs（游击队员）了。”他没有说出完整的名称。

“过后能把 vélos 给我们？”

“你们打不上的话，给一人一辆。打上了，给一人两辆。”

“得的钱怎么办？”克劳德说。“他们用的可是咱们的枪。”

“钱就归他们拿吧。”

“不该归他们。”

“缴获的钱都要送上来，回头会分给你们一份的。Allez vite（快去）！Débine-toi（走呀）！”

“Ceux sont des poivrots pourris（这两个是烂酒鬼），”克劳德说。

“拿破仑时代都还有酒鬼呢。”

“很可能。”

“肯定的，”我说。“这一点我完全可以向你担保。”

我们躺在草地里，草的气息还十足是夏天的气息，沟里的尸体渐渐引来了苍蝇，有普通苍蝇也有青头大苍蝇，黑色路面的公路上鲜血四周还有些蝴蝶。不但鲜血四周有黄的白的蝴蝶，连尸体拖过的地方留下的一条条血迹旁边都有。

“我倒不知道蝴蝶原来是吃血的，”雷德说。

“我本来也不知道。”

“也难怪，我们打猎的季节那是冷天，已经没有蝴蝶了。”

“我们在怀俄明打猎的时候，‘小木桩’地鼠①和土拨鼠早都躲在洞里了。可那还只是九月十五呢。”

“我倒要仔细看看蝴蝶是不是真的吃血，”雷德说。

“要不要拿我的望远镜去看？”

他仔细看了好一会儿，说：“真他妈的难说。不过老钉在那儿是肯定的。”然后他又转过头去对奥内西姆说：“奥尼呀，pauvre（可怜的）德国鬼子真差劲。Pas de（没有）手枪，pas de binoculaire（没有望远镜）。妈的什么都 rien（没有）。”

“Assez de sous（可就是有钱），”奥内西姆说。“我们这一回钱的收获倒是不小。”

“有钱也没个鬼地方可花。”

“以后再花吧。”

“Je veux（我倒想），maintenant（现在）就花，”雷德说。

克劳德用他童子军万能刀上的拔塞钻把两瓶酒开了一瓶。他闻了闻，递给我。

“C’est du gnôle（是烧酒）。”

那边的二分队也在享受他们的那一份。他们原是我们最亲近的伙伴，可是一分开以后，就觉得他们像是外人了，那两辆车更像是后方梯队了。我心想：人真是一分开就疏远。这一点倒应该注意。倒还有这么件事需要注意。

我举起瓶来喝了一口。那是高纯度的烈酒，凶极了，一上口就

---

① 北美大草原地区有一种地鼠，因其挺起身子静止不动时看去像个小木桩，故有“小木桩”地鼠之称。

是一团火。我把瓶子还给了克劳德，克劳德又给了雷德。雷德一口喝下去，眼泪都流了出来。

“这里的酒是用什么东西酿的，奥尼？”

“大概是土豆吧，还得上铁匠铺去弄点马蹄上修下的边皮加在里面。”

我翻译给雷德听了。“我什么酒都喝过，就是土豆酒倒还没尝过味道，”他说。

“这酒是装在生锈的钉桶里催陈的，里面还要放几枚旧钉子提提酒味。”

“我得再喝一口，消消嘴里那股味道，”雷德说。“Mon Capitaine，咱们要死一块儿死好吗？”

“Bonjour，tout le monde（向全世界的人问好），”我说。这是我们常说的一个老笑话，说是有个阿尔及利亚人即将在桑丹监狱[①]外的街道上被送上断头台，问他可有什么遗言要说，他就说了这样一句话。

“为蝴蝶干杯，”奥内西姆喝了一口。

“为钉桶干杯，”克劳德也把瓶子一举。

“听哪，”雷德说着把酒瓶递给了我。我们都听见了一辆履带车的声音。

“好家伙，中头彩了！”雷德说。“Along ongfang de la patree，le fucking jackpot ou le more …”[②]他轻轻地唱了起来，钉桶酒这时已经对他不起作用了。我又喝了一大口酒，大家趴在那儿，把一应布置检查了一遍，眼睛就都朝着左边的路上望去。不久就看见了。那是一辆德国人的半履带式兵车，车上的人挤得都只有勉强站着的份儿。

---

① 巴黎的一座监狱。

② 这里哼的是《马赛曲》，但是随口夹进了几个英文字，法语的音也念得不准。意思变成了：“前进祖国的孩子们，但愿头彩多多的来……”

在敌人的逃亡路线上设置埋伏，总少不了要在路的对面一侧埋上四颗饼状地雷，有宽余的话还可以再多埋一颗，都打开了保险，一颗颗就像比特大号汤盘还大的圆形大跳棋[①]，又像死呆呆伏着不动的蛤蟆。四五颗地雷排成一个半圆形，拔些野草盖在上面，用一根在船用杂货行里都能买到的黑油粗绳串起来。绳子的一头系牢在里程标上，这种一公里一个的标石叫做 borne，也可以系在十分之一公里的小标石上，反正只要找个牢不可拔的东西系住就行。绳子松松地横过路面，一头挽上个圈，由前队伏兵或后队伏兵掌握都可以。

开来的这辆压得沉甸甸的兵车，是驾驶员面前有瞭望口的那一种，重机枪此刻都高高地昂起了头，警戒着空中。我们个个都紧盯着兵车，看它步步逼近，车上挤得也真够瞧的。满满一车尽是党卫军，现在连领章都看见了，面孔也都看清楚了，看得愈来愈清楚了。

“拉绳，”我向二分队大喊一声。不料绳子一收紧，原来排成半圆形的地雷就给拉移了位，乱了阵形，我想这一下露馅了：一看就知道那是用青草遮着的饼状地雷!

这时候驾驶员要么见了地雷马上刹车，要么还是往前直开，撞上地雷。行驶中的装甲车辆是不能打的，但是只要车子一刹住，我就可以用那大弹头的德制火箭筒给它一家伙。

那半履带式兵车来得极快，此刻我们已经把他们的面孔看得清清楚楚。他们都忙着在看公路那头可有我方的先头部队追来。克劳德和奥尼脸色发白，雷德面颊上肌肉一抽。我却总是这个老毛病：肚子里又觉得像掏空了似的。紧接着那兵车里就有人看见了血迹，还看见了沟里的那辆大众车和尸体。他们用德国话大喊大叫，那驾驶员跟他身边的军官想必也看到了路上的地雷，车子往旁边一偏，

① 古时下西洋跳棋有在地上划了棋盘下的，棋子奇大。有些地方如苏格兰至 20 世纪犹有此风。

猛地停了下来，可是刚要打倒车后退，就被火箭筒击中了。在火箭筒击中的同时，两个埋伏点上的人马也都一齐开了火。兵车上的那帮家伙自己也有地雷，就急急忙忙构筑起他们的路障来，好给幸存的那点力量作个掩护，因为在德国火箭筒击中、兵车被炸毁的那个当儿，我们个个都低倒了头，头上什么乱七八糟的东西都在往下洒，好似打开了一个喷泉。洒下来的都是钢铁之类的硬家伙。我查点了一下：克劳德，奥尼，雷德，都还在射击。我也拿了一支“施迈瑟”[①]对着瞭望口在射击，我背上湿漉漉的，脖颈上也尽是血，不过这喷泉的来历我也看清楚了。我真不明白这兵车怎么会没有给炸个大开膛或大翻身，却这样一下子就完蛋了。我们车子上的“五零”机枪[②]也都在射击，所以当时声响挺大，耳朵里什么也听不见。兵车里再没有人露脸了，我以为事情已经了结，正要挥手命令“五零”机枪停止射击，兵车里却有人扔出一颗木柄手榴弹来，在路外才一点点的地方就爆炸了。

“他们连自己的死人都杀起来了，”克劳德说。“我去喂它两颗尝尝怎么样？”

“我来再给它一家伙。”

“得了，一次就够受的了。我的背上早已刺满一背的花了。”

“好，那你去吧。”

他借着“五零”机枪的掩护，在草地里迂回爬去，拿颗手榴弹拔去了保险销，让把手先啪地弹开，手榴弹在他手里冒了会儿青烟，他才一撩手高高地抛了出去，落到了兵车的那一侧[③]。手榴弹轰然一声爆炸，把人震得都跳了起来，弹片打在装甲板上，哐哐直响。

---

① 一种德国冲锋枪。

② 口径为 0.50 英寸的机枪。

③ 这种手榴弹不同于木柄手榴弹，不用拉弦。拔去保险销后，就靠手指的力量把手榴弹上的把手压住。掷出时手指一松，把手脱开，带动导火索起燃，数秒钟后爆炸。距离敌人较近时，可以先让把手脱开，等导火索稍燃后再投出。

“快出来，”克劳德用德国话说。一把德国冲锋枪从右边的瞭望口里开了火。雷德对着瞭望口打了两枪。冲锋枪又开火了。显然雷德的枪打不到他。

“快出来，”克劳德直喊。冲锋枪又响了，那声音就像小孩子拿了根棒一路走一路在栅栏上磕碰。我还击的枪声听来也是那样怪气。

“快回来，克劳德，”我说。“雷德，你对着这边的口子打。奥尼，你打那边的。”

克劳德很快回来了，我就说：“这个不得好死的德国鬼子。我们就把还有一个家伙用掉了吧。以后总还弄得到的。反正先头部队也就要到了。”

“这辆兵车是他们的后卫部队，”奥尼说。

“你上去打，”我对克劳德说。他打了，兵车的前舱给打得没了踪影，于是他们就进去搜遗下的钱财和饷簿。我喝了口酒，对我们的车子挥挥手。“五零”机枪上的弟兄学着拳击手的样子，把手高举在头顶上挥舞。我随后就背靠大树一坐，一是需要考虑一下，二也可以监视公路那头的动静。

他们把搜到的饷簿全拿了来，我都给装在一只专放饷簿的帆布包里。没有一本不是沾了血的。钱倒是缴获了不少，也都沾着血，奥尼和克劳德还同二分队里的人一起撕下了好多党卫队的肩章，能用的冲锋枪都收了来，不能用的也拿了几把，统统装在一只外有红条条的帆布袋里。

钱，我是从来不碰的。那是他们的事，反正我认为碰了钱是要倒运的。不过这一下倒有好大一笔钱可分了。伯特兰给了我一枚一等铁十字章，我放在衬衫口袋里。这种东西我们难得也在身边放上一时半时，过后就都送掉了。我是什么都不愿意留着的。留着到头来总难免要倒运。拿虽然暂时拿着，可心里却觉得：要是以后能够退回去，或者送给他们的家属，那该有多好呢。

大家看上去就像在屠宰场里遇上了一场爆炸，浑身都是叫炸飞的大小肉块打过的痕迹，那几个钻进兵车肚子里去的人出来时身上也不见得干净。我起初还糊里糊涂，后来发现有这么多的苍蝇老是叮着我的肩背和脖颈，才知道自己的模样儿该有多惨了。

那半履带式兵车横在路中，这一来车辆过此就非得减速行驶不可了。大家都已经收获不小，我们又没有一个伤亡，再说这个地方也已经破坏得没法再打了。我们就是要打也只能改天再打了，何况我可以肯定这已是后卫部队，现在就是再打，也只能打上几个散兵可怜虫了。

“排除地雷，把东西都收拾好，我们回农家房子里去梳洗梳洗。在那儿我们照样可以把公路封锁得严严实实。”

大家都提着沉甸甸的东西来了，个个兴高采烈。我们把两辆车子就留在那儿，大家都到农家场院里的抽水机跟前去好好洗了洗。有被铁片划破擦伤的，雷德都给搽了碘酊，他还给奥尼、克劳德和我洒上了一些消炎粉。等雷德给大家弄完了，克劳德也给雷德弄。

“那农家房子里就没有一点可喝的吗？”我问勒内。

“我不知道。我们哪有工夫看？”

“你进去看看。”

他找到了几瓶红葡萄酒，倒还可以喝得，我就随便找个地方一坐，清点清点武器，说说笑话。我们纪律是严格的，却不拘形迹，只有在自己师里，或者需要做给人看看的时候，才会讲究这些。

“Encore un coup manqué（又是一场空欢喜），”我说。那是一个很老的老笑话了，我们队伍里当初有过一个无赖，每当我主张放小鱼过去，等大鱼上钩的时候，他总要来这么一句。

“今儿才厉害呢，”克劳德说。

“简直叫人受不了，”米歇尔说。

“我，我真干不下去了，”奥内西姆说。

“Moi, je suis la France（我，我就是法兰西噢），”雷德说。

“你还打吗？”克劳德问他。

“Pas moi（我是不打了），”雷德答道。“我来指挥。”

“你还打吗？”克劳德问我。

“Jamais（坚决不打了）。”

“为什么你的衬衫上尽是血？”

“有一头母牛产崽，我在照料呢。”

“你是个助产士还是个兽医？”

“除了姓名、军衔和军号，我什么也不能交代。”

我们又喝了些酒，同时注意着路上，只等我们的先头部队到来。

“Où est la 该死的先头部队（那该死的先头部队在哪儿啦）？”雷德问。

“他们的机密我哪儿知道。”

“幸亏在我们作小 accrochage（接触）的时候他们没来，”奥尼说。“告诉我，mon Capitaine，你在发射那家伙的时候是怎么个感觉？”

“肚子里像掏空了似的。”

“心里是怎么想的呢？”

“心里是求天拜地，可千万别‘漂’了。”

“也真是我们走运：他们的油水好足。”

“还有，他们倒居然没有后退散开。”

“可别败了我今天下午的兴啊，”马塞尔说。

“有两个骑自行车的德国鬼子，”雷德说。“从西边过来了。”

“好家伙，倒有胆量，”我说。

“Encore un coup manqué，”奥尼说。

“这两个有谁要打？”

谁也不要。那两个人一头扑在车把上，蹬得不紧不慢，他们的靴子太大了，踩在脚镫上显得很别扭。

“我来用 M－1[①] 打一个试试，”我说。奥古斯特把枪递给了

① 美制半自动步枪。

我，我等到那前一个骑车的德国人过了半履带式兵车，眼前没有树木遮住他的身影时，就把枪瞄准了他，枪口随着他往前移了移，一枪却没有打中。

“Pas bon（不行），”雷德说。我就把枪口再提前些，又是一枪打去。那德国人也是那样一副惨不忍睹之状，跌下车来，倒在路上，那 vélo 倒翻了过来，一个轮子还在直打转。另一个骑车的死命往前蹬，一会儿工夫那两个 copains 也开起火来了。我们只听见他们“嗒砰”“嗒砰”刺耳的枪声，那骑车的却丝毫无损，只管往前蹬，不一会儿就蹬得看不见了。

“Copains 真他妈的不 bon（中用），”雷德说。

过会儿我们就看见那两个 copains 撤了下来，来到了我们大部队里。我们队伍里那几个法国人都又羞又恼。

“On peut les fusiller（能不能把他们毙了）？”克劳德问。

“不。我们不枪毙酒鬼。”

“Encore un coup manqué，”奥尼这么一说，大家的气才平了些，不过总还不大愉快。

那前头一个 copain 衬衫口袋里藏着一瓶酒，就在他站住举枪致敬时，酒瓶露了出来。他说：“Mon Capitaine, on a fait un véritable massacre（我的队长，这一下杀得可真痛快）。”

“住嘴，”奥尼说。“把你们的家伙给我。”

“可我们给你们充当了右翼呢，”那 copain 一副洪亮的嗓音说道。

“你们顶个屁，”克劳德说。“两位可尊敬的酒鬼先生，给我闭上嘴巴滚蛋吧。”

“Mais on a battu（可我们打了啊）。”

“还打呢，放你的屁，”马塞尔说。“Fout moi le camp（给我滚）。”

“On peut fusiller les copains（能不能把这两个朋友毙了）？”雷德问。他就会像鹦鹉学舌。

“你也给我住嘴，”我说。“克劳德，我说好了要给他们两辆 vélos 的。”

“不错，”克劳德说。

“你跟我去，拿两辆最坏的给他们，把那个德国鬼子连同 vélo 也一起给收拾了。你们其余的人继续封锁道路。”

“当年的老章程可不是这样办的，”一个 copain 说。

“当年的老章程今后就不能照搬了。反正当年的你恐怕也是个醉糊涂。”

我们先到公路上去处理那个德国人。他没有死，可是两肺都给打穿了。我们对他尽量和悦相待，扶他躺下时尽量让他躺舒服，我替他脱去了上衣衬衫，我们替他在伤口上洒了消炎粉，克劳德还用急救包替他作了包扎。他的面孔长得很讨人喜欢，看上去他至多不过十七岁。他想要说话，可是说不出来。他一向听惯了临到这种局面应该如何对待，如今就极力想照着去做。

克劳德从死人身上剥下了两件上衣，替他做了个枕头。然后抚了下他的脑袋，拉起手来替他按按脉搏。那小伙子两眼一直望着他，却说不出话。小伙子的目光始终也没有离开过他，克劳德俯下身去在他前额上亲了亲。

“把路上那辆自行车搬走，”我对两个 copains 说。

“Cette putain guerre（这该死的战争），”克劳德说。“这混蛋透顶的战争。”

小伙子不知道是我给了他那一枪，所以也不特别怕我。我也去按了按他的脉搏，这才明白克劳德何以会有那样的举动了。我这个人要是懂事些的话，就应该也去把他亲亲。可是这种事情往往当时不会想到，结果就成了终生的遗憾。

“我想留下陪他会儿，”克劳德说。

“真太感谢你了，”我说。我便去树木背后，到那四辆自行车的藏处，见那两个 copains 早已像两只乌鸦一样在那儿站着了。

“这一辆，还有这一辆，你们拿去，foute moi le camp（给我滚）。”我剥下了他们的臂章，塞进自己的口袋。

“可我们打了呀。这就该得两辆。”

“给我滚，”我说。“听见没有？给我滚。”

他们失望地走了。

从小餐馆里出来了一个十三四岁的孩子，问我要那辆新的自行车。

“我的那辆今儿早上给他们抢走了。”

“好吧。拿去吧。”

“还有两辆怎么办？”

“快走吧，这会儿别到公路上来，大军随后就到。”

“可你们不就是大军吗？”

“不，”我说。“很遗憾，我们可并不是大军。”

那孩子骑上了一点都没有损伤的自行车，踏到小餐馆里去了。我就顶着炎夏的天空，回到农家场院里，等我们的先头部队开来。我当时的心情真是坏得不能再坏了。不过更坏的心情其实还是会有的。真的，我敢肯定会有。

“我们今儿晚上到不到城里去？”雷德问我。

“去呀。部队是从西边来的，这会儿也该把城拿下来了。你听不见声音吗？”

“当然听见。中午以后就听见了。这个城好吗？”

“等大军一到，我们联系上以后，顺着小餐馆前面的那条路一直往前走，你就可以看到了。”我在地图上指给他看。“只要走上约莫一英里路就可以看到了。看见吗，一转过那个弯，地势就低下去了？”

“我们还打吗？”

“今儿不打了。”

“你还有衬衫吗？”

“比这一件还脏呢。”

“再脏也不会比这一件更脏了。你脱下来我去洗一洗。天这么热，要是到你该穿的时候还没干透，穿上去也没关系。你心里不痛快？”

“是啊。很不痛快。”

“克劳德怎么还不来？”

“他要陪着中了我枪的那个孩子，看他合眼。”

“是个孩子？”

“是啊。”

“唉，真要命，”雷德说。

过了一会儿克劳德推着两辆 vélos 回来了。他把小伙子的 Feldbuch 交给了我。

“你的衬衫也脱下来交给我去洗洗干净吧，克劳德。我和奥尼的已经洗过了，这会儿都快干了。”

“多谢你了，雷德，”克劳德说。“酒还有剩吗？”

“我们又找到了几瓶，还有些香肠。”

“好极了，”克劳德说。他心里也正郁郁不乐，排解不开呢。

“等大军过来了以后，我们打算到城里去一次。从这儿过去，只要走一英里多一点的路就到了，”雷德告诉他说。

“我以前去过，”克劳德说。“这个城不赖。”

“我们今天不打了。”

“那明天再打。”

“可能明天就用不着打了。”

“可能。”

“打起点兴致来吧。”

“别胡说。我这不是挺高兴的吗。”

“那好，”雷德说。“这瓶酒和这点香肠你拿着，我马上去洗衬衫。”

“多谢你了，”克劳德说。我们把酒对半分着喝了，可是谁也喝不痛快。

有人影的远景*

那座公寓里情况奇怪极了。电梯自然已经停开。连电梯顺着上下的那根钢柱都已经弯了，那六层大理石楼梯也有好几级已经碎裂，上上下下只能小心踩着边上走，免得扑通掉下去。有些通向房间的门其实背后早已空无所有，别看有的门外表似乎完好无损，你要是推开了门一步跨进去，很可能会一脚踩空：这座公寓曾经被几颗高爆炮弹直接击中，正面的四楼楼面连同底下三层都给炸掉了。但是顶上两层的正面倒有四个房间还是好好的，各层的后面一排房间也都还有自来水供应。我们都管这座公寓叫“老宅子”。

情况最吃紧的时候，前沿阵地就在这公寓的正下方，那大街环绕的小高地顶上靠边沿一带便是。战壕和淋坏晒烂的沙袋至今都还在原处。真近极了，站在这残破公寓的阳台上，捡一块碎砖瓦或灰泥片一扔就能扔到那儿。但是如今前线已从小高地的边沿推进到了河的对岸，那里有座山冈耸立在名为“村舍”的旧日皇家猎舍的背后，前线就在松树密布的山坡上。眼下战斗正在那一带进行，我们不但把“老宅子”当作了瞭望哨，还利用这个有利的地形来拍新闻片。

当时的处境是危险的，天又总是那么冷，肚子也总是吃不饱，不过我们却还常常开玩笑。

每次只要有炮弹击中房屋炸了开来，砖屑泥粉就会冲天而起，一会儿沉落下来，镜子面上就是厚厚的一层灰，好像新造房子窗上涂的白粉一样。在这座上楼都怕楼梯会塌下去的公寓里，有个房间内却有一面落地长镜居然没有震碎，我用指头在粉尘厚积的镜面上抠出了印刷体大写的“约翰尼死期到”字样，然后找了个由头打发摄影师约翰尼上那个房间里去。那时正是炮击的当口，他推门进去，一见迎面这鬼神的晓示，就脸色煞白，把魂都吓掉了，他满心气愤而又无可奈何，为此我们直要到好长久以后才重又言归于好。

第二天我们在旅馆门前往一辆汽车里装器材，我上了车，觉得怪冷的，就把旁边的窗玻璃摇起来。只见摇起来的窗玻璃上赫然几个印刷体的红色大字，想必是借了支唇膏当笔涂在那儿的：埃德小人①。这辆带标语的汽车我们接连用了好几天，那班西班牙人见了一定感到莫名其妙。他们一定只当这几个字是荷兰或者美国的什么革命组织的名称缩写或标语口号，以为那大概也是类似 F. A. I. 或 C. N. T. ②那样的组织呢。

后来有一天，驻在当地的那位英国大员却使我们把彼此间的一点疙瘩全忘了。这位大员有一顶德国式的大钢盔，他每次出行只要是往前线的那个方向去，就总要把这顶钢盔戴上。大伙儿对这种打扮谁也没有好感，总觉得既然钢盔不多，就应该留着给突击部队用。所以我们看见他头戴钢盔，心里马上就对这位大员起了反感。

我们是在一位美国女记者的住处碰上的，女记者那里有一只上好的电炉。大员见这个房间十分舒服，立刻就喜欢上了，给起名叫"俱乐部"。他提议大家各自把酒带来，说这里暖和，气氛也愉快，正好饮酒取乐。那美国女记者却是位工作极勤奋的，一直很注意不想让自己的住处给染上点"俱乐部"的色彩，尽管也许总是不太成功。所以当下听见自己的住处给这样明确地题了名、归了类，真不啻挨了一拳。

第二天我们正在"老宅子"里工作，拿条破席子当帘子一遮，

---

* 《有人影的远景》是以西班牙内战为题材的一个短篇，写于 1938 年左右。1939 年 2 月 7 日海明威致函出版社编辑马克斯韦尔·珀金斯建议编一个新的集子，提出的篇目中即包括本篇。——原编者注

① 原文为 ED IS A LICE，内 lice 一字应该用单数 louse，所以在后文中两人要为这个字争执起来，各不相让。

② F. A. I. 是西班牙无政府主义联盟，C. N. T. 是（西班牙）全国劳工联合会。

煞费苦心地使摄影机镜头避开了下午强烈的阳光，没想到大员这时却由那位美国女记者陪着来了。他在“俱乐部”里听我们谈起过这么个所在，特意要跑来看看。当时我正拿了副双筒望远镜在破阳台一角的阴影里观察。那是一副小型的八倍蔡司镜，只要两手在上面一盖，就不会发生反光。这时进攻快要开始了，我们正等着飞机来轰炸，因为政府军当时缺乏重炮，只能由轰炸来代替进攻前必不可少的炮击。

我们的工作一向是躲在屋里做的，大家都像耗子一样不敢露出一点形迹，因为我们决不能给这座表面看似空无一人的楼房引来炮火，不然我们的工作就无法完成，今后也不可能再把这里当作观察站了。可是此刻那大员进得房来，就拉上一把空椅子，到这一无遮蔽的阳台正中一坐，钢盔、特大号双筒望远镜，凡此种种一应俱全。阳台长窗的一侧斜架着一台摄影机，像机关枪那样作了精心的伪装。我则隐蔽在另一侧的黑角落里，不叫山坡上的人看见，一直小心在意可千万不能闯进了阳光亮堂堂的开阔处。独有这大员却堂而皇之坐在向阳地的中央，头戴钢盔，俨然是一副全球总参谋长的架势，望远镜亮晃晃的，比得上一架日光反射信号器。

“你瞧，”我说。“我们这儿得工作。你在那儿坐着，望远镜会发出反光，对面山上的人全看得见。”

“依我看在房子里是根本没有危险的，”大员俨然以上司下顾的口吻，若无其事地说。

“你要是打过野羊，”我说，“你就知道了：你老远看得见野羊，野羊也老远看得见你。你用望远镜不是可以清清楚楚看见对方的人吗？他们也有望远镜的。”

“依我看在房子里是根本没有危险的，”大员却还是那句话。“坦克都在哪儿啦？”

“在那儿，”我说。“树底下。”

两个摄影师气得直做怪脸，都攥紧了拳头，在头顶上乱挥。

“我把大摄影机拿到后边去，”约翰尼说。

“小妞儿，躲远点，别过来，”我冲着那美国女记者说。然后又告诉大员：“你知道吧，他们把你当成谁的参谋长啦。见了你这钢盔，这望远镜，他们以为你是指挥作战的。知道吗，你这是自找麻烦。”

他说的还是那句老话。

就在这个当儿我们挨了第一颗炮弹。只听见一声巨响，好似爆裂了一根蒸汽管，外加撕裂了一块帆布。爆炸的声音没落，灰泥墙粉还在轰隆劈啪往下掉，我就冒着漫天的尘雾，推着那女记者往门外跑，躲到后面一排房间里去。正当我冲出房门的时候，只见有个头戴钢盔的家伙从我身旁一闪而过，向楼梯口窜去。一头野兔子一蹿而起，左一蹦右一跳地一溜烟逃走，那个速度应该说够快了吧，可是这位大员窜过尘雾弥漫的过道，冲下楼梯，夺门而出，往街上一钻，速度之快却连野兔子都别想赶得上。我们的一位摄影师说，他的莱卡摄影机最快的快门都别想拍得下这位大员的动作。这话固然有些过甚其词，倒真是说得一针见血。

总之对方对这幢房子快速轰击了足有分把钟。炮弹简直就是平射的，在呼啸而来和击中爆炸的轰然一响、陡地一震之间，几乎都没有个间隙能容你屏一下气。后来总算打完了，我们又等上了几分钟，看是真的不打了，才到厨房里去扭开水池上的龙头喝了点水，然后重新找了个地方，把摄影机再架起来。这时候进攻正好刚刚开始。

那美国女记者把大员恨透了。“是他带我上这儿来的，”她说。“他还说这儿挺安全呢。结果他自己倒溜了。连声再会都不说。”

“这个人哪有一点绅士风度，”我说。“瞧，小妞儿。注意看。喏，开始啦。”

只见地面上有些士兵站了起来，半弯着腰，向一片小林子里的一座石头房子跑步前进。炮弹都对准了石头房子打去，所以石头房子会不时消失在突然腾起的一阵阵尘雾中。每次一炮打过，风又总会把尘雾吹散，石头房子又总会清清楚楚露出脸来，好似一艘船破雾而出一般。在士兵的前面有一辆坦克晃晃摇摇开得飞快，活像一只圆顶炮鼻虫，开进树林子就看不见了。正看着时，忽然跑步前进的士兵都扑倒在地上了。接着左边又有一辆坦克冲上前去，进了树林子，坦克开火的闪光都看得见，石头房子冒了烟，飘散的烟雾里看得见有个伏在地上的士兵爬起来就拼命往回跑，逃回自己原先所在的战壕里去了。接着又是一个爬起来跑了，一只手抓着枪，一只手还抱着头。再后来简直就是全线后退了。有的跑着跑着就倒下了。有的趴在地上就再没有起来。满山坡星星点点都是。

“怎么回事？”女记者问。

“进攻失败了，”我说。

“怎么？”

“没有能坚持到底。”

“为什么呢？他们后退不也跟前进一样危险吗？”

“不见得。”

女记者举起望远镜来看。可是随即又放了下来。

“我什么也看不见了，”她说。她泪水顺着两颊直流，脸上还在抽搐。我以前从来也没有见她流过泪，要哭的话，大可一哭的事我们也见得多了。打起仗来，各等各样的人，包括将军在内，谁都免不了有流泪的时候。不管人家跟你是怎么说的，反正这句话才真是实情，不过眼泪还是应该尽量少流，人们也都能忍则忍，所以我以前就从来没有见过这个女记者流泪。

“这就是一场进攻战了？”

“这就是一场进攻战，”我说。“现在你算是见识过了。”

“这以后又会怎么样呢？”

“要是带队指挥还有人的话，说不定还会打发他们再上去。不过我看只怕是不会了。这损失有多大，你不妨数一数就明白了。”

“那些人全都死了？”

“不一定。有的是受了重伤，动不了了。等天黑以后，会有人来把他们抬下去的。”

“那坦克现在怎么办呢?”

“能撤回去算是走运。”

可是其中有一辆已经倒运了。松林里腾起一股黑污的烟柱，在空中随风飘散，很快就扩大成乌黑的滚滚一团，浓浓的油烟里看得见还有红通通的火舌。只听见一声爆炸，同时看见一阵白烟翻滚，于是黑烟蹿得就更高了，下面着火的范围也更大了。

“那是一辆坦克，”我说。“起火了。”

我们继续看下去。从望远镜里可以望见打壕沟的一个角落里爬出两个人来，抬起一副担架，顺着上山的一道斜坡往上爬去。看上去爬得很慢，似乎爬得很吃力。正看着时，前面那人忽然腿一屈跪下了，随后便一屁股坐下来。后面那个早已扑倒在地上。他爬到前面，把胳膊钩在前面那人的肩下，拖着他向壕沟里爬去。一会儿他就不动了，只见他面孔朝下趴得直挺挺的。这样两个人就都横在那儿不动了。

对石头房子的炮击已经停止了，此刻四下一片悄然。衬着青青的山坡，那农家大宅子连同围墙里的院子黄得好显眼，不过山坡上筑了工事，挖了交通沟，泥土翻起处还添上了些白色的瘢痕。山坡上这会儿有些小火堆升起的细烟，那是行军炉灶在做饭。往上，通向农家大宅子的一路上则尽是这场进攻战遗下的死伤士兵，好像把许多包裹撒在青草坡上。那辆坦克还在树林子里燃烧，烟是又黑又油的。

“吓人哪，”女记者说。“这种场面我还是生平第一次见到。真吓人哪。”

“打仗的场面总是这么吓人的。”

“你见了倒不觉得讨厌?”

“我讨厌，我一向就见了讨厌。可干一行就得懂一行。这是打的一场正面进攻战。打正面进攻战就是这样惨。”

“没有别的办法可以进攻了?”

“有啊。办法多啦。不过你总得先有军事知识，有军纪，有经过训练的班排长。尤其应该有出奇制胜的计谋。”

“这会儿天色都给弄得黑乎乎的，要拍也没法再拍了，”约翰尼说着就把他的远距离摄影镜头用罩子罩了起来。“喂，我的‘小人’哥。我们快回旅馆去吧。今天的活儿干得相当不错。”

“是啊，”那另一个摄影师说。“今天我们拍到的一些镜头是非常珍贵的。可惜进攻没有成功，真是太遗憾了。算了，这事还是别去想了。但愿有一天我们能拍到进攻得胜的镜头。只是进攻得胜的日子往往不是下雨就是下雪。”

“我可永远也不想再看了，”那女记者说。“我今天算是见识过了。我是说什么也不愿意再看了，好奇心打不动我，写文章挣大钱引诱不了我。他们都是男儿汉血肉之躯啊，跟你我有什么两样？可你看看他们，就这样都倒在那儿山坡上了。”

“你可不是男儿汉，”约翰尼说。“你是个女儿家。可不能混淆了。”

“那个戴钢盔的家伙又来了，”那另一个摄影师望着窗外说。“又大模大样地来了。我恨不得手里有颗炸弹，扔下去冷不丁吓他个半死。”

我们正在收拾摄影器材，那戴钢盔的大员进来了。

“哈罗，”他说。“你们拍到好影片了吗？伊丽莎白，我有一辆汽车停在后面一条小街上，我来送你回去。”

“我要跟埃德温·亨利一块儿回去，”那女记者说。

“风小点儿了吗？”我问他，这无非是句应酬话。

他没有答理，管自问女记者：“你不去？”

“不去，”女记者说。“我们准备大家一块儿走。”

“晚上跟你在俱乐部见，”他照样乐呵呵地对我说。

“你已经不再是俱乐部里的人了，”我极力学着英国人的腔调，告诉他说。

大家一起下楼，大理石楼梯上有窟窿，走起来得十分小心，眼下又添了新的损伤，得一一跨过、绕过。这真像是一座走不完的楼梯。我拾到了一个炮弹引信头上的“铜帽子”，已经撞扁了，底部还有灰泥的痕迹。我就递给了那个叫伊丽莎白的女记者。

“我不要，”她说。到了门口，大家一齐站住，让那个戴钢盔的家伙一个人走在前头。他架子十足地穿过了有时会有冷枪打来的大街这半边；到了对面墙头的掩护下，便只管端着架子继续走他的。于是我们也一次一个，向街对面的墙下作冲刺。在这里待过了一阵子总会知道：过开阔地的时候，第三个人或第四个人往往会招来敌人的火力。所以我们过了这个关口，心里总是挺高兴的。

这样我们就在墙头的掩护下顺着大街走去，四个人并排走，手里拿着摄影机，脚下踩着新飞来的铁片、刚碎的砖块，以及成块的石头，一路看看前面那个戴钢盔家伙架子十足的步态：他，已经不再是俱乐部里的人了。

“真讨厌，我还要写电讯稿呢，”我说。“今天的电讯稿可不好写。进攻失败啦。”

“你这是怎么啦，老兄？”约翰尼问。

“你应该找些可以说得的事情来写，”那另一个摄影师和婉地说。“今天的事情那么多，总该有些什么可以说说吧。”

“他们什么时候去把伤员弄回来？”那女记者却问。她没戴帽子，步子跨得又大又随便，头发披在皮领短茄克衫的领子上，在愈来愈暗的光线下看去都成了土黄色的了。她转过头来时，头发也跟着一晃荡。她面孔发白，脸色难看。

“我不是告诉你了吗，等天一黑。”

“上帝保佑，快些天黑，”她说。“原来战争就是这样。我要来采访报道的就是这么回事。那两个抬担架出去的人是不是给打死了？”

“死了，”我说。“肯定死了。”

“他们的行动太迟缓了，”那女记者不胜怜悯地说。

“人有时候想走却就是迈不开腿，”我说。“走起路来像陷在深沙里，有时又像身在梦中。”

前边，那个戴钢盔的人还是一直顺着大街走去。他左边是一排残破的房屋，右边是营房的砖墙。他的汽车停在大街的尽头，我们的车子也就停在那儿一所房子的背面。

“我们就带他回‘俱乐部’去吧，”那女记者说。“今儿晚上我可不想让谁受到伤害。感情不能受到伤害，什么都不能受到伤害。嗨！”她就喊起来。“等等我们哪。我们来啦。”

那人站住回头一看，笨重的大钢盔随着脑袋转过来，显得滑稽极了，像是什么驯顺的牲口头上长的两只大角。他等在那儿，我们就迎上前去。

“是不是要搭我的车？”他问。

“不用了。我们的汽车就在前面。”

“我们都到‘俱乐部’去，”那女记者说。然后向他微微一笑：“你也来，顺便再带上一瓶酒，好吗？”

“那就太好了，”他说。“我带什么酒好呢？”

“带什么酒都行，”女记者说。“随你的便好了。我还有些工作得先去做好。七点半左右碰头吧。”

“你要不要搭我的车回去？”他问她说。“那辆车上还得装这么些玩意儿，怕是太挤了。”

“好啊，”她说。“我挺高兴的。谢谢你啦。”

他们俩上一辆车，我们把摄影器材统统装上另一辆车。

“怎么啦，老兄？”约翰尼说。“你的女朋友倒让别人送回家去？”

“这场进攻战叫她看得心都乱了。她心里难受着呢。”

“看进攻战而心不乱的女人不好算个女人，”约翰尼说。

“这次进攻败得真惨透了，”那另一位摄影师说。“幸而她观察的距离还不算太近。今后不管有没有危险，我们可千万不能让她近距离看进攻。这种场面刺激性太大。今天她在那儿看，还不过像看电影一样。看去就像电影里的老式战斗场面。”

“她心地善良，”约翰尼说。“跟你不一样，我的 lice 哥。”

“我的心地可善良了，”我说。“不过你应该说louse，用lice不对，lice是复数。”

“我就喜欢用lice，”约翰尼说。“这个字听起来口气更强硬。”

可是他却抬起手来，把车窗上用唇膏写的那几个字擦掉了。

“要开玩笑我们明天再另换个花样吧，”他说。“镜子上写字的事儿算是跟你一笔勾销了。”

“行，”我说。“那太好了。”

“你呀，我的lice哥！”约翰尼说着，拍了拍我的背。

“应该用louse！”

“不。就是要用lice！这个字我喜欢多了。口气上要强硬百倍。”

“去你的。”

“好吧，”约翰尼说着，愉快地笑了。“这一下我们又都是老朋友了。在打仗的时候我们大家都得注意着点，彼此可别伤了感情才好。”

你总是的，碰到件事就要想起点什么*

“这篇小说写得真不错，”孩子的父亲说。“你知道你这篇东西写得有多好吗？”

“那可不是我要她送给你看的，爸爸。”

“你另外还写过些什么呢？”

“小说就这一篇。真的，那不是我要她送给你看的。可小说一得了奖……”

“她要我辅导辅导你。不过你既然写得出这样的好文章，也就用不着别人来辅导了。你只要写下去就可以了。你写这篇小说花了多少时间？”

“也没花很多时间。”

“你从哪儿听说有这么一种海鸥的？”

“大概是在巴哈马吧。”

“你从来没有去过狗礁，也没有去过埃尔鲍基。在凯特基也好，比美尼也好，都没有海鸥来做窝住，连燕鸥都没有。在基韦斯特也只能见到些最小的燕鸥来做窝。”

“对，就是那种叫‘该杀的彼得’的。窝都做在珊瑚礁上。”

“就做在浅滩上，”他父亲说。“可小说里说的那种海鸥，你哪儿见得到呢？”

“可能是你告诉我的吧，爸爸。”

“这篇小说的确写得非常好。倒使我想起了好久以前看过的一篇小说。”

“你总是的，碰到件事就要想起点什么，”孩子说。

那年夏天，父亲在藏书室里找了些书给孩子看，孩子就看这些书。孩子要是不去打棒球、不去俱乐部练射击的话，总会来大房子吃午饭，来的时候往往说他一直在写作。

“你要是想给我看看，只管拿来，有什么问题要问，只管来问，”父亲说。“你要写你熟悉的东西。”

“我是这样，”孩子说。

“我不想来监督你，也不想来盯牢你，”父亲说。“不过，假如你想要的话，我倒可以找些我们彼此都熟悉的题材，给你出几个简单的题目做。这样练习练习很有好处。”

“我觉得我干得倒还算顺利。”

“那你不一定要拿给我看，什么时候觉得有必要，再给我看好了。《当年在远方》这篇文章，你看了喜欢吗？”

“喜欢极了。”

“我刚才说到出题目，无非是这样的意思：我们可以一起去逛一次市场，或者去看一次斗鸡，把我们的所见各自记下来。只要把自己看到后觉得印象深刻的东西如实记下就可以了。比如，在斗鸡的两个回合之间，公正人让鸡主人把鸡抱回去调理一下，这时候鸡主人就扒开鸡嘴往嗓子眼里灌点酒。就记诸如此类的小事。看看我们各自看到了些什么。”

孩子点点头，可是随即就垂下眼来，望着面前的盘子。

“要不我们也可以去一次咖啡馆，玩上几盘扑克骰子①，你就写你听到人家都谈了些什么。也不要全写出来。只要把有点意思的写出来就行了。”

“按这个办法写我现在怕还不行呢，爸爸。我想我还是照那篇小说的写法写下去吧。”

---

* 《你总是的，碰到件事就要想起点什么》是一篇以古巴为背景的完整的短篇小说。海明威于 1939 年至 1959 年间定居于古巴的“观景庄”。——原编者注

① 有的骰子上面刻有扑克图案，称为扑克骰子。另外，亦有以骰子掷出花色，引用扑克牌打法的，也称为掷扑克骰子。

"那就照你的老办法写吧。我不想干预你，也不想影响你。我说的这些都不过是练习罢了。本来我倒很愿意陪你练习练习。就好比弹琴练指法。其实这些办法也不一定就真好得不得了。我们还可以另找些更好的办法。"

"我恐怕还是照那篇小说的写法写下去的好呢。"

"也好，"父亲说。

父亲心里想：我像他这样年纪的时候，还写不出这样的好文章呢。我认识的人里也从来没有一个能有这样的本事。我认识的人里也从来没有一个能像他似的，才十岁的娃娃就有那么一手好枪法。小小年纪不只参加射击表演，还跟大人、跟职业选手一块儿比试枪法。他十二岁上就以平等的资格上场参加比赛了。他打起枪来就像身上天生有雷达似的。目标没到射程以内，他绝不轻易发枪；野禽被一哄赶冷不防飞出来，他也决不会给弄得措手不及。他常常打长尾野鸡，打飞过的野鸭子，射击的姿势优美，出枪恰到好处，准确非凡。

逢到比赛打活鸽的时候，只要一等他来到屋外的水泥场上，通过旋转门走进射击栏，旁边挂起了黑条纹金属板表示由他上场，那班职业选手就都不作一声，紧盯着看了。射手中只有轮到他上场，满场观众才会鸦雀无声。他举起枪来架在肩上，还回头看了看枪托底部抵在肩膀的什么部位，一些职业选手见了微微一笑，好像发现了一个秘密似的。然后他的腮帮子就靠下去贴在贴腮上，左手老远伸出在前头，身体的重心前移到了左脚上。枪口抬起来又低下去，往左移了移又往右移了移，最后回到了正中。右脚的后跟轻轻一提，浑身的力气都集中到了弹膛里的那两发弹药上。

"预备！"他吐出这两个字的时候嗓音是那么低沉沙哑，真不像是小孩子的说话。

"预备！"管鸽笼的人应了一声。

"放！"那沙哑的嗓子话音一落，五个笼子里不知哪一个笼中就飞快冲出一只灰鸽来，也不知是怎么一窜，就贴着青草地箭一般一掠而过，向着白色的矮栅栏飞去。第一个枪筒里的子弹一下就打中了它，第二个枪筒里的子弹也随之而入。那飞鸽脑袋朝前一冲，栽了下来，只有那些射击的行家才看出第二颗子弹也打中了鸽子，尽管这时鸽子早已中弹死在空中了。

孩子这时就会打开枪筒，离了水泥场，回到休息室去，脸上不带一点表情，眼睛直望着地下，对喝彩声只当没有听见一样，要是碰到哪个职业选手赞他一声："好样的，斯蒂维，"他就会以那个陌生的沙哑嗓门说声"谢谢"。

他就会把枪在枪架上放好，等着看父亲上场打。父亲打罢，爷儿俩就会一起走到露天的冷饮柜台跟前。

"我可以喝瓶可口可乐吗，爸爸？"

"只许半瓶为限。"

"好吧。真遗憾，我刚才的动作太慢了。倒让那只鸽子逞了强，真是不应该啊。"

"那鸽子冲劲足，飞得又低，斯蒂维。"

"要不是我动作慢，那就谁也不会知道了。"

"你打得还不错。"

"我还会打得跟本来一样快的。不用为我操心，爸爸。就喝上这么点儿可乐，我包你出手慢不了。"

他打第二只鸽子时，地笼的弹簧门一开，鸽子从暗沟口里蹿出来，刚一飞起就给打死在空中。大家都看清了鸽子是在空中中了第二枪以后才落地的。出了笼子还飞不到一码远。

孩子来到休息室时，有个本地的射手说道："好，你这一下打得轻松，斯蒂维。"

孩子点了点头，把枪搁好。他看了看记分牌。还要等四个选手上过场，才会又轮到父亲。他就去找父亲。

"你这一回出手又很快了，"父亲说。

"我是听见了开笼声的，"孩子说。"我不是糊弄你，爸爸。我知道几个笼子开笼的声音都是听得见的。可我发现眼下二号笼开起来要比别的笼子响一倍。这个笼子也真该上点油了。看来这号事谁也没有注意。”

“我总是一听见开笼声就把枪口转过去。”

“是啊。可要是声音特别响的话，那准是在左边。左边的声音响。”

父亲此后连打三轮，鸽子没有一次是从二号笼里出来的。后来真碰上了一次，他却并没有听到开笼声，结果这一次他是用了第二发枪弹在老远以外才把鸽子打死的，死鸽子正好撞在栅栏上，落在界内。

“呀，爸爸，我真抱歉，”孩子说。“他们上过油了呢。都怪我多嘴了。”

爷儿俩一起参加过了最后一次国际射击大赛，晚上在一块儿闲聊，孩子说道：“我真不明白，怎么有人会连只鸽子也打不中。”

“这话可千万不能对人家说啊，”父亲说。

“我不说。可我这倒真是心里话。打不中是说什么也不应该的。我总共只失败过一次，可也是两枪都中，只是死鸽子栽下来掉在界外了。”

“可这样你还是失败了。”

“我明白。这样我还是失败了。不过我弄不懂，真要是个够格的射手怎么会连只鸽子也打不中。”

“也许过了二十年你就懂了，”父亲说。

“别生气，爸爸，我不是存心要顶撞你。”

“没什么，”父亲说。“可对别人你这话千万不能说啊。”

他是在对那篇小说、对孩子的写作感到捉摸不透的时候想到了这些的。孩子虽然天赋惊人，能成为这样一个打飞禽的能手却也并非全靠自己，他不是不经点拨、不经培养就自己成了材的。可如今他早已把这个锻炼的过程统统忘了。他忘了自己起初打不中飞禽，父亲就要扒开他的衬衫，叫他看看他枪托抵的不是地方，所以臂膀上都起了青肿。教给他纠正毛病的办法就是每次举枪一定要回头看一看肩膀：看枪确实架妥了，才能招呼放鸽子。

他忘了父亲还教给他一套动作要领：把身体的重心落在你跨前的脚上，莫抬头，只管转枪口。怎么能保证身体的重心落在跨前的脚上呢？只要把右脚的后跟抬起就行。莫抬头，转枪口，快出手。记住，得分多少是无关紧要的。可我要求你一定要做到鸽子刚一出笼就得打着。看鸽子不要看其他部位，只要看它的嘴。枪口要瞄准鸽子嘴。要是鸽子嘴看不见，看嘴巴该在哪儿就瞄哪儿。我现在对你的要求是出手一定要快。

孩子天生是棵打枪的好苗子，但是父亲一直帮着摔打，要把他磨练成一个百发百中的神枪手。每年都要带着他苦练提高出手速度，初练时十枪里不过中个六七枪、七八枪。后来提高到十有九中，在这个水平徘徊了好一阵，又提高到二十枪内枪枪命中，可惜不走运，到底成不了一个百发百中的神枪手。

那第二篇小说他可始终没有拿出来给父亲看。直到暑假结束他还没有把稿子改到能使自己觉得满意。他说他要磨到完美无缺才能拿出来。等他一完稿，他一定马上送来给父亲看。他说这个暑假过得非常愉快，真是少有的愉快，而且还有这么些好书看，他感谢爸爸在写作问题上对他没有逼得太紧，因为暑假毕竟是暑假，今年的暑假过得好，大概算得上是过得最好最好的暑假之一了，跟爸爸在一起那可真是带劲极了，真是带劲极了。

过了七年，父亲又看到了那篇得奖的小说。那是他在孩子当年住过的房间里查阅几本书的时候偶然发现了一本书，在书中看到的。他一看见这本书就立刻意识到那篇小说是怎么来的了。他记起了当年的那种似曾相识之感。把书一翻，果然有这一篇，一字未动，连题目都一样。那是一位爱尔兰作家的一部短篇小说集，所收都是极优秀的作品。孩子竟是一字不改地抄袭，连题目都照抄了。

父亲心想：从小说得奖的那年夏天到他无意发现这本书相隔已有七年；这七年中的后五年，孩子简直把一切坏事、蠢事都干绝了。可父亲本来还一直以为那是因为孩子病了。以为他是得了病才变坏的。以为他原先一直还是不错的。是那最后一个暑假后一两年才开始变的。

如今他明白了，这孩子从来就不是个好孩子。回想往事，他总每每有这样的感觉。悲哀啊，原来射击是并不能促使人进步的！

大陆来的大喜讯*

接连吹了三天南风，王棕树灰色的树干在狂风里弓着腰，长长的棕叶更是给吹得倒弯着身子，好像已经脱离了树干，在前边另成了一行似的。风愈吹愈猛，暗绿的叶柄拼命嘶叫了一阵，终于纷纷被风扼杀了。芒果树的枝椏也都在大风中一阵战栗，啪嗒断了。风里带来的热气烤得芒果花枯焦粉碎，连花梗也干瘪了。草都枯萎了，泥土里已经没有一点水分，风里尽是一派粉尘。

大风日夜不停整整刮了五天，等到风息，王棕树的叶子已有半数死僵僵吊在树干上了，还青的芒果不是掉在地上，就是死在树上，花蔫了，花梗也枯了。今年芒果的收成算是完蛋了，其他的作物也都一样。

那人挂出去的电话跟大陆接通了，他先叫了一声："喂，辛普森医生，"接着就听见对方那条破哑嗓子说道："惠勒先生吗？哎呀，先生，你那位哥儿今天可真叫我们大家都吓了一大跳。一点不假。我们照例在电休克治疗前给他用喷妥撒钠，我早就注意到这孩子对喷妥撒钠有异乎寻常的耐药力。他以前从来没有弄过麻醉剂的玩意儿？"

"据我知道没有弄过。"

"真没有弄过？可也是，天下的事难说。反正他今天的表演我算是领教了。弄得我们五个人倒像小娃娃一样傻了眼。真的，五个大人都变成娃娃了。治疗只好延期。是啊，他对电休克这样害怕是不正常的，完全没有理由可以解释，所以我才给他用了喷妥撒钠，不过今天是不能做这个治疗了。别急，依我看今天倒有个可喜的迹象。他今天一点都没有顶牛，惠勒先生。这样的好现象以前还真不曾有过。这孩子果然进步了，惠勒先生。我还夸他呢。对，我当时对他说来着：‘斯蒂芬，我倒不知道你还这样懂事呢。’他眼前的情况包你会满意、会夸奖的。今天他事后就写了封信给我，写得可逗了，可有意思了。我这就把信给你寄去。我以前寄给你的信你没有收到？对了，对了，一定是发信有了点耽搁。我的秘书老是手头的事情一大堆，这种情况甭说你是理解的，惠勒先生，我是个忙人啦。是啊，他不肯接受治疗的时候骂起人来确实难听到极点，不过事后向我赔礼道歉，倒大有绅士的风度。你真该来看看这孩子现在的模样呢，惠勒先生。他现在注意自己的仪容了。简直就是一位标准的时髦青年大学生。”

“那治疗的事怎么办？”

“喔，会给他治疗的。首先喷妥撒纳的用量得加大一倍。他的耐药力着实惊人哪。我不说你也清楚，目前这一系列的治疗是他自己要求增加的。这看起来好像有点‘自虐狂’的味道。连他自己的信里也隐隐然有这么种意思。不过我倒有点不以为然。依我看这孩子是对现实渐渐开始明白了。我这就把信给你寄去。这孩子的情况包管会使你感到欢欣鼓舞的，惠勒先生。”

“你们那边天气怎么样？”

“什么？喔，是说天气呀。这个嘛，我看可以说是每年这个季节的一大特点吧，只是今年未免过分了点。是啊，是同常年不完全一样。说实在的今年的天气是有点儿邪门。你有事只管来电话好了，惠勒先生。这孩子有进步了，我还有什么可着急、可担心的呢。他的信我这就给你寄去。信写得挺漂亮的，我看也未尝不可以这么说吧。是啊，惠勒先生。不不，惠勒先生。惠勒先生，依我看一切都进行得很顺利。根本没有什么可担心的。你想跟他通话？我替你把电话转到医院里去。不过恐怕还是明天通话比较好些。做完了治疗他难免会有些累。还是明天比较好些。你说他今天没有做治

---

* 《大陆来的大喜讯》是又一篇以古巴为背景的完整的短篇小说。——原编者注

疗？对对，一点不错，惠勒先生。我是觉得这孩子现在体力比较差，怕干不了这样费力气的事。对对。治疗要到明天才做。我得加大喷妥撒纳的用量才行。这一系列治疗可是他自己要求增加的。你就后天给他打电话好了。后天他不做治疗，而且也休息过了。对，惠勒先生，是这样。你用不到焦急。依我看他能有这样的进步，已是好得不能再好了。今天是星期二。你星期四跟他通电话吧。星期四什么时候都行。”

星期四南风又大了起来。反正现在风对树木再也造不成多大伤害了。棕榈树焦黄枯死的叶柄大不了给吹折了，芒果树未死花梗上的一两朵残花大不了给烤蔫了。只是杨树叶子都给吹得发了黄，扬起的尘土和刮落的树叶撒得游泳池里满池都是。尘土透过纱窗给吹进屋里来了，有钻进书里的，有落在画上的。奶牛都背着风伏在栏里，连嘴里倒嚼的草料都含着砂粒。惠勒先生记得，大风总是在四旬斋期间[①]来的。当地人索性就给起名叫四旬斋风潮。凡是恶风当地人都给起了名字，一些蹩脚作家就专爱拿这种恶风做文章。这号事他就坚决不干，比方说他就坚决不写棕榈树的叶梗给刮得在树干前边倒挂成一行，好似少妇背向狂风而立，吹散的头发都扬向前方。他就坚决不写起风前一天晚上他们一起散步时闻到的芒果花香，不写他窗外芒果花丛中的蜜蜂嗡嗡。蜜蜂如今早就没了影踪。他也决不用外文来叫这股风。以种种风的外文名字作题材敷衍成篇的蹩脚文章已经见得太多了，这种名目他就说得出几大筐。惠勒先生此刻写文章就一个字一个字用笔写，在这四旬斋风潮中他可不想把打字机拿出来用。

在他家里打杂的小伙子是他儿子的同龄人，两人在一起长大的时候还是朋友。这时小伙子走进来说：“给斯蒂维打去的电话接通了。”

---

① 复活节前的四十天，守斋悔罪，以纪念耶稣在荒野禁食，称为四旬斋。天主教、东正教，以及耶稣教中的某些教会都有这样的规矩。

“嗨，爸爸，”传来了斯蒂芬沙哑的嗓音。“我很好，爸爸，真的很好。从来没有这么痛快的。真的，那劳什子现在都给赶跑了。痛快得你没法想象。我现在对眼前的一切真的又都清清楚楚了。辛普森医生吗？喔，他挺不错的。说真的我信得过他。他是个好人哪，爸爸。说真的我对他很有信心。他比一般医生平易近人。他现在要给我额外增加几次治疗。大家都好吗？那好。你问天气吗？好，还可以。治疗没有遇到什么困难。没有。一点都没有。一切都很好。很高兴你也一切都好。这一回我算是真的明白过来了。好吧，我们犯不上浪费电话费了。向大家问好。再见了，爸爸。咱们回头见。”

“斯蒂维问你好呢，”我[①]对打杂的小伙子说。

他想起了当年，愉快地笑了。

“多谢他。他好吗？”

“好，”我说。“他说一切都好。”

---

① 原文如此。下同。

那片陌生的天地[*]

迈阿密又热又闷，从大沼泽吹来的陆地风还带来了蚊子，连早上都有。

“我们还是尽快走吧，”罗杰说。“我得先去弄点儿钱。汽车的事你懂行吗？”

“不大懂。”

“你不妨在报纸的分类广告里看看，了解一下都有些什么样的汽车出让，我去弄点儿钱让汇到这里的西联[①]来。”

“你就这样能拿到钱？”

“只要我电话早些打通，能让我的律师马上把钱汇来。”

他们是在比斯坎湾大街一家旅馆的十三层楼上，茶房刚刚下楼买报纸和别的东西去了。他们借了两个房间，房间下临海湾，望得见公园和大街上的来往车辆。他们登记时都用了自己的本名。

“你就住转角上的这一间，”罗杰当时还说来着。“这个房间也许能吹到些风。我住那一间，打电话方便些。”

“我能帮得上什么忙吗？”

“你拿一份报纸，把分类广告里出让汽车的栏目看一下，另一份报纸我来看。”

“找什么样的车呢？”

“跑车，轮胎要好。尽可能挑最好的。”

“你看我们能弄到多少钱？”

“我打算开口要五千。”

“那太棒了。你看会给你这么多？”

“我也不知道。我这就给他打电话去，”罗杰说完就到隔壁房间里去了。可门刚一关上，又打开了。“你还爱我吗？”

“我想那该是用不到再说的了，”她说。“趁这会儿茶房还没有回来，请亲亲我吧。”

“行。”

他把她紧紧地拥在怀里，使劲地亲。

“这就对了，”她说。“我们何必还要把房间分开呢？”

“我是考虑到领汇款的时候可能要来查对一下我的姓名。”

“是吗。”

“我们要是运气好些的话，就用不到在这儿过夜了。”

“真的这么快就能走？”

“要是运气好些的话。”

“那我们就可以用吉尔奇夫妇的名义了？”

“斯蒂芬·吉尔奇夫妇。”

“还是叫斯蒂芬·布拉特-吉尔奇夫妇好。”

“我得赶快去打电话了。”

“可别去了好大半天才来噢。”

他们是在一家希腊人开的海鲜餐馆里吃的午饭。餐馆有空调，在酷热的城市里真无异沙漠中的一片绿洲。菜倒也一点不假都是用海味做的，只是同样的菜跟埃迪海鲜馆一比，就好比一是煎了又煎的锅底陈油，一是刚见黄的鲜白脱了。不过那一瓶希腊白葡萄酒倒还不错，味道的确清凉纯正，带有一股树脂香。甜点心他们要的是樱桃酱馅饼。

---

* 《那片陌生的天地》原为海明威一部未完成小说的前四章。海明威创作这部小说的时间是在1946年至1947年间及1950年至1951年间，时写时歇。1970年出版的海明威遗著《岛在湾流中》一书，有个初稿就是以这个片断作为原始素材发展起来的。后来海明威在写《岛在湾流中》一书的过程中，显然改变了小说的创作思路，把这几章文字删去了。读者一定会注意到，作者在《岛在湾流中》的最后一稿中又重新使用了其中的一些人名，只是用在另外一些人物的身上。尽管作者作了这样的重新铺排，《那片陌生的天地》一文仍不失其本身的统一与完整。——原编者注

① 西部联合电话电报公司。

“我们到希腊去吧，那儿有不少海岛，”她说。

“你没有去过？”

“有一年夏天去过。我挺喜欢那儿的。”

“我们一定去。”

到两点钟，款子就已经汇到了西联。是三千五，不是五千。到三点半，他们就已经买下了一辆别克牌的跑车，虽是旧车，看里程计上却才跑过六千英里。车上还备有两只很好的备用轮胎，挡泥板都还是好好的，还配有收音机、大反光灯，车后的行李厢容量也大，车身是沙色的。

到五点半，他们就已经买好了一应用品，结清账目出了旅馆，旅馆的看门人也已经在替他们把旅行袋往车后装了。天依然热得要命。

罗杰穿的是厚厚的军装，热得一身大汗，在夏天的亚热带地方穿这号衣服，那个不受用也不下于在冬天的拉布拉多[①]光穿一条短裤。他给过了看门人小费，上了汽车，车子就顺着比斯坎湾大街驶去，然后又向西一拐，驶上了去科拉尔盖布尔斯[②]和“泰迈阿密小道”[③]的路。

“你觉得快活不？”他问那姑娘。

“快活极了。你说这不会是做梦吧？”

“肯定不是做梦，因为这天热得简直要人的命，我们要五千又没拿到五千。”

“你说我们买这辆车是不是花钱太多了点？”

“不多。一点也不多。”

“保过险了吗？”

---

① 拉布拉多是加拿大东部的一个半岛。地处高纬度，东岸又有拉布拉多寒流经过，故气候冷湿。

② 迈阿密西南一城镇。

③ “泰迈阿密小道”是个历史上留下的路名，现为 41 号国家公路中的一段。

“保了。还加入了三A会[①]呢。”

“我们的行动倒挺快的不是？”

“称得上神速。”

“余下的钱你带上啦？”

“那个自然。在衬衫口袋里，用别针扣着呢。”

“那是我们的金库。”

“是我们的全部家产了。”

“你看这笔钱够用上多久？”

“我们也不会就靠这笔钱的。我还会去挣一些。”

“至少得靠这笔钱维持一个时期。”

“那是。”

“罗杰。”

“嗳，小妞儿。”

“你爱我吗？”

“我说不清。”

“说声爱我吧。”

“我真说不清。不过我会理清楚的，错不了。”

“我可是爱你的。爱煞了你，爱煞了你，爱煞了你。”

“望你一直爱下去。这对我是个很大的支持。”

“你干吗不肯说声爱我？”

“等等再说吧。”

这一路上她本来一直把手按在他大腿上，这一下却缩了回去。

“好吧，”她说。“就等等吧。”

当时汽车正沿着去科拉尔盖布尔斯的宽广大路向西行驶，穿过单调乏味而又苦热不堪的迈阿密的郊外。路边有些店铺、加油站和市场，背后不断有超车的，此刻人们都离开市区驱车回家了。不一会儿科拉尔盖布尔斯就在他们的左边闪了过去：只看见一座座开着

---

① 美国汽车协会。

威尼斯式矮窗的楼房，耸立在这佛罗里达的草原上。面前，还是直溜溜备受烤逼的大路，在当年的大沼泽地上直穿而过。罗杰这时便加快了车速，汽车飞快地划破沉闷的空气，仪表盘上的通气孔里和斜开的通风窗里一阵阵气流朝车内直钻，顿时让人感到一阵清凉。

"这辆汽车挺漂亮的，"姑娘说。"买到这么辆车子不是挺幸运的吗？"

"够幸运的。"

"我们的运气很不错呢，可不是吗？"

"到目前为止还不错。"

"你对我也太不放心了。"

"没那事，真的。"

"可我们难道也不能好好快活一下吗？"

"我这不是挺快活的嘛。"

"听你的口气可不像是太快活。"

"好吧，那就算我不快活。"

"可你就不能快活一下吗？你看，我才真叫快活呢。"

"我一定快活起来，"罗杰说，"向你保证。"

罗杰望着面前的路，他驾车在这条路上跑，这辈子也不知跑过多少回了。只要一看到那不绝向前伸展的路面，就知道是这条路，两边有沟渠，有森林，有沼泽。路还是这条路，只是今天车子换了，坐在身边的人不同了。一想到这里，罗杰觉得先前的那种空虚之感又涌上心来了，他意识到这必须压下去。

"我是爱你的，小妞儿，"他就说。他觉得这并不是他的真心话。不过话听起来倒也很像是那么回事。"我是非常爱你的，我一定要好好待你。"

"还要快活起来。"

"一定还要快活起来。"

"这就太好了，"她说。"我们这就算已经开始啦？"

"不是早就在路上了吗。"

"什么时候才能看见飞禽呢？"

"在这种季节里飞禽还远着哪。"

"罗杰。"

"嗳，布拉特钦。"

"你真要快活不起来，也不一定非要硬装快活不可。反正今后就有我们快活的。你此刻是怎么个心情我也不想过问，那我就代表我们俩来好好快活一下吧。我今天可真叫情不自禁了。"

他看见，再往前去路就向右一拐，不是往西，而是折向西北，通入森林沼泽地带去了。这就好了。这一下真让他大大松了口气。一会儿就可以看到死柏树上的那个大鱼鹰窝了。车子刚才驶过的地方，正是他当年打死响尾蛇的所在。那是一年冬天的事，他是跟戴维他妈一同驱车经过这里的，当时安德鲁还没有出世。也就在那一年，他们俩在大沼泽地的贸易站买了塞米诺尔人①的衬衫，就在汽车里穿了起来。他把打死的那条大响尾蛇给了赶来做买卖的一帮印第安人，那些印第安人很喜欢这条蛇，因为这蛇皮质极好，还有十二颗响环，罗杰还记得那蛇耷拉着砸扁了的大脑袋，提在手里真是又粗又沉，接过去的那个印第安人还笑了呢。也正是在那一年，他们打到了一只穿路而过的野火鸡，当时正是清早，初日方升，迷雾渐散，柏树在银白色的雾气里显出了黑魆魆的身影，从雾气里闯出来一只赤铜色漂亮的野火鸡，走到了大路上，先还昂起了头大踏步走，继而把头一缩就想逃跑，最后扑通一声倒在路上。

"我心情很好嘛，"他对那姑娘说。"前面这一带地方可有趣了。"

"你看我们今儿晚上能到哪儿？"

"总有地方落脚的。只要一到海湾这一边②，这吹来的风就不是陆地风，而是海风了。海风就凉快了。"

---

① 当地的一个印第安部落。

② 指濒临墨西哥湾的佛罗里达西岸。

“那就太好了，”姑娘说。“要是第一个晚上就在那家旅馆里过，那叫我怎么受得了啊。”

“我们的运气不错，居然逃过了。我真没有想到这么快就能走成。”

“不知道汤姆怎么样了？”

“一定很冷清，”罗杰说。

“他这人真了不起，是不？”

“他是我最要好的朋友，也是我心目中的道德典范，我把他看作我的父兄，也得到他经济上的支援。他简直就像个圣人一样。可又总是乐呵呵的。”

“我从来也没有见到过这样的好人，”她说。“看他这样爱你、爱孩子们，谁都会感动得心儿里酸酸的。”

“希望孩子们能好好陪他过上一个夏天。”

“你不要想死他们了？”

“我一直挺想念他们的。”

那回打到了野火鸡，就放在车厢的后座上，那火鸡重得很，还暖乎乎的，一身耀眼的铜色羽毛漂亮极了，不像家养的火鸡全是蓝黑两色，戴维他妈兴奋得一时连话也说不上来。过了会儿才说：“别放在那儿，还是让我抱着吧。我想再好好看看。待会儿再放到后边去。”他就拿一张报纸给她垫在膝头上，她把火鸡血污的脑袋塞在翅膀底下，用翅膀掩得严严实实，于是就坐在那儿，把火鸡胸脯上的羽毛抚啊抹啊，他罗杰则只管开他的车。到末了她说：“这会儿再没有热气了，”于是就用报纸把火鸡包起来，重又在后座放好，还说来着：“谢谢你呀，让我玩儿了好一阵，刚才我真舍不得呢。”罗杰手不离方向盘，吻了她一下，她说：“罗杰呀，我们真是太幸福了，我们会永远这样幸福的，你说是吗？”她说这句话的时候，记得车子正好驶到前边的这第二个道路拐弯处。此刻西沉的太阳已经压到了树梢上。可还是没有见到飞禽的踪影。

“你该不会一心想念他们，就顾不上爱我了吧？”

"没有的事。我不骗你。"

"我也明白，他们不在你身边你感到伤心。可你总不能老留在他们身边呀，你说是不是？"

"是啊。请你不要多虑，小妞儿。"

"你叫我小妞儿，我听了就高兴。再叫叫我。"

"在句子末了叫一声才自然，"他说，"小妞儿。"

"那也许是因为我年纪小了一截的缘故吧，"她说。"我是喜欢这些孩子的。三个都喜欢，喜欢极了，他们三个我觉得都是极好的。我真不知道原来还有这样可爱的孩子。可是安迪才那么点年纪，我总不见得会嫁给他吧，我爱的是你呢。所以我把他们都忘了，我就跟你在一起，尽情享受这无比的幸福。"

"你挺好的。"

"其实我才不好呢。我这个人是怪难弄的。不过我一旦爱上了谁，心里是雪亮的，我也记不得从什么时候起我就爱上了你。所以我会注意的，我一定要把不好的地方改掉。"

"你这就挺了不起。"

"喔，我还能改得好多呢。"

"这样就很好了。"

"那就先做到这样。罗杰啊，我真是太幸福了。我们今后还会这样幸福吧？"

"会的，小妞儿。"

"我们会永远这样幸福吧？我知道我不该问出这样的傻话来，因为我有那样一个妈，你呢，见过的人也多了。不过我有信心，我相信有这种可能。我完全相信有这种可能。我这辈子就只知道爱你，既然爱你是可能的，享受幸福总也该可能吧？求求你，对我说声可能吧。"

"我想该可能吧。"

他以前也总是说"可能"、"可能"。虽然不是在这辆车子里。是在别的车子里，又是在别的国家。但是在这个国家里他"可能"

两字也说得够多的了，嘴上说内心也信。其实本来也确实是有可能的。当初什么都是有可能的。比如就在这条路上，就是眼前的这一段路，右边的运河里流淌着清澈的河水，当初这里就可能有那么个印第安人撑着那么条独木小舟。如今运河里就没有印第安人了。那都是以前的事了。以前才有可能。那都是飞禽销声匿迹前的事了。是打到野火鸡前几年的事了。就在打死大响尾蛇的前一年，他们看到这个印第安人撑着条独木小舟，船头横着一只白颈白胸的雄鹿，细长的鹿腿高高搁起，纤巧的蹄子形如一颗破碎的心，鹿头向着那印第安人，一对漂亮的鹿角还只方具雏形。他们停了车，跟那印第安人打招呼，可是那印第安人不懂英语，只是咧嘴一笑，船头的那只小雄鹿虽是死的，眼睛却睁得大大的，方向正好直对着那印第安人。这样的事在当时是可能有的，在其后的五年里也还可能有。可如今还能有些什么呢？如今已是什么都不可能有了，只有他自己算是还在，只要事情还有那么一丁点儿实现的希望，他就还得提出来。即使提出来不好，他也不能不提。不提就永远没有实现的希望了。他不能不提，提了也许才会有所憧憬，也许才会产生信心，也许将来才会实现。他心想："也许"可是个丑恶的词儿，特别是在你"雪茄烟抽到了尽头"①的时候，用这个词儿更要不得。

"你身边带着烟吗？"他问姑娘。"我还不知道那只打火机灵不灵呢。"

"我没试过。我还没抽过烟呢。我心里早已一点都不紧张了。"

"你总不见得心里不紧张就不抽烟了吧？"

"是不抽。一般是不抽的。"

"那么把打火机打打看。"

"好。"

"你原先是跟谁结的婚？"

---

① 有"山穷水尽"之意。

“喔，我们不谈他的事。”

“是不谈。我只是问问他姓什么叫什么？”

“反正你不认识的。”

“你真不想告诉我？”

“不想，罗杰。真的不想。”

“那好吧。”

“我很抱歉，”她说。“其实原先的他是个英国人。”

“原先？”

“他是个英国人。不过我倒喜欢在这里添上‘原先’两字。况且你不也用了‘原先’两字吗。”

“‘原先’两字挺不错的，”他说。“比起‘也许’两字来可要强得多了。”

“好吧。这话反正我也不懂，不过我相信你说的不会错。我说，罗杰。”

“嗳，小妞儿。”

“你心里觉得好些了吗？”

“好多了。现在感觉良好。”

“那好。我就把他的事告诉你。我后来才发现敢情他是个极放荡的人。就是这样一个家伙。他以前可从来没有露出过一点口风，也从来没有露出过一点形迹。一丝一毫都没有。真的。你大概要笑我糊涂了吧。可他就是丝毫不露。看他还真是一表人才呢。你知道这种人表里完全不一样。后来这个底细就被我发现了。自然马上就发现了。不瞒你说，是当夜就发现的。好了，这事就不说了，好不好？”

“可怜的海伦娜。”

“别叫我海伦娜。叫我小妞儿吧。”

“我可怜的小妞儿。我的心肝。”

“叫心肝倒也挺好听的。不过小妞儿和心肝可千万不能混叫啊。混叫一气就不好了。其实呢，说到这个人妈妈是认识的。我当时心想，妈妈怎么事先也不给我通通风呢。她只是事后才说了句她倒从来没有留心。我就说：‘你怎么也不多留个心眼儿呢。’她说：‘这事我想你自有主见，也用不到我来管闲事。’我说：‘你就不能给我通通风吗？难道就没有一个人能来给我通通风？’她却说：‘宝贝儿，这事人家都以为你自有主见。没有一个人不是这样想的。谁都只当你自己在这方面是压根儿无所谓的，咱们这岛上正道不张，没有不透风的墙，这种男女关系方面的事我当然以为你都是知道的啦。’”

她此刻简直是直挺挺坐在他身旁一动也不动，说话也完全是一副平板的调子。她并没有学着当时的口吻。她只是照搬当时的原话，至少都是她记忆中的原话吧。罗杰觉得那听来也的确很像是原话。

“妈妈的一张嘴可就是甜，”她说。“她那天对我说了好多好多的话。”

“听我说，”罗杰说道。“我们把这些统统都丢开了吧。丢它一个精光。我们说丢就丢，就都丢在这路边吧。你心里有些什么需要排遣，随时只管对我说。可事情，我们现在已经统统都丢开了，彻彻底底丢开了。”

“我就巴不得这样，”她说。“我本来就是这样的态度嘛。我不是一开始就说了不谈这事嘛。”

“是说了。我真抱歉。不过说真的，我心里倒是挺高兴，因为现在事情已经都丢开了。”

“你真好。不过你也用不到这样像念咒语、驱邪魔似的。你不用给我救生圈，我会游泳。他呀，原先可真是一表人才，没说的。”

“痛痛快快说吧。你要是还想说就痛痛快快说吧。”

“别这样。看你这份优越感好厉害，不用摆上架子就是架子十足的了。我说，罗杰。”

“嗳，布拉特钦。”

“我可是深深爱你的，以后我们就不用再来这一套，好吗？”

"好，对。"

"我真高兴。让我们来快活一下好不好？"

"好极了。你看，"他说。"有飞禽了。算是见到了第一批飞禽。"

左边的沼泽里隆起了一片柏树地，俨然像个树岛，阳光照在黑沉沉枝叶丛中的飞禽身上，显出了白色的身影。夕阳沉得更低了，禽鸟也都从天空里飞来了，一个个白色的身影缓缓掠过，背后伸出了长长的腿。

"那是到树林子里来过夜了。白天都在沼泽地里觅食。你注意看，两只翅膀一收，长长的腿往前面一伸，那就是鸟儿准备着陆了。"

"我们也会看到鹭吗？"

"瞧那不是？"

这时汽车已经停下，隔着渐渐黑下来的沼泽，可以看见林鹭一下下鼓着翅膀在空中飞过，打个回旋，都降落在另一个树岛上。

"过去这种鹭栖息的地方可要近多了。"

"说不定我们明儿早上还能碰上，"她说。"既然车子停着，要不要我给你调杯酒喝？"

"还是一路走一路调吧。留在这儿要挨蚊子叮了。"

他发动车子的时候，车子里早已有了几只蚊子，都是又大又黑的"大沼泽地种"。他打开车门，用一只手猛轰猛赶，就靠这一阵风，倒也把蚊子都撵了出去。姑娘在随带的包里找出了两只搪瓷杯，又拿出一瓶有纸盒包装的白马牌苏格兰威士忌。她用纸餐巾把杯子擦干净了，就连着纸盒从瓶里倒了威士忌，再打保温壶里取出冰块加上，然后冲上苏打水。

"为我们的幸福干杯，"她说着就把冰凉的搪瓷杯递给他，他接过杯子慢慢地喝，左手把着方向盘照旧开他的车，向着如今已是一片昏暗的大路上驶去。稍过一会他把车灯打开了，马上两道亮光就老远插进了前面的黑暗里。两个人就一路喝他们的威士忌，这酒喝得正得其时，所以酒一落肚他们心里也舒畅多了。罗杰心想：喝酒不是没有喝酒的好处，只要喝得正是时机，酒还是有其好处的。这一杯酒，就喝得把好处完全发挥出来了。

“在杯子里喝酒总觉得有点黏糊糊、滑溜溜的。”

“是搪瓷杯的缘故，”罗杰说。

“搪瓷杯便当，”她说。“这酒味道挺好的不是？”

“今天一天我们这还是第一次喝上酒。午饭的那瓶树脂香葡萄酒不去算它。这‘醉死大老虎’的玩意儿，才是我们的好朋友，”他说。

“给酒起这么个名儿倒真有意思。你们一向把威士忌叫做‘醉死大老虎’？”

“是打仗后的事。就在打仗的时候我们第一次用了这么个名儿。”

“这里的树林子里也藏不下老虎之类的大家伙。”

“我看大家伙恐怕也早给打光了，”他说。“人家很可能是坐了那种轮胎奇大的沼泽地专用大车来到处搜索的。”

“那一定很费手脚吧。倒还不如用只搪瓷杯来‘醉死大老虎’省力些。”

“铁皮杯子盛酒喝起来味道还要好呢，”他说。“不说死不死老虎。就说那个味道之好。不过那一定要有冰凉的泉水才行，杯子还要先在泉水里冷却一下。你要是往泉水里瞧，看得见底下直冒气泡，还有一小股一小股沙子往上冒。”

“我们也可以尝一下吗？”

“行啊。一定样样都让你尝到。加上点野草莓，那个味道真是呱呱叫呢。要是有柠檬的话，切半个把汁水挤在杯子里，把皮也一起放入。然后把野草莓捣烂了加进去，再从冰窖里取一小块冰，冲去上面的锯屑，放进杯子里，倒上威士忌，不停地搅拌，搅到匀，搅到整杯酒都冰凉。”

“不加水了？”

“不加了。冰化出来的水就尽够了，还有草莓汁和柠檬汁呢，够多的了。”

“你看这时候还会有野草莓吗？”

“肯定有。”

“我要是想做个松饼的话，你看能采得到那么多？”

“包你能。”

“我们还是别谈这个了吧。招得我肚子都怪饿的。”

“前边还有约莫一杯酒的路程，”他说。“再一杯酒喝完，我们也该到了。”

汽车此时已是在夜色中驶去，黑糊糊的沼泽高高地屏立在路的两边，明晃晃的车头灯直照到老远的前方。酒把往事都驱散了，正像这车头灯冲破了黑暗一样，罗杰说道：

“小妞儿，我倒想再来一杯，要是你愿意给我调一杯的话。”

她把酒调好以后，说：“你何不让我替你把酒拿着，你想喝我再给你喝？”

“我拿着碍不了我开车。”

“我拿着也碍不了我什么事。你喝了觉得很痛快，是不？”

“再也痛快不过了。”

“这也不至于。觉得痛快得很就是了。”

这时候前面出现了灯光，那是一个开林拓地建起的村子，罗杰随即就拐上了通往左边的一条路，车子开过一家杂货店、一家百货店、一家餐馆，顺着通往海边的一条空落落的平整街道驶去。他又向右一转，驶上另一条平整的街道，经过了一些空地和稀稀落落的房屋，最后看到了一个加油站的灯光标志，还有一个独立小屋式汽车旅馆的霓虹灯广告牌。广告牌上说是小屋一律朝海，海边有路可通附近的公路干线。他们的车子就开到加油站停下，加油站里走出来一个中年男人，在广告牌的灯光下看去皮色都发了青，罗杰请他把车子的油、水系统检查一下，要他加足汽油。

“这里的小屋好不好？”罗杰问他。

“好啊，老总，”那人说。“又漂亮，又干净。”

“被单干净吗？”罗杰问。

“要多干净有多干净。你们准备过夜？”

“不走的话就过一夜。”

“过一夜三块钱。”

“让这位太太去看看样子行吗？”

“当然行啦。再舒服的床垫没处找了。床单管保没一丝灰尘。还有淋浴设备。房间两头通风，凉爽极了。卫生设备都是现代化的。”

“我去看看，”姑娘说。

“在这儿拿把钥匙去。你们是从迈阿密来的？”

“对。”

“我也觉得还是西岸好，”那人说。“你车子的油、水系统都没问题。”

姑娘回到了车上。

“我看到的那间小屋很不错。还挺荫凉的。”

“现下风正好从墨西哥湾吹来，”那人说。“今儿晚上都是这个风向。明儿一天也是。星期四或许还可以吹上个半天。屋里的床垫你试过啦？”

“看上去都蛮好的。”

“我的老太婆总是拾掇得连半点灰尘影子都不许有，我都觉得她太傻了。她为了这几间屋子把人都快累死了。今儿晚上我让她看戏去了。洗东西最最费事了。可她都顶了下来。喏，请看。正好给你加了九加仑。”说完他就去把油泵的软管挂好。

“这人有点莫名其妙，”海伦娜悄悄说。“不过屋子倒是挺好、挺干净的。”

“怎么样，住下吧？”那人问。

“好的，”罗杰说。“就住下吧。”

“那就请在登记簿上登记一下。”

罗杰填上了“迈阿密海滨道 9072 号罗伯特 · 哈钦斯夫妇”，把簿子还给他。

“跟那位教育家[①]沾点亲？”那人在登记簿上记下了汽车牌照号码，一边问。

“抱歉，半点亲都不沾。”

“没什么可抱歉的，”那人说。“我也不是觉得他有什么了不起。刚才在报上看到有他的消息。要不要我帮你什么忙？”

“不用了。我自己开车进去得了，东西我们就自己搬吧。”

“三块钱，加九加仑汽油，连州税共计五块半。”

“附近哪儿有东西吃？”罗杰问。

“镇上有两家餐馆。都差不多。”

“你觉得哪一家好？”

“人家都说绿灯相当不错。”

“我好像也听说过，”姑娘说。“记不得在哪儿听说的。”

“很可能。那儿的老板娘是个寡妇。”

“对了，就是那家，”姑娘说。

“真的不用我帮忙了？”

“不用了。我们能对付，”罗杰说。

“我倒有句话很想说，”那人说。“哈钦斯太太长得真是好人品哪。”

“谢谢，”海伦娜说。“你过奖了。不过我看这都是灯光花花绿绿的关系。”

“不，”他说。“我不是用话恭维你。我这可是心里话。”

“我看我们还是快进去吧，”海伦娜对罗杰说。“不要出门还没多久就把我给丢了。”

小屋里有一张双人床、一张铺漆布的桌子、两张椅子，天花板上挂下一只电灯泡。有个厕所，有个淋浴设备，洗脸盆上头还有面镜子。洗脸盆旁边的毛巾架上挂有干净毛巾，屋子一头有根横杆，

① 指美国著名教育家罗伯特·梅纳斯·哈钦斯（1899—1977）。

上面挂着几个衣架。

罗杰把提包搬进屋里，海伦娜把冰壶、两只杯子和带纸盒的苏格兰威士忌在桌子上放下，另外还有个纸袋，满满一袋都是白石牌苏打水。

“不要皱眉头，”她说。“床可是干净的。至少被单是干净的。”

罗杰拿胳膊搂住了她，把她亲了亲。

“请把灯关掉。”

罗杰伸手上去把灯头上的开关关了。他就在黑暗里吻她，把嘴唇轻轻贴上她的嘴唇。他感觉到她两片嘴唇拱得高高的，却没有张开，抱在他怀里的身子还在那里抖动。他把向后仰着头的姑娘紧紧搂在胸前，耳畔只听见海边的浪声，身上吹拂到窗口里进来的凉风。他感觉到姑娘那丝也似的头发都披在他手臂上，两人的身子都绷得直挺挺的。他的手落到了她的胸前，感觉到她的奶子在他的手指下苏醒了过来，就像花蕾骤然怒放一样。

“喔，罗杰，”她说。“来吧。来吧。”

“不要说话。”

“这就是那个他了么？喔，他真好。”

“不要说话。”

“他会爱惜我的。是吧？我也一定爱惜他。可他该不会是个五大三粗的人吧？”

“不是的。”

“喔，我是那样的爱你，所以也是那样的爱他。你说我们现在是不是该来好好领略一下了？我可是再也耐不住了。一直可望而不可即的，已经苦苦熬耐了整整一个下午了。”

“就领略一下吧。”

“喔，来吧。来吧。快来吧。”

“再亲亲我。”

黑咕隆咚中他踏进了一片陌生的天地，那真是陌生得很，连进去都很困难，猛一下子让人别扭得都感到悬乎了，可随即便变了个令人目眩神迷的幸福安全的洞天。什么疑虑，什么危险，什么恐惧，这里一概都没有，在这里只让人感到若即若离，要说即，可是愈来愈贴近了，要说离，却也离不到哪里去。以往的事都忘得精光了，今后的事什么也不想了。黑暗中见到的是灿烂的幸福的曙光，近了，近了，近了，愈来愈近了，他一个劲儿迎着奔去，说也不信会奔得那么久，那么远，那么欢。他奔得愈来愈欢，一直奔向这来得突然的火热的幸福。

“啊，我的心肝，”他说。“啊，我的心肝。”

“嗳。”

“谢谢你呀，我亲爱的幸福天使。”

“我已经死了，”她说。“别谢我。我已经死了。”

“你要不要……”

“不要。我已经死了。”

“那我们就……”

“不要。请相信我的话。我也不知道还能用什么话来表达我这种心情。”

后来过了一阵她说了：“罗杰。”

“嗳，小妞儿。”

“你心里踏实吗？”

“踏实，小妞儿。”

“你不觉得有什么事让你失望么？”

“没有的事，小妞儿。”

“你说你会爱我吗？”

“我爱你，”他没说实话。“我爱你我刚才的乐儿”才是他的心里话。

“重新说一遍。”

“我爱你，”他还是没说实话。

“再说一遍。”

“我爱你，”他就是不说实话。

“你说了三遍了，”她在黑地里说。“那我可要强制你兑现了。”

风吹在身上觉得凉凉的，棕榈叶发出的响声宛如下雨，过了一会姑娘说：“今晚的夜色是可爱的，可你知道我这会儿怎么啦？”

“肚子饿了。”

“你可不是料事如神吗？”

“我自己也肚子饿了。”

他们在绿灯饭店吃饭，那个寡妇老板娘在餐桌底下喷了驱蚊水，给他们端来了焦脆鲜鱼子炸咸肉。他们喝冰镇王牌啤酒，还各吃了一客牛排土豆泥。那牛看来是光喂草的，牛排很瘦，味道不怎么样，不过他们都很饿了，那姑娘在桌子底下踢掉了鞋子，光着一双脚来贴在罗杰脚上。她长得美，他挺爱对她看，连她的脚贴在脚背上都觉得美滋滋的。

“觉得够味儿吗？”

“当然。”

“能让我尝尝味道吗？”

“只要寡妇老板娘没看着。”

“我也觉得挺够味儿的，”她说。“可见我们彼此的肌肤是很亲合得来的，不是吗？”

最后一道甜点吃的是菠萝馅饼，两人又各喝了一瓶王牌啤酒，啤酒是从冰箱内的冰水底下现取的，因而喝上去冰凉。

“我脚上沾着驱蚊水呢，”她说。“没有驱蚊水感觉还要美呢。”

“就是沾着驱蚊水也够美妙的了。使狠劲来踹两下。”

“我可不想踹得你人仰椅翻，跌出这把寡妇老板娘的椅子。”

“好吧。就这样也不错了。”

“你从来没有这样痛快过吧？”

“没有，”罗杰说的是老实话。

"电影就不一定要去看了吧？"

"你要是不太想看，就不一定要去看了。"

"那我们就回旅馆去，明儿早上绝早动身。"

"也好。"

他们付了寡妇老板娘的账，带了几瓶冰镇王牌啤酒，用个纸袋装了，驾车回到旅馆，把汽车就停在小屋和小屋之间的空地上。

"这车子已经很懂得我们的心意了，"一来到小屋里，她就说。

"那好嘛。"

"我起初见了它总有点儿不自在，可现在觉得它真是我们的好伙伴。"

"这辆车子不赖。"

"你看那人是不是神经有毛病？"

"不是的。是眼红了。"

"都那么大年纪了，还眼红？"

"说不定的。也说不定是他一时高兴才那么说的。"

"得了，别再想他了。"

"我根本就没有想过他。"

"我们有汽车当保镖呢。这车子已经是我们的好朋友了。你不感觉到刚才从寡妇老板娘那里回来的时候这车子有多听使唤吗？"

"我觉得是有点不一样。"

"我们连灯都别开了吧。"

"好，"罗杰说。"我想去洗个澡，还是你先洗呀？"

"不，你先洗吧。"

洗完澡他就躺在床上等着，听见她在淋浴间里冲得水声哗哗，后来是在擦干身子了，不一会儿她就飞一般地冲到了床上，好像觉得都走开了这么久了，这一下身上可凉爽了、松快了。

"我的美人，"他说。"我心上的美人。"

"你有了我，真觉得高兴？"

“真的，我的心肝。”

“真感到满意？”

“太满意了。”

“我们可以欢欢爱爱走遍全国、走遍全世界。”

“我们现在可是在这儿。”

“对。我们是在这儿。是在这儿。眼前我们是在这儿。是在这儿。啊，这儿黑沉沉的，有多好，多美，多可爱。好一个美妙可爱的‘这儿’。黑暗里是这样的可爱。多么可爱的黑暗啊。在这儿你可要听我的话。在这儿你可要多疼疼我，求求你，一定要多疼疼我，一定要怜惜我。求求你，求求你，多多怜惜我吧。请多多怜惜我吧，喔，多么可爱的黑暗啊。”

他又进入了一个陌生的天地，不过这一回他临了就没有孤独之感了，后来人虽醒在那儿，这境界却似乎仍很陌生，两个人谁也没有说一句话，不过现在这是他们俩共同的天地了，不是他的也不是她的，而真正是他们俩共同的，对此双方都是清楚的。

黑暗里凉风一阵阵穿屋而过，她说：“现在你很愉快了，而且心里可疼我呢。”

“现在我是很愉快，心里也是很疼你。”

“这话用不着你再说了。现在是明摆在那儿的。”

“那我知道。我兴头来得奇慢，是不？”

“是慢了点。”

“能够这样疼你，我真高兴。”

“这下明白了吧？”她说。“没有什么可犯难的。”

“我是真的疼你。”

“我早就想你大概会疼我的。说实在的，我是真希望你会疼我。”

“我疼你。”他把她搂得很紧很紧。“我是真的疼你。听见我说了吗？”

回答又是“明摆在那儿的”，这倒是大大出乎他的意料，特别是到了第二天早上，他听到的还是这一句“明摆在那儿的”，那就更加没有料到了。

第二天早上他们并没有就走。罗杰一觉醒来的时候海伦娜还没有醒，于是他就看她睡觉，见她的头发都拢在脑后，甩在一边，披得满枕都是，那晒黑了的可爱的脸庞上闭拢的眼睛和嘴唇比醒着时还俏丽。他注意到她黑黝黝的脸配着灰白的眼睑，长长的睫毛一动不动，两片娇美的嘴唇此刻就像孩子睡熟了一样安静。夜来她在身上盖了条被单，被单下可见乳房隐隐隆起。叫醒她不好，吻她又怕把她惊醒，他就穿好衣服，往村子里走去。肚里饿得慌，心里却愉快，闻到了清晨的气息，听到了鸟语见到了鸟迹，拂着那还是从墨西哥湾吹来的微风，鼻子由不得嗅了又嗅。过了绿灯餐馆再走过一条街，便来到了另一家饭店里。那里其实总共也只有一个便餐柜台，他在柜台前的凳子上坐了，要了牛奶咖啡，再来一客黑面包做的火腿煎蛋三明治。柜台上有一份午夜版的《迈阿密先驱报》，准是哪个过路的卡车司机扔下的，他就一边吃三明治、喝咖啡，一边看报上西班牙军事叛乱的消息。牙齿在三明治上一口咬下去，他就感到溏心蛋迸开来都散在黑面包上，从气味里他闻到了这里面有面包，有一片莳萝泡菜，有蛋，还有火腿，端起杯子，又闻到了早咖啡的清香。

“那边的乱子闹得还真不小呢，是不是？”那个掌柜的说。这人已经上了年纪，那张脸儿沿帽子衬圈线以下全给晒得黑黑的，往上则是一片煞白，雀斑点点。罗杰见他长着一张薄薄的、难看的巧嘴，戴一副钢边眼镜。

“是不小，”罗杰应了一声。

“那些欧洲国家都是这样，”那人说。“乱子一个接着一个。”

“再给我一杯咖啡，”罗杰说。他想利用看报的工夫让这杯咖啡凉一凉。

“他们要是把原因查究一下的话，就会发现根本原因在教皇。”那人倒好了咖啡，在旁边放上牛奶壶。

罗杰很感兴趣，抬头看了看，一边就把牛奶倒进杯子里。

“一切的一切，根子都在三个人，”那人对他说。“一个是教皇，一个是赫伯特·胡佛，还有一个是富兰克林·德拉诺·罗斯福。”

罗杰舒展了一下身子。那人接下去就把这三个人你中有我、我中有你的利害关系说开了，罗杰也欣然听着。他心想：美国这地方也真妙。吃早饭还有这一套奉送，也用不到去买《布法尔与白居谢》[①]了。他想：报纸上是看不到这一套的。倒要先听听他的高论。

“那犹太人呢？”听到最后他问了一句。“犹太人又该怎么办？”

“犹太人已是过去的事了，”掌柜的对他说。“亨利·福特的《犹太长老会谈纪要》一出版[②]，犹太人的买卖就砸了。”

“依你看他们算是完了？”

“那还用说吗，老兄，”那人说。“犹太人再也别想出头了。”

“这我倒是没有想到，”罗杰说。

“我还有句话可以告诉你，”那人探过身来说。“总有一天老亨利会把教皇也抓在手里的。就像抓住华尔街一样把教皇也抓在手里。”

“华尔街已经叫他抓在手里啦？”

“啊呀伙计哎，”那人说。“华尔街算是完啦。”

“亨利一定很有办法。”

“你说亨利？这话才真叫你说对了。亨利是时代的巨人。”

“希特勒呢？”

---

① 这是法国作家福楼拜的一部未完成长篇小说，小说讽刺了不得其法的所谓研究。

② 亨利·福特（1863—1947），美国福特汽车公司老板。所谓《犹太长老会谈纪要》其实是一部伪造的文件，曾以多种文字在世界各地刊行。反犹势力包括希特勒即以这部伪造的文件作为犹太人图谋统治全世界的证据，兴起反犹浪潮。

“希特勒是说话算数的。”

“俄国人呢？”

“这个问题你问我，算是找对人了。俄国熊嘛，应该让它留在自己的后院里。”

“好哇，这样问题也差不多全解决了，”罗杰站起身来了。

“形势看来还是不坏的，”掌柜的说。“我是个乐观派。等老亨利一旦抓住了教皇，你瞧着吧，他们三个全得垮台。”

“你看什么报纸？”

“什么报纸都看，”那人说。“不过我的政治见解并不是照搬报纸的。我都经过了自己的思考。”

“我该付多少账？”

“四毛五。”

“这顿早饭挺好的。”

“欢迎再来，”那人说着就从柜台上拿起罗杰放下的报纸。他又要去独自个儿琢磨什么问题了，罗杰心想。

罗杰回汽车旅馆去，经过杂货店的时候买了一份新出的《迈阿密先驱报》。他还买了几把剃胡子刀片、一管薄荷剃须膏、几包洁齿口香糖、一瓶消毒药水和一台闹钟。

来到小屋，轻轻开门，把买来的东西在桌子上连包放下，保温壶、搪瓷杯、牛皮纸袋里一瓶瓶白石牌苏打水，以及昨晚忘了喝的两瓶王牌啤酒，都还在那儿，看海伦娜也依然熟睡未醒。他就坐在椅子里看报，也看她睡觉。太阳已经高高升起，阳光照不到她的脸上，微风从另一边的窗子里吹进来，一阵阵在她身上拂过，她睡在那儿一动也不动。

罗杰想根据报上的多份新闻公报，来揣度一下局面到底是如何演变的，当前又是怎么个形势。心里想：她要睡还是由她去睡吧。事情，如今终于爆发了，现在我们也只好有一天算一天了，只好每天尽量过得充实些、尽量过得有意思些。事情来得比我预料的快呢。眼下我还不一定要马上就去。我们暂时还可以等一等。说不定政府[1]会把叛乱镇压下去，问题很快就会解决呢，要不，那可就来日方长了。我要不是跟孩子们在一起待了这两个月，此刻早已身在那边，什么都碰上了。不过他想：跟孩子们在一起，这两个月我待得不后悔。只是现在再去已经晚了。也许人还没有到，事情早已都了结了呢。反正这号事情今后就有的是了。我们在有生之年就有得可以看看了。有的是呢。多得不叫你头疼才怪呢。今年夏天有汤姆和孩子们做伴我过得好不快活，现在我又得了这个姑娘，我且看看我的良心还能安生多久，到了不能不去的时候我一定就去，要操心也到那时候再操心吧。这肯定还只是个开头。一旦开了头就不会有完。不把他们里里外外一齐斩草除根，我看就不会有完。他想：我看这号事情永远也不会有完。至少在我们这一代不会有完。不过他又想：这头一次较量可能会被他们很快得手，因此这一次我恐怕就不一定要去了。

他早就料到会有这样的事，他准知道会发生这样的事，为此他还曾在马德里等了整整一个秋天，如今事情当真来了，他却忙不迭地寻找借口想要甩手不管了。前些时他到孩子们那儿过了一阵，那倒还情有可原，他相信当时的西班牙还没有什么谋反的活动。可是现在事情终于发生了，他又在这儿干什么呢？他却在寻找种种理由，想叫自己相信他不用去。他心里想的是，八成儿我人还没到那儿，问题就全解决了。反正来日方长嘛。

另外还有一些因素也拉了他的后腿，只是当时他还并不理解。那就是，在长处得到发展的同时，他也滋生出了一些缺点，好比冰川的积雪之下还隐藏着裂缝，如果嫌这个比喻失之于夸大，那也可以比作肌肉之间还夹着一层层脂肪。这些缺点如果不是发展到盖过了长处，一般还是从属于长处的；不过这些缺点往往隐而不露，他自己并不理解，也不知道可以化解利用。他就知道出了这件事他不能不理，他必须千方百计助上一臂之力，可是他又觉得有种种理由

① 指 1936 年 2 月成立的西班牙共和国联合政府。

表明他也不是一定非去不可。

这些理由都还多少有些道理，可也都不是很有说服力，只有一点可是硬的，那就是他还得去挣些钱给自己的孩子和他们的妈妈[①]做生活费，他得好好写些文章，把他们的生活费筹足，不筹足这笔钱他就觉得自己算不得个男子汉。他心里想：我有六个很好的短篇已经有了腹稿，我就把这六个短篇写出来。写出来也算完成了一件工作，我得拿这几篇小说为我在西海岸干下的那件违心事将功补过。六篇小说真要有四篇写成了，我也就比较可以心安理得了，那件违心勾当也就算有所补偿了。违心？呸！什么违心，那简直就像是给你个试管，让你提供一份精液，去给人作人工授精之用。为了要你搞出来，还专门给了你一间办公室，给你配备了一名秘书。奇耻大辱啊。不过这只是打个比方，其实那跟性事是毫不相干的。他的意思只是说，他收受了钱，让他写的却是不能代表他最高水平的作品。呸！扯得上什么最高水平！那简直是垃圾。制造无聊透顶的垃圾。现在他就得写出自己的最高水平，而且还要超过自己的最高水平，好将功赎罪，恢复名声。他想，这事似乎不难。改天就动手做起来吧。

反正，只要我发挥水平写好了四篇，只要我写得正正经经，决不稍逊于上帝耳聪目明时的杰作（嗨，天庭里的上帝！老兄哎，祝我走运吧！听说你老兄眼下也干得不错，我真是高兴！）那我心上的负疚就可以一笔勾销了，只要那神通广大的家伙尼科尔森能替我把四篇小说推销出两篇，那我们走后孩子们的生活费也就有了着落了。我们？是啊。是我们。你难道忘了还有我们？可不就像儿歌里唱的那只小猪吗，我们、我们、我们路遥遥回家乡。只是现在不是回家乡，而是离开家乡了。家乡？笑话了。我还有什么家乡啊？不对，我有家乡。这就是家乡。这儿的一切就是。这小屋。这汽车。那原先是干净挺括的床单。那绿灯餐馆，那寡妇老板娘，那王牌啤

① 原文的“妈妈”是复数。

酒。那杂货店，那海湾吹来的微风。那便餐柜台的怪掌柜，黑面包做的火腿煎蛋三明治。吃一份再带一份回去。这回要夹一片生洋葱。请替我的车子加足汽油，把油、水系统检查一下。请替我把轮胎也检查一下好吗？一阵嘶嘶响，压缩空气打了进去，服务周到，分文不取，这就是家乡，到处都是斑斑油渍水泥地的家乡，路上尽见破轮胎的家乡，生活设施这样舒适、有红色自动售货机卖可口可乐的家乡。公路当中的分道线就是家乡的边界线。

他暗自想道：瞧你，头脑里的想法也跟那帮鼓吹“美国前途无限广阔”的作家一个样了。这可得警惕啊。千万要注意了。眼睛看着你的姑娘睡觉，心里可得记住：家乡，该是个连饭都吃不饱的地方。家乡，该是个人们到处遭受压迫的地方。家乡，该是个到处都有极强大的恶势力得与之斗争的地方。家乡，该是个今后不应再留恋的地方。

不过他心里又想：我现在还不必就走。他有慢些再走的充分理由。他的良心对他说：对，你还不必就走。他说：我还可以把小说写出来。对，你得把小说写出来。一定要写出你的最佳水平，还要超过你的最佳水平。他暗暗说道：好吧，我的良心，咱们就这样谈妥了。既然情况是这样，我看那我还是让她睡她的吧。他的良心说：你就让她睡吧。你可要尽心竭力好好照顾她，不但要尽心竭力，而且一定要把她照顾好。他对他的良心说：我一定尽我所能把她照顾好，我还至少要写出四篇好小说。他的良心说：可要写好了啊。他说：一定写好。一定写出第一流的。

这样，愿也许了，决心也下了，那他该拿起铅笔和旧抄本，把铅笔削好，趁这会儿姑娘还在睡觉，就在桌子上动手把小说写起来了吧？他却又没那么办。他在一只搪瓷杯里倒了约有一英寸半高的白马威士忌，旋开冰壶盖子，伸手到凉飕飕的壶底里掏出一大块冰，放进杯子。又打开一瓶白石牌苏打水，加到冰块浸没，然后用指头把冰块转了几转，就喝了起来。

他心里想：西属摩洛哥、塞维利亚、潘普洛纳、布尔戈斯、萨拉戈萨，都叫他们占了。巴塞罗那、马德里、巴伦西亚，还有巴斯克地区[1]，还在我们手里。两面的边界都还畅通无阻。形势看来还不算太坏。应该说还是不错的。我可得去买一张好些的地图。在新奥尔良大概买得到。说不定在莫比尔[2]就有。

此刻他就不用地图，凭着脑子里大致的印象琢磨起形势来。他想：萨拉戈萨被占倒是有点不妙。这一来，去巴塞罗那的铁路就给切断了。萨拉戈萨市的无政府主义势力很大。虽说比不上巴塞罗那或莱里达，可也够大的了。看来那边不见得会做过什么像样的抵抗。也许根本就没有作过什么抵抗。他们要是力量够得到的话，就得赶快去把萨拉戈萨夺过来。得赶快从加泰罗尼亚[3]方面发动进攻，把萨拉戈萨夺过来。

假如他们马德里—巴伦西亚—巴塞罗那一线的铁路能够保持不失，再把马德里—萨拉戈萨—巴塞罗那一线的铁路打通，同时坚决守住伊隆[4]，那就问题不大了。只要物资能源源不断从法国运来，在北线他们就应该可以在巴斯克地区积聚力量，强攻莫拉高地。这一仗可是最难打的了。打起来才够呛呢。至于南线的形势，他脑子里就没有多少印象了，只知道叛军要进攻马德里的话，就势必得取道特茹河谷[5]，而且他们很可能会从北面同时打来。要是那样的话，那他们势必就得马上下手，先要设法强行通过瓜达拉马山[6]的山口，就跟当年的拿破仑一样。

他心里想；我要是没来跟孩子们团聚就好了。我要是能在那儿该有多好呢。不，你别说没来跟孩子们团聚就好。要样样都照顾到

---

① 西班牙西北部巴斯克人居住的地区。

② 莫比尔在亚拉巴马州，城市规模小于路易斯安那州的新奥尔良。从佛罗里达沿墨西哥湾西行，先过莫比尔，后到新奥尔良。

③ 加泰罗尼亚是西班牙的东北部地区，北接法国，东濒地中海。巴塞罗那即在该地区。

④ 靠近法国边境的一个市镇。

⑤ 特茹河在马德里以南，由东往西流入大西洋。

⑥ 瓜达拉马山脉横亘于马德里以北。

是不可能的。你既然到了这儿，也不能那边一动手就立时赶去呀。你又不是救火队，你对孩子们应尽的义务，分量绝不比你的其他义务轻。他就把话作了修正：那就等以后再看，什么时候这世界不能让孩子们太太平平过下去了，不战斗不行了，到那时再去吧。可是这话听来漂亮而并不实在，因此他又改为：到战斗的需要超过团聚的需要时再去。这话就说得痛快了。时间，也不会很远了。

他告诉自己：把这个问题考虑成熟了，明确了自己应该做些什么，就要坚决按照这个方针办。问题一定要考虑成熟，应该做的一定要确确实实做到。自己答应了：好吧。于是就又琢磨了起来。

海伦娜到十一点半才醒，这时他第二杯酒也已经喝完了。

“你怎么也不叫醒我呀，亲爱的？”姑娘睁开眼睛，翻过身来，冲着他微微一笑说。

“你睡觉的模样太可爱了。”

“可我们原打算一早动身，趁清晨赶路的呀，这一来全吹了。”

“明儿一早再走吧。”

“吻吻我。”

“好，吻你。”

“搂搂我。”

“好，紧紧搂住你。”

“这才够味，”她说。“哎，这才够味。”

冲了个凉，橡皮帽裹住了头发从淋浴间里出来，她说：“亲爱的，你该不是因为寂寞难捱才喝酒的吧？”

“不，我是正想喝两杯。”

“是不是心里觉得不痛快？”

“没有的事。我心情好得很。”

“那太好了。真对你不起。我一睡就睡了那么久。”

“我们去海里游游再吃午饭吧。”

“这好吗？”她说。“我可是饿慌了。你看我们是不是可以先吃午饭，然后打上个盹，或者看会儿报什么的，过后再去海里游游？”

“Wunderbar.”①

“我们今天下午就决定不走了？”

“由你决定吧，小妞儿。”

“过来，”她说。

他走过去。姑娘把他一把搂住，他觉得这个洗了淋浴还没有擦干、遍体透着一股清新凉意的姑娘等在那儿不动了，他就欣然给了她一个款款的吻，只觉得被她紧紧贴住的地方压得都发了疼，不过疼得愉快。

“怎么了？”

“没什么。”

“那好，”她说。“我们就明天再走吧。”

海滩上的沙是白的，细得简直像面粉，好几里长一大片。傍晚他们顺着沙滩走得很远，然后才下到海里，仰卧在清澈的海水中浮游嬉戏，后来又回到岸上，顺着海滩再继续往前走。

“这儿的海滩比比美尼②还可爱，”姑娘说。

“可海水就不如那边纯净。墨西哥湾流的海水按说有一种特色，这儿却没有。”

“是没有。不过比起欧洲的海滩来，这儿已是好得叫人都不敢相信了。”

那洁净松软的沙子，走在上面真是一种感官的享受，而且感觉随处而异，有的地方是干而又软，有如粉末，有的地方略带潮润，踩上去稍有点软绵绵，也有地方却很结实，带些凉意，退潮线一带的沙子便属于这一种。

“要是孩子们在这儿该有多好呢，他们可以当向导，给我指点

① 德语：好极了。

② 在巴哈马群岛，靠近佛罗里达。

指点，讲些给我听听。”

“我来当向导好了。”

“也用不到你来当向导。你只要走在前面点儿，让我看着你的后背和屁股就行。”

“你走前头。”

“不，你走前头。”

后来她却追上来说：“来，咱们就并排跑吧。”

他们就在碎浪打不到的一段结实惬意的沙地上自由自在慢步跑去。她很会跑路，一个姑娘家这么会跑倒似乎不大多见，罗杰脚下的步子稍一加快，她也不费什么事就跟上来了。罗杰还是照原来的速度跑，过会儿又稍稍放大了步子。她跟上了，不过却说：“嗨，可别跑死我啊。”他就停下来，把她亲了亲。她跑得身上热烘烘的，说道：“别，别这么着。”

“这有什么不好的呢？”

“得先下水里去，”她说。海上的浪头打来，水花碎处飞溅起一片沙子，他们冲进浪花，往海里游去，到了澄清一碧的海水里。她在水中仰起了身子，只露出脑袋和双肩。

“现在可以吻我了。”

她的嘴唇带着盐味，脸上湿漉漉尽是海水，他正吻着时，她的头却转了过来，那一头海水透湿的秀发都披到了他的肩头上。

“咸是咸极了，可这滋味也美极了，”她说。“快使劲搂紧。”

他遵命搂紧。

“有个大浪头打来了，”她说。“这个浪头才叫大呢。快绷住劲，浪头来了我们俩要去就一块儿去。”

浪头打得他们连打了好几个滚，他们俩始终紧紧搂在一起，他一直用自己的腿护住了她的腿。

“这总比淹死强，”她说。“强多了。我们再来一趟。”

这回他们选了一个特大的海浪，卷起的浪头跃上半空，正要往下打，罗杰抱着姑娘一纵身冲到飞浪底下，浪花砸下来，打得他们连打了好几个滚，好似海上冲来一段浮木滚上沙滩。

“我们把身上洗干净了，就在沙上躺着吧，”她说。于是他们就下到海里，到清澈的海水中转了转，然后就在一段结实阴凉的海滩上找个地方并排躺下。刚才还有一个浪头打来，只舔到了他们的脚趾和脚踝。

“罗杰，你还爱我吗？”

“爱，小妞儿，爱煞了你。”

“我也爱你。跟你做伴真有趣。”

“我会寻欢作乐呗。”

“我们不是都玩得很快乐吗？”

“今天快活了一整天。”

“只能说半天，因为只怪我这个没出息的丫头，睡到那么晚才起来。”

“睡个大觉恢复一下也好得很嘛。”

“我睡大觉可不是为了恢复体力。我是已经成了习惯，自己作不得主了。”

他跟她紧紧相偎，右脚挨着她的左脚，腿儿挨着腿儿，手还抚抚她的脑袋和脖子。

“你这头漂亮头发都湿透了。吹了风会不会受凉？”

“不会的。要是我们就一直在大洋边住，我这一头长发该剪掉了。”

“可我们不会一直在大洋边住的。”

“剪短了头发很好看。你见了会吃一惊的。”

“你现在这样子我就很喜欢。”

“剪短了游泳起来才妙呢。”

“睡起觉来可就不妙了。”

“那也未必，”她说。“我剪短了头发你就还能把我当个小姑娘嘛。”

“是吗？”

“错不了。你要想不起来反正我可以提醒你。”

“小妞儿？”

“什么事，亲爱的？”

“做爱你讲究时间吗？”

“嗯。”

“这会儿怎么样？”

“你说呢？”

“我说，我去朝海滩两头仔细看上一看，要是半个人影也看不见，那也未尝不可。”

“这一带海滩真够冷清的，”她说。

他们沿着海边走回去，风还在劲吹，浪头却只在远远以外拍击：潮退下去了。

“事情看起来好像挺简单，好像半点问题也没有，”姑娘说。“似乎我遇上了你，我们就可以啥事都不干，就知道吃饭、睡觉、做爱。其实才不是这么回事呢。”

“让我们暂时就只当是这么回事吧。”

“暂时，我想还是可以的。也许不好说可以。只好说还办得到吧。可老跟我在一起你会不会腻味得受不了呢？”

“这哪儿会呢。”不管跟谁，也不管是在哪儿，他欢娱过后通常只会感到心情寂寞，可是刚才这一回，他事后却并没有这种感觉。自从昨天晚上开了个头以后，他再不曾有过过去的那种要命的寂寞之感。“你对我的好处大着呢。”

“真要是这样，那就太好了。假如双方的脾气老是你惹得我心烦、我惹得你苦恼，不打不爱，那不是太可怕了么？”

“我们不是那号人。”

“我也决不做那号人。可就跟我一个人相处你会不会感到腻味呢？”

“不会的。”

“可这会儿你心上在想别的事。”

“是的。我在想，不知道是不是买得到《迈阿密每日新闻报》？”

“那是下午出版的吧？”

“我很想看看西班牙方面的消息。”

“武装叛乱的事？”

“对。”

“你把这事给我说说好吗？”

“行。”

他就根据自己的那点所知所闻，一五一十统统讲给她听。

“你心里一直放不开这事，是不是？”

“是的。不过今天却一下午都没有想到过。”

“待会儿就看报上有什么消息吧，”她说。“明天还可以听汽车上的收音机。明天我们可无论如何要起个早动身了。”

“我买了个闹钟。”

“看不出你还挺机灵哩！弄上这么个机灵鬼做丈夫倒真是有幸。罗杰？”

“哎，小妞儿。”

“不知道今天绿灯饭店又有些什么难吃的菜？”

第二天他们不等天亮就早早动了身，到吃早饭时便已赶了上百英里的路，把大海、把海湾、把那些木排码头和鱼品加工厂早撂得老远，一头钻进了这内陆的畜牧地带，举目尽是千篇一律的松树和矮棕榈。他们在佛罗里达中部一个镇上找了家便餐馆吃早饭。餐馆位于广场背阴的一面，对面是法院：红砖的房子，青翠的草坪。

“我也不知道这后面的五十英里路我是怎么支撑过来的，”姑娘看着菜单说。

“我们实在应该在蓬塔戈达就停下吃早饭，”罗杰说。“那样比较妥当。”

“不过我们说过走不到一百英里就决不停下，”姑娘说。“我们可是说到做到了。亲爱的，你吃些什么？”

“我来一客火腿煎蛋，一杯咖啡，加一大片生洋葱，”罗杰对女招待说。

“请问蛋煎单面还是双面？”

“单面就行。”

“这位小姐呢？”

“我来一客腌牛肉末烤土豆泥，烤得要老，再来两个水潽蛋，”海伦娜说。

“要茶，咖啡，还是牛奶？”

“来牛奶吧。”

“果汁要什么？”

“葡萄柚吧。”

“两客葡萄柚汁。我来点洋葱你讨厌吗？”罗杰问。

“洋葱我倒也是挺爱吃的，”她说。“不过这爱可远不如爱你那么深。再说我早饭是从来不吃洋葱的。”

“吃点洋葱好，”罗杰说。“吃洋葱喝咖啡最相配了，吃了以后开汽车一点都不会感到寂寞。”

“你该不会感到寂寞吧？”

“没有的事，小妞儿。”

“我们的车子开得还算快吧？”

“其实也不好算很快。一会儿过桥，一会儿穿镇，总不让你痛痛快快一口气直开下去。”

“看牛仔，”她说。只见两个穿西部工作服、骑牧牛矮种马的人，翻身下了牛仔鞍[①]，把马在餐馆前的栏杆上一拴，登着跟子高高的靴子，向人行道上走去。

“这一带放养了不少牛呢，”罗杰说。“在路上开车都得留神，

---

① 又称西部鞍。这种鞍子鞍座特深，前鞒特高，西部牛仔骑马都喜欢用这种鞍子。

说不定就会有牛群过路。”

“我倒不知道佛罗里达也放养了很多牛。”

“才多呢。而且现在都是良种牛。”

“你要不要去弄份报纸看看？”

“倒真想看看，”他说。“我去看看账台上有没有。”

“杂货店里有卖，”账台上的人说。“圣彼得斯堡和坦帕[①]的报纸，杂货店里都有卖。”

“杂货店在哪儿？”

“转角上便是。一找就找到了。”

“我到杂货店去，你还要不要带什么东西？”罗杰问姑娘。

“带一包骆驼牌香烟，”她说。“别忘了，我们的冰壶里得添点冰了。”

“我到店里去问一下。”

罗杰买来了早报，还带了包香烟。

“不大妙呢。”他把报纸递了一份给她。

“有没有刚才广播里没有提到的消息？”

“这倒不大有。可是看起来形势不大妙。”

“杂货店里有冰添吗？”

“我忘了问了。”

女招待把两客早饭一起送了上来，两口子喝下了冰凉的葡萄柚汁，就吃起早饭来。罗杰一边吃一边只管看他的报，海伦娜索性把她的报纸在玻璃杯上一靠，也看了起来。

“有番茄辣酱吗？”罗杰问女招待。这女招待是个瘦瘦的金发女郎，一股乡间小酒店的村味。

“当然有啦，”她说。“你们是好莱坞来的吗？”

“我在那儿待过。”

“小姐不是好莱坞来的？”

---

① 佛罗里达西部两个相邻的城市。

“她正打算去。”

“哎呀，这真是，”那女招待说。“请在我的本子上签个名好不好？”

“好倒是好，”海伦娜说。“可我不是大明星呀。”

“你会成为大明星的，亲爱的，”那女招待说。“等一等，”她又说。“我去拿支钢笔。”

她把本子递到海伦娜手里。本子还新得很，灰色的充皮面子。

“我还刚买来不久，”她说。“我干上这份工作总共还不过一个礼拜。”

海伦娜在本子的第一页上签下了海伦娜·汉考克的字样。这一手字一反她平素的笔迹，写得可相当花哨，她历来学到的各派书法，这一下都混在一起冒出来了。

“哎呀呀，多美的名字啊，”那女招待说。“再题上几个字好吗？”

“你叫什么名字？”海伦娜问。

“玛丽。”

海伦娜就在那花哨的签名前边添上“向玛丽致意　你的朋友”几个字，那字体却总有点不伦不类。

“哎呀，太感谢了，”玛丽说。然后又对罗杰说：“你也题几个字好吗？”

“行，”罗杰说。“非常乐意。你姓什么，玛丽？”

“啊，姓不写也罢。”

他就写上“祝玛丽永远幸福”，下面具名罗杰·汉考克。

“你是她的爸爸吧？”女招待问。

“对，”罗杰说。

“哎呀，有自己的爸爸领进好莱坞，那可太好了，”女招待说。“没什么说的，我祝你们鸿运高照啦。”

“但愿如此，”罗杰说。

“不，”女招待说。“你们鸿运高照那是不用说得的。不过我还是要表示一下我的心意。唷，那么说你一定很早就结婚了吧。”

“是的，”罗杰说。心里想：这话倒给她说着了。

“她妈妈肯定长得挺美。”

“说得上天下少有。”

“她现在在哪儿？”

“在伦敦，”海伦娜说。

“哎呀呀，你们一家都是在外头见大场面的，”女招待说。“要不要再来杯牛奶？”

“谢谢，不用了，”海伦娜说。“你是哪儿的人呀，玛丽？”

“米德堡人，”女招待说。“顺着这条路去，前面不远就是。”

“这儿呢，你喜欢这儿吗？”

“这儿地方大些。也算是升高了一个档次吧。”

“你是不是也找些玩乐呢？”

“我总是一有空就去玩儿。请问还要不要用些什么？”她问罗杰。

“不用了。我们得走了。”

他们付了账，还握了手。

“多谢你赏了我两毛半，”女招待说。“还在我的本子上签了名。相信我会在报上看到你们的消息的。祝你走运。汉考克小姐。”

“也祝你走运，”海伦娜说。“愿你夏天过得顺顺当当。”

“那没问题，”女招待说。“你自己请多保重。”

“你也多保重，”海伦娜说。

“好的，”玛丽说。“可惜我实在没工夫奉陪了。”

她咬了咬嘴唇，一转身，进厨房里去了。

“这姑娘不错，”上车的时候海伦娜对罗杰说。“其实我应该告诉她我也有事不能再耽搁了。可我要是这么一说，怕反而会引得她心上不安。”

“我们的冰壶里得添冰了，”罗杰说。

“我去装，”海伦娜自告奋勇道。“我今天还没有出过一点力呢。”

“还是我去装吧。”

“不。你看报，我去装。威士忌还剩多不多？”

“盒子里还有一瓶原封未动的。”

“那好。”

罗杰就看起报来。他心想：我还是看报吧。今天要开上整整一天的车呢。

“只花了两毛半，”姑娘装好了冰回来说。“不过这儿的冰块粒头可小了。粒头太小了也不好。”

“晚上再到别处添点儿好了。”

一出镇子，汽车就驶上了长长黑黑的北去的公路，穿过草原和松林，来到了湖泊地带的群山之中，这时的公路就宛如一道黑色的条纹嵌在这杂色斑驳的长长的半岛上。这里已经吹不到海风，四下暑气熏蒸，愈来愈热，不过汽车保持着七十英里的时速，一直不停地笔直开去，迎面自会生出风来，两边的田野都给纷纷甩在脑后。姑娘有感于此，说道：“开快车挺有意思的，是不？好像又回到自己的青年时代了。”

“这话怎么讲？”

“我也讲不清楚，”她说。“只觉得这世界似乎一下子缩小了许多，这种感觉只有年轻的时候才有。”

“我从来不想年轻的时候。”

“这我知道，”她说。“可我就想。你没有失去青春，所以就不想。不想，也就不会失去了。”

“看你扯的，”他说。“根本逻辑不通。”

“是有点不大讲得通，”她说。“不过这中间的关系我会理清楚的，到那时就包你都讲得通了。现在虽然还不怎么讲得通，可不可以让我说说呢？”

“好，你说吧，小妞儿。”

“其实，我要真是百分之百明理的话，我也不会在这儿了。”她顿了一下。“不，我还是会来的。我明理明的是一种‘超理’。不是平常的道理。”

“就跟超现实主义似的？”

“跟超现实主义完全不相干。我讨厌超现实主义。”

“我可不讨厌，”他说。“这玩意儿一出世我就喜欢上了。问题是，超现实主义已经没落，却还那样迟迟不肯退出历史舞台。”

“可事物往往总要到没落以后才真正走红。”

“你这话有道理。”

“我的意思是说，在美国，事物不到没落以后是决不会走红的。等到在伦敦走红的话，那就更不知早已没落了有多少年了。”

“你这些都是从哪儿看来的，小妞儿？”

“是我自己琢磨出来的，”她说。“我在等你的时候有的是思考的工夫。”

“我几时让你挨过等啦？”

“怎么没有哇？你自己是不会知道的。”

车开到这里他得赶快作出抉择了：前面有两条主干公路可通，论里程倒是相差无几，一条他知道路面平、景致好，不过这条路他跟安迪和戴维的妈妈走的次数多了，今天到底是走这条老路呢，还是走景致也许要差一些的新完工的那一条？

他心想：没有什么可选择的。当然走新路啦。就是像有天晚上过“泰迈阿密小道”那样再惊起点什么来，我也不怕。

他们听收音机里的新闻广播，午前尽播些“肥皂剧”，他们关掉不听，只听每小时的整点新闻。

“这可不是像罗马起火光看热闹么，”罗杰说。“东边起了火，把你的希望所寄都快烧光了，你却开了辆车，以七十英里的时速反朝西北的方向而去。车子在反方向行驶，人却又一直在听那边的消息。”

“车子只要一直往前开，不也能开到那里嘛。”

"还没开到就先一头栽进大海了。"

"罗杰，你真有必要去？真要是有必要，那你就应该去。"

"嗨，没有的事。我不一定要去。至少眼前还不一定要去。昨儿早上你还在睡大觉的时候，我细细考虑过了。"

"我这一大觉睡得够瞧的吧？怪难为情的。"

"这么睡上一大觉好得很嘛。你昨儿晚上睡够了没有？我叫醒你的时候天还早得很呢。"

"昨儿晚上我睡得挺畅的。罗杰？"

"什么事，小妞儿？"

"我们对那个女招待说假话，不大好吧。"

"她爱打听，"罗杰说。"还是那样对她说好办些。"

"你做我的爸爸，像吗？"

"除非我十四岁就生下了你。"

"幸亏你不是我的爸爸，"她说。"不然的话，哎呀那事情就麻烦了。我们的事恐怕本来就是够麻烦的，还不是我给来了个快刀斩乱麻？可你看我会不会惹你生厌呢，因为我才二十二岁，晚上又贪睡，还老是要嚷肚子饿？"

"而且还是我生平见过的最美丽的姑娘，一副睡态堪称妙绝、奇绝，跟她说话儿也总是那么有趣。"

"得了，别再说了。我的睡态怎么叫奇啊？"

"是奇嘛。"

"我是问你怎么叫奇？"

"我对人体结构没什么研究，"他说。"我心里爱你，就是这么回事。"

"你不想谈谈？"

"不想。你呢？"

"也不想。这种事羞人答答的，可叫人害怕了。一想起来就害怕。"

"布拉特钦我的好妞儿。我们很幸运是不是？"

“是挺幸运的，可我们不谈这些吧。你倒说说，安迪、戴夫[①]和汤姆会不会不高兴？”

“不会的。”

“我们应当给汤姆写封信。”

“写吧。”

“你猜他这会儿在干些什么？”

罗杰的目光穿过方向盘，瞅了下仪表盘上的时钟。

“估计他已经搁下了画笔，在喝一杯了。”

“我们何不也喝一杯呢？”

“好啊。”

她就取出杯子来调酒，抓了两把小粒子的冰块放在杯子里，冲上威士忌和苏打水。面前的这段新公路路面宽广，坦坦荡荡一直伸展到老远老远，两边都是松林，松树上都开了槽在采松脂。

“这不像是兰德斯公司采的，”罗杰说着，就举起杯子，酒到嘴里觉得冰凉。真够味儿，可惜冰块太小，很快就化完了。

“的确不像。在兰德斯公司的地方上松树之间都种有黄荆豆。”

“他们也不会用囚犯队来干采松脂的活儿，”罗杰说。“可这儿一带尽是犯人在干活。”

“给我说说那是怎么回事。”

“说起来真太不像话了，”他说。“州里把犯人都包给了采松脂和伐木的工地。在经济恐慌最严重的时期，从火车上下来的人往往是来一个给逮一个。火车上尽是找工作的人。往东跑的，往西跑的、往南跑的，都有。火车一出塔拉哈西[②]，人家就截住火车，把车上的人都赶下去，押去关起来，随即就判他们统统打入囚犯队，包给采松脂和伐木的工地去干活。这一带是个黑暗世界。腐朽，黑

① 戴维的爱称。

② 佛罗里达北部一个城市。

暗，法律条文倒是一大堆，可就是有天没日。”

“松林地带有时倒也挺可爱的。”

“可爱什么呀。应该说可恶至极。这里有多少横行不法之徒，可一切活儿却都叫囚犯去干。简直就是个奴隶社会。法律条文都是给外头人看的。”

“好在我们很快就可以过了。”

“是啊。不过说真的，这个情况我们还是应该了解的。要了解这一切是怎么搞的。是怎么搞起来的。要了解谁是恶棍，谁是豪霸，该怎样把他们铲除。”

“我就愿意去把他们铲除。”

“你还不知道呢，佛罗里达的政治势力你要是胆敢去碰一碰，那可是够你瞧的。”

“真有那么厉害？”

“厉害得简直叫你不敢相信。”

“你挺了解的？”

“有些了解，”他说。“我跟几个好心人一起去碰过一碰，可是动不了一根毫毛。倒是我们都给打得头破血流。当然这都是嘴上打架罢了。”

“你不想搞政治活动？”

“不想。我想当个作家。”

“我也希望你当个作家。”

此刻公路正穿过一片稀稀落落的阔叶树林，不一会儿又过了几处尽是柏树的沼泽地和一个圆丘地带，再往前有一座铁桥，桥下河水清澈而水色奇浓，流得那么曼妙而欢畅，岸边栎树成行，桥头立有一块牌子，上标河名：森旺尼河（原文如此）[①]。

---

① 牌子上的森旺尼（Senwannee）显系瑟旺尼（Suwannee）的拼写错误。瑟旺尼河发源于佐治亚，流经佛罗里达，汇入墨西哥湾。被作曲家斯蒂芬·福斯特写入《家乡的老人家》一歌后，闻名遐迩。

车子上了桥，过了河，到了对面岸上，公路的走向如今已是正北。

“这样的河只应在梦中才有，”海伦娜说。“河水这样清澈却又这样深浓，可不是一绝么？我们可不可以改天弄上一只小划子，到这河里来划划？”

“上游的桥我也过过，这河哪儿都是景色绝美的。”

“我们可不可以改天来划划船呢？”

“行啊。在上游头我见过个地方，水流清澈得会没有鲑鱼才怪。”

“不会有蛇吧？”

“我看蛇是少不了的。”

“我是怕蛇的。真打心里害怕。不过我们只要多留点神，该不会有事吧？”

“包你没事。我们到冬天去玩好了。”

“天下竟还有这样的美妙去处可以让我们去，”她说。“这条河我今天一见，一辈子也忘不了。可惜我们只是像照相机的快门喀哒一下，不能多看一眼。要是车子能停一下该有多好呢。”

“你要不要再退回去？”

“以后回来路过的时候再看吧。我现在只想往前开，一直不停往前开。”

“我们总得停下来找个地方吃点什么吧，要不就买些三明治，一边赶路一边吃。”

“我们先再来杯酒，”她说。“然后去买些三明治。你估计店里有些什么样的三明治卖？”

“汉堡包总该有吧，说不定还有夹烤肉的。”

第二杯酒还跟前一杯一样，冰凉的，可是给风一吹，冰化得很快。海伦娜替他拿着酒杯，避开了迎面扑来的风，他要喝时才递给他喝。

“小妞儿，你这酒是不是喝得过了平日的量了？”

“那有什么。我每天中午吃饭以前总要独自喝上两杯兑水的威士忌，这你没有想到吧？”

“我是希望你不要喝得过了头。”

“不会的。不过我喜欢喝酒。不想喝了，我会不喝的。野外行车，一路喝酒，我真连做梦也没有想到过。”

“我们要是停下车来逛逛，到海边去看看古迹，也是挺有意思的。不过我想我们还是快些到西部去。”

“我也很想快些去。我从来没有到过西部。这里反正随时都可以来玩。”

“去西部路远着哪。不过这样开着车去要比乘飞机去有趣得多了。”

“这车开得跟飞也差不多了。罗杰，西部挺带劲儿的吧？”

“我总觉得是挺带劲儿的。”

“我从来没有去过西部，这回让咱俩一块儿去，可不是挺幸运的么？”

“我们要过好些地方才到得了西部呢。”

“那也蛮有趣嘛。你看前边很快就会有卖三明治的镇子吗？”

“到下一个镇子我们就去买买看。”

下一个镇子是个伐木业的集镇，公路两边长长的两排砖木房屋，这就是镇上唯一的一条街了。木材厂设在铁路附近，木材就高高地堆起在路轨旁，热烘烘的空气里有股子松木柏木的锯屑味儿。罗杰去加汽油，顺便让加油工把车上的油、水、气系统检查一下，海伦娜在一家快餐店里要了汉堡包和烤猪肉三明治，浇上点热的调味汁，用个牛皮纸袋装了，拿到汽车上来。还有一只硬纸袋里装的是啤酒。

车子又驶上了公路，一出镇子那股子热气就没有了，姑娘开了瓶啤酒，两个人就吃三明治、喝冰啤酒。

“我买不到我们婚宴上喝的那种啤酒，”她说。“这里就只有这么一种。”

“这也很好，冰凉的。吃一口烤肉三明治喝一口啤酒，味道顶呱呱。”

“店里的人说这种啤酒跟‘王牌’简直一般无二。还说，包我喝了还当是喝‘王牌’。”

“味道比‘王牌’还好。”

“那牌子的名字挺怪的。可又不是个德国名字。可惜招牌纸着了水，已经掉了。”

“盖子上有牌子的。”

“盖子都让我给扔了。”

“等我们到了西部再买好的吧。愈往西去，出的啤酒愈好。”

“这里做三明治的面包和烤肉才好呢，西部怕是不会有更好的了。你说呢，好不好？”

“味道好极了。其实说起来这里一带倒并不是很讲究吃喝的地方。”

“罗杰，吃过午饭你就让我打会儿盹，成不成？你要是困，我就不睡。”

“很好嘛，你就睡吧。说真的，我一点也不困。困了我会对你说的。”

“再开一瓶啤酒给你。糟糕，我忘了看瓶盖了。”

“不要紧。我就喜欢喝不晓得牌子的啤酒。”

“可晓得了牌子可以记着下次再买呀。”

“下次买到的该又是另外一个陌生牌子了。”

“罗杰，我睡会儿你真不会怪我？”

“不怪，美人儿。”

“你要我别睡的话我可以不睡。”

“请睡吧，醒过来觉得寂寞，我们再说话。”

“那就祝你晚安，我亲爱的罗杰。真感谢你啊，带我来做这次旅行，让我享受了那两杯酒，那三明治，那不晓得牌子的啤酒，见识了那‘遥远的瑟旺尼河之滨’[①]，还要到西部去。”

---

① 这里借用了《家乡的老人家》的一句歌词。

“你睡吧，宝贝儿。”

“我睡。要我的话只管叫醒我。”

她就蜷在那深深的坐椅里睡着了，罗杰还是照旧开他的车，他怕路上有牲口，所以一直密切注意着前边的大路。车子在这松林地带开得飞快，他总是尽量把时速保持在七十英里上下，每个钟头都要看一看里程计上的读数：在预定的六十英里之外又多跑了几英里路？这一段公路他从来没有跑过，不过佛罗里达的这一带他熟悉。此刻他在这条路上飞驶，一心只想快快把路赶完。开车能不埋着头开就不应该只顾埋着头开，可是要赶远路，不这样埋着头开不行啊。

他心想：这无聊劲儿，真惹人厌烦。一是开车无聊，二是前方竟一无景色可观。要是在比较凉爽的季节，这一带倒也是个信步闲游的好去处，可是现在在这里开着汽车赶路，实在是无聊啊。

我开车远行还只是刚开了个头呢，时间一长自会习惯的。可我还应该多多培养自己的耐力。我人倒不困。大概是我的眼睛不但看累了，而且也看厌了。我自己可一点也不觉得厌烦，他心想。都是我的眼睛在作怪，再说，我已经有好久没有这样长时间静坐不动了。这也得要有功夫，我还真得重新磨练磨练。大约到了后天，就可以见点苗头了，就可以大开快车而不觉得累了。我已经有好久没有这样长时间静坐不动了。

他伸手到前面，打开收音机，调到一个电台。海伦娜并没有醒，所以他就让收音机开着，由着收音机含含糊糊在他耳边响，一边只管想他的心思、开他的车。

他想：有她在汽车里睡觉倒是蛮有意思的。她尽管睡着了，给你做个伴儿还是挺有劲的。你这个家伙真是怪幸运的，他心想。这样幸运，未免太便宜你了。你刚刚觉得自己体会到了几分孤独的滋味，为此你还认真下了番苦功，还当真有了些心得，至少已经摸到点边儿了吧，可是一下子你又老毛病复发，跟那帮无聊的人厮混在一起了。那帮子人虽还没有前一帮人那么无聊，可也无聊得够瞧的。不，说不定比前一帮还要无聊些呢。你跟他们混在一起，当然也就成为无聊人了。后来你算是脱身了出来，跟汤姆和孩子们一起相处得倒也挺不错，你觉得已是幸福得无以复加，如其有变，那也只有重新去捱受寂寞的份儿，却没想到后来会来了这个姑娘，你像是一步跨进了一片幸福的天地，成了其中最大的一个领主。如果把这片幸福的天地比作战前的匈牙利，那你就是卡罗伊伯爵①了。即便算不上最大的领主吧，至少那野鸡之类多半都生息在你的领地上。不知道她喜欢不喜欢打野鸡呢？她也许会喜欢的。我现在打起来还行。野鸡什么的，还难不倒我。我倒从来没有问过她会不会打猎。她的母亲一旦过足了大烟瘾，情绪兴奋起来，那枪法是相当不错的。她最初也不是一个坏女人。她是一个非常可爱的女人，活泼和蔼，在男女关系上一向无往而不利，而且依我看她对人家说的话倒从来不是有口无心的。真的，我看她说的倒全是心里话。恐怕也正因为这样，所以事情才会有那么大的危险性吧。反正她的话听起来总像都是心里话。不过，事情不到做丈夫的自杀了事，就谁也不会相信两口子的结合实际并不美满，这大概已经成为一个社会的通病了。欢天喜地开头的事，到头来却没有不是以惨祸巨变告终的。可我看这大概也是吸毒的必然结果吧。不过话说回来，蜘蛛吃配偶，想来那吃配偶的蜘蛛一定有好些是相当漂亮的。她当时的那个俏，乖乖！就俏得从来少有，真是从来少有。亨利老兄不过是充当了一顿可口的点心罢了。亨利本人也长得挺俊的。当时我们大家对他的那个喜欢也甭提了。

不过蜘蛛可是不会吸毒的，他想。跟这妞儿相处，这个问题倒真得记着点儿，好比驾驶一架飞机得记着低于多少速度就会失速一样。得记住：她的母亲是那样一个母亲。

---

① 米哈依·卡罗伊（1875—1955）在匈牙利拥有大片土地。第一次世界大战后他担任过匈牙利首相（1918—1919）、匈牙利民主共和国总统（1919）。后即流亡国外，受缺席判决，土地被没收。

这事倒也不难，他想。不过你要知道，你自己的母亲就是一个下流女人。可是你也知道你这人的为人作风跟你母亲不同。那为什么她的“失速速度”就该跟她的母亲一样呢？你就跟你母亲不一样嘛。

谁也没说一样啊。谁也没说她跟她母亲一样啊。刚才也只是说，得记住她的母亲就是那样一个人，无非是这样的意思罢了。

可这也要不得呢，他想。你在你最需要的时候平白得到了这个姑娘，这里边并没有什么缘故，也没有叫你付出什么代价，那完全是出于她的主动，她的自愿。姑娘是那样可爱，那样爱你，对你充满了幻想。可此刻她在你旁边的座位上睡着了，你却就诋毁她了，就不认她了，尽管你连一声应有的鸡叫都听不到，更别说两遍、三遍了[①]，连收音机里都听不到。

你这个坏东西！他暗自骂了一声，低头瞅了瞅在旁边座位上熟睡的姑娘。

据我看，对这么个送上门来的姑娘你所以要不惜加以诋毁，无非是因为你唯恐会把她失去，或者唯恐自己会受到她太多的制约，要不就是怕此事万一不能实现，不过诋毁她总是不大应该的。你除了自己的孩子以外，总还应该有个值得你爱惜的人吧。这姑娘的母亲是个下流女人，至今不改，你的母亲当年也是个下流女人。正因为如此，所以你对这姑娘就应该格外贴心，对她就应该有所理解。那可不是说她一定就会成为个下流女人，正好比你，你也不一定就会成为个卑鄙小人。她心目中的你要比实际的你高大得多，这或许也会使你知所上进。你做规矩人已经做了好久了，看来你是能够做个规矩人的。据我所知，你自从那天夜里在码头上对那个携妻带狗

---

① “不认”、“鸡叫”、“两遍”云云，典出《新约》。《马太福音》26 章 34 节：“耶稣说：我实在告诉你（指彼得），今夜鸡叫以前，你要三次不认我。”又《马可福音》14 章 30 节：“耶稣对他说：我实在告诉你，就在今天夜里，鸡叫两遍以前，你要三次不认我。”后来彼得果然三次不认耶稣，“立时鸡就叫了”（见《马太福音》27 章 74 节）。《马可福音》则作：“立时鸡叫了第二遍”（见 14 章 72 节）。

的老百姓干了一家伙以后，就从来没有再干过一件没心没肝的事。你也没有喝醉过酒。你也没有起过坏心。可惜你已经不在教了，要不，让你忏悔的话你这张嘴倒是完全硬得起来的。

她以为你就是现在这样的你，以为你就是近几个星期来让她看到的这么一个好人，她大概以为你一贯就是这样的为人，以为人家都是故意给你抹黑。

真的，那你何不就趁这个机会从头干起呢？真的，你完全可以从头干起嘛。得了，别傻啦——他内心的角落里又有个声音说道。不过他还是对自己说：真的，你完全可以从头干起嘛。她心目中的你是那么个好人，此刻你也确实就是那么个好人，那样的好人你完全可以做到。从头干起名正言顺，这机会又好，你能做到，你也一定会做到。你还打算许下那么多的心愿么？许啊。必要的话我就要许下那么多的心愿，而且决心说到做到。还是别许得那么多吧？有的事你不是许下了心愿却没有做到么？他无言以对了。你可不能还没干起来先就要滑头啊。不会。那我绝对不会。还是一天一天来，看哪些事确有把握做到，有一件说一件，说了就做。每天就说当天的。一天一天来，无论对她还是对你自己，每天许下了愿就要兑现。他心想：这样也好，我可以再从头干起，依然正正经经做人。

可是他心里又想：这样下去你不要变成个讨厌的道学先生了吗？不注意点儿的话你会惹她厌烦的。你难道还不算个十足的道学先生么？至少平素不是吧。得了，别再骗自己了。那至少在一般场合下绝对不是吧。得了，别再骗自己了。

他说：好吧，良心兄。可你别这样老爱一本正经教训人啊。你好好听我说，良心老兄，我知道你作用大、有权威，我遇上的种种麻烦，其实只要你出头说句话本来早就都没事了，可先生你，能不能把态度稍微放宽和些呢？我知道你良心所说的话都得用斜体字来表示①，可你有时候说的话，似乎个个字都是线条极粗的黑体字。

① 在中文里改用仿体字排。

良心兄，你即使不来吓唬我，我对你的话也会一样句句听从，就好比"十诫"，"十诫"即使不是刻在石板上，我对之也会一样心怀虔敬。你也知道，良心兄，人闻打雷而惊恐，这是由来已久的事了。可你要是观察一下闪电的话，你会觉得那才真叫厉害呢。相比之下打雷倒就显得不是那么吓人了。哎呀，你这个家伙，我倒是想来帮你的忙呢——他的良心说。

姑娘还没有醒，汽车上坡，进了塔拉哈西城。他想：只要一碰上红灯，车子一停，她多半就得醒过来。可是姑娘倒偏偏没醒，他就穿过老城，向左一拐，顺着 319 号国家公路笔直南去，驶入了景色优美的林木地带，从这里直到海湾沿岸，都是这样的林木地带。

他心里在想：姑娘，你有一点实在了不起。你睡觉的本领过人，以你这样的身材而言你的胃口也堪称第一，可是这些都还不算，了不起的是你还有一种完全是天赋的能耐：不洗澡也觉得无所谓。

他们的房间在十四楼，房间里可不怎么凉快。打开了窗子，把风扇一开，才觉得好了些。一等茶房出去以后，海伦娜就说："别泄气，亲爱的。请别泄气。这儿还蛮不错。"

"我本来以为总可以给你弄上个有空调的房间。"

"其实房间有空调睡在里面也难受。就跟睡在个地窖里似的。这个房间不错了。"

"本来还可以到另外两家旅馆去看看。可那里的人都是认识我的。"

"如今这旅馆里的人该也认识我们俩了。我们叫什么名字来着？"

"罗伯特·哈里斯先生太太。"

"这名字响亮极了。名字响亮我们的日子过得也不能马虎。你要不要先去洗澡？"

"不。你先洗。"

“好吧。不过我可要好好洗上一番喽。”

“去洗吧。想睡的话在浴缸里睡上一觉也行。”

“我没准儿会的。我不是睡了整整一天吗？”

“真有你的。不过这一路上有几段路也确是够乏味的。”

“还不错。有好几段路还挺美呢。可新奥尔良会是这样，倒真出乎我的意料。你以前常来：难道新奥尔良向来就是这样平淡乏味？我没来过，只能瞎捉摸。我想这个城市总该跟马赛差不多吧。总还该有河景可以看看吧。”

“只有吃的喝的还可以。这儿附近一带的夜景也还不坏。确实相当美。”

“那我们到天黑以后再出去吧。这一带还真不错。有几处倒是挺美的。”

“我们就晚上去逛，明儿天一亮就上路。”

“那就总共也只能吃上一顿饭。”

“没关系。等天冷了，胃口开了，我们再来好了。”

“亲爱的，”她说，“我们这还是第一次碰到了一点泄气事。可别让这么点小事扫了我们的兴。我们且舒舒服服洗个澡，喝上两杯，平日至多只花十块的今晚且花上二十块享受一顿，吃罢就回来睡觉，好好亲热上一番。”

“电影里的那个新奥尔良再好也别去玩了，”罗杰说。“我们就在新奥尔良作床上游吧。”

“先还得吃饭。你有没有叫茶房带几瓶白石牌苏打水，再买些冰块？”

“说了。你想要喝一杯？”

“不。我想到的是你。”

“就要来了，”罗杰说。有人敲门了。“瞧这不是来了？你快去浴缸里放水洗澡吧。”

“浴缸里洗澡真是一乐，”她说。“全身没在水里，只露出一个鼻子，还可以露出一对奶头，十个脚趾，尽情地泡呀泡呀，泡到水都凉了也不想出来。”

茶房送上了冰壶、瓶装苏打水和报纸，接过赏钱，就又出去了。

罗杰调了一杯酒，躺下来看报。他累了，脑后枕上两个枕头，在床上这样一靠，晚报早报连着看，觉得倒也舒服。西班牙的局势不太妙，不过迄至目前还没有真正明朗化。他把三份报纸里有关西班牙的消息都细细看了，看完了再看其他的电讯，还有本地的新闻。

“你没有什么吧，亲爱的？”海伦娜在浴间里喊道。

“我蛮好。”

“你脱了衣服没有？”

“脱了。”

“身上还穿着什么吗？”

“没有。”

“你皮肤是不是还挺红的？”

“还挺红。”

“你知道吗，我们今儿早上[①]去游泳的那一带海滩，是我这辈子见过的最可爱的海滩了。”

“也不知道那里的沙子怎么会这样白，这么细得像面粉似的？”

“亲爱的，你的皮肤还是挺红、挺红的吗？”

“怎么？”

“我在想你呢。”

“在冷水里一泡红该会褪的。”

“我泡在水里还是红红的呢。你见了准会喜欢的。”

“是很喜欢。”

“你管你看报吧，”她说。“你是在看报吧？”

---

① 原文如此。

“对。”

“西班牙的情况还好吗？”

“不好。”

“那可太糟了。情况非常严重？”

“不，那还不至于。真的还不至于。”

“罗杰？”

“嗳。”

“你爱我吗？”

“爱，小妞儿。”

“那你就快看你的报吧。我还想泡在水里把这事儿琢磨琢磨。”

罗杰又躺了下去，听了听下面大街上传来的喧嚣，照旧看他的报、喝他的酒。此时已快到一天中的黄金时间了。他以前住在巴黎的时候，每到这个时分总要独自一人上咖啡馆去，在那儿看晚报，喝一杯开胃酒。这个城市哪儿比得上巴黎哟，连奥尔良[①]都比不上。其实奥尔良也不算什么了不得的城市。只是让人看着觉得挺喜欢的。住着恐怕也要比这儿惬意些。不过这个城市的郊区如何他并不清楚，他自知这方面的感觉比较迟钝。

他尽管对新奥尔良所知不多，却一向喜欢这个城市，不过谁要是期望过高的话，这儿可是要叫人失望的。再说，在这种季节到这儿来，也实在来得不是时候。

他有两次来得最是时候，一次是带着安迪在冬天过此，一次是带着戴维遍游了全城。跟安迪一块儿来的那一回，北上时并没有在新奥尔良城里过。为了节省时间，他们就在城北绕了过去，取道庞彻特兰湖北岸，经哈蒙德直驶巴吞鲁日，走的是当时还在修建中的一条新公路，所以一路颇多迂回，然后再从巴吞鲁日穿越密西西比州北上，当时北方有一股暴风雪正在南下，密西西比州正处在暴风

① 法国中部的一个城市，在巴黎以南约一百公里处。

雪的南缘之内。他们是在南返的途中到达新奥尔良的。可那时天仍然很冷，他们吃了个痛快也喝了个痛快，这个城市给他的印象是既不潮也不湿，冷得厉害却令人愉快，安迪还逛遍了全城的古玩铺子，用圣诞节攒下的钱买了一把剑。坐车的时候他把剑藏在坐椅背后的行李厢内，到晚上就带到床上，贴身而睡。

他带戴维来那是冬天的事，他们把根据地设在一家饭店里，到底是哪家饭店这就有待查访了，反正不是做游客生意的。他记得饭店是在一个地下室里，桌椅都是柚木的，又好像没有椅子，只有长凳。也可能不是这样，反正印象模模糊糊，记不得饭店叫什么牌号，也记不得这店开在哪里，只似乎觉得那跟安托万酒家[1]正好方向相反，不是坐落在南北向的街上，而是在一条东西向的街上，他跟戴维在那里整整待了两天。可也说不定是他把这家饭店跟别的饭店搞混了。比如里昂有家饭店，蒙梭公园[2]附近也有一家饭店，在他的梦中这两家饭店就老是会混而为一。年轻的时候喝醉了酒，就往往有这样的事。总记得像是到过个什么地方，事后却怎么找也找不到，找不到就越发觉得其好，别想再有第二个地方比得上。不过他可以肯定的是，这个地方他绝没有带安迪去过。

“我洗好啦，”她说。

“你摸摸，身上凉丝丝的，”她躺到床上来说。“你摸摸，从头到脚都是凉丝丝的。哎，别走呀。我喜欢你呢。”

“不，我去洗个淋浴。”

“你要洗就去洗吧。可我倒希望你别洗。你在鸡尾酒里加一片醋洋葱，总不见得把醋洋葱也洗一洗吧？喝味美思酒总不见得把酒也洗一洗吧？”

“酒杯和冰块总是要洗一洗的咯。”

“那可是两码事。你不是酒杯也不是冰块。罗杰，请再那样跟

---

① 新奥尔良的一家豪华酒店。以“洛克菲勒牡蛎”著名。
② 在巴黎。

我亲热亲热吧。这‘再’字你不觉得挺好听的吗？”

“那就永远‘再’下去吧，”他说。

他轻轻摩挲，从腰下顺着那柔美的曲线一直抚到肋下，抚到那诱人的隆起的奶子上。

“曲线美不美？”

他吻了吻她的奶子，她说：“这会儿正凉丝丝的呢，你嘴下可要多留情哪。请多多留情，疼疼我嘛。你知道吗，奶子是很容易碰痛的。”

“知道，”他说。“我知道很容易碰痛。”

过了会儿她说：“那一只妒忌了呢。”

又过了会儿她又说：“老天爷安排得不好，我有两只奶子，你却只能吻一面。老天爷造人，何必什么都要一分为二，隔得那么开呢。”

他就伸过手去揽住她的另一只奶子，轻轻的不敢使劲，只是勉强搭着点儿罢了，然后他的嘴唇就顺着那凉丝丝的可爱的肌肤往上游移而去，一直移到了她的嘴唇上。四片嘴唇碰在一起，左一撇右一撇的，轻轻相擦，故意做出的一副媚人模样依然是那么媚人，于是他就亲起她的嘴来。

“喔，亲爱的，”她还直叨叨。“喔，亲爱的，来吧。我最亲爱的疼我的可爱的宝贝。喔，来吧，来吧，来吧，我亲爱的宝贝。”

一直过了好久，她才又说：“你没有去洗澡如果是由于我自私，那我真是太抱歉了。我洗好了澡出来，心里就只想着自己。”

“你这算不上自私。”

“罗杰，你还爱我吗？”

“爱，小妞儿。”

“你是不是觉得后来不大有劲了？”

“没有啊。”他撒了个谎。

“我倒没有。我倒觉得后来更带劲了。那可千万不能告诉你。”

“你这不是告诉我了吗。”

“没有。我才不会一股脑儿端给你呢。可我们好歹还是乐了个痛快，是吧？”

“是的，”他这话倒完全是出于真心。

“我们洗好澡就出去吧。”

“我这就去洗。”

“我说我们明天恐怕还是多待一天的好。我的指甲该修了，头发也该洗了。我自己修修洗洗当然也可以，不过请人弄就像样点，你大概也会喜欢些吧。那样的话我们就可以起得晚些，抽半天工夫在城里逛逛，到第二天早上再走。”

“那也好。”

“我现在倒喜欢起新奥尔良来了。你呢？”

“新奥尔良挺不错。这些时没来，变化很大。”

“我进去一下。一会儿就好。回头就让你洗。”

“我只要洗个淋浴就行。”

后来他们就乘电梯下楼。这里的电梯都由黑人姑娘开，黑人姑娘长得好漂亮。电梯里满满的都是从上一层楼下去的客人，所以一路开得飞快。电梯载着他下去时，他只觉得心窝里一阵空虚，从来也没有这样厉害过。电梯里挤得很，他感觉到海伦娜紧挨在他的身上。

“你要是一旦有这样的情况，比如看到飞鱼跃出水面，或者乘电梯急速下降，而自己居然什么感觉也没有，那你最好还是回房间里睡觉去，”他对她说。

“我都还心有余悸呢，”她说。“你有时只想回房间里睡觉，难道就只是为了这个缘故？”

电梯门早已打开，客人都陆续走进那老式的大理石面底层大厅，大厅里此刻人头挤挤，有等人的，有等入座吃饭的，也有等在那儿无所事事的。罗杰说：“你往前走，让我看看你的风度。”

“叫我走到哪儿呀？”

"就朝这空调酒吧的门口笔直走过去。"

在门口他一把把她拉住了。

"你真美。真是风度不凡，我今天要是在这儿第一次看见你，我管保会对你一见倾心的。"

"我只要踏进这大厅远远看见了你，我也管保会对你一见倾心的。"

"我要是今天第一次看见你，我的五脏六腑就会像翻江倒海，心窝儿都会给捣得前后生疼。"

"这种感觉我是一直有的。"

"这种感觉不可能一直有。"

"也许不可能一直有。不过我是经常而又经常有这种感觉的。"

"小妞儿，新奥尔良这个地方可不是挺好的吗？"

"我们幸亏来了，是不是？"

酒吧间宽大舒适，高高的天花板，深色的板壁，里边冷气逼人。在一张餐桌上，海伦娜紧紧挨着罗杰坐。"你瞧，"她说着叫他看：那晒红了的胳膊上都起了小小的鸡皮疙瘩。"你也挺会让我起这玩意儿的，"她说。"不过这一回可是空调在作怪。"

"是真够冷的。但是其味绝佳。"

"我们喝什么好呢？"

"喝个醉怎么样？"

"就小醉一番吧。"

"那我喝苦艾酒。"

"你看我也喝得？"

"干吗不试试呢。你从来没有喝过吗？"

"没有。我特意不破这个戒，好今天第一次跟你同喝。"

"别胡说一气啦。"

"不是胡说一气。是真的。"

"小妞儿，别尽自胡说一气啦。"

"不是胡说一气。我的身子我没有保住，因为我怕你厌烦，再说有一阵子跟你也实在没什么好说的。不过我可始终没有破苦艾酒这个戒。真的。"

"你们有地道的苦艾酒吗？"罗杰问酒吧招待。

"那按说是不准卖的，"招待说。"不过我倒还存有一点。"

"是真正的六十八度'库维-蓬塔利耶'①吗？该不是'塔拉戈瓦'②吧？"

"没错，先生，"那招待说。"不过我不能原瓶送上来给你。只能装在一只普通'佩诺'酒③的瓶子里。"

"我辨得出来的，"罗杰说。

"那当然，先生，"招待说。"你要冰镇的呢，还是要滴着喝？"

"滴着喝，不用冰镇。你有滴盘吧？"

"有啊，先生。"

"不用加糖。"

"这位小姐要不要加糖，先生？"

"不要。就让她不加糖试试吧。"

"好的，先生。"

招待一走，罗杰就在桌子底下拉住了海伦娜的手。"喂，我的美人儿？"

"真妙极了。在这儿我们有呱呱叫的老窖喝，回头再找一家上等饭店吃一顿。"

"吃完了就去睡觉。"

"你就这么爱睡觉？"

"以前不爱。可现在爱。"

---

① 库维是瑞士一小城，与法国东部蓬塔利耶城隔山相对，两地皆出苦艾酒。

② 疑应作塔拉戈纳。那是西班牙的一个地方，产塔拉戈纳红葡萄酒。

③ 佩诺茴香酒，是一种普通的开胃酒。佩诺是商标名。

“以前为什么不爱？”

“我们不谈这个。”

“不谈就不谈。”

“你以前曾经爱过的人，我也不是一个个都要问到的。比方说我们就不一定要谈伦敦吧？”

“对。”

“我们不妨就谈谈你，谈谈你有多美。你知道吗？你的一举一动至今还像个顽皮小伙子似的。”

“罗杰，你老实告诉我，我走路的模样真叫你看着喜欢？”

“你走路的模样让我看得心都要崩开了。”

“我也没什么呀，我就是总要昂起了头挺起了胸，才迈开步子。我知道走路一定也有什么诀窍，可惜我不懂。”

“小妞儿，有你这样的风度，还要什么诀窍呢。你是这样的美，我看你一眼都觉得幸福。”

“也不会永远如此吧。”

“白天总是如此，”他说。“听我说，小妞儿。喝苦艾酒有一点要注意，就是一定要喝得很慢很慢。掺了水，这酒的味道也不算很凶，不过你一定要当它是很凶的酒来喝。”

“我听命就是。罗杰的信条嘛。”

“希望你不会像卡罗琳夫人那样变了主意。”

“不为原则问题我才不会变呢。可你也根本就不像‘他’。”

“我可不愿意像‘他’。”

“你根本就不像‘他’。在大学里的时候有人还对我说你像‘他’呢。人家说这话大概原本是恭维的意思，可我一听气坏了，跟那个英语教授大吵了一场。你知道，课上布置下来要我们看你的作品。其实也只有班上别的同学用得着布置。你的作品我早就全看过了。你的作品不是很多，罗杰。你不觉得应该再多写一些吗？”

“等我们到了西部，我马上就动手写。”

“那我们明天恐怕就不应该再多耽搁一天了。等你一写文章，那我真是太快活了。”

“比现在还快活?”

“对,”她说。“比现在还快活。”

“我一定发奋写。你瞧着吧。”

“罗杰，你看我是不是妨碍了你呢? 我是不是让你酒喝多了点? 恩爱过分了点?”

“没有的事，小妞儿。”

“你这如果是实话，那我就太高兴了，因为我总希望自己能对你有些好处。我知道我这是个毛病，挺傻气的: 我老是会大白天一个人胡思乱想，比如我就常常会幻想自己救了你的命。你有时似乎是差点被淹死，有时似乎是差点被火车撞了，有时似乎是在飞机里，有时似乎是在高山崇岭中。你要笑话就笑话吧。我有时甚至还会生出那么个幻想，似乎你对所有的女人都感到讨厌了、失望了，而这时我却闯进了你的生活，你是那样的爱我，我对你也照料得无微不至，于是你就写出了划时代的好作品。这样的幻想最美妙不过了。我今天在汽车里就又幻想过一回。”

“这种故事，我肯定不是在电影里见过就是在书上看到过。”

“喔，那是。我也在电影里见过。在书上肯定也看到过。可你说这样的事难道就不会真有? 我难道就不会对你有好处? 不是那种空空洞洞的好处，或者给你生一个小宝贝之类，而是要真正有益于你，让你既能写出超水平的佳作，又能过得幸福。”

“这样的事电影里有。为什么我们就不可以有呢?”

苦艾酒端上来了。两小盘碎冰，搁在两只酒杯的口上，罗杰拿起一只小水罐，在盘子里加了点水，水一滴滴滴进黄兮兮纯净的酒里，酒即刻变成了乳白色。

罗杰看那混浊的颜色到火候了，便说:“喝喝看吧。”

“好怪,”姑娘说。“喝下去肚子里暖乎乎的。味道可真像药。”

“是药。还是很猛的药哩。”

“吃药我可还不大有这个必要,”姑娘说。“不过这倒也蛮好喝的。喝几杯会醉？”

“简直可以说醉就醉。我准备喝三杯。你喝多少随你的便。可一定要喝得慢。”

“我自己会当心的。我还没有感觉到什么，只是觉得味道像吃药。罗杰？”

“嗳，小妞儿。”

他感觉到心窝里烫起来了，烫得简直就像炼金术士的炼金炉似的。

“罗杰，你说我是不是真能像我幻想中的那样，会对你有所帮助？”

“我想我们一定可以相亲相爱，彼此都有所帮助。不过我觉得这不应该建立在幻想的基础上。幻想的玩意儿我看是要不得的。”

“可你瞧，我就是这样的性格。我是个专爱幻想的人，我知道自己充满了罗曼蒂克的想头。可我就是这么个人。如果我爱讲求实际的话，我也真不会到比美尼来呢。”

罗杰心想：这话倒也难说。如果这想头跟你的心愿完全一致，那不也是挺实际的么。那就不能说完全是幻想了。可是他内心的另一个角落里又在想：你这小子，苦艾酒一下肚，你卑劣的本性一下子就全露头了，可见你是愈来愈不成器了。不过他嘴里说的却是："我也说不清，小妞儿。我看幻想的玩意儿是危险的。你最初可能只是作些无害的幻想，比如说想到了我，可是以后你就可能五花八门什么都要胡思乱想了。那就说不定会起些要不得的想头。”

“你也不见得真就是那么无害。”

“不，我是无害的。至少在我身上作些幻想还是无害的。救我，又何害之有？不过你第一步先是救我，下一步就可能想拯救全世界了。再下一步你也许就想拯救自己了①。”

“我倒很想拯救全世界。我总希望自己能拯救全世界。这个幻

① 在英语中，“救自己”还有个习惯的别解，就是“偷懒”。

想的题目可就大啦。不过我第一步还是先要救你。”

“那我可要吓坏了，”罗杰说。

他又喝了点苦艾酒，精神是好了些，可是却添了件心事。

“你一向有幻想的习惯？”

“从我能记事的时候起就有了。对你东想西想也有十二个年头了。种种想头我也不能一个个全告诉你。前后总有几百个呢。”

“你与其这样东想西想，何不搞搞创作呢？”

“我怎么不写呀。可写作不如幻想那么有趣，而且也难得多。再说写出来的东西又远不如幻想那么够味。我的幻想那才叫精彩呢。”

“可你要是写出来的话，你就可以永远做小说中的女主角了。”

“不见得。事情没有那么简单。”

“好，算了，这事就不要再放在心上了。”他又抿了一口苦艾酒，含在舌头底下。

“我本来就一点都没有放在心上，”姑娘说。“我是始终如一，要的是你，现在我终于跟你在一起了。现在我就要你去做一个大作家。”

“看你性急的，好像连吃顿饭的工夫都不该花似的，”他说。他的心依然揪得很紧，苦艾酒的一股热力此刻已经上冲到他的头里，有这股热力在头里他不放心。他在心里自问：你倒想想，这会子要是干出点什么事来，还会有后果不严重的么？你倒想想，这世上有什么样的女人才会结实得像一辆完好的二手“别克”车似的？你这辈子总共只见识过两个壮实的女人，两个你都没有拉住。如今她喝了这个，会要你怎么样呢？他的另外半边脑子说了：好啊，卑劣的小人！今儿晚上苦艾酒下了肚，果然就叫你很快现出了原形。

因此他就说道：“小妞儿，眼前我们就甭管别的，还是让我们尽情地相亲相爱吧，”（尽管苦艾酒已经使他很难把字眼咬清楚，他终于还是把这几个字说出了口）“一等我们到了目的地，我一定发奋工作，写出我最好的作品来。”

“那可太好了，”她说。“我跟你说了我胡思乱想的事，你没有不高兴吧？”

“这没什么，”他撒了个谎。“你的幻想都是挺有趣的。”这倒是句实话。

“我可以再来一杯吗？”她问。

“行啊。”他现在倒后悔了：尽管这苦艾酒大概也可以算得是他最心爱的酒了，可是他今天实在不应该喝。他以前碰上的倒霉事，几乎件件都是在喝苦艾酒的时候碰上的，而且这些倒霉事都是他咎由自取。他看得出姑娘也意识到了眼前的光景有些不大对头，所以他就极力克制自己：可千万不能惹出些什么事来。

“我没有说什么不该说的话吧？”

“哪儿的话呢，小妞儿。来，祝你幸福。”

“祝咱俩幸福。”

第二杯酒的味道总要比第一杯好，因为苦艾的苦味把某些味蕾刺激得都麻木了，因此第二杯酒上口时，虽不觉得甜或格外的甜，至少也没那么苦了，舌头上有些部位更感到津津有味了。

“这酒味儿倒是既奇且妙。可是喝下去好处还没见到一点，我们却已经走到了误会的边缘，”她说。

“我知道，”他说。“只要我们把心紧紧贴在一起，事情就会过去的。”

“是不是你觉得我心太大了？”

“喜欢幻想，那有什么？”

“不。你不会觉得没什么的。你要是心里不自在而瞒着我，我可就不能再这样爱你了。”

“我没有不自在，”他撒谎说。“我也不会不自在，”一副坚决的口气。“我们还是谈谈别的吧。”

“一等我们到了西部，你开始了写作，那真是太妙了。”

他想：她的反应有点迟钝呢。也说不定是因为喝了这玩意儿才如此的吧？不过他还是说："是啊。不过到时候你不会感到厌烦吧？"

"哪儿会呢。"

"我一旦投入了工作，一定拼命发奋地写。"

"我也写。"

"这就有趣了，"他说。"就跟白朗宁夫妇①似的。可惜我没有看过那个戏。"

"罗杰，正经事你也开玩笑。"

"是吗？"心里他却在告诫自己：千万要冷静。这个当口千万要冷静。可不能惹出事来。"我就喜欢开开玩笑，"他说。"我想那也好。我写作的时候你也有点事情做做，要好得多了。"

"你也抽空看看我写的东西好吗？"

"行啊。我太愿意了。"

"真的？"

"当然真的。我真的非常乐意替你看。真的。"

"喝了这个酒，觉得自己真像是无所不能了似的，"姑娘说。"谢天谢地，幸亏我以前没喝过这个酒呢。我们再谈谈写作好吗，罗杰？"

"哪能不好呢？"

"你怎么这么说话呀？"

"我也不知道，"他说。"我们就来谈写作吧。真的，不是开玩笑，来谈谈。你说写作怎么啦？"

"你真弄得我不知道该怎么好了。我可不是要你把我当成同等水平的人看待，或者收我做个搭档。我的意思不过是说，对这个题目如果你愿意谈谈，我倒也很想谈谈。"

"我们就谈吧。你说写作怎么啦？"

---

① 白朗宁夫妇都是英国诗人。丈夫名罗伯特（1812—1889），妻子名伊丽莎白·巴雷特（1806—1861）。

姑娘哭起来了，身子挺得笔直，两眼对他直瞅。她并不是呜呜地哭，也并没有扭过头去。她只是两眼瞅着他，泪水顺着面颊直往下淌，嘴巴都变大了，却没有耷拉下来，也没有高高嘟起。

“别这样，小妞儿，”他说。“请别这样。我们就谈写作，或者谈什么都行，我一定尽量好好地谈。”

她咬了咬嘴唇，才说：“我虽然嘴上说不想做你的搭档，心里恐怕还是想做的。”

我看她的幻想里就准有这一条，真是的，这又有何不可？——罗杰心想。你这个家伙，伤她的心又是何苦呢？还是赶快好好儿的，不要去伤她的心了。

“你要知道，我希望你喜欢我，不只是喜欢我这同床共枕人，我还希望你能喜欢我这脑袋瓜子，喜欢跟我谈谈我们彼此都感兴趣的一些问题。”

“这行，”他说。“马上就谈。布拉特钦妞妞，你觉得写作上有什么问题，我亲爱的美人？”

“我刚才想要告诉你的是这么回事，就是我一喝了这酒，就又产生了我准备写作时的那种感觉。觉得我没有办不到的事，觉得我能够写出绝妙的作品。后来我就写了，写出来的东西却索然无味。我愈是想写得真实，写出来的却愈是乏味。写得不真实吧，写出来又觉得可笑。”

“让我亲一下。”

“在这种地方？”

“对。”

他隔着桌子探出身去，把她亲了亲。“你哭的时候真美极了。”

“真对不起，刚才我哭了，”她说。“你真的愿意跟我谈这些？”

“当然真的。”

“告诉你，我日盼夜望的梦想里就有这一条。”

果然，我猜得没错——他想。好吧，这又有何不可？要谈就谈谈吧。也许谈谈我就喜欢了。

“你觉得写作上有什么问题呢？”他说。“除了动笔前觉得写得出佳作、写出来却索然无味以外，还有什么呢？”

“你开始搞创作的时候是不是也有这样的感受？”

“没有。我开始搞创作的时候，总觉得自己似乎没有办不到的事，一写起来，就觉得自己像在创造整个世界，写好了一看，只觉得那是一篇绝妙奇文，自己怎么也写得出这样的作品？只当那是在什么报刊上看到的。大概只有《星期六晚邮报》上才能看到这样的文章吧。”

“你有没有写得泄气的时候呢？”

“初写的时候始终没有泄过气。我总觉得自己写的是自古以来最伟大的短篇小说，世人根本没有那么高的理解力，哪里识得我的好文章。”

“你真是那么自高自大？”

“恐怕岂止是自高自大。不过我倒一向不认为我是自高自大。我只是充满了自信罢了。”

“如果你指的是你最早的一批短篇小说，也就是我读过的那一批，那你充满自信倒也不是没有道理的。”

“不是那批，”他说。“我最早的这批信心十足的短篇小说已经都丢失了。你看到的那批是我毫无信心的时期的作品。”

“怎么会丢失的呢，罗杰？”

“说来痛心。改天告诉你吧。”

“你这就给我讲讲好吗？”

“我真不想讲，因为这样的事人家也碰到过，胜我多多的作家也有碰到过的，我讲出来反倒像是捏造的了。这种事，实在很不应该有，然而却是常有的，至今还叫我伤心透顶。不，其实已经并不伤心了。如今伤处早已结了疤了。一层疤可厚了。”

“请给我说说吧。既然已经结了疤，而不是结的痂，说说也不会触痛吧。”

“是不会触痛了，小妞儿。是这样的，当年我做事很有条理，我的稿子，向来一只硬纸夹放底稿，一只硬纸夹放打印稿，另外再用一只硬纸夹放复写件。这样归放，说是办法好到极点当然算不上，可我也想不出还能怎么个放法。唉，说起来就觉得心里窝囊！”

“不要难过，跟我说吧。”

“是这样的：我当时在报道洛桑会议，眼看假日快要到了，于是安德鲁的妈——她真是个可爱的姑娘，美丽极了，厚道极了……”

“我对她倒从来不妒忌，”姑娘说。“我妒忌的是戴维和汤姆的妈。”

“对她俩你谁也不该妒忌。她俩都是挺好的。”

“我说妒忌戴维和汤姆的妈也是从前的事了，”海伦娜说。“现在我不妒忌了。”

“这就足见你人品非常高尚，”罗杰说。“我们是不是还应该给她打个电报呢？”

“得了，快说下去吧，别招人讨厌了。”

“好吧。就是这安迪的妈，自以为得了个好主意，她打算把我写好的东西都给我带到洛桑来，趁我们一块儿休假的工夫，也好让我得空做些工作。她打算给我来一个出其不意，事先在信上一字不提，所以我在洛桑去接她的时候，还一点都不知道。她晚到了一天，这倒是来电报通知了。跟她一见面，只见她在哭，就知道一个劲儿地哭，问她是怎么回事，她就说糟糕，糟糕，说不得，说不得，说完又哭了。哭得那个伤心啊，就像心都碎了似的。要不要说下去？”

“快说下去。”

“她一个上午就是死也不说，我尽朝坏里想，一切最坏的可能我都想到了，问她是不是，她就是摇头。我想，坏到了顶，也大不了就是她 tromper[①] 了我，爱上别人了，我就问她是不是这么回

① 法语：欺骗。

事，她说：‘哎呀，你怎么说得出这样的话来？’说完又哭了好一阵。我这才松了口气，她也这才终于告诉了我。

“原来她把那几只放稿子的文件夹统统装在一只箱子里，到了去里昂方向的车站上，她把箱子连同其他行李往巴黎—洛桑—米兰快车的头等卧车包房里一放，便又下车到站台上去买一份伦敦报纸、一瓶依云矿泉水。你记得去里昂方向的那个车站吗，那里的站台上有一种手推活动货摊，报纸、杂志、矿泉水、小瓶干邑白兰地、面包片又长又尖的纸包的火腿三明治，什么都有卖，还有手推车，推着枕头、毯子之类，供你租用。可后来等她买了报纸矿泉水回到自己的包房里，却发现箱子不见了。

“该办的手续她都办了。法国警察的办事作风你是知道的。她首先得出示 carte d’identité[1]，得证明自己不是个国际骗子，也不是个妄想狂患者，还得证明她千真万确是有这样一只箱子，里面的文件不是涉及政治的重要文件吧？再说，夫人，你总该还有复本吧？这些事情就足足闹腾了一夜，第二天还来了一名侦探，搜索了我们的住处，箱子没找到，倒搜出了我的一把猎枪，于是便追问，我可有 permis de chasse[2]，事情到了这个地步，是不是还可以放她去洛桑，在这些警察的脑子里看来已经打了个不小的问号了，她说那个侦探竟一直跟踪到了列车上，就在列车即将开出的当儿，来到包房里问道：‘夫人，你检点清楚啦，这一回你的行李该都在吧？该没有再丢失什么东西吧？该没有再丢失什么重要的文件吧？’

“因此我就说：‘可其实这也没什么大不了的。你总不见得会把底稿、打印稿、复写件全带上吧？’

“‘可我全带上了呀，’她说。‘罗杰，我明明白白全带上了呀。’可不。我赶到巴黎去一看：果然如此。我连当时走上楼梯、到房间门口开门入内的情景都还记得：把门锁一打开，按住黄铜的

---

① 法语：身份证。

② 法语：狩猎执照。

活门把手一转，再往后一拉，立刻闻到了厨房里雅韦耳水[①]的气味，看到了吃饭间桌子上蒙着一层从窗缝里钻进来的尘土，吃饭间里的那顶碗橱是我放稿子的地方，过去一看，橱里哪还有一点踪影。不会不在那儿的呀！那儿应该有几只纸夹，连纸夹摆的样子我都还历历如在眼前呢。可是那儿却什么也没有了，连纸盒里的回形针，还有铅笔橡皮擦，还有鱼形卷笔刀，还有我左上角留有回信地址的信封，还有我藏在一只波斯小漆盒里（盒子里侧还画着“春画”呢）以备随稿附去供万一退稿时用的国际通用邮券，都没有了。全都不在了。全都装在那只箱子里了。连我一向用来封信、封邮包的那支红火漆都拿走了。我站在那儿，呆呆地望着那波斯盒里的画，这才注意到画上画的那话儿大得极不成比例，那是‘春画’的特点也不足为奇，我对色情的东西，无论是照片、图画，还是文字，向来深恶痛绝，这只盒子是一个朋友从波斯带回来送给我的，自他给了我，记得我就是为了不扫他的兴，才当着他的面对里边的画看过一回，从此就一直把这只盒子只用来放放邮券邮票，对里边的画从来视而不见。总之当时一见底稿夹子、打印稿夹子、复写件夹子果真都已统统不在，我简直觉得连气都透不过来了，过了好一阵，我才锁上了碗橱的门，走到隔壁卧房里，在床上躺了下来，拿一个枕头在胯下一夹，怀里再搂上一个枕头，躺在那儿不出一声。我以前可从来没有在胯下夹过个枕头，也从来没有搂个枕头躺着的事，可现在我不这样就顶不住。我心里清楚：自己所写下的一切、自信写得十分出色的一切，全都没有了。这些作品我不知已修改过多少遍，已经改得再称心、再满意也没有了，我知道要我再照式重新写出来是不可能的了，因为我一旦把稿子改定，心上就再也没有这回事了，每次拿出来看看，连自己也会感到诧异，真不懂这文章我是怎么写出来的。

“所以我就一动不动地躺在那儿，只有枕头为伴，心里是一片

① 一种次氯酸盐消毒液。

绝望。这种绝望的滋味，这种真正的绝望滋味，我以前从来也没有尝到过，此后也再不曾有过第二回。我的前额紧紧贴着床上罩的波斯巾，这床其实也不过是地板上安一只弹簧垫子，床罩上也积起了灰尘，我只闻到一股尘土味，就这样我躺在那儿，满心绝望，只有那两个枕头是我唯一的安慰。”

“总共丢失了多少东西呢？”姑娘问。

“十一个短篇，一个长篇，另外还有一些诗。”

“好可怜的罗杰。”

“没什么。我没有什么可怜的，因为我肚子里还有货色。不只是这些。我另外还写得出来。可我已是心乱如麻。你瞧，我就是不信我的稿子会丢失。会丢得一个字都不剩。”

“你后来怎么样呢？”

“也想不出什么可行的办法。我就在那儿躺了好一阵。”

“你哭了吗？”

“没有。我内心已是滴泪全无，像那满屋的灰尘一样挤不出半点水了。你感到绝望的时候哭过吗？”

“当然啦。在伦敦的时候就哭过。不过我哭得出来。”

“对不起，小妞儿。我一心想着这个事，就全忘了。真是对不起。”

“你后来怎么样呢？”

“噢，后来我就爬了起来，下楼去跟看大楼的女人打个招呼。她问起太太怎么样。她心里急得很，因为警察到公寓里来过，还问过她一些事，不过她的态度还是很真诚的。她问我给偷走的提箱找回来了没有，我说没有，她说这也太不走运了，真是太不幸了，还问我写好的文章是不是真的都在里面。我说是啊，她说可怎么会没留副本呢？我说副本也一块儿在箱子里啊。这时她就说了：Mais ça alors.[①]副本跟底稿一块儿丢，这副本还要留来干吗呀？我说太

① 法语（下同）：可这是怎么回事。

太错把副本也装在箱子里了。她说：这一错可严重了，真是要了命了。可先生写的文章总该都记得吧。我说：记不得了。她说：可先生记不起来不行啊。Il faut le souvienne rappeler.[①]我说：Oui, mais ce n'est pas possible. Je ne m'en souviens plus.[②]她说：Mais il faut faire un effort.[③]我说：Je le ferais.[④]可是没有用。她又问：Mais qu'est-ce que monsieur va faire?[⑤]先生在这儿工作三年了。我见过先生在转角上的咖啡馆里写文章。有时送东西上来，我也见过先生在吃饭间的桌子上写。Je sais que monsieur travaille comme un sourd. Qu'es-ce que il faut faire maintenant?[⑥]我说：Il faut recommencer.[⑦]那看门的女人一听哭了起来。我就用手搂着她，她身上有股子腋臭，有股子尘土气，还有股子不干不净的旧衣服的气味，那头发也难闻得可以，她却把头靠在我的胸前，哭了。她问：连诗也一起丢了么？我说：是的。她说：真是太不幸了。可那些诗你总还该记得起来吧。我说：Je tâcherai de la faire.[⑧]她说：快干吧。今儿晚上就动手。

"我对她说：我一定干。她说：先生啊，太太可是又美丽又和气，tous le qui'il y a de gentil[⑨]，可这个错误她犯得太大了。你跟我一起喝一杯麦克酒[⑩]吧？我对她说：好的。她抽了抽鼻子，就离开了我的胸口，去找来了酒瓶和两只小酒杯。她说：为你的新作干杯。我说：为我的新作干杯。先生将来准能当上法兰西学院的院士。我说：哪能呢。她说：对了，应该是美利坚学院。你要不要

① 一定记得起来。
② 是啊，可是说来也不信。我已经都记不得了。
③ 再尽力想想吧。
④ 我想了。
⑤ 可先生现在怎么办呢？
⑥ 我知道，先生工作起来简直像拼命。现在怎么办呢？
⑦ 再从头开始吧。
⑧ 原文如此，意思应是：我再尽力去想。
⑨ 原文如此。这里是用法语把上一句重复说一遍。
⑩ 葡萄榨去汁水后，用其渣酿制的白兰地叫麦克酒。

换朗姆酒喝？我还有些朗姆酒。我说：别费心了，麦克酒就蛮好。她说：那好，再来一杯。她又说：现在你到酒店里去痛痛快快喝个醉，今天马塞尔是不来收拾房间的，我一等我的男人来了，这烂摊子有人守着了，我就上楼去替你把房间打扫打扫，今儿晚上你好安歇。我问她：要不要我给你买些什么回来？早饭是不是要我自己解决？她说：好吧，你给我十个法郎，有多余我找给你。饭我给你做，不过今儿晚上这一顿你得到外边去吃了。虽说外边吃饭要贵得多，也只能这样了。Allez voir des amis et manger quelque part．[①]要不是我的男人要回来，我倒很愿意陪你去。

“我说：你这会儿跟我一块儿到爱好者咖啡馆去喝一杯吧。我们去喝一杯热的格洛格[②]。她说：不行啊，我男人没来，我不能出这笼子一步。Débine-toi maintenant．[③]把钥匙交给我。到你回来，管保一切都已经停停当当了。

“这个看门女人倒真是个好人，我那时的心情也已经好多了，因为我明白自己只有一个办法，就是再从头干起。不过我不知道自己是不是还干得了。那些短篇小说有的写拳击，有的写棒球，有的写赛马。这些题材我最了解、最熟悉了，有几篇则是写第一次世界大战的。写这些小说，一接触到这些题材，我的激情就总会禁不住一股脑儿涌上心来，我把全部激情都倾注在作品里，我把自己在这方面的认识凡能表达的都表达在作品中，我一遍又一遍地写，一遍又一遍地改，直改到激情都已融会在作品内，自己身上一点一滴都不剩。因为我年纪不大就开始替报纸工作了，所以东西只要一经写下，脑子里就再也没有印象了；每天只要报道写过，留下的记忆就给擦得一干二净，就像用海绵擦或湿布头一擦，黑板就给擦得干干净净一样。我还一直保留着这个坏习惯，如今这个习惯就叫我吃

---

① 去看看朋友，找个地方吃饭。

② 格洛格是掺水的烈酒（如朗姆），有时还加柠檬汁和糖，一般都喝热的。

③ 现在你就去吧。

苦了。

“可是那个看门女人，还有那股子看门女人的气味，以及她那种实际而果断的作风，对我这绝望的心理却是一击正中要害，好比一枚钉子，揳得恰到好处，敲得又利落又着实。当下我就觉得自己应该有所行动，应该有些实际的行动，那即使对小说已无补于事，对我的为人却大有好处。其实这时我心里也早已有点松动了：那长篇小说丢了也好嘛，因为我内心已经意识到自己可以写出一部更好的长篇来，这就好比风推雨移，出海而去，乌云渐散，海面上已渐渐可以看清楚了一样。不过我对那些短篇小说还是挺怀念的，仿佛我的家，以及我的工作，我仅有的一把枪、我那点微薄的积蓄，还有我的妻子，全都已融合在我那些短篇小说里了，当然我也很怀念我那些诗。总之绝望的心情渐渐消退了，如今剩下的只是失去了宝物后的怀念。怀念也是非常不好受的。”

“我知道怀念的滋味，”姑娘说。

“可怜的姑娘，”他说。“怀念不好受，却不会要了你的命。可绝望是很快就会要人的命的。”

“真会要人的命？”

“我看真会，”他说。

“我们再来一杯好吗？”她问。“后来怎么样，给我说说好不好？碰到这种事情我总是忍不住想知道。”

“我们就再来一杯，”罗杰说。“只要你听着不觉得厌烦，我就给你说说后来怎么样。”

“罗杰，什么厌烦不厌烦的，再也不许你这么说。”

“我有时候惹得自己都厌烦死了，”他说。“所以我惹你厌烦似乎也是理所当然的。”

“快调酒，调好了就告诉我后来怎么样。”

附　录

朱世达　译

雇佣兵*

——故事一则

要是你对在马克萨斯群岛[①]采珍珠的条件，对筹划中横穿戈壁滩的铁路上谋份差事的可能性，或者对那些以热的辣味肉馅玉米饼闻名的共和国[②]的潜力真的感兴趣，就请到芝加哥瓦巴希大道坎勃里纳斯咖啡馆去。在那里，新一代的放荡不羁人士每晚大嚼意大利实心面条和小方饺的餐厅后面，有一间窄小的、烟雾弥漫的房间，那是个追随部队想发财的哥儿们的交流中心。你一走进房间——除非你得到坎勃里纳斯点头允诺，进这房间并不比参加那闻名遐迩的骆驼钻针眼的表演容易多少——房间里会刹那间寂静下来。然后，数目不固定的眼睛，会带着只有时不时想到死亡才有的那种超然的紧张神情，把你周身细细打量一番。这种审视并不全然是粗鲁的。瞧你顺眼，就没事儿；要是人们并不认识你，那也没事儿；坎勃里纳斯已经点了头嘛。过了一会儿，人们又继续聊起天来。不过有一次，门猛一下子被推开，人们抬起头，眼光射向门口，认出来了是谁，有个男人就从一张牌桌边半欠起身，一只手藏在背后，还有两个男人猛地趴在地板上，只听得门口一声轰鸣，于是在马来群岛结下的冤仇就在坎勃里纳斯咖啡馆后屋里了结了。但是这次不是这么回事。

一月，我从被风刮得光溜溜的瓦巴希大道走进坎勃里纳斯惬意的酒吧，得到了坎勃里纳斯本人的笑容的支持，穿过侍者们正在清除套餐的残羹剩饭的餐厅，一阵风似的走进这窄小的后屋。有两个我以前在咖啡馆见过的男人正坐在三张桌子中的一张旁，面前摆着几瓶半空的没有商标的酒，内行人士都知道这叫做“肯塔基佳酿”。他们点了点头，我就坐到他们桌边。

“抽烟吗？”两人中个儿高一点的问道，这人很瘦，脸色像鞣了一半的皮革，他将一包廉价香烟从桌边往我这儿推过来。

“兴许这位先生宁愿抽一支这种东西，”另一个笑道，精心修得两头尖尖翘起的小胡子下面白牙一闪，用一只指甲修得整整齐齐的小手把一只上有姓名首字母图案的香烟盒推过桌来。

“这不奇怪，”大个子嘟囔道，喉结在法兰绒衬衣领子上一上一下地动着。“我自己也受不了这味儿。”他抽出一支自己的烟卷，用大拇指和食指夹住了一端捻搓，直到他面前桌上堆起了一小堆烟草，然后小心翼翼地拈起这一团烟丝，塞在舌头下面，点燃剩下的那半支烟。

“真逗，用这办法吸烟，是不是？”那黧黑、矮小的人把一根火柴递给我时，笑着说道。我把烟盒还给他时，注意到盒上交叉的大炮图案。

“法国炮兵？”③我问道。

“是，先生；七十五支队的！”④他又笑了笑，整个脸庞亮了起来。

“喂，”那瘦削的人插嘴道，用一种沉思的目光瞅着我，“你不是干炮兵营生的，对吗？”

“是的，那玩意儿太费脑筋，”我说。

“这样想真他妈的不好。并不是这样的，”皮革般面容的人对我的看法作答。

“为什么？”我说。

“眼下这可是个好差使啊。”他把那团烟丝卷到舌尖下面，深

---

* 下面这五篇是《全集》本没有收进的，现根据彼得·格利芬于1985年发表的海明威传记《和青春同行》中的文本加以补译。

① 在大洋洲东部波利尼西亚群岛中。

② 指墨西哥及中美洲诸共和国。

③ 原文为蹩脚法文。

④ 原文为法文。

深吸了一口烟屁股。“对炮手来说。秘鲁跟智利干起仗来。两百美元一个月——”

“付黄金，”法国佬笑着说，捻了一下小胡子。

“付的是黄金，”皮革脸继续说道。“我们从坎勃里纳斯这儿听到了内幕消息。他们要炮兵军官。我们见了领事。一个胖子，蛮神气的，挺油滑。‘跟智利干仗？无稽之谈！’他说。我用拉美人式的英语跟他说了好一阵，才算打通。这个拿破仑——”

法国佬弯了弯腰，“达尼·里考中尉。”

“这个拿破仑——，”皮革脸无动于衷地接着说，“跟我是秘鲁皇家共和部队的官儿，拿着车票在往纽约奔。”他拍了一下大衣口袋。“到那儿去见秘鲁领事，送上证件，”他又拍了拍大衣兜，“然后坐船通过巴拿马地峡到秘鲁去。咱们来喝一杯吧。”

他按了一下桌子下面的键钮，矮胖的撒丁侍者安东尼诺从门外探进脑袋来。

“要是你还没喝过，来上一杯干邑—本尼迪克特酒[①]怎么样？”皮革脸问。我点点头，琢磨了一下。“三杯马爹利—本尼迪克特酒，尼诺[②]。坎勃里纳斯不在乎的。”

安东尼诺点点头，走了。里考对我笑了一下。“等着听人怎么把这苦艾酒贬称为邪酒吧！”

我正在纳闷皮革脸干吗要这种酒，因为世界上只有一个地方的人才喝这种上口挺醇和、到头来却不知不觉让脑袋瓜天昏地转的混合酒。安东尼诺端酒来的时候，我还在一个劲儿寻思，酒不是斟在利久酒酒杯里，而是盛在偌大的满满当当的鸡尾酒酒杯里。

“这一切全算我的，”皮革脸说，随手抽出一卷钞票。“我和拿破仑现在每月的报酬是二百美元呐——”

“拿的是黄金！”里考笑着说。

---

① 法国产的一种甜酒。

② 原文为意大利文，尼诺为安东尼诺的简称。

“是黄金！”皮革脸平静地说完这句话。“听着，我姓格拉夫斯，佩里·格拉夫斯。”他从桌子那一头看着我。

“我叫里纳蒂。里纳蒂·勒纳多，”我说。

“意大利佬？”格拉夫斯问道，眉毛和喉结同时往上抬。

“爷爷是意大利人，”我回答道。

“意大利佬，呃，”格拉夫斯几乎听不见地说道，然后拿起酒杯。“为拿破仑，还有你，勒沙瓦[①]先生，我要敬上一杯。拿破仑，你说‘打倒智利！’[②]。里沙托，你说‘智利必须毁灭！’[③]。我的祝酒词是‘智利见鬼去吧！’。”我们全从酒杯里呷了一口酒。

“打倒智利，”格拉夫斯沉思般地说，然后用一种辩论的口气说道，“这帮智利佬，难道不坏透了吗！”

“可曾去过那儿？”我问。

“没有，”格拉夫斯说，“这帮混账智利佬，坏透了。”

“格拉夫斯上尉心底里是个宣传家，”里考笑着说，点燃一支烟。

“咱们全集合在炸面包圈周围。秘鲁炸面包圈，”格拉夫斯若有所思地说，一边将又一支烟卷拆开。“紧跟炸面包圈，孩子们，我的勇敢的孩子们。炸面包圈万岁。拥护秘鲁炸面包圈，打倒智利辣味牛肉丁。这些智利佬，全是一帮混蛋！”

“炸面包圈是什么意思，我亲爱的[④]格拉夫斯？”里考迷惑不解地问。

“让世界成为炸面包圈安全生存的地方，这伟大的古老的秘鲁炸面包圈。别丢弃炸面包圈。记住炸面包圈。秘鲁希望每个炸面包圈尽它的义务，”格拉夫斯用一种单音调吟唱道。“用炸面包圈把我裹起来，我勇敢的孩子们。不，这听起来不对头。它没有一句口号

---

① 格拉夫斯在整篇小说中把里纳蒂·勒纳多的名字都叫错了。

② 原文为法文。

③ 原文为拉丁文。

④ 原文为法文。

应有的意味。可这帮智利人全是混蛋!”

“上尉是非常爱国的，是不是?[1]我寻思炸面包圈是秘鲁的国家徽记，是吧?”里考问。

“从没上那儿去过。但我们将让这帮智利混蛋瞧瞧他们绝对不能践踏这伟大的古老的秘鲁炸面包圈，拿破仑!”格拉夫斯说，一面用拳头猛捶桌子。

“说真格的，既然咱们的剑听命于这个国家，咱们应该多了解一点这个国家的情况，”里考抱歉地喃喃说。“不知道秘鲁的国旗是怎么样的?”

“我本人不会用剑，”格拉夫斯阴郁地说，举起他的酒杯。“这让我想起了一件事儿。喂，你去过意大利吗?”

“呆过三年，”我回答道。

“大战期间?”格拉夫斯瞥了我一眼。

“大战期间，”[2]我说。

“好小子!听说过‘豺狼’吗?”

在意大利谁没听说过“豺狼”?那是意大利王牌驾驶员中的王牌，只比死去的巴拉卡[3]差一点。哪个男学生都能道出他击落敌机的数目和他跟大名鼎鼎的奥地利驾驶员冯·胡塞男爵交战的经过。机枪枪管卡住了，机上的观察员死在机舱里，但他硬是把冯·胡塞活着弄回意大利防线。

“他是个勇敢的人吗?”格拉夫斯问，脸庞绷紧起来。

“当然啦!”我说。

“当然!”[4]里考说，他跟我一样熟悉这段经过。

“他并不勇敢，”格拉夫斯说，他那皮革般的脸皮悄悄皱出一

---

① 原文为法文。

② 原文为意大利文。

③ 巴拉卡（1888—1918），第一次世界大战期间意大利空军著名的战斗机驾驶员。

④ 原文为法文。

副笑容。“他是不是个有种的好汉，我让你，拿破仑，也让你，里鲍索先生，自己去判断。战争结束了——”

“我好像在别的地方也听说过这些事，”里考嘟囔道。

“战争结束了，”格拉夫斯平静地继续说。“大战前，我是野战炮队的军士长。大战结束时我当上了野战炮队的上尉，临时管管事。过了一阵，他们把我们全撸回到战前的级别，我就退了役。从上尉一下子跌到军士，这一跟头可跌得不轻啊。你知道，我是个军官，可不是个上等人士。我能指挥一个炮兵连，可是抽烟的趣味太怪。但我也并不比那帮老军士更倒霉。他们中有些人当时成了少校，有的甚至当上了中校。可这一下子，又全降为军士，或者退伍完事。拿破仑是个上等人士。你一瞧他那样子就知道。但我不是。问题不在这里，要是他们存心那么办军队的话，我也并不抱怨。”他举起酒杯。

“打倒智利佬！”

“停战以后，我有了假期，得到了一份调令，可以去意大利，就取道热那亚和比萨，直奔罗马，可有个小子说西西里岛气候特棒。我就是在那儿学会喝这种酒的。”他发现酒杯空了，就按了一下桌子下面的键钮。“这玩意儿喝多了，对人没有好处。”

我点点头。

“从一个名叫圣吉尔瓦尼城的地方摆渡去墨西拿[1]，在那儿你可以乘上火车。一条线去巴勒莫。另一条奔卡塔尼亚[2]。只是选择哪条线，跟我跑哪条线的问题。两列火车停在那儿，我们一大帮人站着，这时，有个女人走上前来，对我微笑着说，‘您是要去道米那的那位美国上尉福勃斯吧？’

“我不是，明摆着的，如果是个像这里的拿破仑那样的上等人

---

① 在西西里岛东北角，与意大利半岛上的卡拉布里亚区隔墨西拿海峡相望。

② 在西西里岛东部海岸。

士，当时就会说，多遗憾哪，他不是福勃斯上尉，可我不会那一套。我敬了个礼，一瞧她那模样儿，就赶紧说我正是那位上尉，正在去道米那的途中，管它在哪儿呢。她高兴极了，可是说她原以为我要过三四天才能来呢，还问亲爱的狄奥尼西娅怎么样了？

“我在罗马曾经去过柯索·卡瓦利[1]，在一条名叫狄奥尼西娅的马身上赢了钱，它在最后一段直道上从后面赶上来，赢得甭提有多漂亮了，所以我没撒谎，照直说狄奥尼西娅一生中的状态从没这么好过。还有比央卡，她怎么样了，这好姑娘？比央卡嘛，就我所知，身体再好没有了。我们就这样边说边走，走进一节头等车的包房，而这位太太，她的名字我没听清，正一个劲儿惊叹我们俩会面是件多有趣、多幸运的事儿。听了狄奥尼西娅的描述，她立刻就认出我了。敢情不好吗，战争打完了，大家又可以享受一点乐趣了，再说，我们美国人在这场战争中也干得挺出色嘛。那会儿有些欧洲人老是坚说美国参了战。

“铁路右边一路上尽是柠檬园和橘子树丛，景色漂亮得让你瞧上去眼睛都发疼。修了梯田的山坡，金黄色的果实掩映在碧绿的树叶间和山峦上绿色更深的橄榄树丛中，一道道溪流露出宽阔的干涸的卵石河床，一直伸向大海，还有古老的石砌屋宇，一切都显得那么富有色彩。而在铁路左边，只见一片大海，海水比拿不勒斯湾水要蓝得多，对面的卡拉布里亚区海岸一片紫色，没有任何其他地方像那样的。嗯，那位太太跟那风光一样，瞧上去甭提有多叫人顺心啦。只是她有点不同凡响的地方。一头蓝黑色的头发，脸色像古老的象牙，眼睛犹如两潭墨水，加上饱满的红润润的嘴唇，还带着那种微笑，你明白那是怎么回事儿吧，里斯考沙先生。”

“但这万分愉快的艳遇跟‘豺狼’一身是胆有什么关系，上尉？”里考问，他对于女人的优点有他自己的看法。

“大有关系，拿破仑，”格拉夫斯继续说道。“她有那种红润润

① 意大利语，意为跑马场。

的嘴唇，可不——”

“快谈‘豺狼’！去他妈的红润润的嘴唇！”里考不耐烦地嚷道。

“上帝保佑她的红嘴唇，拿破仑。过了一会儿，那列小火车在一个叫贾迪尼的小站上停了下来，她说咱们要在这里下车，道米那就是山上的那个镇子。有一辆马车等在那儿，我们坐了进去，马车就沿着像管道弯头一般的路直往山上的小镇奔去。我一路上显得十分殷勤而又庄重。拿破仑，要是你见到当时我的模样就好啦。

“当晚我们一块儿吃饭，我告诉你吧，那可不是快餐之类的便饭。先送上马爹利—本尼迪克特酒，然后是各式各样的饭前小吃，希奇古怪，弄也弄不明白，可味道甭提有多美了。然后是一道汤，清汤，接着是一道那些身子扁平的小鱼，像小鲽鱼之类的，煮法跟你在新奥尔良卢骚酒家吃的软壳蟹一样。烤小火鸡，浇汁挺怪的，还有勃朗特葡萄酒，跟融化了的红宝石差不离。他们在埃特纳火山[①]上种葡萄，你知道，他们不让把葡萄运出意大利，运出西西里岛。至于甜食，我们吃了意大利人称作面点的那种挺特别的皱皮玩意儿和土耳其黑咖啡，还有一种利久酒，叫克瓦恩特洛[②]。

“吃完饭，我们坐在外面花园的柑橘树荫下，墙上攀着素馨花，月光下一切阴影都变成了蓝黑色，她的秀发一团黯黑，嘴唇却是红红的。在远处，你可以看见明月挂在海面上，而白雪覆盖在埃特纳火山的山脊上。天地间的万物在月光下都像石膏一样洁白，或像卡拉布里亚海岸那样紫，而山下，远处的贾迪尼车站的灯光闪烁着黄色。看上去她似乎跟她丈夫不太和睦。他是个飞行员，在意大利占领军中，驻在伊斯特利或者哈斯特利，或者别的什么地方，我也不怎么在乎。而我来陪她几天，让她高兴高兴，她挺乐意。我当然也乐意啦。

---

① 在西西里岛东北部。

② 原产法国的一种带橘味的白酒。

"得，第二天早晨，我们正在吃早餐，或者他们所谓的早餐，那是面包圈、咖啡和柑橘，当时阳光透过偌大的弹簧门上的窗玻璃照射进来，门一下子被推开了，冲进来——意大利佬总少不得是冲进房间的，请原谅我，迪沙瓦先生——一个挺帅的家伙，腮帮子上横着一道疤，披件漂亮的像演戏用的蓝披肩，黑靴子擦得锃亮，佩着一把剑，喊道；'卡里西玛！'

"然后他瞅见我坐在早餐桌旁，于是他这一声'卡里西玛'以一种咯咯声告终。他脸一下子变得煞白，只有那道疤像条鲜红的鞭痕，特别显眼。

"'这是怎么回事？'他用意大利语问，猛一下子抽出剑来。我认出了他。这张英俊的、带伤疤的脸，我在许多画报的封面上见过。这正是那'豺狼'。那位夫人正对着早餐盘子哭泣，她吓坏了。但'豺狼'真是了不起。他把这场面搞得挺有戏剧性，而且搞得十分出色。他具有我从未见过的威慑一切的气势。

"'你是什么人，你这狗杂种？'他对我说。真逗，这个词儿竟然具有国际性，在所有国家都通用，是不是？

"'佩里·格拉夫斯上尉愿为您效劳，'我说。那真是个叫人发笑的情景，这神气活现的、面容英俊的、所向披靡的'豺狼'，怀着满腔义愤，可面对他的却是老佩里·格拉夫斯，就像你们现在见到的那样其貌不扬。我瞧上去并不像是三角恋爱里的一角，但我身上有些东西叫她喜欢，我琢磨。

"'你敢接受一位绅士的挑战吗？'他突然吐出了一句。

"'当然，'我说，鞠了一个躬。

"'就在此时此地？'他问。

"'当然，'我说，又躬了一次身。

"'你有剑吗？'他用甜腻腻的语调问道。

"'请等一等，'我说，就走出去，拿上我的包、皮带和枪。

"'你有剑吗？'等我回来时，他问。

"'没有，'我说。

“‘我给你找一把来，’他说，显出他最佳的‘豺狼’派头。

“‘我不想用剑，’我说。

“‘不想跟我决斗？你这狗杂种，我要宰了你！’”

格拉夫斯的脸冷酷极了，声音也温柔极了。

“‘我就在此时此地跟你决斗，’我对他说。‘你有手枪，我也有。我们面对面分站在桌子两头，左手撑在桌上。’桌子不到四英尺宽。‘由这位夫人喊一、二、三。喊到三，我们就开枪。隔着桌子开火。’

“这一下，控制局面的由漂亮的‘豺狼’变成佩里·格拉夫斯啦。因为和他可以用一把剑结果我的性命同样肯定无疑的一件事是：如果现在他在三英尺外用枪打死我，我也会让他跟我一起归天。他也明白这个，就开始冒冷汗。这是唯一的迹象。他前额上绽出大颗大颗的汗珠子。他解开披肩，拔出手枪。那是把 7.65 毫米口径的小手枪，样子特丑的短脖小左轮枪。

“我们隔着桌子面对面站着，将手撑在桌面上，我记得我的手指抠进了一只咖啡杯，我们拿手枪的右手放在桌沿下面。我的.45 口径的大手枪拿在手里，满满一握。那位夫人仍然在哭。‘豺狼’冲着她说，‘喊数，你这婊子！’她在歇斯底里地抽泣。

“‘埃梅利奥！’‘豺狼’喊道。一个仆人来到门口，脸色苍白，显得十分恐惧。‘站到桌子那头去，’‘豺狼’命令道，‘慢慢数一、二、三[①]，喊清楚。’

“这仆人站到桌子的另一头。我没像‘豺狼’那样，死盯着对方的眼睛。我瞥了一眼他的手腕，他的手已经放在桌子底下了。

“‘一！’[②]侍者说。我盯着‘豺狼’的手。

“‘二！’[③]他的手刷地举起来。他紧张之下失去了自制，想不

① 原文均为意大利文。
② 原文均为意大利文。
③ 原文均为意大利文。

等喊到三就对我开枪，把我打死。我的老左轮枪响了，飞出偌大一颗.45口径的子弹将他那正在打响的手枪一下从手上打飞了。你知道，他还从没听说过把枪放在屁股边就发射的事儿呢。

“那位夫人一下子蹦跳起来，尖声大叫，双手搂着他。他的脸因羞愧而涨得通红，那只手因为枪崩飞时引起的剧痛而在发抖。我把枪插进枪套，拿上野战背包，往门口走去，但是在桌边停下步来，站着喝我的那杯咖啡。咖啡是凉的，但是我喜欢早晨喝咖啡。没有再说什么。她紧紧搂着他脖子在啜泣，他站在那儿，脸色通红，无地自容。我走到门口，打开门，回头瞧了一眼，她从他肩膀上跟我挤眼儿。也许是眨眨眼睛，也许不是。我关上门，走出院子，上了奔贾迪尼镇的大路。‘豺狼’，他妈的，不，他是只荒原狼。拿破仑，一只荒原狼是狼又算不上是狼。现在你还认为他是个浑身是胆的人物吗，迪斯波托先生？”

我缄默不语。我正在想象这个皮革脸的老牌冒险家是怎样跟欧洲公认的最无畏的人比试勇气的。

“这只是个标准问题，”酒送上来时，里考说，“‘豺狼’是个勇士，当然如此。生擒冯·胡塞的冒险经历就是证明。而且，我的上尉，他是拉丁人。那是你无法懂得的，因为你只有勇气而没有想象力。那是上帝的赐予，老兄。”里考微微一笑，悲哀地摇摇头。“我真希望能有想象力就好啦。我已经九死一生，我不是胆小鬼。我入土之前还要碰到不少死亡，但那是，你怎么说来着，格拉夫斯，我的营生。咱们现在要去打一场小小的战争。也许是一场开玩笑的战争，呃？但是人们牺牲在智利和在蒙福孔[①]是一回事儿。我羡慕你，格拉夫斯，你是个美国佬。

“勒纳迪先生，我希望你跟我一起敬佩里·格拉夫斯上尉一杯，他是如此勇敢，竟把你们国家最勇敢的飞行员都搞得像个怕死

① 法国东北部一小镇，位于凡尔登附近，第一次世界大战中全毁于炮火，原址现有阵亡将士纪念碑。

鬼啦！”他哈哈大笑起来，举起了酒杯。

“啊，喂，拿破仑！”格拉夫斯窘迫地插进嘴来，“咱们把祝酒词改成‘炸面包圈万岁！’吧。”

十字路口

——肖像选

波琳·斯诺

波琳·斯诺是我们湖湾区[1]曾有过的唯一的漂亮姑娘。她犹如一朵百合花从粪堆上直直地生长绽放开来，身体轻巧而又美丽。她父母双亡之后，去跟勃洛杰特家住在一起。打那之后，阿特·西蒙斯就开始每晚上勃洛杰特家去。

阿特去不了湖湾区大多数人家，但老勃洛杰特却乐意他来串门。勃洛杰特说他使蓬荜增辉。勃洛杰特干农庄杂事时，阿特就跟着他一块儿下马房，先向四周溜上一眼，瞧瞧有没有人偷听，然后就跟勃洛杰特讲好多故事。老勃洛杰特每每走进来，脸蛋涨得像火鸡的垂肉般红，咯咯大笑，使劲儿拍阿特的背脊。笑啊，笑啊，脸蛋变得越来越红。

阿特开始晚餐后带波琳去散步。她起先见阿特就害怕，他那手指头，又厚实又粗陋，开起腔来还老摸她，所以不想去。老勃洛杰特就跟她开玩笑。

"阿特是湖湾唯一规矩的小伙子啦！"他说，拍拍阿特的肩膀。"去玩吧，波琳！"

波琳的一对大眼睛会显出惊惧的神色——但她还是跟着他一块儿走上路，隐没在暮色中。向查勒沃瓦[2]逦逦延伸的山脉上有一抹血红的晚霞，波琳就对阿特说，"你不以为这有多美吗，阿特？"

"咱们出来不是聊落日的，妞儿！"阿特说，伸手搂住了她。

过了些时日，有些邻居开始抱怨，他们就把波琳送到南边科德沃特的教养学校去。阿特也避了一阵风头，回来跟詹金斯家一个妞儿结了婚。

埃德·佩奇

斯坦利·凯契尔有次来到博因城[3]，随一个杂耍班子作巡回演出。他贴出一张海报，说他能在六个回合之内击倒任何对手，要是输了，愿被罚钱。那会儿，人人都在干伐木的行当，埃德·佩奇跟老板怀特的二号营地的一帮伙计来瞧杂耍。大戏一开场，凯契尔的经理人问有谁敢上，埃德就走上了戏台。

那是场妙极了的厮杀格斗，有好多小子坚称埃德比凯契尔略胜一筹。不管怎么说，埃德因为挺住了这六个回合，得了一百美元赏金，从那之后，他再也没有干出什么引人注目的事。他只是沉溺于回忆他跟斯坦利·凯契尔的那场搏斗。有一阵子，人们还都赞赏地指指埃德。但如今大部分人已把那场搏杀忘得一干二净，有不少人还说不相信埃德居然能干出那事儿。

鲍勃·怀特

鲍勃·怀特应征入伍，跟一个基地医院单位出了国。大约在停

---

① 指密歇根湖东北部的大特拉弗斯湾，在密歇根州北部。
② 密歇根州北部一县，境内有查勒沃瓦湖。
③ 位于查勒沃瓦湖畔。

战前三天，他到了法国。鲍勃回国后在秘密共济会支部第一次晚会上对会员们聊了好多关于战争的故事。

鲍勃有一枚铁十字奖章，他说是从一个被打死的德国军官身上搜来的。而前线后方四十英里地方的喧嚣竟比战壕里还要糟糕。鲍勃不喜欢法国佬。有些法国佬还用牛犁地，而所有的法国丫头牙齿全是黑的。她们跟咱们的妞儿们可不一样。鲍勃跟法国一些最高贵的家庭打过交道，他应该什么都知道。据鲍勃说，法国士兵在战争中什么仗也没打。他们全是些老头儿，总是在修修路什么的。鲍勃说，海军陆战队也没真打过仗。他瞧见过许多海军陆战队，他们全都在码头和巴黎当宪兵而已。

说起来，鲍勃如今带回来了关于法国的直接见闻，湖湾区的人们也认为法国或者海军陆战队不怎么样了。

赫德老头——以及赫德太太

赫德老头有一张瞧上去不怎么正经的脸。他没络腮胡子，下巴嘛，似乎有点儿偷偷地朝里缩，水汪汪的眼睛兜圈儿红，鼻孔的边缘老是血红血红的，像擦破了表皮。赫德的小酒馆就在我家后面一片低地的四十号街上，你能听见他曳马时咒骂马的吆喝声。他是个矮小的人，常来我家后院提取我们留在那儿的盛在大电石桶里的泔水喂猪。当他发现泔水中有他认为猪不喜欢吃的玩意儿时，你可以听见他压低了声音咒骂我们和泔水。

他是个福音派信徒，按时去教堂做祷告。从来没人瞧见过他微笑，但我们有时能听见他在哼这样的小调：

宗教让我快乐，
宗教让我快乐，

宗教让我快乐，

我—正—在—途中！

赫德太太是个魁梧的女人，有张硕大的、清秀的、朴实的脸庞，她大约比老头儿年轻二十岁光景。她现在约莫四十岁，当她十八岁时，她父亲撒手死去，给她留下老阿马克酒馆。她使最大劲儿经营这小酒馆，但怎么也不行。她没足够资金搬到大瀑布城[1]去，而且那时日，不像如今有度夏季假日的人可做买卖。她有一次告诉我妈——“那会儿，我可也是个漂亮妞儿呢。”

赫德每晚总是到老阿马克酒馆来，一句话也不说，只是瞧她怎样好歹做买卖，把一切都弄得乱七八糟。他不愿开口帮她劈柴什么的。他只顾傻站在那儿袖手旁观，瞅她绝望地胡混日子。在那儿站了一些日子后，他开腔道，“萨拉，你还是最好嫁给俺吧。”

这样，她不久就跟他结了婚，她跟我妈说，“可怕的是他那会儿跟他现在瞧上去一模一样。”

比利·吉尔贝特

比利·吉尔贝特是个奥吉韦族印第安人，住在北边苏姗湖附近。比利太太是密歇根州北部地区最漂亮的印第安娘儿，他们生了两个胖墩墩的棕色皮肤的小子，一个叫比拉，一个叫普鲁登斯。比利和太太俩都曾上愉悦山城[2]去上学，而比利可是个能干的农夫

① 密歇根州中部一大城市。

② 在密歇根州中部，那里有一家师范学院。

啊。在1915年，湖湾区的人谁也不明白比利干吗要去苏圣马利[①]，报名参加黑衣军[②]。

今年夏天，比利回到家乡。他上衣胸口绣有两条丝带，左袖袖口上缝着三条金色的细条饰。湖湾区的老百姓没一个知道丝带代表着军功章和特等军功章，而所有参过军的人回家来都佩有这种丝带，有的有三四条呢，退役的时候你可以在营房里买到；人们拿他的褶裥短裙[③]开了不少玩笑。

"瞧这印第安佬，还穿裙子呢！"那些二流子会这样大声说。当他放下背包，点燃支烟时，一定又有人说，"哈，瞧这娘儿，她还抽烟！"这总能引起一阵哄然大笑。这绝不是比利心目中的凯旋回家的情景。

他沿大路走到苏姗湖，发现小屋空荡荡的。门上了大锁，庭园荒芜，刚建不久的果园里爬满了匍匐草，把还没被兔子啃光树皮的幼树挤得奄奄一息。比利回到路上，走到一家邻人家里。

"吉尔贝特太太吗？"那人在门道问，忍住笑瞧着比利的褶裥短裙。"她跟西蒙·格林的儿子跑啦。把农庄卖给了查勒沃瓦的G—。今年还没犁地呢。你就是比利，呃？哎，他们住在本州的南边什么地方。"邻居站在门道里，手里拿着盏灯。

比利转过身，好歹背上背包，迈着苏格兰高地人的大步走向暮色苍茫的大路，无边苏格兰圆帽歪在脑袋一边，光溜溜的膝盖在褶裥短裙下摆动着，就像它们曾经在巴鲍墨到康布雷[④]的大路上摆动一样。他的脸庞像往常一样麻木而毫无表情，但他的眼睛透过夜色却瞧着远方，他然后开始吹起口哨来。他吹的调

---

① 位于该州北端，在苏必利尔湖和休伦湖之间。

② 英国政府于1725年开始组建的苏格兰高地警卫团，因其深色方格呢军装而得名。

③ 苏格兰高地男子穿的格子花呢做的短裙。

④ 巴鲍墨在法国北部加来海峡省。康布雷在法国北部诺尔省。1917年英国军队在此西线打了一次大仗。

儿是：

“离蒂珀雷里，非常遥远，
非常遥远。”①

① 蒂珀雷里在爱尔兰中部。这支爱尔兰歌曲流行于第一次世界大战期间。歌词大意为：“离蒂珀雷里，非常遥远，离我认识的最甜蜜的姑娘，非常遥远。再见，匹卡迪莱，再见莱斯特广场。”

一个在爱河中的理想主义者的造像

——故事一则

高架列车铁轨正好从办公室开着的窗户下经过。铁轨对面有另一幢办公楼。火车沿铁轨而行，在车站上一停下便把另一幢办公楼挡住了。有时候鸽子停栖在办公室窗户的窗台上，并往下飞翔，停歇在铁轨上。行驶中的列车并不使对面的大楼完全看不见，而是透过开着的车窗和飞速掠过的车厢与车厢之间的站台显现出来。正是午餐时分，办公室里除了拉尔夫·威廉斯之外，没有人影；他正在给未婚妻的妹妹写一封信，即将写完。他从打字机上拿下最后一页信笺，便读起来。

我亲爱的伊莎贝尔，

我以这种方式与你恳谈，因为你和我在许多问题上的看法是如此的歧异，通过当面交谈是难以得出任何结果来的。

我意识到我们之间的分歧在不断扩大，这是我不愿看到的。倘若我错了，我愿意改正我的过失。你简直难以想象这种感觉是如何在折磨我。这比我初次去见欧玛时，你告诉我你感到我对你有怠慢之举更使我黯然神伤。那些时日对我来说是十分美妙的，因为我从沉睡中苏醒过来了，我原以为这种沉睡会一直持续下去，这也许正是我表面上似乎并不太在意你的存在的原因——因为我寻觅到了我一直在探寻的爱，而一旦寻找到了这份爱，便不想失去它了。好几个月前，当你端坐在北岸旅社里对我直言相告之后，我竭力想作些补救。我为我的怠慢感到遗憾，为我的粗疏真诚地表示抱歉。然而我在这方面的努力似乎徒劳无益，显然是一败涂地。当我想到我所渐渐热爱的家庭——这种爱通过欧玛表现出来——中的一员，居然在她内心深处对一个希冀有朝一日成为她姐夫的人怀有反感与恶意，我便感到受到了伤害。这并不是因为我对你的感情有任何的减弱。你只是放任自己如是想而已。

我的生活、经验、感情和理想的本质使我比跟我同龄的一般人想得更深邃一些。我还明白你为什么让这些感情潜入你的心田。

在我二十三年的岁月中，由于某种未知的理由，我崇尚一种对人类来说非常奇特的理想，这种理想发展到如此崇高的思想境界，以致哪怕稍一提到它就会从我的内心深处引发起一股怨恨，而且我无法不让它表现出来。所以我要继续这样感受下去，但是决意将这种感受羁留在我的内心，不管它是否会伤害我。

一个有崇高理想的人和一个缺乏理想的人之间的差异就在于前者以他用实际的观点来思考和观察所得来指导他的人生，而后者则怀有充分的幻想，以尚未实现或者也许永远不会实现的梦想来引导自己。我坚持自己的理想。那就是要多给予一些，比我所希求的或获取的要多一些。我总是在思索，思索，也许思索得过多了，但我总是设身处地替别人着想，总是设想要是在别人的处境中我会做什么，然后沿着自认为正确无误的道路执著地走下去，当一个人总是做正当的事，他就不可能犯太大的错误。你曾经读到过关于富人的故事，他们竭尽全力获取了地位、权力和福祉，但所用的方法却激起了别人的反感，使人们对他们由于怀有理想而高居于同类之上的名望表示冷漠。

怜悯、关怀、体谅和善意使给予者和接受者都得到恩泽。它们是不仅仅在圣诞节，而是从正月到十二月都值得修炼与实践的美德。这就是我现在和一直信奉的信条。在这个问题上，你也许不会和我谋合。你也许会说，我并不躬行这些美德。倘若你还是这样想，我感到遗憾，我不可能逾越我曾经做过的一切，因为当人们对别人表示善意，当人们更少地想到使自己快乐，而较多地想到使别人幸福，他们便会毫无私念，善解人意，更接近于遵守这条戒律，“当爱人如己。”①

无私、体谅和善意是主要构筑在我们自己的诚挚、毫不吝惜和无私的善意之上的。这是配合了人们的偏见和自然形成的好恶而有意识地培育的善意。这正是我好多次竭力做到的事。这就是为什么欧玛和我彼此相爱的原因；这就是为什么我爱你们家所有的人。对于你来说，我的这些情感也许带有偏见，但这只是你心中的想象而已——对于我们，这些情感是合情合理的好恶。你不理解为什么我会有这种情感。对于我，那个理想就是你，一个女人。那么你觉得我希望获得我所爱的女人的这一理想的性质是什么呢？你并不喜欢这种理想，因为我并没有以你所期望的热情投入你所酷爱的事情之中去，而且我知道你并不是唯一这样想的人。你并不喜欢它，因为那晚我没有对你的取笑对象发出会心的微笑或者揶揄一番。由于我赋有我理想中的女人——包括你和克拉拉——所拥有的羞怯感，我无法像你那样领悟到一个女人的四肢的形状，在与其他人的作一比较之后，竟能给人以幽默感与娱乐。

我的理想是一个自然之女，一个比我们更伟大的神的杰作，不管她可能拥有什么形体，并且当这个理想由于不适宜地过多关注外表而受到损害时，我所以反感的原因便十分清晰了。

我明白我没有投入诸多的令人欢娱的玩笑和好笑的娱乐中去，我也看出在此次不悦之前已经好几次被你审察到了。我常常为此感到遗憾。许多年以前，当我比现在小得多的时候，在

---

① 引自《圣经·马太福音》第19章第19节耶稣的教导。

野餐或聚会上，当我没有以应有的热情投入娱乐或叫人发笑的恶作剧时，总有人会注意到，并且告诉我。我常常竭力想克服这种感情，不让它们显露出来，但我知道我没有做成功，它们仍然被人觉察到了。

由于我生活的性质和我的理想的形成，我不喜欢看到那些无助于增添女性魅力和优雅风度的事情，这还因为我比一般人思考得更深，对这些事情有更高的标准。理想是人类迄今为止所知的最强大的力量，但是，我想，这些理想过早而不恰当地进入我的心中，于是我把它们全部集中在那唯一的对象上。我们大家都应该有理想，为什么我却选择了这一理想，我自己一直迷惑不解，但是我很高兴我这样做了。我真切地知道，拥有理想的人，那种不惜一切代价地不愿让他的理想被玷污、被贬低或者被出卖的人是永远不会感到贫乏的，是永远不会在心中、在精神上和在心灵中觉得孤独的。

正是这些好恶使你觉得它们对你来说是不妥的，使你觉得我对有些行为、词儿或说法存有偏见。然而，这些好恶也许正是非常合理的，既然人们都怀有这些好恶，既然你渴望体谅、善意和爱，那你就应该忽略有些好恶，否则就不可能获得这种体谅和善意。有时候，别人会喜欢非常糟糕的事物，而我们的方式也许正是一种较好的做法。因此对于我们来说，自然的办法就是一直为此奋斗到最后一息，以使人们有时能领悟到我们的方式的合理性，并与我们的想法一致。

现在，我愿意花较大的力气去完成并克制我的感情，尽我的能力去取悦每一个人，倘若你愿意往我这儿靠近一点，我们就可以忘却已经发生的一切。

当我想交友时，我总是奉行一种方针，即伺机为他们做点有益的事；这是我发现的唯一可行的方法。帮这个人或那个人的忙，并持之以恒，那就难得会失败。因为挚友赞赏这些事情；不管他们表露与否，你知道他们是你的朋友。倘若我发现我有可能失去这些朋友，我便找出我的什么令人厌恶的习惯，然后设法纠正这种习惯，或者断然抛弃它。伊莎贝尔，我是否在某种程度上完全做到了这一点呢？伊莎贝尔，我是否用对你写这封信的方式在某种程度上对你做到了这一点呢？

对于你将如何看待或如何接受这封信，我茫然无知，但是我希望我已在一定程度上对你解释了我为什么有那样的感觉。

倘若我因此而使你对我冷漠，倘若是我的过错使你对我的与日俱增的不悦潜入你的心田，我所能说的就是：我感到歉然。我只是表露了我的本色，我自然的本色，并抱歉我使你这么想。

非常忠诚于你的谦卑的未来的姐夫

拉尔夫·斯宾塞·威廉斯

他一边读这封信，一边吃午餐。他修改了倒数第五段一句非常佶屈聱牙的句子，用打字机在信封上打了地址，将信笺折好放进信封，封了口子，将信放在待寄的邮筐里。然后，他将包午餐的包装纸扔进废纸篓，将桌上的面包屑吹掉，踱到窗户前。他眺望着街道对面高架列车底下的那家杂货店。他现在所需的是来一大杯上好的、冰镇的、双料的放柠檬水的可口可乐。那是一种高品位的、冰凉的、富有刺激性的饮料。不喝刺激性的东西，对人的身体要好些，但有时候刺激性的东西却是一样好东西。它们像所有的事物一样有其自己的位置，重要的是不要滥用。他戴上了他的帽子。

拷树树根的腱

——故事一则

从前还不太开化的时代流行过一句谚语："In vino veritas."① 它大致的意思是说，在损人的杯中物的影响下，人能涤去拘谨和习俗的尘垢，暴露出他真正的本性来。这真正的本性也许是快活的，也许是富有诗意的，也许是病态的，或者也许是极端好斗的。在我们祖先原始的术语中，这些流露出来的状况按下列顺序被称为大笑、伤感的痛哭和勃发的斗殴。

一种在酒精的腐蚀作用下蜕去外壳的人，也许会像寄居蟹的皱不拉几、变了形的剥壳肉，样子十分难看。另一种人，外表如顽石般坚硬，在酒精的影响下可能竟是个和蔼、慷慨和可亲的人。但是那时还有一种人，酒精对于他们内在的个性却毫无效果，就像用醋去冲刷金字塔，而塔里的棺椁却毫不受影响一样。

据说这种人有十分奇妙的头脑；一般人把这种头脑误认为是肉体与酒精的搏击中能进行最有力的抵御的一个据点。从生理学的观点来说，他们拥有一种非吸收性的胃。但是你不能指望以这种非吸收性的胃为题材来写一部酒吧冒险的英雄传奇。这就跟对一个受枪伤十分严重的美国步兵说他曾经跟德国政府作战，但在任何意义上都不曾与德国人民为敌一样的困难。

这篇奇谈述及非吸收性的胃、枪击、"上帝神手"以及情感的真正所在。然而故事并不是按上面讲的这个顺序来展开的，因为先讲的是"上帝神手"。

从前，在用茶杯喝鸡尾酒之前，神手伊万斯是个枪手。如今，枪手跟带枪的歹徒是十分不同的两类人物。一个带枪的歹徒，而现在歹徒带双枪似乎更为时兴，每每是个有尖颚、戴顶宽边帽、操一口南方土音、惯于耸起下巴使腮帮子上的肌肉鼓起好拍特写镜头（不断地嚼口香糖可以获得同样的效果）的人，有两把大手枪插在打开的皮套里，低低地挂在毛茸茸的裤子上。他瞧上去也许很冷酷，但实际上是非常心地善良的，在电影的末尾结果每每安然无恙。一般来说，反正他总是别的什么人伪装而成的。

而枪手却没有一丁点儿带枪歹徒的这些显著的特点。他是个安安静静的、不引人注目的、相当枯燥乏味的职业杀手。作为杀手，他们的外形也许会各不相同，但是作为一个阶层，他们都乐意两个人一块儿干，而且在近处见红。枪手之所以喜欢近击也许是因为他往往是个很糟糕的射手。在城里很少有练习自动手枪的机会，而在十英尺内射击却无需多大的技能。何况每个枪手都有其弱点，那就是杰克·法雷尔（他当警察时亲眼目睹了从"杀人魔王"到"堪萨斯城黑佬"等杀人团伙的兴起，并参与制服他们中的大部分）所说的梣树树根的腱[②]。醇酒、妇人和歌，这三样东西的前两样要了许多人的命。每个人都有其致命弱点嘛。

神手伊万斯却是个例外。神手是"上帝神手"的简称。黑社会行话中的这个亵渎神明的称呼一直伴随着他从西雅图来到东部。打从他在中西部干了第一桩人命案子，在九号街和大马路四岔路口开家小酒馆的洛基·哈菲兹对靠在酒柜上的两个新入门的哥儿们就滔滔不绝地神聊起这事了，一边用短而粗的食指敲打柜面来给这高谈阔论打拍子。

"要是那小子就是'上帝神手'，我敢说主的左撇子枪法真不赖。那小子确实是这么回事——上帝的左撇子枪手[③]。而且我想跟

---

① 拉丁文，意为："酒后吐真言。"

② 原文为 ash heel's tendon，与 Achilles' heel（阿喀琉斯的脚跟）及 Achilles tendon（脚跟的腱）谐声。据希腊神话，阿喀琉斯出生后被其母浸在冥河中，只有脚跟未浸及水，故成为他全身的唯一可以致命的部位。

③ 此处借用拳击术语，原意为左直拳。

你们说，那左手的功夫跟彼得·杰克逊[①]的差不离。那号人啊，不等你看清楚就打枪，而且一定要达到目的。你们这帮花架子在这儿东游西逛，千方百计想当上杀人专家，最好留神别碰上这神手。”

洛基一边这么说，一边用木刮刀刮掉杯口溢出的啤酒泡沫。

神手第一次出手就有那么点儿不凡的气派在里边。有帮小子要求干掉一个名叫斯各蒂·邓肯的人，他了解内部的秘密太多，被怀疑跟称作“包打听”的警方代表们有接触。神手开口要“先付现钞两百美元，作为逃亡费用，再寄两百美元到芝加哥邮局邮件待领处”。当然啦，这对于干掉一条人命要价实在太高了，但他解释道，“干不干，由你们。我可不是个普通杀手。要是你们不想干得干净麻利，去找个要价便宜点的小子好了。”这帮人接受了这条件。由于斯各蒂·邓肯有警方保护，要他的命是务必不能留下表明是当地人干的任何标记的。

这样，午后不久，斯各蒂·邓肯正从他一向吃午饭的豺狼酒家走出来，神手伊万斯，一个冷静、矮小、黑不溜秋的小个子，正站在哈菲兹酒馆的过道上，外面的弹簧门半开着。像个台球冠军不慌不忙而准确地击一只无需多大技巧的球那样，他拔出兜里那支丑陋的短脖自动手枪，趁邓肯在街对面豺狼酒家门前露脸时，就开了一枪，眼瞧着邓肯应声往人行道上迎面扑倒，然后把枪放回兜里，走到酒柜前。

洛基在他面前放上一瓶威士忌，神手往一只小平底玻璃杯里斟上满满的一杯酒。

“打脑袋瓜子，”他像闲谈一般对洛基说，酒吧经过预先安排，这时没有酒客，“比较干净利落；用软头弹打，你知道活儿干成啦。”

---

① 彼得·杰克逊系英国通俗文学作家吉尔贝特·弗兰科（1884—1952）所作小说《彼得·杰克逊，雪茄商人》中的主人公。

他一仰脖喝干了威士忌，拒绝再喝点什么垫后酒，就从墙钩上拿下顶软帽和一件有腰带的粗呢宽大衣，提起一只旅行包，往后门走去。“喂，神手！”洛基从酒柜后面走出来，声如洪钟地叫道。“我想跟您握握手。”他在围兜上擦擦一双大手，带着钦佩的目光冲着这黝黑的矮个儿微笑。

“别叫我神手，”伊万斯非常镇静地说，打开通向小胡同的门。“我不跟任何人握手。”

打那之后，全城有好一阵子没见到神手伊万斯。

偶尔有一些关于他的新闻传回城里。他在纽约。他在那儿结果了一条人命。他离开了纽约。谁也不知道他目前在哪儿。人们相信他又到西部来了。后来，他在新奥尔良宰了个人，有一两个月没听到他的音讯，然后他又在芝加哥出现，又发生了一件谋杀案。这种事的顺序总是这样的。神手伊万斯在城里露脸了。然后便是一件没有证人或者只有对杀人者有利的证人的血案。神手伊万斯随之销声匿迹了。他为肯付最高价钱的人干，而且单个儿干。他不对任何人效忠，因此也不会跟任何人分赃。

从事那最古老职业的人们对他毫无办法，而他唯一可能有的弱点是酗酒。他每每喝得太多。但酒对他却没有任何看得出来的效果。当他的伙伴们在酒吧醉得哭啊闹的或者变得动不动就跟人吵架时，他还是那个神手伊万斯，和响尾蛇一样能置人于死地，却并不发出这种毒蛇的警告信号。

所以，当他销声匿迹两年后又重新在洛基·哈菲兹的酒馆出现时，他的到来在本城那些会意识到他的来到的公民中引起了猜测和惊愕，并且使两个人害怕得心里透凉，魂飞魄散。全区知道底细的人们在推测：神手伊万斯的露面比爱尔兰最准的报丧女妖的哭泣还要更肯定地预示死亡。全区的人在琢磨这次该轮到谁丧命。在平基·米勒和艾克·兰兹的内心深处隐存着一种令人丧气、苦恼、虚脱的恐惧。而杰克·法雷尔的心中却充溢了喜悦之情。

把斯各蒂·邓肯顺顺当当地干掉并没有阻止保护黑帮利益安全

的堤坝上的漏洞渐渐扩大，而突发的迅猛的溃决将使他们大家随着洪水奔向案发者聚集的更可怕的沼泽口——监狱。平基·米勒和艾克·兰兹有足够的理由懂得为什么为了保护黑帮的利益该挑上他们去死。他们担心神手伊万斯成为那保护系统的代理人呆在城里，担忧他们说漏过嘴已对黑帮造成威胁，使黑帮感到嫌恶，因此他们想起躺在豺狼酒家门前人行道上的斯各蒂·邓肯的情景来，前额上一个干脆利落的圆洞，后脑勺上一只大洞足够放一只鸡蛋。所以他们前去找杰克·法雷尔。

“神手伊万斯在城里呐，”平基说，越过桌子瞧着那头的杰克·法雷尔——十五街警察局的魔王，下巴方方的，血色很好，一副自鸣得意的样子。

“我知道，”杰克非常准确地往墙旮旯的痰盂吐了口痰，重又将雪茄塞进嘴里。

“你们准备怎么办？”艾克问道。

“什么也不干，”法雷尔回答道，浓密的毛茸茸的白眉毛下面的眼睛含着笑意瞧着他们。

“什么也不干，”平基恐惧至极，差不多在嚎叫了。“什么也不干。而他却要把我们宰了。他就是要这么干的。可你却说‘什么也不干’。”

他咚的一下往桌子上捶去，脸蛋因为激动而涨得通红。“你难道不知道他这次来是冲着我和艾克的吗？”

“当然知道，”杰克·法雷尔说，又往痰盂里准确无误地吐了一口痰。

“别跟我们逗啦，杰克，”艾克说，他更能控制自个儿一些。“我们知道我们是线人。但我见过斯各蒂·邓肯的下场。别跟我们逗了，杰克。”

法雷尔拔出嘴里的雪茄，把椅子朝后一仰，盯着这两名线人的眼睛看。

“我没在跟你们逗，老兄。我们没有抓到神手伊万斯的任何把柄。我们明知道他干掉了斯各蒂，但是没有一点证据。”

“哈菲兹怎么样，”平基哀叫着插进嘴来。

“哈菲兹。哈菲兹，他发誓从没见过神手。对他也没掌握任何材料。我们能做的只是把他当流浪汉扣起来或者扣住他审查一番，但都不能超过二十四小时。他不是流浪汉，该掌握的情况我们都已作过调查了。总有人该走这条单向的路到那片土地去，而到了那边的旅客都一去不复返。你可不怕死，是吗，平基？”

“别逗了，杰克，”艾克说，他那个种族的毅力使他在哀叫的平基旁边显得很有尊严。“我们真的什么也干不了啦？”

“你们自己去干掉他，然后出溜，或者找到一点他的茬儿，我就来把他关起来。”法雷尔自得其乐地抽着雪茄。

“你知道我们宰不了他。我们不是枪手啊，”艾克哀求道。

“他酗酒，是不是？他愿意跟任何人来上一杯。也许他压根儿就不是来找你们两位老兄算账的。把他灌个饱，也许他会吐露出点儿什么。今晚在哈菲兹酒馆里让他喝个饱。我会尽力保护你们的，老兄。”

“最要命的是，”平基发牢骚道，“敢情他不只是个普普通通的枪手。也许我们会有些机会来抓住他，要不，叫别的什么人来要他的命吧。但是这小子就是死神。没有谁能逮得住他，而他也没什么弱点可以利用。他甚至会把一个只不过想掐他一下的人杀了。”

“每个人都有弱点啊，”法雷尔说，“现在你们两个小子走吧。”

这两名线人打开门，溜出去了。

法雷尔伸手拿起桌上的电话，拨了个号码。

“哈啰，洛基吗？我是杰克。你那儿有人吗？好吧。是啊。我知道他要来找我的麻烦。两名线人刚到我这儿来过。吓死啦。但是我们没有他的任何把柄。是的。我理解你为什么不能作证。线人们今晚要试一下，让他喝个酩酊大醉。他打算明天干掉我？我要是他的话，也会要这么干的。既然能有办法搞他们的上司，那干吗不放过线人啊。好吧。是的。听清楚了，洛基。为了蒙骗他，我将送张唱片来。今晚约十一点半左右，我将在街对面的豺狼酒家给你打电话。动手放那张唱片。我送来的那一张。他会跟两名线人安插在那儿的几个娘们一起喝酒。你一开留声机，就随时准备趴下。是的。好吧。再见，洛基。”

他挂上话筒，啪地戴上圆顶高帽，在办公桌最上面的抽屉里找到一支没抽过的雪茄，吹起口哨，走出门去。

当天夜里，神手伊万斯站在洛基·哈菲兹酒吧里，矮矮的个儿，橄榄色脸庞，目光冷酷，右脚抬起，搁在酒吧边的铜横档上，左手握住一瓶威士忌，经常给放在面前的小酒杯斟酒。倒满了酒，他用左手拿起酒杯来喝。他的右手总是垂在身边鼓鼓囊囊的大衣口袋旁，或者撑在酒柜上，这样可以抽取放在腋下皮套里的另一支枪。他眼睛紧盯着洛基脑后与酒柜平行的大镜子，镜子里映出酒吧的全景和两扇弹簧门。

那晚，有好几个人走近神手，献殷勤说要请他喝酒。对所有的人，他的回答是一样的。“我自己买酒喝。”这一来再聊下去就难了。看来神手是不会泄漏任何秘密了。要是“酒后吐真言”真有其道理的话，那么把神手的外壳剥去后，就只会露出下面的另一层更加坚实的壳。

午夜前半小时，酒吧后面的电话的铃铃地响了。洛基拿起电话筒。“哈啰？打错了。”嘭的一声撩上电话筒。

“喂，也许有张唱片您还没听过吧，”他说，伸手去拿一叠留声机唱片最上面的一张。

“别放他妈的爵士乐，”这黝黑的矮小男子在酒柜前说。

“这不是爵士乐，”洛基答道，装好一只新唱针。“这是真正的高雅玩艺儿。穿礼服听的音乐。它叫《穿起戏装吧》①。”

---

① 这是意大利作曲家利翁卡瓦洛（1858—1919）所作二幕歌剧《丑角们》中卡尼奥的一段咏叹调。

他开了留声机，利翁卡瓦洛的撩人心绪的歌剧中那伟大的男高音的嗓音就从留声机里飘将出来。“笑吧，丑角，虽然你心儿已碎，”卡鲁索[①]唱道。神手的脸庞顿时亮了起来，然后又蒙上一层阴霾，眼睛垂下来瞧着地板。丑角的歌声在撕心裂肺地抗议着命运强迫他在彻底崩溃的生活之中还得插科打诨开玩笑，在整个的歌声中，神手始终凝视着地板。外壳被击破了。

神手没瞧见弹簧门被推开，杰克·法雷尔站在门道上。他只听见卡鲁索的雄浑的歌声在卡尼奥痛苦忧伤的悲叹之中回响。最后一个音一唱完，他不由自主地举起双手鼓掌。

“举着手，不许动！”杰克·法雷尔的嗓音像子弹一般爆发出来，神手转过身，眼睛正对着这爱尔兰人肥大的长着雀斑的手中那支.45口径的左轮枪的枪口。“举着手，不许动，意大利佬！”

他将训练有素的手指往神手大衣上一摸，从兜里和挎在肩上的皮套里拔出两支枪来，然后冲着那张黑不溜秋的脸哈哈大笑。

“你没有弱点，呃？谁也甭想碰你？谁碰你，就宰了谁，呃？”他一下子将神手的手用钢铐铐上。“现在可以放下手来了。我们关于这双手已抓住了足够的把柄，这下洛基可以不用冒风险直说他所知道的关于斯各蒂·邓肯的案子了。”

神手伊万斯站在那儿纹丝不动，像一条脊背被打断的响尾蛇，以其所有的狠毒和仇恨紧盯着法雷尔。

“你没有弱点，”法雷尔幸灾乐祸地接着说，“喝酒你没事儿。你对娘儿们不比对一部吃角子老虎更上心。你打算明儿个干掉我。但是不管怎么说，你的确有一个弱点。你的真实姓氏是瓜达拉贝内，是吧？”被逮住后，神手没说一句话，所有的仇恨都集聚在他眼睛里。他的脸像以前一样不动声色。

“瓜达拉贝内是他的姓氏，洛基，”法雷尔转身对酒吧老板

---

① 卡鲁索（1873—1921），意大利歌唱家。

说。“把他的手从口袋边移开的是意大利佬的歌声[①]。你的[illegible]树树根的腱，瓜达拉贝内先生，是音乐。给警察局打个电话，好吗，洛基？”

① 因为瓜达拉贝内这姓氏说明神手原是意大利人，所以是卡鲁索迷。

潜　流

——故事一则

斯托伊弗桑特·宾对开门的女佣咧嘴一笑，正如每次斯托伊弗桑特·宾咧嘴一笑时一样，对方也以粲然一笑回报他。

“多萝西小姐很快就下楼来，斯托伊弗桑特先生。我能帮您脱去外衣吗？”她目送着他，眼睛里带着远比赞许更为丰富的光芒。娘儿们总是这么瞅斯托伊弗桑特的。那晚在前往多萝西·哈德莱寓所的路上，他曾走进一座电话亭，有两个妞儿正从隔壁一座电话亭里走出来，一见他便互相推推搡搡。

“这汉子看上去顺眼极了，”一个妞儿说，目光紧紧尾随着他，一边从她放梳妆用品的小坤包里拿出唇膏来。

“是呀，他太英俊了，简直不敢相信。这些美男子太帅了，我可是腻味了。我一生中没结交过漂亮男人。给我找个量入为出的翻砂小工就可以了。”她对自己的笑话毫无激情地干笑起来。

“得了，伊芙琳，他已经走了，别整晚干望着那道门了。那美男子已经不见影儿了。”

“我琢磨，”第一个妞儿涂好了唇膏，对着小包里的镜子自我陶醉地说，“我琢磨他是太漂亮了。我真想今晚跟他在一起做个朋友。”

“我还盼望成为阿斯特夫人①呢——但我们不是。我们必须赶紧到佩卡拉洛饭店去，也许还能美餐上一顿晚饭。走吧，我的女强人。让我们跳起西米舞②来一路走吧。”

当然，斯托伊弗桑特·宾并不知道这发生的一切。他并不知道娘儿们总是目送着他，对他评头论足，而今天晚上，他对周围的一切更加漠然，因为他为了一个非常明确的目标正往多萝西·哈德莱家赶去。他要向多萝西求婚，而心中毫无把握。

斯托伊[3]以前曾经向妞儿们求过婚。一次是在湖中独木舟荡漾时，有明月当空助阵，一次是在他的汽车里，那时正以每小时五十多英里的速度行驶着，他一只手搭在驾驶盘上。但他每次求婚都颇为成功，而最后一次还是他的哥哥将他搭救出来的。让我们来瞧瞧这到底是怎么回事儿。那最近的一次求婚的情景还历历在目。他是在哈利的游艇上求婚的。那次也是明月高照；对于结果，根本就没有什么疑虑。而今晚则不同。他要向多萝西·哈德莱求婚，而他有一种预感她会拒绝他。他点燃了一支烟，想用抽烟来暂时排除思虑。斯托伊弗桑特·宾从来没有真正思虑过，但是在抽烟时，他比平时更少用脑子。

这时，多萝西走进房间，伸出一只手来。"嗨，斯托伊，"她对他嫣然一笑。

"你好，多[4]，"他也报之以一笑，将烟卷啪地弹进壁炉的炉火中。

人们一见多萝西，首先注意到的必定是她的秀发。她的头发像旧日乡间擦得锃亮的铜水壶那样金光闪闪，吸收了所有的炉火火光，偶尔还熠熠返照一下。多么美妙的秀发！她身子的其他部位也十分可爱，斯托伊怀着一种欣赏不已的心情瞅着她。

"你总是瞧上去这么美，多，"当她一屁股坐进壁炉前一张深深的皮椅子里时，他说。他倚坐在她椅子的扶手上，低头细细瞧着她那光辉灿烂的金发！

"自从你回来后，一直在干什么呢，斯托伊？好久没见你了吧？"她抬起头瞧着他，问。斯托伊思索了一会儿。

---

① 指英国的阿斯特子爵夫人南茜·韦契尔（1879—1964），曾是英国第一位下议院议员。

② 美国二十年代流行的整个身子颤动的舞蹈。

③ 斯托伊弗桑特的简称。

④ 多萝西的昵称。

“啊，我们一伙在八月去了一趟尼匹贡湖[①]。有山姆·霍恩、马丁、邓特利和我。然后，我和山姆·霍恩一块儿在魁北克省一直往北走，逮到了一头驼鹿。说实话，是山姆逮到的。我最近还去了南边的潘恩赫斯特[②]，瞎逛。那儿游客少极了。”

斯托伊拿出他的烟盒，伸向多萝西。她摇摇头。多萝西是斯托伊认识的妞儿中唯一不抽烟的，她每次婉拒总是给他一种愉悦的心情。她却以为他只是粗心大意才又敬她烟的。

“斯托伊，你这野小子，眼下到城里来干什么？”多萝西粲然一笑，摩挲他的手臂。这是多萝西一个非常古怪的动作。当她抚摸你的手臂时，仅仅是抚摸而已。其他妞儿嘛，这也许包含什么含义——而多萝西却不。对于她，这没任何含义。

“来瞧歌剧，”斯托伊咧嘴一笑。

多萝西朗朗地大笑起来，犹如中国风铃的叮当声。“要不是硬拖你去，你是从来不会去歌剧院的。这到底是怎么回事，斯托伊？”

“好吧，多。眼下就讲也一样。”他声调有些变了，将手搭在她的肩膀上。她没有退让开来，只是紧盯着他的眼睛。“我爱你，多。我希望你能嫁给我。”

他的手仍然搭在她肩上，她又哈哈大笑起来，但这一次不太欢乐，而她的眼睛仍然盯着他的眼睛。“哦，斯托伊！你太可笑了。我不能嫁给你。而且你心中明白，你并不真正爱我。”当她说“可笑”时，斯托伊的手从她肩头垂了下来。

“可笑得怪了，我不光是说可笑，哈！哈！”她缓缓地说，将手搁在他的手上。“我非常看重你，斯托伊。我们一直是好朋友。可是在我们做朋友这段时期里，你爱上了二十个妞儿。你不可能真正爱上一个女人。况且，你长得太英俊了。我却长着个塌鼻子，斯

---

① 位于加拿大安大略省西南部，苏必利尔湖北约35英里。

② 冬季旅游胜地，在美国北卡罗来纳州中部。

托伊。哦，是的，长着个塌鼻子。我绝对不能嫁给一个像你这么俊美的男子汉。我才不愿与你一块出去，让人们嘀咕，‘这个和这么英俊漂亮的汉子在一起的红头发妞儿是谁呀？”

“你是世界上最美丽的妞儿！”斯托伊充满激情地说。

多萝西娴静地对他微笑，紧紧地捏了一下他的手。“我正在纳闷你这话说了多少回了，斯托伊？你变化无常，小伙子。你很不专一。”她的嗓音非常温和。“哦，我知道我伤害了你。我想我是存心伤害你的。你从来没耐心做完一件事。你马球打得很棒。但你绝对不愿坚持下去。有一年，你获得了全国公开赛亚军。而第二年，你却没参赛。你的马球至少比我知道的两名国际比赛选手棒得多，而且你知道你能玩好高尔夫这运动。但你不能坚持到底，斯托伊。而且你在其他事儿中也会是这样。你是个用情不专的人，斯托伊。我知道那是个十分老派的字眼——不过你正是这么回事，我亲爱的老友。”她又摩挲起他的手臂来。

“让我说几句吧，多。”斯托伊的脸庞一片绯红，显得如此俊美，以致多萝西巴不得能倒进他的——唉，斯托伊太英俊了。“自从我们孩提时代起，我一直爱着你，多。从你是个红头发的小丫儿一直到现在，我一直在爱着你。这是我生活中的一件大事。那是一股巨大的强劲的潜流。就像一条河。潜流不断地往前涌去，而清风只在河面上激起白色的浪花，使得看上去河流仿佛在流向另一个方向。但白色的浪花仅仅是在水面上。而在水下，潜流奔涌向前，总是这样。我对你的爱就是这股潜流，而其他的妞儿不过是水面上的小小浪花而已。难道你还不明白吗，亲爱的？”

“我明白，亲爱的斯托伊。但眼见并不为实，”多萝西满腔柔情地说，如果斯托伊此时就一把把她拥入自己的怀中，这故事对读者来说就没什么看头了。“但我要给你一个机会，老朋友。你从没坚持做过一件事。你总是爱情不专一。选上一件事儿，痛下决心来无条件地做成它。表明你是个冠军，而不是亚军。别总是做个未获名次者，斯托伊。然后你可以再来向我求婚。”

“你是指商务吗？”斯托伊悲戚地说。

“并不一定。商务并不比其他事儿艰难，而不管怎么说，你已经有不少钱了。再敛财就不太应该了。挑选一件艰苦的事儿，斯托伊。做成它。当上冠军吧，好哥儿。”

“天啊，多，我会成功的。”斯托伊站了起来，将多萝西的手捏在他那宽大的手掌之中。“我会成功的，多。然后，我会——”

“再到我这儿来吧，”多萝西替他说完了这句话，他就走出房间，心中燃烧着她的粲然的微笑。

回到寓所，他给最好的朋友山姆·霍恩打电话。山姆外出了。“请他一回来就来找我。有急事。”斯托伊挂上了电话，开始在房间里踅来踅去。过了一会儿，他走向酒柜，给自己斟了一杯酒。正在那时，山姆·霍恩冲了进来。

“你这疯小宾子，这么晚还叫我来干吗？独酌，呃？得，我们来改变这情况。酒杯在哪儿？发生什么事了？给山姆大叔说说吧。有妞儿想嫁给你吗？”他圈起手握住酒杯，将双脚高翘在桌上。

“我必须当上冠军，山姆，”斯托伊认真地说。

“那容易！”山姆说。“你在尼匹贡湖上用假绳钓鱼，没人能比得上你。”

“她不承认那个，”斯托伊回答道。

“她，呃？”山姆说。“哦，当然，她！得，她是谁呀？为什么你突然为了她非得当冠军不可？”

斯托伊给他解释了好一阵子。山姆的腿依旧搁在桌上，大礼帽往后推在后脑勺上，他给自己又斟了一杯酒，当斯托伊伸手去拿酒瓶时，他一把紧抓住酒瓶。“不，哥儿，你不能喝了。这玩意儿不可能把你培养成冠军，只会让你贪杯上瘾。让我想想看。你不可能在网球上出类拔萃。不可能打赢约翰斯顿、约翰逊那帮人。你曾经可能在高尔夫球上当过赢家，但现在不行了。在一年之内，不会有马球比赛。你运气很不好，小宾子。”

“你遗忘了什么，你这老百晓，”斯托伊说。

“没，我没遗忘什么。我只是没把握是否该提到它。你知道上次在俱乐部拳击时道森是怎么评价你的吗？‘要是宾先生愿意参加拳击赛，眼下在154磅级不可能有任何拳击选手能击败他。’我明白这一点。而且我也知道你是多么热爱拳击。”

“她说过——这必须是一件艰苦的事，”斯托伊沉思道。

“那确是一件艰苦的事，没错儿。那是世界上最艰苦、最肮脏、最糟糕的运动，斯托伊，我的小宾子，”山姆应道。

斯托伊站起来，摆出一个拳击的架势。“山密弗尔[①]，斯兰·宾[②]听上去像个拳击家的化名吗？瞧，小子，站在你面前的是斯兰·宾（斯托伊弗桑特·宾已经死亡），未来的世界中量级拳王，”斯托伊令人印象深刻地说。

“先生们，这位是斯兰·宾，霍伯肯[③]恐怖之神，”山姆点点头，将酒杯斟得满满的。

最初的八个月是可怕的。斯托伊一想到拳击就厌恶，他厌恶被痛击一通，在爬过围绳时，总是出一身冷汗。但他也不会挨到痛击，因为他的左拳的速度比以往中量级比赛中的拳击手都快上一点儿，而他的右拳犹如手套里装满了混凝土一样的凌厉无比。他在初赛中彻底击败了那几名跟他对抗的拳击手，不久便名闻遐迩。但是他憎恶这一切。他厌恶那散发臭气的更衣室、观众、烟气弥漫的狭窄的比赛大厅，厌恶一切气味以及坐在赛台周遭座位上的一张张显得又红又白的脸。

山姆·霍恩与曾经是菲茨西蒙斯[④]的练习对手的老道森一直陪他在一起。道森为他安排赛程，训练他，并给他以指导。山姆在各

---

① 山姆的昵称。

② 斯兰，原文为 slam，意为猛击。

③ 霍伯肯城位于新泽西州东北部，与纽约市的曼哈顿岛隔哈得孙河相望。

④ 罗伯特·菲茨西蒙斯（1862—1917），美国拳击家，1891 年获世界中量级拳击冠军，1897 年获世界重量级拳击冠军。

回合的间隙用毛巾往他的肺里扇空气，而道森则用海绵吸干他脸上和胸部的汗，按摩他的腿，揉捏他的手臂和大腿，并往他耳朵里灌输忠告。斯托伊很快就赢了所有的初赛。在遇到几个本领不高的拳击手之后，他的对手渐渐不太好对付了。他渐渐体会到了被痛击、往往被狠揍一通的滋味。他的眼睛开始被打得发青，但他也尝到了击倒对手的激动。当拳头不差分秒地猛一下子击中要害、一直在猛击你的那人失去知觉坍倒在涂松脂的拳击台帆布地上时，这份感觉真是什么也比不上的。

有一天晚上，在打了八个快速出击的艰苦回合之后，斯托伊的右拳击中了对手——一个犹太人，却有一个爱尔兰名字——下巴略偏一边的地方，他蹲下去，将戴着手套的双手插进这位失去知觉的凯尔特犹太人的臂下，将他拖到拳击台他的那一角，这时人头济济的场子里一片欢叫声，呼喊斯兰·宾的名字，他意识到他离这一行的至高无上的地位已不远了。

"你击败了他，小宾子！你确实赢了这场比赛，老弟！啊，你竟然制服了这老手，小子！"他们在人群中挤出一条路朝斯托伊的更衣室走去，山姆兴奋地说。道森尾随在后，手里提着铅桶、海绵、毛巾和其他什物。斯托伊在更衣室里仰面躺在长沙发上，气喘吁吁，一边听山姆嚷嚷。

"哦，小子，你们在第六回合旗鼓相当地互相拖拉时，我想可怜的山姆会干脆昏过去了。可当你在第八回合击倒了他，我狠狠地一拳打在老道森身上，差一点让他栽进围绳里去。我那一拳跟你的一样的凌厉难当，斯托伊。"

"可真是一场激烈的比赛，"斯托伊带着疲惫不堪的调子说。"他比我想象的要厉害。有两三次他揍得我够呛。"

"是你揍得他够呛，我的老爸。是吗，道森？"他对正走进门的教练说。

"确实揍得他够呛！即使你手套里装满了铅，也不可能揍得他更凶。除了这水桶，你把什么都用来揍他了。你的上半身是重量级的料，宾先生。这就是为什么你击败了所有的中量级选手。嗯，现在只有一名选手比你今晚揍得半死的哥儿强。”他打开了一瓶搽剂。“我们下一场将与他对阵，宾先生。你感觉如何？”

“我感觉挺好，道森。但我盼望这一场赶快过去。所有的这一切。今晚，我有两次寻思要是能不打这场比赛，我愿拿出所有的一切来。到头来，我干吗要跟人斗拳？我并不是必须打的，对不？”他烦躁地说。

“哦，你必须打，斯托伊，”山姆平静地说。

“是的，我必须打，”斯托伊听天由命地说。“但我多么盼望这一切都过去啊。道森，我们什么时候跟麦吉本斯打？”

“大约过一个月吧，宾先生。在新奥尔良。打二十回合。”

“你知道，道森，我从不打二十回合的比赛。”斯托伊的嗓音带着怨气。

“你也不用打到二十回合，宾先生，”道森咧嘴笑道。

斯托伊将与之交手的麦吉本斯是他所在的量级中的冠军，最伟大的拳击手之一，尽管也是进入这四方赛台的拳手中最怪僻的一位。他实际上是爱尔兰人，如今在拳击手中爱尔兰人是很稀有的了。他是个矮胖子，长着一张猴子般的脸庞，猩猩一般颀长的手臂。没有任何人击倒过他，更不用说击昏他了，他的左右拳都具有置人于死地的力量。他一直是拳击台上各种技艺的大师，有充分的理由相信自己将在未来的岁月中保持冠军的头衔。当他的经纪人对他说起跟斯托伊比赛的事时，他丑陋的猴脸一抽搐，露出一口狼牙地狞笑来。

“贵格派威利[①]，伙计，不是个美男子吗？好吧，如果可能的话，打满二十回合，他就不会那么漂亮了。和他八二分成吧。”

猿人麦吉本斯的经纪人赛德曼在和道森进行了一场漫长的谈判之后，回到他那决斗者身边。“你是说八二分成吗？”暴躁的猿

① 这是麦吉本斯的外号及名字。

人问。

“麦克，我达成的协议比你预想的还要好。胜者独享。你会击败这姓宾的小子的。他对于你只是小菜一碟。你会杀得他一败涂地的。那个过去总和康瓦尔郡人[1]练拳的老阿历克·道森正在指导他，我看他也不过是那种货色。这一来你能多拿二成。难道这不是一着妙棋吗，麦克？”

“我说过八二分成，你这犹太猪仔。要是发生意外怎么办？你为什么不照我说的做？”

“不会有意外的，麦克。请相信我吧。不可能发生意外。一定不能发生意外！你只需击倒他就行了。你现在愿意了吗，麦克？”

“我只能这样做了，你这混蛋。不过对于我来说，八二分成要好听得多。在过去的日子里，当你没法回避时，胜者独享是不错的。但八二分成意味着不管怎么样你总能分得八成。而且总是有可能发生意外的。”

“但是，麦克，听着！绝对不能发生意外。你必须保证不发生意外。你只需将他打翻在地就行了。”赛德曼的语调中糅合着歉意、赞美、信心和鼓励。

“好吧，我会做到的。你给我闭嘴，行吗？”猿人的火气又冒上来了。

在初赛期间，道森、山姆和斯托伊一起在斯托伊的更衣室里。山姆还是那么兴高采烈。“不出两小时，你就能成为这项古老的世界性运动的冠军了，小宾子。我把属于和将属于霍恩家的一切都押在你身上，来赌你猛的一拳将对手击昏而胜。”

“他将为你省下你的钱，霍恩先生。等他成功了，可别把我晾在一边呀。你觉得怎么样，宾先生？”

“我感觉挺好，阿历克。我只是想放弃这场拳赛算了，因为我怕得要死，两腿发颤。除这之外，我倒没事儿。我永远不会再参加

---

① 这是菲茨西蒙斯的外号，因为他生于英格兰西南部的康瓦尔郡。

拳赛了，阿历克。”斯托伊正穿着他的拳赛短裤和鞋子，全身裹在一条旧的橄榄球毯和一件浴衣里。

“你没事儿，宾先生。但要时刻提防着他。他的左右拳都不行。用你的左拳挡开他，裁判没数完十，就别以为你击倒他了。别让他糊弄你，让你以为他情况不行。别靠近他！别跟他打近战。把他打得屁滚尿流。我们将坐收二万美元，宾先生。”道森讲这番教诲的每一个字时，都打手势来示范。他是三个人中神经最紧张的。

“你是说坐收二万美元，阿历克？然而我并不认为拳击手能得到这么高的份额。”

“依我看，你真是太好了，宾先生。但是请记住。别靠近他。别让他愚弄你，一有机会就狠狠揍他！”

已经走出去的山姆从门口探进头来。“来吧。该轮到咱们了。我们的名字挂在名牌上了。幸运之轮要转动了。来吧，你这拳师。我有一个惊喜给你，斯托伊。进场时，往娘儿们坐的地方瞧瞧，你这耍拳儿的。瞧瞧你能否注意那鲜亮的一点。”

“你这傻呵呵的疯子。她不会在这儿吧，是吗？”斯托伊突然愤怒地喝道。

“她正在这儿啊，小宾子，”山姆高兴地说。

“谁让你带她到这儿来的，你这傻瓜？”

“谁也没有，是我自己想出来的。我有时会心血来潮。说到底，你在为谁打拳啊？”

“唉，你这该死的傻疯子，”斯托伊无可奈何地嘟哝道。“我本来想比赛结束后才让她知道的。要是我给打破了脑袋怎么办？”他是如此的愤怒，不可救药地愤怒，以致不知道正在往哪儿走，竟一下子闯进了这大场子边沿上的观众群里。

“这没关系。她什么都知道了。她是和她父亲一起来的。我给她讲了关于这场比赛的一切，讲了你，讲了那‘对手’和所有有关的一切。斯托伊，你不会因为她在场而给弄得大为尴尬什么的吧？”

他们沿着一条长长的坡道走向拳击台，整个场子内掌声雷动，其中夹杂着一声声高叫："嗨，你这拳击大师！""你会击败他的吧，宾！""把猿人宰了！"山姆把凳子从绳索间递上去，斯托伊向观众鞠躬之后在凳子上坐下，身子后倾，目光在人群中搜索着。

"就在那边，"山姆指着说。"难道你眼瞎了吗？向她挥手啊！"斯托伊挥起手来，但他只见多萝西亮光闪烁的秀发和一摊白色——那准是她的脸庞。

接着便像通常一样令人厌倦地等待冠军露面，等到他在通道上拖曳着脚步来到时，响起了又一阵欢呼。接着介绍选手后，裁判将两名拳击手叫到拳击台中央，吩咐了几句，接着便响起了自动的锣声，拳击赛正式开始。一排排弧光灯照在拳击台的帆布地上，一片晃眼的白光。

猿人的下巴缩在胸口上，两肩耸起，两条毛茸茸的长手臂展开着，左臂外伸，右臂弯成弧形。他以一种奇怪的、拖曳着脚板的步法移动身子，一双小蓝眼睛一直回避着斯托伊的视线。

正如道森所说的，斯托伊腰部以上是重量级水平。他的双肩令人望而生畏，手臂奇长，手腕厚实无比。双腿长得很俊美，但与上身并不相称，而宽阔的胸膛呼吸起来像匹赛马。他的头发仔细地梳理过，而脸庞正如多萝西所说的"太英俊了"。

他们握手之后一往后挪步，斯托伊的左拳便像脱弦之箭一般飞向猿人的脸蛋。但猿人把脑袋往一边一扭，自己的右拳便啪的一声击在斯托伊心脏上方的肋骨上。"美男子！"猿人说。"转眼就不会这么美啦。"他左右开弓，直逼过来，斯托伊用一下左直拳来迎击，像用一根两英寸长、四英寸宽的木材往他脸上捅了一下，使他猛怔了一下。猿人重新扑打过来，斯托伊侧身躲闪，上前一步，从大腿边撩起右拳猛揍猿人的下巴。这是老菲茨西蒙斯的谋略。猿人昏昏沉沉地摇晃着，仿佛就要倒地的样子。他双手下垂。斯托伊趁势用左拳倏地击向他的脑袋，往前一冲，准备用右钩拳将他击倒在地，这时，他自己感到挨到剧烈的一击，耳中隐隐约约听见敲锣的声音。

山姆和道森把他拖到拳击台一角的凳子上，他鼻子闻到氨水的芳香味儿，重新振作了起来，山姆往他身上泼水，一个他从未见过的助手用一条大毛巾在把大股空气扇进他吃力地喘着气的肺部。“在你肯定能击倒他之前，别靠近他！别靠近他！用缓兵之计来掩护自己！只要坚持下去。在上一回合，当你用右钩拳对付他时，他用左拳给了你一下。”

这时锣声又响起来。有人把他屁股底下的凳子猛地抽走。他又独个儿伫立在拳击台上了。但他并不是独个儿，因为猿人正在向他走来，一副跌跌撞撞的样子。他必须拖延时间，掩护自己，等头脑清醒些，摆脱掉这迷迷糊糊的感觉。猿人向他猛扑过来，像阵雨般一拳拳痛击他，而他则竭尽全力保护自己的下巴。他隐约感到一生还从未见过如许多的拳击手套。他感到鼻子发胀，知道鼻子正在大出血，淌向他的胸部。这时要退出比赛该多么容易啊！一个回合到底要打多久？只三分钟吗？它已经延续快三小时啦。这时两人正抱作一团，猿人正往他后腰猛击肾部钩拳[①]。每一下都仿佛心口被人痛击了一般。裁判将两人分开。他的丝绸衬衣上沾着血迹。斯托伊再一次掩护自己，躲进守势的躯壳之中。猿人连连猛击。要退出比赛是多么轻而易举！那样的话，他就可以得到安宁，向这一切告别。不，在什么地方有一股潜流。他必须随这股潜流而行。这正是症结之所在，这股不断流着的潜流。正是这潜流使一切都动起来了。多萝西也在这儿。他纳闷为了什么？这时，他头脑清醒起来，想出了一个办法。锣声响起，他踉踉跄跄迈着醉汉的歪歪斜斜的步子走向拳击台角落。

道森俯在他身上，让他闻氨水。道森在揉搓他那被打裂的鼻子、用海绵将他眼睛中的血吸干时，斯托伊从发肿的嘴唇间嘟嘟哝哝地说着话。“我没事儿，阿历克。两人都能玩这骗人的把戏。在

① 拳击肾部是犯规动作。

下一回合，我要战胜他！”

锣声响起，他仍然像上一回合那样跌跌撞撞地走上前去，在猿人凌厉的攻势下向后退却。他这时只能用一只眼睛看了，但他不想反击。只要尽量藏匿在守势的躯壳之中，保护好下巴就可以了。观众狂呼要求拳手击倒对方。在猿人一阵可怕的进击之后，他坍倒下去，双膝着地，听见裁判在数数。当数到七时，他站了起来，两手在身侧晃动着。猿人冲将过来，脸色狰狞，希冀一拳定局。他这一拳刚出手，斯托伊的右拳像一道电光般从腰下飞将出来，以打桩般的伟力猛击在猿人的下巴上。猿人的脸抽搐起来，身子摇摇晃晃，正当他要倒下去时，斯托伊又抡起能将骨头击碎的一拳，打个正着。裁判数到了十，反正他要数到一百也可以；接着他将斯托伊戴拳击手套的右手举过了头。长时间以来，斯托伊第一次咧嘴笑了。

全场一片狂叫。山姆用一臂抱住了他，凑着他耳朵高声嚷嚷。道森正疯狂地敲打他的脊背。穿过乱哄哄地走动的观众，有一位红头发的妞儿和一位穿晚礼服的绅士奋力向拳击台走来。

斯托伊从围绳间钻出来，到了场子的地板上，多萝西一下子扑在他的怀里。“哦，斯托伊！”她嘤嘤地哭泣起来。“你被揍得血迹斑斑的脸是如此的朴实而俊美。我是多么的爱你。哦，你为什么要参加拳击赛呢？哦，我是多么的爱你！你不是用情不专者。你比这奄奄一息的格斗者好多了。哦，我在说什么废话哟！但是我爱你，斯托伊。哦，斯托伊，你不会再参加拳击赛了，是吗？”他紧紧地抱住她，血淋淋的脸上绽出一丝笑容。“别担心，最亲爱的。别担心。”

between, ~~in the steel-dark~~ there are branches
yond a tent from under which
ars. The moon gone down, the breeze not risen
n urinate up looking at the uncross-like blu
Southern cross and thus each morning in the
ofundity of initial urination reflect upon the
blicity of constellations, and not awake you
sten to the night move lightly past you.
n walk to where Pap sits before the fire,
ipe comforted, his vultures perched, loving the
me before daylight and the windless burning of
ead branches he says, "How are you, governor?"
"No worse than you."

The sky is very high there are branches

one between, ~~in the steel-dark~~ from under which
yond a tent, you step out to see too many
ars. The moon gone down, the breeze not risen
n urinate up looking at the uncross-like
Southern cross
ofundity initial and th